U0063452

奇幻基地出版

千年之咒3

永生

【完結篇】

THE MALEDICTION TRILOGY

Warrior Witch

丹妮爾・詹森 著

高瓊宇 譯

Danielle L. Jensen

獻給ＫＧ，謝謝你讓我有足夠的睡眠，得以完成這部小說。

1 希賽兒

聲音向來是我最寶貴的資產，但在中庭喧囂刺耳的噪音下，突然顯得微不足道。諸多問題和質疑此起彼落，夾雜在面對未知敵人、嚇得魂飛魄散的尖叫聲裡，有如雙重攻擊，逼得我一步步倒退，獨自站在雪地裡。

崔斯坦舉起手來，示意大家噤聲。「你們所有的疑問都會解答，只是現在的時機、地點不適合。」他對著神情陰鬱的攝政王追加一句。「召集大臣和顧問，我們要擬定策略，時間迫在眉睫。」

「自以為是的小子，你竟敢對我發號施令？」攝政王的語氣冰冷，顯得非常鎮定，幾乎讓人佩服得五體投地。即便他不知道崔斯坦的身分，也曉得他是異類。說幾乎，是因為我了解他的輕蔑是特別針對眼前這位有能力解救大家的小子。

崔斯坦挫敗的情緒反應讓我跟著咬牙切齒，不安與焦慮在心頭如火焚燒，使我不由自主地望著厝勒斯的方向。*還要多久他們就會趕到此地？屆時又會發生什麼災難？*諸如此類的疑問沉重地壓在崔斯坦心裡。我們彼此心知肚明，眼前情勢緊急、絕不能消耗在這裡做無謂的爭執。

「自以為是？」崔斯坦的語氣幾乎沒有變化，緊繃的氣氛兀自瀰漫在人群裡。「難道你忘了你的先人和你自詡為『攝政王』的原因？或是你對這個頭銜的含意沒有自覺？」

「我當然沒忘，」攝政王咄道。「過去的歷史我記得很清楚。」

「那你必然了解這不是放肆，也不是自以為是，」崔斯坦說道。「是你們宣誓效忠我的家族和我們的王，如果有任何勉強或猶豫，我當然有權用武力奪去你的權位。」

攝政王陷入沉默，好半晌都沒有聲音，我緊張得不敢喘氣，不確定崔斯坦接下來還會說出什麼話，也不明白他為什麼認為用威脅的方法能夠奏效，畢竟我們需要爭取攝政王加入陣營。

「然而我沒有那麼做，而是給你選擇的機會，」崔斯坦繼續說道。「加入我的陣營，一起為你同胞的自由奮戰。」

「不然呢？」攝政王不是無知的軟腳蝦。他跟崔斯坦一樣，一出生就在政治圈內打滾，不過我隱約察覺到他說話的聲調有些顫抖。

「不然就拉倒，我也可以袖手旁觀，讓你們自己面對這場戰役，不過我敢打包票，這場戰爭的勝負明早立見分曉，你們肯定輸得很慘——不論所愛之人的性命和寶貴的自由統統都會不保，而戰敗的責任則由你承擔。而我還得說服我父親大發慈悲，肯讓你先留著一口氣，才能讓你親眼目睹自己的選擇所帶來的後果。」

如果世界陷入戰火，始作俑者就是妳……

母親，不，是安諾許卡臨終的話語迴盪在耳際，我咬住下唇。

攝政王的目光轉向依舊假扮成艾登爵士的哥哥身上。「你明知會有這樣的發展，卻還保持沉默？」

佛雷德心裡清楚，只要一出聲就會洩露自己是冒牌貨，因此僅僅垂著腦袋點點頭。

厝勒斯嗚嗚的號角聲終於平息，但在寂靜的氛圍裡，大難將至的氣息更加濃厚，惡兆並沒有跟著聲音消失。

「選擇權在你。」崔斯坦說道，唯有我們之間的聯繫透露出他心底的著急。

攝政王粗聲嘆了一口氣，微微點點頭，脖子上青筋突起，看來連身體都在抗拒、不肯做出屈服的態勢。「好吧。」他轉身面對站在左側的男子。「召集會議。」

群眾如潮水般分開，讓出一條通往城堡大門的路徑，攝政王竟退到一邊。「你先請，王子殿下。」

崔斯坦大步向前，佛雷德和攝政王尾隨在後，誰也沒有回頭看一眼。我抬腳要跟上去，念頭一轉，又停在被魔法融化的雪地上。就算去了也是多餘，低頭看看身上的斑斑血跡、被扯破的戲服，相信自己在那裡並不會受到歡迎。

現場聚集的貴族紛紛散去，有些人急著呼叫車夫，想要逃回家園尋求岌岌可危的安全感，另有一批人走向降下來的閘門往外眺望。強風已經把巨龍的外形侵蝕殆盡，只剩殘雪堆積在原地。好些人投來狐疑的眼神，揣測巨龍的出現或許和我有所關聯，只是猜不到我涉入的程度和影響的規模，當然更不知道罪魁禍首正是我。就在短短一瞬間，我就此決定眾人的命運。

幾乎打從我得知巨魔存在的那一刻開始，就已經下了決定，目標非常明確：殺死女巫、終結詛咒、拯救崔斯坦、釋放朋友們得到自由。如今這些願望一一實現，我做到了。

那現在呢？

我解開了巨魔的枷鎖，世界卻沒有因此變得更好，只是憑藉一個模糊的信念，相信我們必然得勝，和平終會降臨。過程中卻不曾仔細想過自己在其中扮演什麼樣的角色。崔斯坦所承擔的部分我有想過，大多數的巨魔還算明理，沒錯，和盟友聯手足以戰勝邪惡的勢力。至於我自己……

我用力嚥了嚥口水，驚慌的情緒悄悄蔓延心底。崔斯坦頭也不回地走了，沒有指明我的身分和在任務中的角色，甚至連一句話都沒有交代。按照以往的邏輯推論，我知道他這麼做肯定有根據、有很好的理由，但恐懼的利爪仍揪住理性，疑竇在心裡竊竊私語。

那些依舊在室外逗留的人瞪著我，他們看我的眼神似乎不僅僅是懷疑而已，而是指控和責怪。置身在這樣的處境，我只想落荒而逃，但我又能逃去哪裡？我原本的家嗎？女主人已經被我殺了；旅館房間？那裡淨是回憶。眼前不只無處可去，在崔亞諾甚至沒有人可以讓我投靠並尋求協助，除了……

我移動雙腳，飛奔上通往城堡的台階，一路越跑越快。穿過陰暗的長廊，我來到印象中的那扇門，猛力推開，跌跌撞撞地衝了進去。

「莎賓？」

看到眼前的景象，雙腳立刻打住。朱利安跪在地板上，緊緊擁住母親的遺體，臉上涕淚縱橫，熊熊的怒火在他眼中燃燒。他空出一隻手在腰間摸索，掏出手槍對準我的胸膛。

「凶手。」他嘶啞地指控。

他說得沒錯。

2 崔斯坦

別轉頭看她！我命令自己。要狠下心腸、背對她邁出步伐，幾乎是不可能的任務。但卻是極度必要的一步。

絕不能讓他們發現殺死安諾許卡的人是希賽兒，她串通外人已經夠糟了，萬一還被人類得知是她下的手，肯定會把接下來發生的後果怪罪在她頭上。目前已經有夠多人在追殺她，何必再增加希賽兒的困擾。最好讓他們相信下手的人是我，讓人類將所有的怒火、暴戾和冷嘲熱諷都指向我。

明知道這是正確的決定，然而就是無法紓解丟下雙手沾滿鮮血的她獨自站在雪地上的心疼。那是安諾許卡，不是她母親的血——因為吉妮薇早在許多年前就死於非命——只是我很懷疑希賽兒是否有能力區隔兩者的差別。

希賽兒揮舞刀子的畫面沒來由地浮現在腦海，刀法粗淺、動作笨拙，但又充滿本不屬於她的暴戾之氣；第二刀就比較肯定，深得足以致命，至於事後的理由……也是言之成理。以我對她的了解，算是合乎預期的動機。但我不得不懷疑真正驅策她下手的其實是……之前她受到魔法束縛和催促，現在已完成使命，那股不由自主的衝動也就消失了。事後她會不會懊悔自己所做的一切？

而我呢？

我一把推開糾結的思緒。木已成舟，無可挽回，眼前的重心應該放在擬訂計畫阻止族人和精靈在島上作亂、屠殺生靈，拯救世界免於滅亡。還要和父親爭奪掌控權，阻斷安哥雷米的陰謀，以及……對付羅南。

我壓抑著瞥向佛雷德的衝動。這個欺騙的陰謀遲早會反噬我一口，因為就在我魔法被阻斷的瞬間，艾登爵士已然掙脫束縛，這項失誤要怪我沒有用魔法先將他捆綁。不知他現在躲在哪裡，至今都沒有現身，這讓我心神不寧，畢竟艾登的意志仍然受到父親魔法的驅策，真正的目的也還沒有彰顯。這局棋有太多玩家，各方人馬相互較勁，我卻資訊不足，難以擬定下一步。

如果靜觀其變、不採取行動只會面臨失敗的結果。可以肯定的是，我們的敵人蓄勢待發——他們策劃了好幾個月，甚至好幾年的時間，就在我努力迎頭趕上的時候，他們已經開始行動了。

前方大廳的門應聲而開，兩旁的侍衛神色緊張地看著我走進去。我對環繞大桌的椅子視而不見，逕自走向另一端石頭砌成的樓梯。

「這裡往塔樓？」我問。

「是。」佛雷德出聲回應。一聽見佛雷德的聲音，攝政王便敏銳地轉頭望向他，這些舉動我都看在眼裡，心中暗自希望佛雷德閉上嘴，直到我想出讓他合理現身的辦法為止。

我一步跨上三階樓梯，伸手推開頂端沉重的橡木門，站在刺骨的寒風裡。從這個高度看出去，整個崔亞諾盡收眼底。城堡的牆壁每隔一段距離就插了一支燃燒的火炬，靠著街道上成排的煤氣燈照耀下，隱約可看到大部分的城鎮。四周靜得很詭異，即使從這個制高點眺望出去，仍然可以感覺家家戶戶瀰漫著一股緊繃的氣息。

人類充滿恐懼。就算不想承認，隆冬之后這麼做無疑幫了我一個大忙，因為只要運用得宜，恐懼就可以變成我的助力，成為凝聚眾人的力量。

手肘靠著石砌的城垛，轉眼遙望厝勒斯的方向，隱約察覺有人跟在後面走上塔樓。父親曾經對希賽兒說過他打算用和平的方式奪回這座島嶼。就某種程度而言，我相信他的說法，因此崔亞諾對他而言是勢在必得。掌控首府等於控制這座島，而目前這座城市在我的控制之下，唯有這樣，我才有一爭勝負的籌碼。

一個影像浮現在腦海，我釋放魔法，任由法力往外擴散延展，並運用意志力讓想像逐漸成形。環繞崔亞諾的城牆開始透出銀色光芒，魔法漸漸代替石塊緩緩堆疊，光牆越築越高，並逐漸往中央聚攏、環繞，直到整座城市被魔法構成的巨大拱型光罩包覆為止。

「這是要阻隔你的同類，還是把我們困在裡面？」一位女子出聲說道。

我轉過身去，佛雷德、攝政王和另一個我猜是顧問大臣的男子站在那裡，仰著臉望著天空。瑪麗夫人不住地顫抖，嘴唇抿成一條線，等候我回答她的問題。

「兩者都有。」我只是忘了補充，如果我父親和其他某些人真想要的話，絕對有能力破牆而入。用魔法築牆的目的不在於阻擋正面攻擊，而是避免讓別人在我不知道的時候趁虛而入。父親不想宣戰——只想在背後操控、守株待兔等候水到渠成，但這不表示在必要情況下他不會訴諸武力。「這可以幫我們爭取籌畫的時間。」

「我們？」瑪麗夫人咆哮。「如果你跟我們是利益共同體，為什麼不容安諾許卡存活？如果她還活著，就不會發生這些事情。」

但希賽兒會死於非命，我也會跟著喪命，而我的族人則繼續苟延殘喘、仰賴敵人的憐憫。

「代價太高了，」我遲疑地說。「相信還有更好的方法。」

「你就用這樣的理由說服希賽兒幫助你殺死她母親？」

事實剛好相反，但我不予置評，任由她相信是我教唆的。在瑪麗說話時，攝政王瞪著他的妻子，他的神情彷彿她是個陌生人，間接證實他完全被蒙在鼓裡，對瑪麗庇護他奉命追殺多年的女巫一事一無所知。

「許多年來安諾許卡有太多化名，吉妮薇．卓伊斯不過是其中之一。」我回應。

「妳一直都知道？」攝政王終於忍不住開口質問妻子。「還包庇她？妳知道萬一被他們發現妳的背叛，我們會有怎樣的下場嗎？」

話一說完，他突然領悟他們的其中之一現在跟他只有不到兩步的距離。

「我並不知情。」攝政王補了一句。

「顯然如此，」我更想知道當他發現兒子也背叛了他，又會做何反應。「但已經無關緊要，目前最重要的是崔亞諾的防衛。」

他們退向一旁，讓我走回沉重的木門。我看見希賽兒在城堡中奔跑，焦慮的情緒大大影響我的專注力。雖然很想找她談一談，了解她的想法，但我更需要聚精會神、專心挖掘父親和安哥雷米的計畫，還有隆冬之后的目的。

「那些飛天的生物怎麼對付？你的魔罩擋得住嗎？」瑪麗繼續追問，一路跟著我下樓梯。

精靈可以隨心所欲、打通兩個世界之間的通道，我嚴重懷疑魔法是否真能擋得住他們，然而這是一個好問題，這些人當中似乎只有她明白情勢非常緊急。

「只有鐵——」我突然停頓，一股強烈的恐懼刺入心中。

希賽兒。

「鐵？」她問。「怎麼樣？」

她在哪裡？難道父親的爪牙已經搶先一步、在我阻絕之前就抵達城裡？或是安哥雷米？

「瑪麗，安靜，」攝政王嘶聲命令。「他沒興趣傾聽女人的疑問。」

疼痛。

我急忙衝下最後幾層台階，衝出大廳，奔跑時和艾登——佛雷德——擦肩而過。正當我伸手推開大門時，突然想到他的出現不合邏輯。佛雷德剛跟著我們上了塔樓，正默默跟在攝政王背後，這意味剛剛和我擦肩而過的並不是希賽兒的哥哥！

下一秒，瑪麗尖聲大叫，我猛然轉過身去，發現艾登．雀斯勒舉劍刺入他父親的胸口。

3 希賽兒

面對槍口，我直覺就想往走廊衝出去，但朱利安察覺到我的意圖，手指扣緊板機，我只好僵立在原地。再多的運氣都無法保證自己可以近距離躲開子彈射擊，我可不是有魔法護身的巨魔。

「朱利安，別這樣。」我竭盡全力把能量灌進命令的語氣，但他嗤之以鼻，伸手撥弄別在領口的山梨樹枝，對比他涕淚縱橫的表情，這動作看起來很滑稽。

「妳以為我會笨到被妳的把戲欺騙？」

我用力嚥下胃裡湧出的苦水。「對不起，朱利安，如果你明白真相，一定可以諒解——」

「閉——嘴！」他的聲量近乎耳語，卻比任何吼叫都有效，徹底讓我安靜下來。

「我都知道，」他說道，聲音雖然顫抖，手槍卻握得很穩。「妳或許是個來自窮鄉僻壤的土包子，不過有句話倒是被妳說對了，她信任我遠遠超過妳，連她最大的祕密都沒有隱瞞，所以我知道她的來歷和妳的身分，還有崔斯坦的能耐，我對他們的了解遠超過妳的想像。」他用另一隻手抹掉臉上的淚水。「最重要的，我知道該死的人是妳，沒想到……」他低頭看了一眼母親的遺體，然後轉向我。「我能做的就是為她復仇。」

他雙手握著槍，對準我的臉龐。

結果不應該這樣，歷經千辛萬苦，不應該就這樣結束。

「別這樣。」我懇求。

他齜牙咧嘴地嘲諷道。「少了巨魔的保護，就變膽小了？」

「對付你這種人，不需要動用到巨魔的保護，」莎賓從臥室走出來，握著母親的手槍抵住他的後腦。「靠人類就夠了。」

朱利安默不作聲，過了幾秒後，隨即微微一笑。「一旦失去生存的理由，求死還比較容易。」

槍聲幾乎震碎耳膜，臉頰掠過一股刺痛感。我蹣跚地退到一邊，感到頭暈目眩，壓住臉頰的手指頭摸到溼溼的血跡，然而和莎賓腳下那一攤鮮血比起來是小巫見大巫。

「笨蛋，」她放下仍在冒煙的手槍。「為死人犧牲有什麼意義？他們早就不在乎了。」

莎賓抬起頭來看了我一眼，錯愕地丟下手槍，一手摀住嘴。「噢，希賽兒，妳的臉！」

「我沒事。」臉頰灼熱刺痛，子彈劃過的痕跡似乎深入表皮，可能造成的永久性的疤痕足以讓我破相，然而光想到子彈只要再偏近一吋，我當下就沒命了，美貌和虛榮便再無關緊要了。

我們跌跌撞撞地向前跑，彼此擁抱。

「我知道他會這麼做，」她說。「從妳進門的那一刻起，我就明白自己不能心軟。他不是那種深思熟慮的人，只會衝動行事。」

同樣的評語也適用在我身上，我在瞬間的決定撼動了全世界，讓人膽戰心驚。飛龍刺耳的尖叫聲打破夜晚寧靜的剎那，我恣意行動的後果讓我的肩頭如同灌了鉛一般沉重，尤其在崔斯坦轉身離去，把我一個人留在中庭的雪地裡時，腎上腺素引燃的恐懼立刻瀰漫全身，如影隨形，讓我無法思考，連喘氣都有困難。

「她死了？妳母親，不，我指的是安諾許卡？」

我握緊拳頭，手指感到黏膩，上頭沾滿了我的血——還有她的血。

「巨魔呢？他們自由了？」

這個世上誰有能力阻止他們？

「崔斯坦在哪裡？」

他走了。

「希賽兒？希賽兒！」

莎賓一巴掌摑過來，我的臉歪向一邊，驚訝得睜大雙眼，她搖搖頭。「對不起，但現在不是發呆、害怕的時候。」

我顫巍巍地接連幾次深呼吸，挺起肩膀說道。「沒錯，妳說得對。」

莎賓牽著我走向隔壁的房間，一邊查看我的臉頰，並聽我絮絮叨叨地陳述。「我只想著要找到安諾許卡破除咒語，根本沒去思索計畫成功以後要做什麼。」我拿著手帕摀住傷口，利用痛楚讓頭腦清醒。「搞不好他們已經來了。」

想到萊莎或羅南潛伏在崔亞諾的某處街道上，我就頭皮發麻。巨魔恢復自由，再也沒有任何力量能夠阻止他們追殺崔斯坦跟我。

「我想還不至於。」莎賓走向窗戶，指著罩住整座城市、微微發光的圓頂。「在我躲避朱利安的時候，看著圓頂逐漸成形，那是崔斯坦的傑作，對吧？讓他們進不來？」

我點點頭，稍微放鬆了一些，但還是無法排解心中的恐懼。因為圓頂只是暫時的權宜之計，崔斯坦無法躲在城堡後面搶走他父親的皇冠，或制止安哥雷米的陰謀，再者我也心知肚明，圓頂擋不住正面攻擊，也幫不了崔亞諾外面的居民。

「我們的家人都在外面，」我說。「巨魔知道他們的身分，也知道去哪裡找人。」

莎賓揉著禮服肩膀上的血跡，彷彿那是一處舊傷。「崔斯坦派克里斯兼程趕回蒼鷹谷通風報信，至少他們會有所防範，不至於措手不及。」但她臉上的表情顯然和我一樣，都在納悶他們有什麼辦法能夠保護自己。

我吁口氣，氣息在玻璃上形成霧氣。「我們不能坐以待斃地在這裡等，要搶先行動，打探他們的計畫。」

「該怎麼做？」莎賓問道。「我不認為監視或探聽消息有那麼容易，萬一我們派出去的人被抓到——」

「肯定會被巨魔殺了。」我接下去，但無論如何，攝政王和崔斯坦依舊會派人出去探聽，除此之外還有什麼選擇？就算哨兵和間諜來回一趟都安全無恙，又能收集什麼有用的消息？人類之間的戰爭向來重視軍隊人數和兵力佈署，但這些資訊對我們毫無幫助，因為巨魔的作戰模式不是這樣，我們需要知道的應該是他們和混血種可能效忠的陣營，還有公爵與國王的權力平衡，除此之外更要刺探苔伯特的打算。

對著玻璃呵出另一口氣，霧氣還沒有成形前，我心裡已經有了腹案。某人可以綜觀全局，而我們需要他的協助。

「我想到一個主意，」我說。「但在採取行動之前，我們要先去城裡。」

4 崔斯坦

來自希賽兒緊繃的情緒有了轉圜。剛剛暫時的分心，造成了致命的後果，我強迫自己先將她撇在腦後，專心處理眼前的危機。

攝政王死了。

艾登僵在原處，長劍從手中鬆脫，鐺的一聲掉在地上。「我做了什麼？」他喃喃自語。「我做了什麼？」

履行對我父親的承諾。

我把他擊倒在地，力道大得他昏厥過去，隨即封鎖出入口，更重要的是把瑪麗夫人的哀號聲消音，她跪在地上抱著丈夫，衣服上沾滿了血，身體不住地前後搖晃，把攝政王緊緊摟在胸前。

「怎麼會這樣？」顧問大臣來回打量昏迷的艾登和戴著艾登面具的佛雷德，一臉難以置信。「這是什麼惡魔化身？」大臣抽出裝飾大於實用性的長劍，還沒決定要攻擊哪一位之前，就被瑪麗一把奪走武器。

「怪物！」她尖叫指控，劍刃對準俯伏在地的艾登。「摘掉我兒子的臉，你這個渾球。」劍尖戳向魔法的屏障，她激動尖叫，一遍又一遍地反覆攻擊，彷彿單憑意志力就足以戳破魔法。我任由她發洩情緒，利用這段空檔理解直轉而下的情勢發展。

我在一瞬間就喪失了掌控權。

艾登逐漸清醒過來，開始痛哭流涕，低沉的啜泣聲不斷地觸動魔法。我很想掐死他，甚至把他的骸骨磨成粉末，無論他被我父親揪住有什麼樣的弱點，才答應許下承諾、與父親交易。不過一小時的時間，他就在巨魔的意志力底下一敗塗地，相較於希賽兒堅強地抗拒好幾個星期，他的軟弱立刻見真章。

這些年來，攝政王統治的成績有目共睹，廣受百姓愛戴，而我就算有可能，也沒有時間去慢慢贏得島民的尊敬。現階段我需要攝政王的支持，因為人們會追隨他。但現在情勢逆轉，攝政王死了，眼前只有弒君弒父、大逆不道的兒子——他做了這種醜事，稍有腦袋的人類都不會追隨他。

「行動啊！」瑪麗的喊叫聲讓我回過神來。看她拋下長劍，爬過地上的血水往佛雷德那裡去，朝他伸出手臂。「艾登，行動啊，為你父親報仇。」

佛雷德倒退一步，目光轉向我尋求指引。「崔斯坦？」他開口求援。

瑪麗渾身僵住。「你不是我兒子……」

有人在敲打大門，我只有幾分鐘的時間思考要如何挽救並下決定。我手一揮，撤去佛雷德的魔法面具。「對，他不是。」

夫人的臉色蒼白得像鬼，目光回到艾登身上，終於恍然大悟，原來是親生兒子殺死了自己的丈夫。而我對艾登的怒火，挑動了內心深處某一條神經——當我跟父親攤牌的那一天，母親臉上是不是也會出現這種表情？她會接受我的理由，或者僅僅把我看成冷酷無情、大逆不道的弒父凶手？

「他控制不了自己，」我說，不確定這種說明有什麼意義，「應該是跟我父親許下了某種承諾，答應要把島嶼統治權交出去，所以被強制要履行承諾。」

「你為什麼會做出這種事？」瑪麗聲音顫抖地質問兒子。

一開始我以為艾登爵士不會回答這個問題，他很可能說不出口，但他卻說道。「我根本沒料到會走到這一步，我從不相信他們能恢復自由。」

這是推託的藉口，而非回答，精明如瑪麗，顯然也明白這一點。「你為什麼要同意？」

艾登還來不及回應，又有重物在衝撞大門，門外的不速之客試圖要破門而入，無疑是認定我打算處決攝政王一家人、斬草除根。等他們衝進議事廳目睹血腥的場景，首先會對付的一定不是艾登。

我單膝著地、蹲在瑪麗面前，雙手攫住她的肩膀。「現在不是追根究柢的時機，眼前只剩幾個小時可以做準備，好跟我父親對壘。艾登做了這樣的醜事，我不認為軍隊還能夠效忠他。」我瞥了一眼低頭嗚咽的艾登。「就算他們願意，我也不敢冒險，誰知道他還被強制做了什麼事。」

啪！大門的木頭應聲龜裂。他們無法突破我的魔法，然而只要進了大門，馬上就會知道是我在阻擋他們。我微微用力搖晃瑪麗的肩膀，催促她趕緊恢復理智。「這些士兵會聽從妳的命令嗎？」

「你在開玩笑嗎？」被瑪麗奪走武器的大臣利用我們交談的機會，已經悄悄往門口靠近，但我的問題讓他停住腳步。「她是個女人！」

瑪麗對他的鄙視態度視而不見。「我的兒子要怎樣才能夠掙脫這種強制性的衝動？」

啪！我眉頭深鎖。「唯一的辦法是殺了我父親。」

「他死了，艾登就可以恢復自我？」

結果如何其實難以預料，因為艾登之後的境遇、理性的存留、原來的個性恢復與否，都是未知數。

「他可以掌控意志與自我。」

瑪麗文風不動。

「瑪麗，沒時間猶豫了。」急速跳動的心臟幾乎要迸出胸膛，我只能強迫自己不要一直盯著逐漸裂開的大門。「他們會服從妳的命令嗎？」

「拿開你的手，巨魔。」她低語。

我慢慢吁口氣，收回雙手放在身側，心裡閃過一個念頭，看來要控制崔亞諾只能訴諸武力了。

「退到一邊去。」她伸手去拿劍。

我依言而行。

她的目光轉向顧問大臣，後者正徒勞無功地使勁去抓魔法屏障，試圖逃出去。「勒虔斯大人，你來處理，幫我躲開這個傢伙。」她懇求地伸出手。

勒虔斯渾身一僵，面有難色，勉強走近瑪麗。

「閃開，惡魔。」他對著我說。換成其他場景，我很可能會笑破肚皮。

「夫人。」他一逕盯著我，一手伸向瑪麗。

這時瑪麗舉起劍，刺透他的喉嚨。

我倒抽一口氣，垂死的大臣身體搖晃，接著倒地不起，眼前這一幕看得我又驚又疑。

瑪麗把劍柄塞進他手裡，接著站起身來。「勒虔斯是埋伏已久的叛徒，」她說。「也是刺客和間諜，受到巨魔國王指使，刺殺攝政王，假若不是我的兒子搶先一步制服他，連我都要死在他手裡。」

她接著走向佛雷德，拿起他的劍沾了血跡再還回去。「恢復他的偽裝。」

我領悟過來，依言而行，配合她的計畫。

「萬一被人發現是艾登做的事，」她說。「一定會把他押上斷頭台。我的丈夫已經死在你們手裡——不能讓兒子再犧牲。先把艾登藏起來，等打贏戰爭，那時你——」她用手指著艾登，「——再為此贖罪。」

她轉向我。「把他捆住、藏起來，再放士兵進門。」

5 希賽兒

「從來沒這麼冷過。」莎賓說道。她拉起斗篷緊緊裹住肩膀禦寒，卻在過橋的時候被刺骨的寒風吹開。「這場雪詭異得很……不太自然。」

我在高度及膝的白雪中艱困地跋涉前進，視線範圍不超過兩步，再遠就一片模糊、看不清楚，對她的評論深表贊同。

「精靈，」我頂著狂風暴雪大喊，「這是他們在搞鬼！」至少和她脫不了關係。既然她號稱隆冬之后，肯定擁有掌控氣候的能力。

「為什麼？」她追問。「如果他們可以在無數個世界之間穿梭自如，為什麼獨獨看上這裡？地球有什麼特別？他們的目的是什麼？」

某種東西。精靈會傳出那些預言肯定有所圖。他們希望破除咒語，而我真心懷疑背後的目的只為了追求在這個世界間來去自如的自由，更不可能是為了巨魔的好處。精靈不會無緣無故的大做人情，仲夏國王肯定能夠從中得到好處，至於好處是什麼，我猜不出來。

「或許我們應該掉頭，」莎賓停住腳步，放下裙襬遮住膝蓋。「崔斯坦說精靈無法越過圍繞城堡的鐵欄杆，我們在裡面很安全。」

我將雙手插進腋下取暖，審視遮住攝政王城堡的灰霧。我也不想過於深入市區，以防來不及緊急撤退。「呃，濃霧顯然無法把巨魔擋在外面，安全只是相對性的字眼，巨魔是立即的威脅，如果希望贏得這場戰爭，就要查探他們的計畫。我們唯有走出來接觸精靈才能夠探聽消息。」我再一次起步前進，強迫莎賓跟從，「我們這樣做是正確的。」

「所以妳才沒有告訴崔斯坦，不肯讓他知道我們的去處？」

我踢到埋在雪堆底下的障礙物，摔在地上，扯破了借來的衣裙，氣得我大聲詛咒。「他光是要應付攝政王就忙得焦頭爛額了。」從他的情緒反應來判斷，情況應該不太順利。

「時間就是關鍵，」我在雪堆裡扭動身體，試著恢復行動力。「我們不能坐在那裡瞎等、事事請示崔斯坦的允許。」

「老天，妳在做什麼？」莎賓抓住我的手臂用力拖。

「裙子勾到東西走不動。」我拚命踢腳。

她更加用力拉扯，兩個人氣喘吁吁，最後發現一副結冰的骷髏從雪堆底下冒出來——是半個骷髏。

「龍骨。」我把裙襬從龍的肋骨上扯下來，抬頭望了天空一眼，突然感覺自己的計畫很冒險。

恍惚之間，彷彿有冰涼的手指拂過眉毛，世界似乎在震顫。那種感覺瞬間即逝，然而莎賓跟著甩甩頭，像是要叫自己清醒一點。我心神不寧，毛骨悚然。「或許我們應該回頭。」

莎賓扣緊我的臂膀。「但我不確定回得去。」

我回頭一看，胃部緊揪。幾道陰影從橋下往上延伸，如同巨大而漆黑的口腔，吞噬兩側的煤氣燈，直到後方通往城堡的路徑變成烏黑一片。雪上加霜的是，呼嘯的風聲裡隱約傳出爪子抓地的聲響。

「我們進城去，總會找到庇護所的。」莎賓抓著我的手往咖啡館拖，才往前不到一步，就有一陣超強的颶風從上方橫掃而下，捲起雪花擋住眼前所有的門窗。四周頓時白茫茫一片，只能稍微辨認出街道中央隱約有一條路。

「我不應該胡亂行動。」我喘口氣，試著壓抑心底的恐懼。

「要不要呼叫崔斯坦？」莎賓試著扒開雪堆，但強風一陣又一陣掃過，讓她的努力變得白費力氣，彷彿在嘲笑她自不量力。

「不，」我必須證明自己的價值並沒有跟著斷氣的安諾許卡一起消失。這是為自己爭一口氣，而不是為了崔斯坦。巨魔是我釋放的，隨後發生的一切是因我造成的。「如果它們有心傷害我們，我們早已活不成，這個……是別有目的。」

我們緊握對方的手，順著馬路在街道上穿梭。崔亞諾逐漸看不清楚，擋住房屋的雪堆越積越高，最後變成透明的冰牆。螺旋狀的渦紋和圖案隱然成形，彷彿有一隻看不見的手在前方隨興作畫一般。

「它好像在引領我回家。」我說，特意避免正視站在牆壁後方文風不動的女人，她張著嘴，似乎話說到一半就釘住不動，還有其餘十幾位動作相同的人——有男有女——彷彿結凍一樣。

「看。」

跟著莎賓的指尖看去，我驚訝地倒抽一口氣。就在崔斯坦的魔法圓頂微光照耀之下，巍峨的冰宮從大地升起，一座座的高塔漸次化為具體形狀，結冰的屋簷裝飾得美輪美奐，更有精緻的露台、透明的尖頂。在結冰的房間裡，竟然有帶著翅膀的生物在跳舞，動作僵硬怪異。兩側有雪牆的街道轉了個彎，通往母親的宅邸——她生前住的地方。

整個區塊變成宮殿的基座，一整排房子結了厚厚的冰層，門戶緊閉，唯有我家那扇門敞開著，雖然在冰雕的裝飾底下顯得很陌生。我舉步繞過憑空出現的噴水池，露出獠牙的雕像從口中噴出雪花，結霜的眼睛似乎在監視我們的一舉一動。

莎賓掙開我的手，走上通往其中一扇門的台階，入口是一道透明的冰牆，門後面是我的鄰居，顯然是預備出門的時候被凍在原地。

「看起來她還活著。」莎賓伸手去摸冰。

我瞇著眼睛仔細觀察女子的胸膛。「不像有呼吸。」

「妳無法肯定。」她拿起磚頭敲打冰層，撞擊點有裂縫產生，但一瞬間裂痕又合回去，彷彿冰塊有自癒的能力。她敲了一遍又一遍，結果都一樣。我扣住她的手腕，搖搖頭。

從台階的位置放眼望去，可以看到冰牆蜿蜒穿過崔亞諾，一路通往城堡。到處漆黑一片，整個城市不只完全改觀，還有如幻境。那些晶瑩閃爍的塔樓和高聳入雲的發光尖頂顯然違反常識和大自然的定律，看起來很美，卻非常嚇人，因為死氣沉沉的，缺少生命的氣息。

「剛才離開的時候，城堡裡面那些人還活得好好的。」崔斯坦一如往常盤踞在心上，然而當我聚精會神探索他的情緒時，似乎有一點奇怪，彷彿處於某種靜止狀態……像是瞬間凍住一般。

「如果他被冰封而死，妳一定會察覺。」我自言自語地嘀咕著，接著轉向莎賓。「既然我們活得好好的，沒有理由認定別人活不了。」我自顧自地搖搖頭。「總而言之，都已經走了這麼遠……」

我沒有說下去。突然想到如果島上的居民全死光，這場戰爭不就還沒開始就輸了？

我和莎賓手牽手、慢慢步下台階，走上通往我家大門的樓梯。

「哈囉？」我跨進門口，呼出來的空氣變成白色煙霧。「有人在家嗎？」我伸手撥掉門廳燈罩上的雪花，神奇的是，燈還會亮。本來想讓它再亮一些，火焰卻動也不動、毫無反應，奇怪得很。

「哈囉？」

我戰戰兢兢地慢慢走進大廳，憑著直覺走向壁爐。炭火燒得紅如櫻桃，莎賓伸手靠過去取暖，又猛然縮回來。

「完全不熱。」她彎腰靠近木炭吹氣，想讓炭火燒得更旺一點，依舊沒有成功。「感覺很奇怪，很不對勁。」說著便伸手去抓火鉗。面對這麼多感覺非常不對勁的事情，她似乎一心一意要導正眼前這件事才甘心。

我轉過身去，對著屋裡大聲嚷嚷。「哈囉，有人在嗎？」

毫無回應，屋裡靜悄悄地無聲無息。

我大叫。「喂！我們在這裡，你能恢復自由是我的功勞，至少應該有一點禮貌。」

一陣詭異的笑聲充斥在四周，眼前的空氣突然像絲綢一般裂出一條縫，嚇得我往後退、撞上莎賓。

裂縫繼續往兩側擴展，露出堅冰雕刻的御座，精緻的程度只能用嘆為觀止來形容，只是那上面有無數對眼珠——顏色和形狀千奇百怪——凍結在冰層深處。從髒汙的血管和黏在上面的組織判斷，應該是硬生生從主人臉上挖出來的結果。龐大凶惡的怪物各自盤踞在寶座兩側，長度跟我手臂一樣的獠牙從烏黑的嘴唇伸出來。然而讓我看得目不轉睛的卻是坐在寶座裡的怪物。

我以前見過。

「功勞？」那刺耳的嗓音讓我頭痛欲裂，忍不住伸手按摩太陽穴，但還是無法緩解那股壓力。「我不記得有跟妳談過交易，凡人，印象裡沒有妳的功勞可言。」

「或許吧，」我率先讓步，停止按摩太陽穴。「但妳的確從我的行動上得到了好處。」她是我在夢中遇見的女子——精靈，仲夏國王的妻子，而她手上果真也有聯結的印記。只不過在睡夢中那塊永遠是夏天的土地，她顯得……冷漠被動。眼前這一位卻大不相同，她是隆冬之后。

「有嗎？妳這麼肯定？」她嘲諷地回問。

我開始猶豫。「妳也在這裡，不是嗎？在一天前這是不可能的事情。」

她優雅地聳聳肩膀，黑色長髮拂過薄霧和星辰製成的禮服，衣裳隨著行動搖晃擺盪，看得令人頭昏腦脹。「不要期待我會感激妳，凡人，我在世界與世界之間穿梭的次數多得難以計算，一小處骯髒地的得失對我有什麼意義？」

我張開嘴巴想要反駁，這件事的意義大得足以讓她在自己的冬宮坐立難安，但我隨後決定還是閉嘴比較好。根據以往和巨魔相處的經驗，忽視別人的警告讓我吃了很多虧，再者撇開壽命長短，她和巨魔可是同種同源。而今她好心地光臨這處「骯髒的地方」，背後肯定有原因，值得好好追究一番。

「請說。」我禮貌地回應。

她微微一笑，淺粉色的雙唇微掀，露出獠牙。我的心跳有些紊亂，眨了眨眼，忽然發現她的獠牙不見了，變成珍珠般白皙的貝齒。「我讓妳祈求一項恩典，希賽兒．卓伊斯。」她長長的指甲輕觸寶座，寶座下方的眼珠抽搐翻白並抬眼凝視她，這景況嚇得我用力吞嚥。

驀然想起她對仲夏國王說過的一句話。

債務就是有借有還。

「不，」我說。「我寧願交換條件。」

她瞇起祖母綠色的眼睛。「妳憑什麼認為自己擁有我想交換的東西？」

想到瞬間形成的那一大片冰牆，目的非常明顯，就是要把我們驅趕到這裡會面。她特意地炫耀加上精心的演出，其中隱含著威脅和恐嚇的意圖，目的是要我們留下深刻的印象。

「我可不認為如果自己幫不上忙，隆冬之后會紆尊降貴、專程來見我這位凡夫俗女。」

隆冬之后的笑聲就像玻璃震碎那般的尖銳，讓我衝動得想伸手摀住耳朵。

「或許就因為我長生不老，」她把我的聲音模仿得維妙維肖。「容易覺得生活無趣。」她邊說邊站起身來，兩頭有著巨型翅膀的生物匆忙跑到平台前，伸手攙扶她步下台階，讓我忍不住納悶是否還有什麼人——或鬼怪——藏身在這間冰冷大廳的某處。

像是回覆我內心的疑問一般，隆冬之后伸出她利爪似的手，拉開兩個世界之間的裂口，露出更大的間隙。

「再者——」她停在裂口前方。「——妳也不是普通人，還有巨魔王子跟妳聯結在一起。」她歪著頭，隔著洞口打量。「他沒有跟過來。」

她的語氣平鋪直敘，單從表情完全判斷不出來崔斯坦的缺席對她來說是好還是壞，甚或她根本不在乎。還來不及眨眼睛，她便一腳跨了過來，進入我們的世界。只不過用跨入形容還不夠精確——因為前一刻她在那邊，下一秒就到了這裡。

在那邊的時候，她的外表看起來似乎跟我和莎賓一樣有具體的輪廓，但在這裡她卻先是一縷輕煙，再逐步凝聚形成女性的軀體，時刻流動、不停地變化，無法固定下來。當她直視我的眼睛時，感覺好像直接探入了我的靈魂深處查看其中的回憶，就像在翻閱一本書。

崔斯坦說巨魔的魔法與壽命受到鐵的汙染，遠遠比不上他們長生不死的祖先。但他從來不曾細說他們的能耐究竟到什麼程度。

「妳想要什麼，公主殿下？」隆冬之后詢問的語氣帶著嘲諷，但這句話沒有嚇到我，反而勾起了我疑慮，懷疑她另有計謀。看起來她像是有求於我，想得到我不願意給予的東西，但我已經走了這麼遠，實在不想空手而返。

「只要妳想看，不論哪裡都可以？」我問。「不管任何人？」

「妳要給我什麼來交換答案？」冰雪覆蓋在長椅上，但她坐下去的時候，椅墊彷彿塞滿鵝絨。

我咬住下唇。「什麼都沒有，我已經知道妳的能耐。我想看……和聽聽我們的敵人在玩什麼把戲？他們的計畫是什麼？以及目前他們躲在哪裡？」

她用爪子——不，是指甲——摸了摸牙齒。「妳要給我什麼回報？」

「妳想要什麼？」我不答反問。

她縮起嘴唇，一手舉向空中，如同在指揮交響樂團演奏。「一首歌。」

我眨了眨眼睛，這個奇特的答案比她要求我拿命來抵更讓人詫異。「一首歌？」

她用一根手指頭強調。「妳最喜歡的一首。」

我斜睨莎賓一眼。她到目前為止都靜靜地站在一旁，沒有發聲，背貼著牆。即便室內冰涼，她卻一臉蒼白，沒有血色，眼白在燈下閃閃發亮，目光直勾勾地盯著精靈女王，輕輕搖頭。

我咬緊牙關，轉頭望著女王，只覺得頭疼更加嚴重——她的形體乍看與原本相同，再看一眼又變成另一個模樣，在真實和虛幻之間著實難以分辨。

「這怎麼可能拿來交換？」

「妳只要同意就好，唱出來之後，它就屬於我了。」

不可能那麼容易，但我左思右想，實在找不出任何利害關係讓我婉拒這個提議。「只要我這麼做，妳就會答應我的要求？現在立刻？」我追加一句，想確認她真的會履行，談模稜兩可的條件一定會吃虧。

她微微一笑，莎賓輕輕地哼了一聲。「是的。」

「好，」我說。「一言為定。」

空氣陡然冷得像冰，我的臉頰發燙、全身骨頭痠痛。協議的承諾沉重地壓在身上，好像有老虎鉗夾住後頸一樣。對於巨魔國王的驅策，我還有一些抗拒的能力，但她的掌控卻像排山倒海，根本無法抵抗。我有如羽毛，她則是颶風，即使挖出心臟都無法抗拒她的魔法，我不由自主地開始歌唱。

就算我想敷衍了事，隨便交差都做不到，歌聲自動溢出喉嚨，豐富的情感充斥其中，唱得蕩氣迴腸，隨著音調起伏帶出熱情、憂傷和歡喜。每個字、每個音符都像用剃刀一樣切割得精準無比，雖然心底只想哀號、尖叫、抱頭撲倒在地板上，但是我完全做不到，因為那只會耗費精力、影響我演唱。

歌唱結束，我緊緊地閉上眼睛，這時才得以跪在地上。我全身虛脫無力，只能微弱地呼吸著。

「唱得太美了。」聲音近在咫尺，我睜開眼睛，隆冬之后的臉龐與我相隔不過一兩吋，她的氣息就像隆冬的寒夜，讓人忍不住想畏縮地躲開。

「美極了。」她重複一遍，前前後後一直點頭，彷彿還在腦海裡欣賞一樣。「彷若天籟。」

「輪到妳了。」喉嚨的疼痛讓我的聲音變得沙啞。

「當然。」她挺直肩膀轉過身去，如薄霧般虛幻的禮服穿過我的手臂，碰不到也摸不著。她逕自走向掛在牆上的鏡子，態度輕鬆地舉手一揮，空氣中立刻出現一道裂縫。

「來吧，」她回頭對我說道。「仔細看看妳的敵人。」

我顫巍巍地爬起來，舉步走過牆壁，從裂口看進去。

6
崔斯坦

二十幾位士兵衝進損壞的大門，一半上前保護繼承人和他的母親，另一半轉向顯而易見的威脅來源。

我。

槍枝同時開火，砰然的巨響震耳欲聾。我眉頭一皺，使出魔法吸住子彈的攻擊，以防子彈反彈傷及無辜。

「立刻停火！」佛雷德的咆哮聲穿透混亂，困惑的士兵聽從命令、緩緩放下武器。

「敵人不是他。」瑪麗這時明智地出聲，一下子便掌控了混亂的局勢。佛雷德垂著頭，顯然在哀悼攝政王之死。瑪麗再度開口。「勒虔斯才是叛徒，他被巨魔國王收買，暗中收集情報，現在又殺害了我的丈夫。」她的雙手和衣服都被鮮血染紅，聲音顫抖，語氣令人動容。「把叛徒的屍體挪開，別再讓我看見。」

三名士兵上前幫忙，其中一位朝我走過來，伸手觸摸懸浮在半空中的十幾顆子彈。

「你們……巨魔都有這樣的能耐？」

「或多或少，程度不同而已。」我順勢收回魔法，金屬顆粒叮叮咚咚地落在地上。

他看看手中的武器，又極其沮喪地放下手臂。「這樣我們哪有打贏的勝算？」

「我會教你。」即使事發突然，這次魔法的展現至少讓人類對即將面臨的未來有心理準備。我轉身走向跪在攝政王遺體旁邊的佛雷德。「我們需要盡可能騰出人手在城牆上巡邏，從這裡到厝勒斯之間需要足夠的哨兵偵查。選一批你最能幹的手下出去收集情報，只要我父親有任何行動都要讓我知道。」

佛雷德點點頭。「我會派出騎兵隊。」

我搖頭反對。「要步行，保持隱密是唯一活命的法則——即使在黑暗中，任何稍有能耐的巨魔跑得都比馬還快。」

佛雷德睜大眼睛，最後點頭起身。「我立刻下令。」

我搶在他離去之前拉住他的手臂。「你可以嗎？」

「好像沒有選擇的餘地。」他瞥了瑪麗一眼，她再度跪在死去的丈夫遺體旁，涕淚縱橫。

即使面臨一生中最悲慘的時刻，她機智的反應依然讓我敬佩不已。父親驅策艾登刺殺攝政王的這步棋下得很好，簡直一石二鳥，不但幫助自己奪得控制權，百姓或許也會接受艾登成為領袖——而他依舊是父親控制的魁儡；就算結局是艾登因弒父而被吊死，但那時島上群龍無首，也是適合進攻的好時機。然而就在那關鍵性的一刻，瑪麗一舉破壞了父親的計畫，讓百姓同仇敵愾，將巨魔國王視為謀害他們敬愛的攝政王的凶手，並且團結起來聽從冒牌艾登的指揮。這一盤棋就在她舉手殺了一個無辜的大臣之際便完成了。

勒虔斯被抬走了，原地留下一攤血跡。我看了一眼，轉頭望向那道幻象築成的牆，艾登本尊癱坐在牆的另一面，我當然不會愚蠢地相信瑪麗的舉動是為了讓我得勝——她的首要目標當然是拯救愛子的性命，許他一個可能的未來。我得好好記住這一點。

「吩咐士兵去找希賽兒和莎賓，」我說。「確保她們的安全。」

希賽兒在城堡最遠處的角落，因為距離，連繫感淡化很多，就像是她睡著了。這樣也好，她的確需要休息。然而一想到瑪麗剛剛展現的冷酷，我最好還是讓希賽兒知道她所面臨的危險。瑪麗極其了解希賽兒的重要性，我得加以防範，不能讓瑪麗利用希賽兒做為籌碼和我打對台。

我抽搐了一下，某種生物正猛力衝撞圓頂的魔法，力道如此之大不是人類所有。我還來不及發出警告，又傳來一連串的碰碰聲響，聲音的間隔有模式可循——自從我在糟粕區召集祕密會議之後就不曾再聽見過。

「你知道她在哪裡嗎？」佛雷德的聲音讓我回過來神來，我把專注力聚焦在希賽兒身上。

「城堡最遠處。」我遲疑了一下，似乎在更遙遠的地方。假如她在睡覺，這個距離感似乎不合常理。「感覺不太對勁。」突來的暈眩感讓我差點站不穩，我猛然甦醒後，伴隨而來痛苦和驚慌的情緒。

「天哪，希賽兒，」我詛咒著挺直肩膀。「妳做了什麼？」

7 希賽兒

羅南挺直背脊坐在安哥雷米客廳的畫架前方，表情比平常溫和，圓圓的臉頰帶著笑意。他將刷子沾了紅色顏料，熟練地塗到畫布上。羅南在繪畫方面擁有過人的天賦，細節處理得非常細膩。

「真是讓人毛骨悚然的小鬼，」隆冬之后在我身後細語。「這孩子在妳敵人的手裡不過就是個殺人工具。」

畫面忽然移動，羅南坐在角落，場景轉向安哥雷米和萊莎，兩人正彎腰看著地圖，圖面上立著好些純金格爾兵棋的棋子。安哥雷米的打扮跟平常一樣，萊莎倒像穿了盔甲——黑色皮衣表面有著強化保護的紅色鎧甲，腰際掛了一把劍，她不時伸手觸摸劍柄末端的圓球，若是安蕾絲絕不會有那樣的動作。安哥雷米怎麼可能認不出她是冒牌貨，我百思不得其解。

「妳帶他和其餘的人馬去大洋路，等候我母親在柯維爾的計畫付諸行動。」安哥雷米的手指沿著地圖路線移動。「不要浪費時間在小村莊上——那裡有其他人負責。」

「不需要做做樣子來表現實力嗎？」萊莎問道。「王子殿下或許很樂意。」

我從眼角瞄到羅南微微一笑。

安哥雷米搖搖頭。「只要針對那些不肯發誓效忠的對象就好，就讓他們見識一下，免得人類看扁了他。」他轉向萊莎。「過去崔斯坦一直不願意傷害他弟弟，這一點對我們有利。我們的人數擴充得越快，越早讓人類相互殘殺，屆時崔斯坦為了阻止他們自相殘殺，肯定無暇他顧，到了那時，我們才會跨出第一步。」

萊莎皺眉。「我要他——」

「那是遲早的事情，」安哥雷米打斷她的話，意有所指地瞥了瞥羅南的方向。「他再厲害也無法同時對付他們兩個，那孩子顯得有些謹慎，我們要有策略才行。」

好幾位向來都效忠安哥雷米的巨魔貴族走了進來，他們的打扮和萊莎大同小異，公爵遺孀戴米爾夫人也在其中。

「我們得出發了，公爵閣下，」其中一位開口。「苔伯特的人馬已經封鎖溪水路和迷宮的大門，並且加強宵禁的巡邏，除非你想要正面突破，不然就要開啟舊有的死妖隧道，進入迷宮裡。」

「不要對決，」安哥雷米說道。「王子殿下奪得王位的時候，厝勒斯必須毫髮無傷。我們馬上出發，你們去外面等。」

巨魔貴族相繼離開。「他們會引導妳通過落石區的外圍，」安哥雷米吩咐，「保護妳的安全，躲開死妖的攻擊，妳預備好了嗎？」

「這是我等候一生的良機，」萊莎將安蕾絲的嗓音模仿得維妙維肖。「殿下，我們該出發了。」

男孩臉上閃過一絲懊惱，但還是乖乖站起來。「我去拿新的配劍，」他宣布道，轉身離開房間。

羅南一走，室內氛圍立刻改變，安哥雷米伸手攬住萊莎的後腰。「我吩咐他要聽從妳的建議。」他說。「不要犯錯，他對管束他的人就像瘋狗一樣張嘴就咬，萬一我們的欺騙被他識破，我可無法在場保護妳。」

「我不會犯錯。」萊莎一邊說一邊試著掙脫，卻被安哥雷米扣住手腕。「我會立妳做皇后。」

萊莎笑容燦爛，滿臉的仰慕和崇拜，轉身面對地圖，手指放在圖紙的邊緣。「可惜不能跟你一起走——我也很想見識一下祖先的臉孔。」

公爵還不及回應，羅南重新走入房間。「你說時候到了。」

他們兩個都沒有作聲，萊莎傾身親吻公爵的臉頰。「勝利屬於我們，」她說。「而且這一切都要歸功於你……父親。」

三個人依序離去。

裂縫慢慢從上到下收攏，邊緣捲起，最後消失無蹤。

我抬頭望著隆冬之后，她挑起眉毛。「嗯？」

「我以為會看到巨魔國王。」

她的眼珠閃閃發光。「妳沒指名要看他。」

正想張嘴反駁，念頭一轉又把嘴閉上。我只聲明要看敵人的動靜，她就讓我看安哥雷米，這意味著她心裡認定是這樣，既然她可以綜觀全局，這樣的認定背後的意義非常關鍵。我們現在得知安哥雷米將要離開厝勒斯，打算徵召——或說強迫——人類並加以利用，還有羅南會給巨魔國王找麻煩。最棒的一點是，萊莎無意間透露了該去哪裡找他們。

我也很想見識一下自己祖先的臉孔……

「當然啦，如果妳想看妳的……公公，這也不難辦。」隆冬之后的笑容裡露出一張血盆大口，牙齒像剃刀一般銳利，我嚇得眨眼，腦中的影像立刻消失無蹤。「只要小小的代價交換。」

想到她拿走我的歌時的那種痛，胃立刻收縮糾結。然而就算疼痛，但時間沒有持續很久，用來交換目睹安哥雷米的計畫算是值得的。如果可以探知苔伯特的計畫，我願意再經歷一遍。

「什麼代價？另一首曲子嗎？」

隆冬之后凝視牆上鏡子的深處。「不，」她說。「這次要別的東西，我想要一場會議。」

「妳要見崔斯坦。」這是陳述不是疑問。「為什麼？」

「我想重新熟悉、認識一下他。」

我轉過身思索，不想讓她看見臉上的表情。她想和崔斯坦見面的背後肯定有目的，這對她有利是確定的，但是於我們有損嗎？

「我要回城堡詢問崔斯坦的意願，」我說。「我不能代替他做決定。」

「當然。」她的舌尖舔過牙齒。「不過天氣那麼冷，妳又何必走回去，在這裡問不是比較方便？妳有這個能力。」

她在暗示我呼喚他的名字，這樣比較簡單，但我知道崔斯坦不會高興我這麼做，不過或許到最後他會欣然同意這是值得的。

「希賽兒，」莎賓的聲音喚醒沉思中的我。「再唱一遍那首歌。」

「為什麼？」我反問。

隆冬之后的聲音同時響起。「我們的協議和妳無關，丫頭。」

即便她的語氣充滿鄙夷的喝斥，卻是首次認知莎賓的存在，單單這一點就讓我警覺起來。

「拜託。」莎賓看著我說。

這個要求很奇怪，但是莎賓不會毫無緣由地打岔。我深吸一口氣，預備……卻完全沒有聲音，更想不起歌詞，彷彿記憶被……掏空了一塊，相關的記憶被奪走了。如果冬后可以拿走一首歌，要拿走一個名字豈不是更加容易。

我暗暗感謝莎賓適時的提醒，轉身面對隆冬之后。「崔斯坦要我承諾永遠不用它，」我信口雌黃。「安排會面應該沒問題，但我必須當面徵求他的同意。」

隆冬之后靜止不動，她看得出來我在說謊嗎？

「我們立刻去問，」我隨便點點頭，飛快地屈膝施禮，轉身走向門口。「很高興認識妳，妳真的幫了我們一個大忙。」我開始胡言亂語。「他一定在納悶我跑去哪裡，不見人影，我們必須回去了。」

「我還不想放妳走。」隆冬之后說道。狂風瞬間在室內掃蕩，冰雪紛飛，刺痛了我的皮膚；白雪堆積成冰、冰牆逐漸成形，擋住了出口的方向。冬宮裡的怪物張牙舞爪，表情凶狠，匍匐地靠近裂縫，咆哮聲迴盪在空氣裡。

「叫他來這裡。」她命令，白霧逐漸籠罩她墨黑的頭髮，氤氳地飄落在她召來的暴風雪中。

她這麼處心積慮地想要把崔斯坦叫來這裡，肯定對我們有弊無利。

「不。」我堅決拒絕。

她的瞳孔突然變得像貓眼一樣，隨即一震回復成人類的形狀。我還來不及把思想化為行動，她氤氳的輪廓已然化成實體，一把扣住我的手臂。前所未有的寒氣鑽入我的皮膚、肌肉和骨髓深處，我大聲尖叫，哀號聲像是落入陷阱的白兔。

轟隆一聲巨響在耳際嗡嗡大作，這回尖叫的是隆冬之后。她鬆開我的手臂，倉皇倒退，我望向莎賓，發現她手裡緊緊握住安諾許卡的槍，槍口猶在冒煙。本來覆蓋在房間每一處表面的冰應聲碎裂，冰宮在周圍轟然崩塌瓦解，地面隨之撼動，世界跟著顫抖不已。放眼望去的一切都產生相同的影像重疊，有十幾張沙發、一百個莎賓，我失去平衡地搖搖欲墜，反胃感瞬間湧起。

精靈先是對著我們齜牙咧嘴，才跌跌撞撞地從兩個世界間的裂縫穿越離開。裂縫隨即收攏，消失無蹤。

我們站在屋外的雪地裡，跟護城河的橋面不到一百碼的距離。大雪紛飛，城堡外觀模糊不清。我捲起袖子檢視隆冬之后造成的傷勢，沒想到表皮毫無痕跡，唯有記憶中的疼痛還在。剛才的相遇可能是精靈創造的幻象或夢境，但我毫不懷疑它的真實性。這其間只要崔斯坦跨出城堡一步，肯定會面臨巨大的危機，而此時此刻他正朝這個方向而來。

我閉上眼睛，聚精會神地凝結思緒：崔斯坦提斯恩，在我們找機會討論之前，不要離開城堡的高牆。

他的怒火來得又急又快，但只要他安全無虞，這麼做很值得。

「妳怎麼知道要插話？」我提問，讓莎賓扶著我站起來。

「崔斯坦對我和克里斯提過關於巨魔的事情，」她回應。「只有鐵和鋼能夠傷害他們，但必須是他們化為……實體的時候。」她扮鬼臉。「假如我們站在鋼圈裡面，或是有鐵製品貼著皮膚，就可以不受魔法的影響，看破他們魅惑人的偽裝。就在她大發雷霆的時候，我握著手槍，幻象消失，發現妳站在雪地上，說話的對象不是女人，而是妖怪。」

莎賓伸手揉揉眼睛，似乎想抹除那段記憶。我可以理解她心有餘悸的反應，如果剛才我在一瞬間瞥見的血盆大口是真實的影像，那她看到的全貌一定可怕到難以想像。

彷彿受到召喚一般，令人毛骨悚然的嚎叫聲破空而來，一聲又一聲，接連不斷。那正是站在隆冬之后寶座兩側如狼似虎般的生物，尖牙跟我的手一樣長。當時只看到一對，現在從咆哮聲判斷，顯然還有很多隻，我們得趕緊躲進城堡的高牆後面。

我和莎賓四目交接，眼神驚慌。

「快跑。」

8 希賽兒

我們還來不及邁出步伐，就有三匹如馬一般大小的巨狼從風雪中出現，堵住去路。牠們身上的白毛如煙似霧、虛實難辨，唯有咆哮的聲音如假包換。

「撤退，撤退。」我拉著莎賓向後，直到背後靠到鐵鑄的圍欄。她摸索掏出手槍重新裝填子彈，舉起武器對著其中一隻開槍。子彈穿透過去，沒有任何影響。

「怎麼辦？」莎賓嘶聲低語。

我咬緊牙關，真心希望自己有答案。隆冬之后知道我和崔斯坦聯結在一起和其中的含意，如果她要置他於死地，我就不會站在這裡。她只想引他出來，這意味著這三頭怪物不會殺我，但對於莎賓，牠們可沒這樣的顧慮。

「牠們必須是實體，」莎賓低語。「若是虛影，子彈就殺不了牠們。」

「牠們不是實體，也就不能咬人。」我發現牆壁旁邊有一把鏟煤的鐵鍬，一把抓過來後朝妖怪走近一步。

其中一匹飛身撲起，在半空中化成實體，被我一鍬擊中肩膀。牠哀叫地晃了晃，一轉眼又朝我撲了過來，張開滿是利牙的嘴。我再次攻擊，鐵鍬卻搆不著，但從眼角瞥見其他兩隻緩緩前進，想要繞過我去攻擊莎賓。

我倉皇後退，把莎賓壓向欄杆的保護範圍，狂亂地揮舞鐵鍬。

「救命！」我大叫。「救命，快來救救我們！」街道上空空蕩蕩，每個人都躲進屋裡，避開從天而降的危機。

莎賓驚呼一聲，我轉過身去，狼妖隔著欄杆咬住她的裙擺。她身體靠著鐵條，開槍射擊，狼妖爆成冰雪，但還來不及裝填子彈，另一隻的爪子橫掃而來，拍掉她手中的武器，凶惡地齜牙咧嘴。爪子因接觸到金屬物質還在冒煙，不過現在已經沒有東西能夠阻止牠的攻擊。我轉身朝朋友衝過去，卻有一股巨大的力道擊中背後的肩胛骨，害我瞬間彈飛出去，面朝下趴在雪堆裡。

「不！」我猛然用鍬柄揮向站在背後淌著口水的狼妖，牠不慎中鏢，哧的一聲發出哀嚎。我手腳並用，連忙從地上爬起來，衝向正要攻擊莎賓的狼妖，可是有另一對爪子勾住了我的裙襬，將我往外拖開。我就地翻滾，鐵鍬揮中壓制我的狼爪，但是再怎麼苦苦掙扎都打不過牠們。我擺脫不了，莎賓更是支撐不住，肯定會死在牠們爪下。

以這樣的距離，崔斯坦可以救莎賓一命，拉她脫離目前的險境，只是大雪紛飛，視線不良，他需要我的指引，但要這麼做，就得喊出他的名字。

「千萬不要，希賽兒。」莎賓似乎猜出我的想法，大聲喊著。「她在看著妳！」

我對著半空中的縫隙和站在裡頭的隆冬之后尖叫，用盡所有咒罵的詞語。她五官扭曲，但痛苦的臉龐充滿期待。狼牙咬住我的靴子後跟，朝她的方向拖過去，我揮舞武器，鐵鍬穿透過去，彷彿牠只是空氣。我不能坐視莎賓這樣死去——絕對不可以，正在猶豫是否要呼喚崔斯坦的真名時，刺耳的狼嚎和皮肉燃燒的臭味把我拉回眼前的現況。

狼怪被某種隱形的力量壓在鐵圍欄上，另外兩隻猛然撞向城堡的圍牆，一連串的動作看得人眼花撩亂。突然之間，三個人影憑空出現，其中兩位身形高大，另一個裹著斗篷。長劍破空一揮，轉眼間狼妖統統爆開，化成冰雪向四方飛濺。陰暗的身影大步走過來，狼怪咬住後腳跟的力道隨即鬆開，等我回頭看過去，壓制我的怪物已經消失無影。

一股溫暖的魔法輕輕扶著我站起來，但我直接撥開，撲向親愛的朋友。

「馬克！」斗篷細緻的毛料貼著我冰冷的臉頰，感覺溫暖又舒服，凍僵的手指頭順勢鬆開鐵鍬，任它掉在地上。「你們在這裡做什麼？」

「拯救妳這個皮包骨的傢伙。」文森替他發言，撿起鐵鍬打量。「妳選擇武器的眼光很令人懷疑，希賽兒，幸好馬克以前聽過妳尖叫求救的聲音，所以馬上就認出來了。」

「我有自知之明。」我緊緊地擁抱馬克。「天哪，看到你們三個真是高興。」

「等等再敘舊吧，先去城堡再說。」莎賓說。我們一起轉向她。雖然裙擺裂開，但她已經撿回手槍，不等大家回應，逕自轉身前進。

雙胞胎揶揄地揚揚眉毛，馬克輕輕推了我肩膀一下，示意我跟上去。

「她說得對，」馬克跟我並肩走在一起，低語道：「是苔伯特派我們來的。」

「為什麼？」

「傳達訊息。」

「可是……」我皺眉地搖搖頭。「感覺不合常理，為什麼不派那些真正效忠於他的人，而是派你們過來？」

「這是個好問題。」

我要看我們敵人的動靜。

我們的敵人。

敵人。

我疲憊地搖搖頭，不，隆冬之后雖然只讓我看見安哥雷米，並不表示國王跟我們站在相同的陣線——只能說我們的敵人很多。冬后明知道苔伯特才是我想看的敵人，卻故意要把戲，意圖透過我來掌控崔斯坦。

然而……

我們的能耐根本不足以同時對抗兩個敵人——應該說三個，隆冬之后也該算進去。如果我們必須找人結盟的話——苔伯特對安哥雷米的憎恨不輸我們，為了摧毀主要的敵人，或許可以考慮暫時撇開彼此的敵意。

問題在於就算這樣的策略是對的，我也不敢肯定崔斯坦真的能以大局為重，暫時拋開對父親的憎恨。

9 崔斯坦

我在議事廳來回踱步，對崔亞諾官員的口頭報告幾乎充耳不聞。

「你這樣讓人很緊張。」最後一位信使離開之後，室內只剩我跟佛雷德，他開口提醒。

「都怪你妹妹。」我咕噥著，怒氣沖沖地坐進他對面的椅子，粗暴的力道震得木頭吱嘎呻吟。那時幾乎快到了大門口，她卻硬生生地阻止我插手，因此只能束手無策地瞪著暴風雪，讓她獨自應付那場莫名招來的、也可能是她挑起的災難。

空氣中瀰漫著精靈魔法的味道——法力強大、不容小覷——它們的介入不是好現象。仲夏國王提示我們，終將得到釋放和自由的預言可不是出於善意，其中應該還有個人利益的考量。而如果他可以從中得到好處，隆冬之后肯定會無所不用其極地阻撓。問題一直都存在，破除咒語究竟對仲夏王國有什麼好處？再反過來問，隆冬之后會有什麼損失？

「希賽兒這麼做肯定有她的理由。」佛雷德的聲音將我從沉思中喚醒。他走向隔絕艾登的幻影牆，那傢伙還在魔法籠裡死命掙扎，一心要掙脫魔法。真希望瑪麗快點找到地方把他關起來。「她大概以為他們都是好心人。」佛雷德補了一句。

「我還以為莎賓能夠緩衝她莽撞的行動。」

佛雷德捧腹大笑，彷彿我的話荒謬到極點，然後對著籠子捶了一拳。「他在裡面幹什麼？」

「好問題，」瑪麗大步走進來。「你們應該謹慎點，紳士們，我可不希望計畫破滅，只因為你們說話不經大腦、無意中被人聽見。」

哈，拜託，我可是大半輩子都在小心翼翼地防範誰在偷聽我說話，但我終究忍住衝動，對她的話不予置評。我用魔法封閉出入口，讓拘束艾登的屏障變成透明的，但一看到眼前的景況，我氣得大聲咒罵。

魔法籠子裡血跡斑斑，黏了好些碎裂的指甲，艾登的眼神瘋狂，手指已經磨到見骨的程度卻一無所覺，繼續又抓又扳，張大嘴無聲地尖叫。

「天哪，快放他出來。」瑪麗哀號。

屏障一撤下，瑪麗立刻撲到兒子身上，然而艾登沒有迎向母親的安撫，而是像頭發狂的野獸，威嚇般地齜牙咧嘴，罵了一連串難聽的字眼。

瑪麗畏縮地往後退，轉身質問我。「你保證過他會好好的。」

「我沒那麼說。」我把艾登壓制在地，蹲著查看他瘋狂的眼神裡是否還保有任何理性的跡象。「他現在是不顧一切想要實現對我父親的承諾，但我們橫加阻撓，才會導致他心神喪失。」這種現象前所未見，至少不曾發生在人類身上，可能是父親知道他的傀儡已毫無用處，因此故意用這種方式來解決，或者……

「救救他。」瑪麗激動地抓住我的手臂哀求，指甲掐進我的皮膚。

「沒有其他辦法，唯一的方法是殺了我父親。」或者讓他贏得這場戰爭。

「如果他死掉，我會讓你付出慘痛的代價。」聲音雖然不大，威脅的意味非常濃厚，愛子心切的她應該不會在乎全世界都要因此跟著陪葬。我必須想出解決之道，而且越快越好。

「可以給他下藥。」佛雷德靠向我的肩膀，急促的呼吸聲咻咻地掠過耳際。「讓他昏睡，這樣對自己或對別人都不會造成傷害。」

「你有藥嗎？」

「我屋裡有安眠藥。」瑪麗回答，卻沒有動作。

「快去拿啊！」我咄道。「佛雷德，你去守著走廊，別讓閒人靠近，眼前最不需要別人打擾。」

他們兩人雙雙跳起來行動，留下我單獨陪伴生病的男爵，聽他沉重的喘氣聲過了好半晌，才開口詢問。

「你還有一點理性存在嗎，艾登．雀斯勒？」

名字擁有力量——即便在人類身上也如此。他慢慢轉過頭來，眼神恢復一絲清明。「是的。」

「很好，」我坐在腳跟上。「只要你肯努力保持清醒，我會盡力幫你解脫愚蠢承諾的折磨。」

「你可以承諾嗎，王子殿下？」他聲音沙啞，喉嚨收縮。

「不，」我偏著頭，傾聽他凌亂的心跳聲。「最近許下好幾個愚蠢的諾言，不只搞得自己頭大，還因此疲於奔命。」

「你很聰明。」艾登的前額抵住石頭。「當時的我太年輕，糊里糊塗就對你父親許下承諾，根本搞不清楚自己在做什麼。」

「我對你許下承諾的緣由不感興趣，」我說，只希望瑪麗手腳快一點。「把錯誤的抉擇歸咎於年輕不懂事，是老人常用的藉口。」

「不是藉口，」他說。「只是解釋，免得以後再也沒有機會說明。」

交談似乎能夠幫助他神智清醒，我聳聳肩膀。「想告解就繼續說吧。」

「我當時承諾，只要巨魔擺脫咒語的約束，就以和平的方式將島嶼還給他。」

「我猜也是，」隨即咬住下唇，避免再用冷嘲熱諷的語氣刺激他。「為什麼？」

「當時年少、傻氣，又走投無路，況且咒語已經持續好幾個世紀，真要面臨巨魔出匣的機率能有多高？」他用力拉扯，想要掙脫束縛手腕的魔法。「因此完全沒有深思這個承諾背後的含意。」

「你的意思是沒想到會有必須實現諾言的一天，」我實在懶得掩飾尖酸的語氣。「他答應給你什麼回報？」

「黃金。」他的臉漲紅，我想不是因為發瘋，而是羞愧的緣故。「我生活放浪，吃喝嫖賭樣樣都來——父親非常看不慣，因此乾脆切斷經濟援助。我氣炸了，同時知道……知道山脈底下可以談交易。你父親親自跟我碰面，擺上美酒佳餚，還傾聽我對父親的抱怨，然後就提議要幫我還債，唯一的要求就是要我答應再次回去拜訪他。」

我皺起眉頭，心裡非常清楚只要父親願意，他可以變得活潑又充滿迷人的魅力，讓人極度容易信任他。

「我順利還清了債務，馬上故態復萌，繼續揮霍地生活。當債主又找上門時，我再度回到厝勒斯，他提出了相同的條件。」

「第三次呢？」事情總是無三不成禮，肯定有第三次的交易。

「他願意提供數不盡的黃金，條件是要我承諾，如果他有恢復自由的一天，我得奉上島嶼的掌控權。而且只要他召喚，就要隨傳隨到，按照他的吩咐辦事。」艾登雙手收縮，似乎想要握緊拳頭卻無法做到。「我認為他是大傻瓜，竟然賭上大筆財富換取這種不切實際的希望，我……我沒想到諾言真有實現與拘束的效果。」

「你真是錯得離譜。」貪婪的傢伙向來最容易上鉤。

「你以為我沒有學到教訓嗎？許下承諾之後，我至少後悔了上千次。」他低頭凝視地上草率擦拭過的血跡。「幾個月前我甚至寧願一槍打穿自己腦袋，只是……」艾登忽然渾身戰慄，自殘求死的欲望和父親的命令相違背，因此又開始發作，這時剛好瑪麗回到屋裡，看到鮮血從艾登嘴角流下，讓我忍不住詛咒出聲。

「你對他做了什麼？」瑪麗質問，抱緊手中的藥瓶。

我把她的指控當成耳邊風，逕自撬開艾登的下頦嵌入魔法，以免他咬舌自盡。「妳有什麼藥趕快餵他吃下！」

她的手不斷發抖，小心翼翼量了藥水倒進艾登流血的嘴巴裡。他嗆了一下、啞著聲音嘶吼，企圖把藥吐出來，被我捏住鼻子強迫地吞了進去。

「要多久才能發揮藥效？」我問。

「一陣子。」瑪麗急得滿頭大汗。

過了一會兒效果仍然沒有顯現，艾登的心臟怦怦跳得紊亂又強勁。

「再多給他一點。」

瑪麗餵了更多藥水給艾登，他詛咒地尖聲吼叫，被我們的阻撓氣紅了眼，像是想把我們殺了。

「沒用。」我攫住艾登的肩膀，把他壓制在地上。他不斷反抗，力道大得出乎意料，過度用力的結果造成他身體上的明顯傷害——皮膚毛細管破裂、關節突起、肌肉緊繃僵硬。

「再多會害死他的。」瑪麗的手一鬆，瓶子摔在地板上。

「那他死定了，」我說。「他的心臟負荷不了這樣的壓力。」

「那還得看我肯不肯。」一個熟悉的聲音驀然出現。

希賽兒的嗓音嚇了我一跳，我全神貫注在艾登身上，完全沒感覺到她走近。她的臉頰上有一道紅色傷痕，看起來應該是最近造成的，除此之外似乎完好無恙。馬克站在她後面，臉龐隱藏在兜帽的陰影之中。

「雙胞胎跟莎賓去拿我的包——安諾許卡的……庫存品。」她跪在我和瑪麗中間。「他做了什麼承諾？」

「把島嶼獻給我父親，」我答。「還有別的事情。」

希賽兒眉頭深鎖，把一綹髮絲塞到耳後。「這不是他的手法。」她喃喃自語，我還來不及追問她的言下之意，莎賓和雙胞胎已經衝進屋裡，一只箱子浮在半空中。

「書。」希賽兒命令，維多莉亞從箱子裡掏出魔法書丟過去給她，希賽兒迅速地翻閱，終於停在某一頁。她匆匆瀏覽內容後說道：「這個應該可以。」

「妳不能傷害他。」瑪麗說道，但希賽兒充耳不聞。

「蕁麻葉和樟腦。」她說。

維多莉雅皺眉以對，莎賓掣肘推開她，然後探頭在箱裡的瓶瓶罐罐中搜尋。希賽兒列出咒語所需的材料，然後把書放在旁邊，開始東一點西一點地把材料加進碗裡。

「還需要一顆石頭。」

雙胞胎東張西望，文森從地上撿了一顆小石子。「這個可以嗎？」

希賽兒點頭，文森把石頭放在她面前。

「火。」

莎賓遞來一根蠟燭，接著希賽兒嘟噥了一句。「睡覺。」再以火點燃碗裡的材料，然後全部澆在石頭上，混合而成的不是草藥和骨頭，而是液態的火焰。然而倒下的液體竟然違反地心引力的定律，在空中形成圓圈，懸宕在翻過來的水盆中央，希賽兒再一次低聲說。「睡吧。」小盆子翻過來，裡面好像是水。

「杯子。」

維多莉亞拿起桌上的髒酒杯充數，希賽兒用杯子舀出液體。「扶著他不要亂動。」這時她才抬起頭來，和我四目相對，無論眼神或她給我的感覺都帶著些許猶豫，似乎不太確定會不會有效。

「咒語的效果是什麼？」我問。

「讓他進入熟睡狀態。」她舔了舔嘴唇，一遍又一遍。

「我們用安眠藥水試過了。」我是故意說給瑪麗聽的，讓她不要有太高的期望。

「但這是魔法。」希賽兒說，然後把液體倒進艾登嘴巴裡。

「睡覺。」她重複著，室內的燭光霎時一亮，接著搖曳兩下就熄滅了。

突然有三顆光球浮現，但都跟我無關。

「他……死了？」瑪麗臉色沉下，好像快吐了。

「是睡著了。」我偏著頭聆聽這個男人平緩穩定的心跳。「這樣可以持續多久？」

希賽兒吁口氣。「隔兩天就要再喝一次，還得想辦法餵他吃東西，總不能讓他餓死，不然就白忙一場了。」她站起身環顧四周，睜大眼睛看著地板上的斑斑血跡。「出了什麼事？」

我把艾登的頭放在地板上，跟著站了起來。「被強制作用影響，他控制不了諾言的衝動，殺死了攝政王。」

希賽兒驚愕地伸手摀住嘴巴，出於憐憫，轉身向瑪麗致哀悼之意。「夫人，我很遺憾。」

「妳是應該道歉。」瑪麗掏出手帕，為兒子拭去臉上的汙漬。「都怪妳惹的這些禍。」

希賽兒看向我，微微搖頭，讓我硬生生忍住已經到嘴邊的反駁。希賽兒可以替自己辯護，卻選擇靜默。

「妳有地方安置他嗎？」我不等瑪麗點頭就接著說。「現在就送他過去。」隨即轉身吩咐文森。「你去確保不要被人發現。」

直到文森護送瑪麗和艾登離開之前，我故意壓抑自己不去看希賽兒，心裡隱隱約約感覺到她滿懷期待——應該是有話要對我說，但不論她想說什麼，都要等一等。如果她不想忍耐，可以該死地命令我聽話。剛才她就這麼做了，而且毫無悔意。

馬克站在莎賓旁邊——兩個人站在一起看起來很突兀，卻沒有不自在的模樣。

「我們還有多少時間？」我直接詢問馬克，不想浪費時間在客套上。顯然咒語一解除，他和雙胞胎便立刻離開了厝勒斯，全速趕來崔亞諾，為的是要警告我。他們既然來了，父親的先鋒部隊肯定是毫無疑問地緊跟在後。

馬克沒有回答，僅從口袋掏出一封信遞過來。我認得這是父親專屬的封印，封口的蠟似乎塗得很倉促。

「這是什麼？」

「不知道，」馬克的身體微微搖晃。「他只吩咐盡快交給你，不許拖延。」

我伸手接過來，心裡滿懷猶豫，紙張感覺沉重無比。

「崔斯坦——」

「等等。」我打斷希賽兒，不讓她說下去，逕自拆開封口。

崔斯坦：

五個世紀以來，統治者功虧一簣的夢想在你手裡完成了。正如我對你的期待，過往的一切皆盡饒恕，趕緊帶著希賽兒快馬加鞭返回厝勒斯，好讓我重新立你為繼承人。你的百姓需要你回來，我也一樣。

苔

我反覆閱讀好幾遍，拿著紙張的手指微微顫抖，室內的一切變得恍惚。

「崔斯坦，信裡寫了什麼？」馬克的疑問傳入耳裡，似乎問了不只一遍。我清清喉嚨，聲音有點卡卡的，因此再咳了一聲。我重新閱讀信紙的內容，彷彿聽見父親的嗓音，依稀看到他洋洋自得的表情，腦海裡閃過一個畫面，就是阿姨那套格爾兵棋有個鐵鑄的正方形框架，縞瑪瑙的棋子上刻畫著我的臉龐。父親把我當成手中的魁儡，隨心所欲地操弄，只要一拉線繩，我就會遵照他的心願去完成。他從來不曾關注過這樣做的後果和代價，一逕地強迫我順從。

我恨他。

我恨他。

我恨他。

「崔斯坦，」感覺希賽兒拉著我的衣袖。「崔斯坦，聽我說，敵人不是你父親。」手裡的信紙瞬間燒成灰燼。

10 希賽兒

當這句話脫口而出的那一刻，我就知道錯了。不是不該說，而是時機不對。崔斯坦還沒有心理準備，我應該先剖析相關的事實，給他機會讓他自己做結論，因為只要是跟他父親有關的一切，崔斯坦就會像是換了一個人似地失去往常平靜自若的理性。

國王的來信瞬間冒出銀色火焰，我只好放開他的袖子，退後一步躲避火焰的熱度。

崔斯坦靜止不動，這種靜態只有巨魔才做得來，接著他緩緩轉過頭，直勾勾地看了我一眼，眼睛眨也不眨。他的眼神怪異而陌生，非常冰冷、沒有一絲感情，簡直像沒有……生命。

他的表情分明在說謊，因為我從他身上感受到背叛的情緒，心痛得糾結在一起。這場痛苦的沉默持續了幾分鐘，過了半晌他終於吁了口氣。「解釋妳話中的意思。」

「我們去找精靈談過了，」一開口我就愣住了，感覺這麼說似乎是故意找麻煩。「我們想了解厝勒斯的動靜、打探敵人的計畫。」我轉頭看了莎賓一眼，她鼓勵地對我點了點頭，示意我繼續。「我知道你已經派人出去偵查消息，即便他們可以躲藏不被識破或俘虜——但光這一點就很有難度——再說他們不知道要找什麼，更不懂當地的動態，而我知道精靈能夠開啟窗口讓我看到厝勒斯的動靜，這樣做也沒有被俘虜的風險。」

「沒有風險嗎？」崔斯坦語氣冷淡，即便沒有抑揚頓挫，懷疑和訓斥的意味卻很明顯。

我充耳不聞，繼續說下去。「她應召喚而來，跟我談條件，我們用一首歌做為交換，她同意讓我看到敵人的動態。」我本來低頭盯著地板說話，轉而抬頭凝視崔斯坦。「而她顯現的是安哥雷米、羅南和萊莎。」

「她？」

我點點頭。「隆冬之后。」

維多莉亞吹了一聲口哨，但我感受到崔斯坦猛然產生的恐懼，幾乎聽不到其他聲音。

「然後呢？」他問。

我一股腦兒地描述當時看見的景象，這些都是寶貴的情報，然而讓我更感興趣的是他對隆冬之后評論他父親的反應。我一字一句複述當時的對話，然後屏息以對，耐心等候他的回應。

毫無反應。

「她認為安哥雷米才是我們應該聚焦對付的敵人。」我說明道。

崔斯坦只是冷笑。「不，她抓住妳真正想要的王牌，藉此交換她想要的。她要什麼？」

我吞嚥口水，胸口緊繃。「她要求跟你見面，想要我把你弄出城堡，然而最終目標是你的名字。」

屋裡所有的人都變得安靜。

「我當然婉拒了交易。」我說。

「可以算是一場勝利。」崔斯坦冰冷地說道，我渾身僵硬。

「不要用那種語氣跟她說話。」莎賓氣沖沖地走過來擋在我和崔斯坦中間。「去找精靈談判或許很冒險，但至少有些收穫，讓我們知道要把重心和注意力放在主要敵人身上，還聽到了他們的部分計畫，包括公爵可能躲在哪裡的線索。此外還知道了幻化成隆冬之后的怪物想方設法地要把你引到戶外。這段期間我們做了這些，而你做了什麼？」莎賓揮手指著地上的血跡。「明知道艾登受你父親掌控，還容許他在城堡裡面瞎闖亂走，不受拘束，以致殺了攝政王。你用魔法玻璃框住城堡，但截至目前為止，沒有發揮任何保護的作用。天哪，你應該感謝希賽兒及時趕到，否則艾登會一命嗚呼。現在碩果僅存的統治者剩下瑪麗，只能期待兵士們願意追隨她，如果她又恨你入骨，那計畫就會泡湯。」

「若不是你們兩位讓我分心，攝政王就不會喪命，」崔斯坦反駁。「而妳所謂的安哥雷米藏身地點的線索，其實毫無幫助，所謂的『安蕾絲先祖的臉孔』，那是什麼東西？」他搖頭。「應該是她們家以前的廢墟，或是某個儲存的倉庫，但也可能不是指她的家族，而是跟精靈有關的場所，所以也不一定在島上——公爵也可能搭船去陸上島國，從那裡遙控大局，只要他呼喊名字，距離遠近不是問題。」

這時我的精力終於被掏空了，崔斯坦和莎賓爭執的聲音如同遠處低沉單調的嗡嗡響，加上臉頰的刺痛，幾天沒睡的疲憊瞬間爆發，但我知道一旦閉上眼睛，就會看見羅南在島上橫行、隨興殺戮無辜的人民。是我跟崔斯坦釋放了羅南，讓他來到這個世界，本該阻止他的我們做了什麼？竟然在這裡內鬥。

「嗯？」

我眨眨眼睛，察覺大家都盯著我看。「對不起，剛剛說了什麼？」

崔斯坦的臉色更加陰沉。「妳建議怎麼做？」

我用力吞嚥口水，感覺胃像空虛的深淵。「我們很難期望拉出兩條戰線還能打贏戰爭。

你父親是次要的敵人，考量現狀，眼前必須先跟他聯手對付安哥雷米和羅南。」

激動的情緒如浪潮般狂湧而來，撞得我搖搖晃晃，費盡心力才敢直視崔斯坦的眼睛。室內的溫度突然熱得受不了，太多魔法的力量擠在狹小的空間裡，皮膚麻麻地發癢。

「不。」他的聲音近似耳語，但每個人都聽得見。他逕自繞過莎賓，頭也不回地離開。

我試著追過去，被馬克擋住。「讓他走吧。」他朝維多莉亞點頭示意，後者匆忙離去。「她會讓他冷靜下來。」

「還要多少人死於非命，才能讓他領悟自己鑄下了大錯？」我提問，伸手揉臉龐，發現手指沾到金粉——上一場演出的殘妝還在臉上，感覺卻恍如隔世。

馬克扶著我的手肘，走到桌子旁邊。「坐下。」轉而吩咐莎賓。「她需要吃點東西，妳可以幫忙嗎？」

莎賓沒有回應，但隨即傳來鞋子在室內走動的聲音。馬克坐在旁邊，雖然一言不發，他的陪伴一如往常帶來了安慰的力量。

「我們很難立刻轉換立場，把苔伯特想像成盟友。」他終於開口。「至於崔斯坦……」

「我了解，」我把手肘靠在桌上。「我也恨他，他不只傷害我，更傷害我所關心的人。」

「妳真的了解嗎？」

我驚訝地抬起頭。

「我不是想淡化苔伯特曾對妳造成的傷害，」馬克用戴著手套的指頭描畫木頭桌面。「但妳被他折磨不過幾個月的時間，我們卻被折騰了一輩子。尤其是崔斯坦，他全部的人生幾乎都建築在父親是仇敵的認知上，是他要不計代價打敗的對象。要撇開這一點——即便是正確的抉擇——真的不容易。」

「所以你也同意這是正確的決定？」我問。

馬克往後靠著椅背，頭頂上的光球隨著他移動。他的臉龐依舊留在陰影的籠罩裡，我從眼角的餘光瞥見莎賓站在門口，表情專注地聆聽。「這當然是阻止安哥雷米、羅南和他們追隨者最快也最有效的方法。縮短戰鬥時間意味著可以減少犧牲的人數，而且，」他舉手示意我不要打岔。「這是最大的價值所在，但要付出額外的成本。」

我低頭咬指甲。「我們要讓國王重新掌權？」

「比這個更糟，」馬克回答。「可能會促成他的政權穩固到我們再也無法扳倒的程度，」他傾身向前，手肘撐在膝蓋上。「崔斯坦努力了很久才改變厝勒斯統治的模式，一開始是暗中運作，迎合混血種和少數立場鮮明的支持者。後來情勢逆轉，整個城市以他馬首是瞻，願意為嶄新的生活方式奮戰。如果現在我們又屈膝臣服於他的父親……」馬克嘆了一口氣。「對厝勒斯人民這麼大的背叛，我不敢確定能否再有翻轉情勢的一天，而這也意味著苔伯特終此一生都會統治這座島嶼。」

我沒有辦法承受如此沉重的壓力——這個策略的決定牽涉到許多人的生命。我向來認定應該選擇拯救現在的生命優於未來的人，因為我深信時間拉長自有解決辦法，終究可以拯救所有的人。有些人——包含崔斯坦在內——會批評我缺乏遠見，但我實在不忍心袖手旁觀，看著別人失去生命。

「他又不是真的臣服於他的父親，」我反對。「而是以對付安哥雷米為第一優先，其次再來推翻他父親。」

「妳以為苔伯特不會想到這一點而預作防範嗎？」

我跳起來，椅子被踢翻在一邊。「所以你認為我錯了？我們應該坐視不管，先想辦法暗殺國王，然後任由羅南橫行屠殺我們的朋友和家人？」

「我沒說妳錯了，希賽兒，」馬克解釋。「只是解決方案很可能不如妳所預期的那般乾淨利落。」

「你們兩位都忘了還有一個大問題。」莎賓放了一盤食物在桌上。「隆冬之后。」

我端起濃湯，一邊舀進嘴巴，一邊思索莎賓的話。「她在我們的聯結上動了手腳，不讓崔斯坦知道我離開了城堡。」

馬克搖搖頭。「她沒有那樣的影響力，只是讓妳陷在自己腦海中的幻影——那是妳和莎賓共同的想像。」

我眨眨眼，莎賓揚起眉毛。

「她讓妳以為自己穿越了城區，遠離崔斯坦，」馬克說道。「但她知道崔斯坦能夠察覺距離遠近，因此就利用幻影欺騙妳。大腦的時間流動和現實世界有差異，不過這個魔法即便是對她而言，都是非常消耗精力的事情。」

一時之間很難理解這樣的概念，我決定撇開他的說明，專注在最後的重點。「既然如此費勁，她為什麼要這樣做？」

「因為她想避開崔斯坦的干預，私下找妳談，」馬克揉著下巴。「以免提高正面衝突的風險，崔斯坦的能耐足以對她造成巨大的傷害。」

還以為情況正好相反。我把湯匙放回碗裡面。「那崔斯坦何必怕她？」

「崔斯坦是應該警戒防範。隆冬之后力量強大，還能使喚一大堆致命的生物，只是她的魔法無法像巨魔，可作為武器使用。」

「我沒說防範，」我怒火上揚，皮膚發燙。「我說的是害怕。」

馬克猶豫了一下，僵硬的神情透露出不安。「不知道。」

我想重新熟悉、認識……

隆冬之后的聲音在耳際響起，我詛咒道。「他們根本以前就認識了！」我順手抓起麵包捲塞進口袋，大步走向門口。

「希賽兒……」馬克想阻止我。

我頭也不回地停住腳步。「不，馬克，我知道你想保護他，但他如果有所隱瞞就不配你這麼做。這是攸關生死的戰爭，彼此不該有祕密，無論是崔斯坦或其他人都一樣。」

我逕自離去，馬克沒有再阻攔。

11 希賽兒

這道樓梯通向另一個塔樓。我裹緊斗篷、推開沉重的橡木門，寒氣勾起被隆冬之后觸摸的回憶，手臂隱隱作痛，但我撇開痛楚，在漆黑中搜尋崔斯坦的蹤跡。

他佇立在陰影下，手肘靠著久經風雪摧殘的城垛。明知道我來了，卻硬是不轉過身。過了半晌，我走過去和他並肩而立，眺望城市街景，同時發現圓頂的微光不見了，只能透過微微扭曲的空間察覺到它的存在。暴風雪停了，烏雲卻更加濃厚，罩住所有星芒和月光，黎明之前，島嶼應該漆黑一片。

但事實不然。

遠處閃著橘紅的光芒，大火燒得熾熱而明亮。起火點不只一個地方，而是好幾處，一大團巨魔的銀色光球在夜空下爆炸，竄得越來越高，然後才轉成平常的火焰。

「羅南，」我低語。「是他，對嗎？」

「對。」崔斯坦的聲音幾乎聽不見。

「你可以判斷出他的位置嗎？」

「就在厝勒斯外面，」他的手指掐入石塊，剝落的碎片一丁一點地掉進下方的漆黑裡。

「蒼鷹谷？」我渾身顫抖、皮膚發燙，牙齒上下打顫。「我的家人？克里斯？」

「很難確定，」他移動身體，踩得腳下的雪堆悶悶作響。「我認為他會循著大洋路前進，但是外面不只他一個。」

淚水滑下雙頰，沿路那些村莊和小鎮的名字一一閃過腦海。那些居民非死即傷，不然就淪落成奴隸，如果羅南真的循著那個方向，接著要遭殃的就是柯維爾。

我轉過頭，眺望大海的方向，想看看海灣另一端是否火光漫天，但是水面上的薄霧擋住視野，很難看得清楚。除去崔亞諾和厝勒斯，柯維爾是島國上另一座稍有規模的城市，至少有上千個居民，他們不久就要變成犧牲品。

「為什麼，」我伸手抹去臉上的淚水，提聲詢問。「你不去制止他？」

崔斯坦沉默了很久，讓我以為他不打算回答了，最後終於開口緩緩說道。

「我跟隆冬之后有過一場交易，才能從那次死妖的致命攻擊下死裡逃生。死妖的毒液是一種魔法，由冬后掌控，魔力深淺和被噬的後果都由她來決定，因此我欠她一條命，她的任何要求我都難以拒絕。」他伸手抓頭髮。「我告訴維多莉亞，她會跟你哥哥說明眼前的處境，然後找一個合理的藉口解釋我為什麼躲在城牆後、任由我弟弟摧毀一路上的城鎮和村莊。」

我一言不發，努力壓制怒火。「你被死妖攻擊到現在已經過了好幾個月，竟然一次都沒跟我提過這些細節。」

「其實我說過了，」他答道。我隱約想起一些模糊的記憶——冰霜的氣息——我屏氣凝神地專心思索，被遺忘的對話慢慢浮現。

一個大有能力的人幫了我一把。我欠她很多。

「她讓我遺忘。」我說。「怎麼會這樣？」

「比較像是強烈暗示我們交談的內容不值得記在心底。」他說。「一來一往，我們有獲得就必須付出代價交換。」

「你為什麼不提醒我？」

崔斯坦嘆了一口氣。「我答應過她絕口不提對話內容，而且……只要詛咒存在，我也不用擔心償還人情債的問題。」

這也就是即便我一直想說服他相信巨魔應該被釋放，他也不以為然的原因。

「你知道她要什麼嗎？」我問。*就算知道但他能說嗎？*

他搖頭以對。「不清楚，但肯定是我不願意給的東西。她不會把機會浪費在我樂意付出的事情上面。」

明明只喝一小碗湯，卻有想吐的感覺。我傾身向前。「還以為情況已經到谷底，不會再更糟了。」

「我早就警告過妳過於樂觀的風險。」

我怪異地哈哈笑著，近乎歇斯底里。「她必須跟你面對面才能索討這筆債？」

崔斯坦點點頭。「這正是她想利用妳把我引出去的原因，但是討債只有一次機會，還要能說出我的全名……還好妳很清楚名字是強大無比的工具，也幸好她無法直接跟我索取這一項。」

他原有的怒氣已經消散，換成陷入猶豫不決和懊悔的深淵。

「你不可能事先預知會有這樣的狀況。」我握著他的手，隔著手套依舊感覺得到皮膚的溫暖。

「不要幫我開脫責任，希賽兒。」他說。「我知道要付出沉重的代價，然而涉及我——

和妳的——性命，我甘願承受風險，她要什麼我都會答應。」

他傾身靠著牆面，銳利的眼神凝望著幽暗。「我應該出去，阻止他是我的責任，可是萬一跨出去，她就來討債怎麼辦？萬一冬后的要求不只讓我無法阻止羅南，更不准我保護崔亞諾的生靈呢？可是我若不出去……現在我進退兩難，不知道該怎麼做才好。」

遠方又有一處被銀色火光照亮的夜空。我捏緊崔斯坦的手，現在絕不是催促他和苔伯特結盟的時機，因此轉而提問。「你父親為什麼沒有出動？」

「他知道只要他在厝勒斯裡，我就不會攻擊他。」崔斯坦答道。「若我們兩個都不在，厝勒斯很有可能被土石壓毀，再者他也可能想利用安哥雷米的舉動迫使我和他聯手，用這種方式逼我屈服。可惜他不知道我被困住，根本動彈不得。」

我搜索枯腸尋找解決方案，總要想辦法查明冬后的打算。「那麼你的祖先——仲夏國王呢？」我問。「他能夠阻止冬后嗎？」

「他無法阻止她討債，這是她的權利，反之亦然。」他意有所指地看我一眼。

我閉上眼睛，瞬間想起在那個仲夏國度裡遇見的生命體，他全身金光閃閃，如同耀眼的太陽。很難想像他要屈從於任何人，根本不合常理。「他們不是夫妻嗎？」

縹緲的笑意從崔斯坦臉上一閃而過。「他們特意用妳可以理解的形態出現，用妳熟悉的語言和習以為常的樣貌。舉凡高階的精靈……」他頓了一下，似乎有點詞窮，然後才解釋道。「他們不同於人類，沒有觸手可及的實體樣貌和靈魂，而是意識的存在，可以隨心所欲變化形體。他們甚至可以創造出次等的精靈，只要取下自身一小部分，捏造成特定的樣貌，不要了就捨棄。高階精靈來到這個世界，取了人類的相貌居住在島上，行為舉止與人類幾乎相同，最後卻被鐵器困在這裡，並受制於人類的外貌，脫不了身。」

我突然想起安諾許卡說過的話：他們等級低俗，或許在人類眼中，他們長得美麗可愛，但從他們的祖先，那些永活不死的精靈看來，巨魔都是扭曲、醜陋、顏色單調的東西。

「仲夏和隆冬兩個國度的統治者是聯結的夫妻，」他繼續說道。「偏偏彼此痛恨對方，常常意見不合，大打出手，兩國時常處於交戰狀態。隨著戰事的起伏，舉凡所接觸到的世界，季節也跟著動盪變化。」他張開手掌，讓掌心的雪花隨風飄入夜色。「冬天是冬后法力最高峰的時期。」

我皺眉，想起早先和精靈王后的交談，突然靈光一閃。

「什麼？」崔斯坦感受到了我的情緒。

我撇嘴。「她有可能不希望咒語被破除嗎？」我盡可能鉅細靡遺地把當時和她的對話重述一遍。

崔斯坦眉頭深鎖，心不在焉地撥掉城垛上的雪花，手肘撐著頭、凝神思索。我從口袋裡掏出原先塞進去的麵包捲遞給他。

「許久以來阿姨一直深信她的預言來自仲夏國王，」他咬了一口麵包，慢條斯理地咀嚼著。「如果仲夏國王希望我們被釋放，肯定是因為在某方面對他來說有利可圖，或者可以損害冬后的利益。」

「隨便猜猜看，可能的利益是什麼？」我問。

「技術上來說，我們是他的臣民，」他答道。「阿姨的預言都是對百姓有利的資訊，警告我們避開麻煩。」他聳聳肩膀。「或許他對我們還有其他計畫，」他轉身看著我。「至少對妳是這樣，得知我的真名就是妳欠他的債。」

我感到口乾舌燥，一部分的因素是因為被提醒我欠了人情債，但最主要的原因是因為名字的緣故。今天差點就用崔斯坦的名字來拯救莎賓，即使心裡不舒服，我仍知道這麼做是錯的。「有辦法變成不知道嗎？」

「變成不知道也無法抵銷這筆債。」他偏著頭說道。「但這不是妳追問的理由，對吧？」

我搖頭以對。「這個武器太厲害，讓我擔心會誤用。」

「萬一有需要呢？」

「這正是我擔心的地方。」我低語。

門軸吱嘎作響，我們雙雙轉身探看。「稍後再談。」崔斯坦對我低聲說道。

佛雷德站在門口。「哨兵都出去偵查了，我還派了艦隊出港，查看能否確認你弟弟的行動，同時警告柯維爾小心防範。維多莉亞提醒我他們可以從岸上擊沉船隻，因此黎明之前就得掩飾行跡。」

「很好，」崔斯坦吁了一口氣。「有沒有派騎兵出去警告？」

「早就出發了，但願島上的居民聽從警告盡快到山區避難，以免被發現，只是下雪天這麼做比較困難。至於無法作戰的老弱婦孺，盡量叫他們登上港口的船隻，但是若要在天亮以前離開射程範圍，就要盡快啟航才行，偏偏風向對我們很不利。」

「馬克可以幫忙推動船隻離開港口，」崔斯坦說道。「我會吩咐他立刻出發。」

哥哥驚訝得睜大眼睛，我突然想到他還不曾見識過巨魔的力量。

「對了，」他別開目光、搔搔下巴，顯然很不自在。「維多莉亞小姐說明了你的困境，我們可以告訴崔亞諾的居民，說你必須留在城裡保護大家，這樣應該不會有太多人抗議你為何不出征。至少目前如此。」

「也算符合事實。」崔斯坦遙望遠處的火光。「羅南的法力增強了。」

疑慮揪住了我的五臟六腑，崔斯坦想必也有同感。

眼前羅南掙脫了厝勒斯的束縛，正在測試自己的力量，看看可以發揮到什麼強度。

這一次我開始納悶，島上最厲害的巨魔究竟是誰。

12 崔斯坦

黎明來臨之快，讓人措手不及。

希賽兒去探望艾登，我留在原處聆聽士兵報數、統計武器和補給。從這些凡人擬定的戰略，就知道他們對自己即將面臨的敵人根本毫無概念。就算羅南單獨面對一整支軍隊和大砲，他還是能從容地哈哈大笑。但即使我說得繪聲繪影，人類依舊難以想像和理解。

在開會時，攝政王的顧問大臣們當著我和維多莉亞的面惶惶不安起來，但旋即無視我們的存在，自己閉門造車地討論。他們也把佛雷德拉了進來——畢竟艾登繼任攝政王只差正式的儀式而已——以他不時提高的嗓音來判斷，顯然是討論到氣急敗壞。

「這群老頑固真的很蠢。」維多莉亞說道。她將椅子往後滑開幾步，雙腳砰的一聲架在桌上，好幾個大臣一臉駭然，斜瞥了好幾眼，但她視若無睹。「或許我們應該派他們去河邊參觀馬克推舢舨出海的場面。」

「他們稱呼那些為船艦，不是舢舨。」我說。一如她所預期的，周圍的討論稍有停頓。

「那是語義的問題。」她強調，開始運用剃刀般銳利的魔法絲線修剪指甲，直到會議桌上那十二對眼珠都轉過來瞪大眼睛看，她才開口提出問題。「你們這些紙上談兵、光說不練的將軍們預備好要聽我說了嗎？或者還要我再枯坐一個小時，等你們扯一些亂七八糟的戰略？」

他們眼睛瞪大、下顎抽搐，還沒有人來得及開口，門就開了。馬克走了進來，後面還跟著一個跑得氣喘吁吁的男子。「第一批船回航了。」表哥說道，「雖然不是每一艘都回得來。」他努努下巴對男子示意。「說吧。」

水手偷覷了馬克一眼，似乎想看清楚兜帽底下的臉龐，隨後又改變主意，知道還是別惹麻煩的好。「我們航向海岸線，根據她的吩咐，熄滅所有的燈光，甲板上安靜無聲。」他朝維多莉亞點頭。「沿岸有一兩座村莊似乎安然無恙，沒有受到戰火摧殘——遠遠看到有村民提著火把和燈籠，來回移動——至於其他地方……」他用力吞嚥，喉結上下移動。「只剩火光和焦黑的煙霧。」

議事廳的大臣們驚呼連連、表情沮喪，我舉手示意他們安靜。「有多少？」

「我算了算，總共四個村莊。」

「他已經到海岸線多遠的地方？」我指著桌上的地圖，水手的手指點著大洋路的村莊。

「我們看到他在這個地方。」

「距離厝勒斯不遠。」我對著維多莉亞咕噥。

維多利亞點頭以對，輕咬下唇。「如果他們意在摧毀村莊，速度會更快。」她的眼神意味著我們的看法相同——恰如希賽兒說的，羅南要求投降者都要許下效忠的誓言。想到他處理這些誓言的方式，我的胃就揪成一團。

水手的話突然提醒我一點。「你有看到他嗎？」我問道。

水手臉色發白，點頭回應我的問題。「在黑夜裡很難看清楚，所以我們一直逗留到黎明時分，撤退到海岸線之外才用望遠鏡觀看。」他吐了一口大氣。「他站在沙灘上，只是個孩子。」

只是個孩子。我有多少次因著同樣的想法，決定不去插手羅南的事？

「他踏著岸邊的淺水，完全不在乎冰冷的天氣，像個孩子似地玩起水來。浪花飛濺，他淘氣地哈哈大笑，然後海面就突然天搖地動。」

「沒錯，我也聽說了。」維多莉亞的語氣完全沒有嘻笑的意味。

「就像巨人或天神在玩水，連我這終其一生在海上討生活的人，都不曾見識過這種海浪滔天的景象。」水手聲音顫抖地說。

世界上再也沒有比海水更沉重的東西。汗水沿著脊骨往下滑。

「然後不出多久，最靠近岸邊的船艦便消失在海面上，重新出現，隨即又消失。」水手的眼神疏離而遙遠。「就像浴缸裡的小玩具載浮載沉，整船的人都在哀嚎尖叫……」他猛烈搖頭，像是想甩掉記憶中的恐怖景象。「我們以為必死無疑，突然有一陣冰凍般的濃霧籠罩下來。霧氣來得又快又急，能見度驟降，只剩一兩呎距離，連那個巨魔都看不清楚了。」

是她介入，救了這些船上的人！為什麼？

維多莉亞繼續詢問水手相關的問題，我凝神思索冬后的動機——她先是讓希賽兒目睹安哥雷米的計畫，現在又插手干預，這一切作為似乎是想要和我們聯手對抗羅南，但是真相一定不會這麼簡單。她想拔除我弟弟的用意不會只是大發慈悲要為民除害，因為她身上沒有一根骨頭是善良的，背後肯定有陰謀。

「他說的都是事實，」馬克說道。「海浪湧來的時候我就在碼頭，雖然盡己所能，可是……」他聳起一邊的肩膀。「一大半的港口被摧毀，城市低窪處淹水，倖存者亟需救援。」

「還說你會保護。」一位大臣咕噥說道，我充耳不聞，逕自下令把那些家園被毀損的市民疏散到地勢較高的地方避難，接著心思轉到我的父親和安哥雷米身上。

他們兩人都把焦點放在我不肯傷害弟弟的這件事上。希賽兒聽見安哥雷米這樣說，就算沒聽到，公爵放任他的傀儡王子公然出來遊蕩，背後的存心不言而喻。如果他真心認定羅南遇上我會有危險，就會稍作防範。至於父親……我一邊撥弄袖釦一邊思索著，真希望自己對他盤算的策略也能夠如此肯定。他有能力阻止羅南，卻不肯出手；更有能力從我手裡奪回崔亞諾的掌控權，至今卻在厝勒斯按兵不動。而隆冬之后，我伸手按摩眼睛，希賽兒提出的疑問讓我忍不住納悶她行動的背後是否隱含了更大的陰謀。

「王子殿下？」有人開口詢問，我繼續充耳不聞。

這局棋的複雜程度不輸以前玩過的格爾兵棋，而且輸贏之間牽涉更廣，遠超過純金的小棋子。當自己安全地坐在城牆裡思索破解多重敵人的方法時，外面百姓的生命危在旦夕，但我心知肚明，就算花上一個月的時間思考，很可能依舊無法釐清所有的動機和計謀，就算一個月後真的搞清楚，還有人能夠存活到那時候嗎？

我猛然站起身，在場的人類瑟縮了一下，馬克則是挺起胸膛，似乎不用等我開口，已經領悟我決定要採取行動。

「不能再放任羅南濫殺無辜。」我說。「預備船隻吧，艦長，我們今晚就出動。」

13 希賽兒

「妳應該稍作歇息。」我走進地窖、湊近火盆烤手時，低聲勸慰瑪麗。本來以為她會讓兒子躺在豪華套房裡，然而即使在悲傷情緒裡，瑪麗的考量仍然理性且務實。橫貫城堡兩側的河流讓地窖變得潮溼陰涼。就我所知自從建了巴士底監獄，這裡就少有使用的機會。地牢沒有窗戶，然而日常的維護讓鐵欄杆依舊牢靠穩固，沉重的岩石確保聲音不會傳到上一層，唯一的通道更讓閒雜人等難以出入。不過在我看來，最重要的是萬一艾登又開始無理取鬧、難以制伏，地牢能發揮絕對的監禁作用。

瑪麗把小凳子搬到艾登的臥鋪旁，拉緊披肩裹住肩膀。「妳真以為我會放心把兒子交到妳手上，女巫？」

她對我說「女巫」，但我聽到的卻是另一個詞（注）。從文森的表情判斷，顯然和我有同感。我搖搖頭，示意他不要介入。

「妳究竟以為我會把他怎樣？」

瑪麗下顎肌肉繃緊，充滿血絲的眼睛瞪著我。

「他隨時需要有人照顧和監看，」我說。「眼前可以信任的人寥寥可數，其中大多數還要承擔更重大的任務，根本騰不出人手。」我坐在床沿。「這也包含妳在內。即便我哥哥聽明幹練，卻是在農場長大的小孩，妳放心任由他單獨扮演從小生長在權力核心、預備有天繼承大位的人嗎？別忘了這是妳的建議，好讓妳兒子在我們戰勝以後還有重生的機會，這個方案如果要成功，妳就必須在場以支撐大局。」

她的眼皮連連抽搐。「我曾經對妳感到抱歉──認定妳只是無辜的受害者，受困於巨魔和安諾許卡，被命運和機會玩弄於股掌之間。」她陡然起身，深深地對我行屈膝禮。「既然這樣，就如妳所願，公主殿下。」

她離開之後，文森憤憤不平地吐了一大口氣。「天哪，希賽兒，妳就不能早一點來嗎？那該死的女人一直猛瞪著我，好像我是瘋狗一樣。」

「你有看過瘋狗？」我反問，傾身聆聽艾登的呼吸聲。即便沉睡，他的氣息依舊急促紊亂、充滿恐懼。

「沒有，」他不再背靠牆壁，來到我身邊。「但我一直想用這個詞形容她。」

「瘋狗的困擾，」我伸手觸摸艾登的額頭，他無意識地瑟縮了一下，我忍不住皺起眉頭。「在於不管你有多在乎那條狗，最終都要處理。」我站直身體。「只怕等他醒來的時候，已經沒有人性了。」

⚜

幾小時之後，文森把我叫醒，我竟然趴在艾登的臥舖邊緣睡著了。莎賓站在另一頭，手

注：witch 女巫和 bitch 賤人只有一字之差。

裡拎著的油燈是巨魔的光球。

「崔斯坦給妳的？」我揉著眼睛發問。

「不……」她吞吞吐吐，猶豫半晌才搖搖頭。「但是崔斯坦要找妳……你們兩位。我留下來陪伴艾登爵士吧。」

⚜

崔斯坦還在議事廳，維多莉亞、馬克和佛雷德也在裡面。我想靠過去，但崔斯坦的舉動隱含一股煩躁不安的情緒，顯然警告我要保持距離，以策安全。

「現在就得採取行動，」崔斯坦開門見山，直接切入主題。「我們守在城堡、任由羅南濫殺無辜，只會造成無法挽回的後果。」

「崔斯坦——」我擔心地開口。

「我明白，希賽兒，」他看了我一眼，隨即轉開目光，彷彿那一眼讓他痛苦不堪。「我哪裡都不去。」

「那是誰——」

佛雷德碰一聲放下茶杯，打斷我的話。「我還有事情要處理，這件事的意見我已經表達了，卻不被採納。」然後便氣沖沖地走出去。

「前去應對的會是馬克、文森和維多莉亞，」崔斯坦平靜地宣布。「他們受過戰鬥訓練，然而羅南和萊莎並沒有，這件事或許可以增加勝算。」

「或許？」我猛然站起身，「你在開玩笑嗎，崔斯坦？這樣派他們出去幾乎是叫他們去送死！」

「妳對我們真沒信心，」一抹陌生的笑容閃過維多莉亞臉上。「萊莎和我還有一筆帳要清，我可不打算輕易饒過她。」

「除非她能夠逃出我的手掌心。」文森雙手枕著後腦，背部往後靠，椅子前腳騰空、發出吱吱嘎嘎的噪音。「馬克，羅南就交給你對付。」

「萬分感謝。」馬克傾身向前，甩開遮住臉的魔法，讓我能夠看見他的表情。「希賽兒，這是唯一的辦法，我們不能再放任羅南和萊莎橫行，加上冬后虎視眈眈，等著崔斯坦自投羅網，所以不到最後關頭，不能讓他出面。」

「意思是除非你們都死了。」淚水湧進眼眶。

馬克坐回去。「是。」

我咬住下唇。「那我們必須增加勝算，」隨即轉向崔斯坦。「我跟他們一起去。」

我預期他會反應激烈，甚至高聲反對，但他顯然有心理準備。「你跟我處境相同，希賽兒，她想藉由掌控妳，進而聯結到我，不管精靈或巨魔，都會緊盯著妳。妳這個目標太明顯，很容易就認得出來。」

我掏出腰間的短劍。「這可以修正。」我揮起刀劃過髮辮，然後把紅色辮子放在桌上。

「我跟他們一起去，就這樣定案。」

⚜

「噢，希賽兒，」莎賓退後一步，忍不住微微搖頭。

「就是頭髮而已。」嘴裡這麼說，然而當我拉扯長度只到肩膀的黑髮時，知道這些是善意的謊言。雖然傻氣又虛榮，頭髮對我而言的確有很大的意義。「總會長回來的。」

「黑色染料也會褪掉的，我保證。」我安慰道。莎賓給了我一個擁抱，我的長辮子垂在她腦後。這是另一個偽裝——莎賓假扮我，跟著崔斯坦站在塔樓上。

我伸手搓掉沾到莎賓肩膀上頭的黑色染料，再看了鏡子一眼，確認她在我的睫毛和眉毛上色的成效，身上的長褲和外套是倉促修改的成果。最後我披上莎賓預備的披肩，完成偽裝的最後一個步驟。效果或許不如巨魔的魔法，但至少比較穩定，不像魔法可能瞬間就崩裂。

「莎賓，我需要跟希賽兒聊一聊。」感受到崔斯坦走進房內，我好整以暇地轉過身去，不是很樂意讓他看見我現在的模樣。

「看起來有點可怕。」他站到一旁，讓莎賓離開，完全無視於後者瞪他的眼神。

「我不知道你這麼在意我的外貌。」我雙手抱胸說道。

「不是的。」還來不及眨眼睛，他已經走過來將我摟進了懷裡。「我只是厭倦讓妳帶著偽裝離開，自己只能坐著等待，擔心妳是否能夠平安回來。」

「我會回來的。」我呢喃低語，親吻他的額頭，嘴唇貼著他炙熱的肌膚，身體的其他部位也跟著躁熱起來。「永遠都會，再者不是你要我離開，是我自己……」我雙眉深鎖，挺直肩膀凝視他的眼睛，看到他一臉得意的表情。「你知道我會堅持要去。」

「當然，」他說。「不然你哥哥為什麼會怒氣沖沖掉頭離開？」

「我的反應這麼容易就被猜中？」

「容易？當然不是。」他把臉埋在我的頸間，牙齒輕咬皮膚。「屹立不搖、忠誠可靠、勇敢無懼，這才是妳。」

他倒退著往後走，然後仰躺在床上，我岔開雙腿，橫跨在他身體兩側的棉被上。崔斯坦的手掌隔著手套攫住我的腰，然後順著臀部的曲線滑動；另一隻手攬住我的背，溫柔地把我按在他的胸口。皮革貼著肌膚的觸感讓我有一種莫名的煩躁，忍不住抗拒、伸手去推他肩膀。「那你為什麼假裝？」

他轉過頭去，臉頰貼著床鋪，凝視壁爐的火光。「還是有可能猜錯。」

他的疑慮啃噬我的心，感覺他不想多談。我嘆了一口氣，鬆開手臂，依偎在他胸前，傾聽心臟怦怦跳動的聲音。好想繼續保持這種姿勢，心滿意足地躺在他的懷抱裡，任由溫暖的火光暖透心田，可惜沒有時間。對我們而言，從來沒有可以靜靜相處的時刻。

崔斯坦的手臂從我腰間挪走，微微抬起我的身體，自外套口袋掏出一樣東西，我眨眨眼睛，仔細一看，竟然是安諾許卡的魔法書，眉頭立刻皺起。「你幫艾登的時候，書掉在旁邊，」他說。「回到議事廳之後才被我發現撿了起來，裡面有一個咒語應該可以派上用場。」

他翻身，讓我們面對面，雙腿交纏。他舉起魔法書，用光球照亮書的內容。

啪，啪，啪。他一頁頁地瀏覽翻閱，我突然頭重腳輕，感覺快暈過去，等著看他停在哪一頁上，但心裡已經隱約知道他要找的是什麼。

14 崔斯坦

「這個有效嗎？」我很希望可以不用這樣問，也希望當時沒有順手撿起魔法書瀏覽，現在更厭惡自己實事求是和理性務實的一面，讓我看到咒語時，便立刻想到可以用在對自己有利的地方。

刺痛的感受來得又快又猛。希賽兒閉著眼睛，淚水從眼角滲出順著臉頰流下。「為什麼？」

我鬆開手裡的書，魔法書咚的一聲掉在床上。我用牙齒脫掉手套，伸手撥掉她臉上的淚珠，又吻去另一顆，然後將她擁向胸口，她的頭頂貼著我的下巴。

很多話語哽在喉嚨，卻只化成一縷幽幽的嘆息。「我……」

她肩膀顫抖，我的襯衫也跟著溼了一片。既然讓她這麼痛苦，這麼做值得嗎？我微微閉上眼睛，自己和馬克爭辯的內容依然深深刻印在腦海裡。如果我就這樣縮回去，只會被貼上懦夫和偽君子的標籤。

「萬一發生狀況，」我伸手撥開垂落在她臉上的髮絲。「才不會是兩人同時遭殃。破除咒語是為了讓世界變得更美好，如果我們其中之一遭遇不幸，另一人就要負責實現夢想。」

她深深吸口氣，止住淚水。「你的計畫是讓我去送死。」

「不是——」我中途停住，鬆開襯衫的衣領，試著舒緩喉嚨的緊繃感。「對不起。」

她纖細的手臂推開我的胸口，拉開彼此的距離，我沒有抗拒。「希賽兒……」

她的藍眸泛出血絲，表情疲憊、無奈，冰冷的指尖按住我的唇。

「不，這招很聰明，巧妙得很。雖然我不喜歡，卻必須承認這個計劃很高明，我們的行動雖然各有自主權，卻也因為能夠察覺對方的感受，做起事來就有困難——」她的聲音有些沙啞。

我抓住她的手拉向胸前。明知道有些事情、有些解釋和理由應該要說出來，讓她了解在完美的世界裡，她永遠是我的第一優先，我願意用一生來證明自己對她的心意。偏偏我們的世界並不完美，不只充滿缺陷，還殘酷無情。

「會有效嗎？」我問。

她閉上眼睛，過了好久才點頭。「或許。」

⚜

希賽兒立刻付諸行動，蹙著眉低頭搜索安納許卡的箱盒，挖出一個裝滿乾燥花瓣的瓶子。

「西番蓮。」她嘟噥。「坦白說，我不確定這些香草是不是不可或缺的，鐵製品我可以理解，但是……」她對著瓶子嗅了嗅。「或許也只是讓女巫能夠專心去完成目標……我真的搞不清楚。」

她自言自語地說著，我不予回應，逕自走向窗戶拉開窗簾。暮色已經籠罩崔亞諾，夕陽的餘暉照在山間呈現橘紅色調，色彩繽紛。船艦很快便在剩餘的碼頭就定位，趁著夜深人靜的時刻，我要派出妻子和摯友去追殺我弟弟。

「還需要血，一點就夠了。」希賽兒說道。

我挽起衣袖，魔法劃開手臂，鮮血順著手腕往下滴，因血流下而形成的紅線和鐵腐蝕的疤痕及泛黑的血管形成強烈對比。

希賽兒一挪開小水盆，我即刻拉下衣袖遮掩這可怖的景象，目光轉回窗外。很快就不會有感覺了。

希賽兒喃喃念著咒語，隨即感覺有一股力量牽引我的魔法，重新塑形以配合她的施咒目的。

「成功了。」她說，我這才轉過身去。

她的掌心多了三顆像彈珠一般的小黑球，如同油在水中那般地流動，她彎起的手指微微抽搐著，彷彿那些是燙手山芋，想把它們甩在地上。

「完成了，可以試試。」她說。

「它可以維持多久的效用？」

「不知道，」她咬著下唇。「魔法不會影響聯結，只會影響你，讓你對我不再感同身受，這段時間你會失去所有的感覺，完全憑藉理性做決定，不需要再顧及我。」她伸出手來。「趁我還在這裡，先試一顆比較好。」

我拿起空瓶，把她手裡的東西倒進去，信手放在旁邊。「不急。」

「崔斯坦。」

我再次搖頭要她別出聲音，輕輕脫掉她的外套丟在一旁。她穿著一件男孩的襯衫，比其餘的衣裳遮住了更多部位，卻在我的撫觸下，顯得曲線畢露。她的眼皮沉重如鉛，但熱氣趕走了她原有的疲憊。我勾住她喉間的蕾絲，輕輕一拉，鬆開衣襟，她柔聲吐出的氣息讓我飢渴得近乎痛起來。

她抓住我的手放到她的臀上。「讓我來。」她凝視著我的眼睛，讓我站在原處不動，鬆開我的領巾，任由布料飄然落地，接著鬆開第一顆鈕釦、第二顆……指尖滑到襯衫底下掠過我的胸口、腹部，最後停在皮帶上，纖細的指頭扣著皮帶把我拉近。

我呼吸加速、粗聲喘息，完全喪失自制力。她的手回到我的肩膀，撥開襯衫跟外套，累贅的衣料卡在手腕，她示意我彎曲手臂，我卻不想放開她的身體。

這時她移開目光，指尖如羽毛般輕輕滑動，掠過我的手臂、肋骨和背，所到之處點燃一簇又一簇火焰。以前她也這麼做過，睽違已久的感覺好像過了千年一般，我有如極度飢渴之人，不知自己瀕臨死亡，直到她給了我一杯水才復甦。她在我心底、在我手中，慾望在我們之間湧動，強烈、彭湃得無可比擬。

希賽兒踮起腳尖，粗糙的亞麻布襯衫摩擦著我的皮膚，她伸手勾住我的頸項，指尖伸入頭髮，主動親吻——就像蜻蜓點水一般——卻讓我渾身震顫，自制力被推向失控的邊緣。

她氣息溫暖，甜蜜可人。「我們沒有多少時間。」

果然有先見之明。

我把自制力拋在腦後。

不再慢條斯理、不再溫柔甜蜜。衣服布料的接縫緊繃到極致而裂開，我吻得迫不及待，甚至不顧一切地用牙齒囓咬，炙熱的愛撫彼此，指甲劃過赤裸的皮膚，極度渴望了解並認識她的每吋肌膚、每一種滋味和每一聲呻吟。

未來可能再也沒有機會。

這有可能是我們最後一次的擁抱、最後一次的吻，最後一次聽見她的聲音。不管是一小時或是一輩子，我只想在閉上眼睛的時候，只看到她的倩影。

15 希賽兒

朋友們在議事廳等候，四對眼睛一齊瞪著莎賓找出來的那一排香水瓶。「這些真的可以嗎？」她問道，目光在我臉上繞了一圈，打量的眼神讓我懷疑自己補妝的技巧不太好。

「已經夠好了。」說著我拿起其中一瓶，花香聞起來濃郁得很，我皺了皺鼻子。「重點在於打破的時間點要抓得很精準，鮮血必須觸及他們的皮膚。」

「沒問題。」文森撈起其中一個瓶子，假裝朝馬克的腦袋砸過去，後者文風不動，非常鎮定。「妳需要多近的距離，希賽兒？」

「近到讓人受不了。」我咬著拇指指甲，看著崔斯坦走向桌子對面。魔法的種子藏在他某一處的口袋，但我敏銳地感受到它們的存在。

他打算什麼時候試吃第一顆？效果會如何？

「攻擊的機會只有一次，錯過就沒有了。」其實我不太有把握，這個魔法頂多只能對付一個巨魔，所以羅南必須是第一順位，這樣朋友們才有機會去對付萊莎和其他人。但萬一安哥雷米變更策略呢？萬一領頭的還有其他巨魔隨行又要怎麼應付？

「或許我們可以來比賽，在希賽兒念完咒語之前，總共可以砸中萊莎幾個香水瓶？」維多莉亞的提議岔開了我的思緒。

崔斯坦咳了幾聲。「身為子彈的捐血人，我有權利否決這個提議。」

「非你不可嗎？」馬克問道，「單是創造這個穹頂已經耗費你很多精力，不能再榨乾你的血了。」

崔斯坦坐在桌子前，雙手支著下巴，露出深思的表情。「安納許卡用這個咒語對付我的時候，我就像是被自己的法力捆住手腳，動彈不得。現在希賽兒要操控類似的魔法，捐血者的力量當然要越強越好。」

「但是當初安蕾絲的血也是可以阻止你父親。」我提醒。

「我知道，」他皺眉。「還是不要冒險比較好。」

在場的人還來不及再出聲反對，崔斯坦已抽出靴裡的刀，挽起衣袖，刀刃劃過手臂——先前那處刀傷已找不到任何痕跡——他調整刀刃的角度，面無表情地看著鮮紅的血液順著鋼刀滴進瓶子裡。

「這樣就夠了。」當血液裝滿三瓶後我說道。「我們絕不希望出發之後，你因為失血過多昏厥，崔亞諾因此而被攻破。」

崔斯坦微微翻了個白眼，但沒有反駁，任由我綁了一條手帕在他的上臂。他將挽起的袖子拉回去，我和莎賓對看一眼。

替我照顧他。

她點頭以對。

我小心翼翼用圍巾裹住玻璃瓶，放進手提包裡。「夜色已深，可以揚帆出發了。」

❦

船帆因為吃風，繃得又滿又緊，桅杆吱嘎作響，海浪不斷拍擊著船身。隨著刺耳的噪音，我不由自主地顫抖瑟縮。我們確信羅南會以夜色為掩護，大刺刺地站在海邊，豎起耳朵聆聽我們的動靜，虎視眈眈地等待最恰當的時機點發動攻擊。

水手們彷彿也有類似的憂慮，各個神經緊繃，即使在黑夜裡似乎都可以看到他們憂懼的神色。

「最遠只能載你們到這裡，」船長說道，我克制住要他噤聲的衝動。「接下來你們必須自己划向岸邊。」小船啪的一聲落入水面，突如其來的聲音嚇得我叫了一聲。

「謝謝。」馬克應道。「我們可以步行，拜託停在原處等待我們的信號。」

馬克的斗篷窸窸窣窣，銀色月光從雲層裡透出，映照出他站在欄杆上的身影。

他朝我伸出手來。「小姐？」

我們事先約定好不要稱呼我的名字，以防引起冬后的注意，但是這個稱呼仍然讓我怔了怔，聽起來很不習慣。我用力吞嚥了一下，握住他的手，讓他把我拉上去，靠著他平穩的手勁支撐，免得跌進漆黑的惡水裡。

「預備好了嗎？」馬克問道。

「要做什麼？」我結結巴巴。

馬克從欄杆跨出去。

我驚訝地倒抽一口氣，但他沒有一頭栽進水裡，反而懸在半空中。我小心翼翼地移動鞋尖，感覺腳下是堅固的魔法平台，但是心依舊跳得很快。我很緊張。

「完全看不見，」我低語。「不知道要落腳在哪裡。」

「跟著我就行了。」他拉著我向前，我猶豫地跨出一小步，海面濺起的浪花湧上魔法平台，靴子在潮溼的表面滑了一下，船隻隨著海浪搖晃，隱形的平台忽上忽下、震盪得很厲害。恐懼達到臨界點，我猛然抽回自己的手蹲了下去，雙手亂抓一通，最後抓住魔法平台的邊緣。我的臉貼了上去，努力半天，依舊無法制止自己去想像栽進冰冷海水裡的景象。

「要我背妳嗎？」維多莉亞詢問。

「不，」特意深吸了幾口氣，才追加一句。「我沒事。」

這時平台突然像一匹未經馴服的野馬上下跳躍，害我滑到一邊。海水浸溼了衣裳，顯然死命壓低姿勢對我一樣不利。

緊緊抓住平台邊緣匍匐前進，馬克靴子的模糊陰影就在鼻梁正前方。隱約之間大概只爬了十步左右，魔法就像繩索纏住了我的腰，將我拉向維多莉亞的肩頭。

他們三個在一望無際的水面上快速前進，我一手揪緊維多莉亞的辮子，咬緊牙關，大氣都不敢喘一下，直到她的靴子陷進柔軟的沙灘時，才敢吸氣。她把我放下來，但我身子一軟，癱坐在沙灘上，等待世界停止旋轉，同時清楚地意識到他們一齊盯著我看，我才開口問道。「有發信號給船長嗎？」

「我們一離開，他就試著啟航了，」馬克回應。「我沒出聲制止就是信號。」沙灘上的破瓦殘礫在馬克的腳下窸窣作響。「要趕緊離開空曠的地方，再過兩三個小時天就亮了。」

單憑刺鼻的氣味就找到第一個被毀損的村落，空氣中瀰漫著木頭燃燒的煙霧、潮溼的灰燼，最臭的莫過於肉的焦味。

「他不在那裡。」馬克握住我的臂膀提醒。我從往來繁忙的交通要道大洋路，轉向通往諾默尼的道路。這事我當然知道，因為十字路口有指標，上層已經燒成焦黑。

「我只是需要知道。」不顧勸告，腳步所到之處，結冰的地面發出碎裂的聲音——應該是積雪融化，隨後又凍結成冰，地面放眼望去都覆蓋了薄薄一層。剛開始前方的樹林只是枯萎，但是越靠近村落，焚毀的跡象越加明顯，最後只剩一片灰燼。焦黑的土地上屍橫遍野，高溫和大火把人燒得面目全非，唯一的共通點都是面部朝下，顯示他們生前應該正在驚慌飛奔、四散逃命。

村子燒成廢墟，就剩一個大坑。我跌跌撞撞地走過去，靴子在灰色的爛泥裡打滑。一片荒蕪，什麼都沒有，只剩堅硬的石塊。即便攻擊已經過了幾小時，石頭摸起來還是熱的，所有事物都灰飛湮滅，幾十條人命全數化成灰燼。

如果世界陷入戰火，始作俑者就是妳。

我轉過身，回到朋友佇立等候的林線邊緣。就在這時，曙光乍現，崔斯坦的存在感像斷了線一般突然消失。我當場愣住，前腳剛踩出半步，便停在半空中。

維多莉亞彎著腰，面對逐漸明亮的陽光，瞇起眼睛對我說道。「妳沒事吧？」

「還好。」我突然撲向焦黑的樹幹，對著灰色的冰層大吐特吐。明知道他會吞下種子，明知道後續的效果，真實的狀況卻讓人如此痛苦。

「我按照安諾許卡的方法幫崔斯坦調配了某種藥劑，」我說。「用意在鈍化彼此聯結的感受，現在才明白藥效就是壓抑他的情感。」

「為什麼要這麼做？」維多莉亞問道。

「以防萬一希賽兒有狀況，崔斯坦依舊能夠堅持下去。」馬克慢慢地搖頭，似乎欲言又止，最後決定吞回去。「妳能感覺到藥效發作？」

喉嚨緊縮，我用力吞嚥。「是的，藥效似乎太好了點。」

沒有人接話，唯一的聲響是簌簌的風和雪花飄落的沙沙聲。

還有雜沓的腳步聲。

我抬起頭，巨魔朋友們已轉身面對大洋路的方向，偏著頭仔細傾聽。

「至少十二位，」文森小聲地說。「或許更多。」

我們悄悄地穿越焦黑的森林，靠著魔法掩蔽行蹤，以免被人發現。我們一路靜默，直到大洋路口才停住腳步，一群島上的居民和我們擦身而過，他們似乎長途跋涉，好些人渾身是傷，旁邊有守衛戒護，但不是巨魔。

是人類。

「黑、白、紅，」馬克咕噥地看著守衛從旁邊經過。「羅南新旗幟的顏色？」

「怎麼可能？」我問道，轉頭對著雪地吐了口口水，剛剛嘔吐的穢物讓我嘴巴發苦。「時間如此短促，他從哪裡徵召這麼多人手？」

「不，」馬克說道。「這個計畫已經暗中進行很多年了。」

眼前無事可做，只能跟蹤他們。

我們走了一小時到柯隆貝村，就是想要利用這個機會探聽情報。四個人分成兩組，前前後後聆聽守衛和囚犯的交談：這些人連夜被喚醒，要求矢志效忠島上合法的統治者，不然就等著變成劍刃底下的亡魂。多數人乖乖地投降，少數人不肯臣服，那些不願意的宣誓效忠的沒能存活多久。

村子的人口比平常膨脹了上千倍，好些人漫無目的地到處遊走，其餘的人坐在泥巴裡，眼神冷淡疏離。武裝的守衛大聲喝斥村民、農夫和漁民，命令他們排成一排走進客棧裡，有男有女，還有小孩，更有些嬰兒不是被父母抱著，就是由兄姊照顧。現場獨獨缺少老年人和體弱多病的人，讓我忍不住懷疑，萊莎是否已經下令把他們都殺了。

一個婦女抱著用毛毯裹住的嬰孩，守衛粗暴地將她推進隊伍，她不服氣地抵抗，大聲質問。「他到底是誰？為什麼要求牙牙學語的小嬰孩發誓？我兒子生病了，不能吹到冷風，他會受不了。」

「是羅南．莫廷倪王子，」其中一位守衛回應，伸手摸著腰間的劍刃。「正統的王位繼承人，而他也很快就是光之島的國王了。」

「不是攝政王嗎？」她一臉困惑，我很想示警，提醒她閉嘴。「島上並沒有國王。」

「現在有了，」男子回應。「敢反對的，小心王子殿下砍掉他們的腦袋，所以妳最好閉上嘴，發誓的時候才張開。至於妳兒子……」他的手指撫摸劍刃邊緣。「不發誓就沒命，趁妳排隊等待的時間，他最好先累積體力。」

婦人臉色發白，抱緊孩子，乖乖排進隊伍中。

人數太多，我們不敢冒險再往前靠近，隨著時間的拖延，馬克的魔法被人撞破的風險跟著提高。

「外面太亮了！關門！」羅南的吼叫聲壓過群眾的噪音，我本能地靠近馬克身邊。「看得到嗎？」我低聲說道。「他在做什麼？」

「收集他們的誓言。」馬克把我往後拖，退回到雙胞胎藏身的穀倉。

「沒有萊莎的蹤影，只有羅南跟兩個安哥雷米的走狗在裡面。」他說。「看起來羅南非常討厭陽光。」

「我還以為自己跟那個小鬼絕對沒有共通點。」文森說道，伸手揉揉眼睛。「萊莎應該會用魔法封鎖以保護這個地方，我們一靠近，肯定會有人察覺我們的能量。」

「同意。」馬克的手肘靠著馬廄的門，盯著面前的馬匹。「他們總要走出那扇門，不過很可能是天黑之後，我們等到那時候再發動突襲。」

「說不定這行動剛好在他們的意料之中，」意念還沒完全成形，我已經脫口而出。「他們或許認定崔斯坦不會攻擊他弟弟，然而他們不是傻瓜，肯定會預作防範，我猜他會等到無辜的百姓離開之後，才會發動攻擊。」我坐在乾草堆上，花了一點時間重新整理思緒。「他們的核心戰略是建立人類的軍隊，不是因為他們會對崔斯坦產生威脅，而是賭崔斯坦不忍心傷害平民百姓，那些人不過是人肉盾牌。」

「那麼妳建議怎麼做？」馬克問道。「我們的策略重心完全放在攻其不備上，而今他們全部關在那棟房子裡面，根本不可能突襲。」

「破窗而入呢？」維多莉亞問道。「快速施展魔法——」

「羅南左右兩側都有巨魔保護著，視線不夠清楚，」馬克搖頭反對。「妳要走得夠近，相隔幾步的距離才能正中目標，那時他已經察覺魔法的存在，我們沒辦法再靠近。如果摧毀整棟建築物，又會造成無數的人類傷亡。」

我咳了一聲，安靜等待。三對銀色眼珠一齊轉過來看著我。

「不，」馬克說道。「絕對不行。」

「為什麼不？」我問。「他可以讓人類靠近到跟前，還有什麼更好的機會阻斷他的魔法？」

「或許沒有。」馬克回應。

「所以？」

「即使阻斷魔法，這場戰爭也只進行到一半，」他答道。「雖然這對妳或對我們而言是個壞消息，但他不用魔法就可以咬破妳的喉嚨。只要妳走進去、屈膝施禮，將裝滿鮮血的香水瓶朝他臉上丟過去時，他肯定會撲向妳。」

「我沒打算靠那麼近，」我咕噥。「我有強壯的手臂。」

「那其他兩個要怎麼處理？應該說三位，如果萊莎就在附近的話。這是合理的假設，妳瞄準的力道足以同時殲滅三個敵人？」

「你們三個負責對付那兩位，如果萊莎在，我就不動手。」

「妳會被迫向羅南發誓，這就很有問題。」馬克說道。「餿主意。」

「維持隊伍的守衛是人類，」我立刻反駁。「他們攔不了我。」

「這樣會引起人注意，這樣一來羅南或萊莎就有可能識破妳的偽裝。」

「猜猜看如果我們不打岔，他們還要吵多久？」維多利亞對文森說道。

我對維多莉亞的評論置之不理，懊惱地瞪著馬克發脾氣。他跟崔斯坦一樣糟糕，明明盤算起來利大於弊，依然不放心讓我去冒險。

「大約一小時吧，我猜。」文森回道，我陰沉地瞪他一眼，維多莉亞已然說道。「要不要打賭？」

「鬧夠了沒有！」我轉身面對朋友，霸氣地搶走她咬在嘴裡的乾草。「如果你們除了講風涼話以外沒有其他可以貢獻的主意，那就不要讓我聽到你們在旁邊嘀嘀咕咕，明白嗎？」

她點點頭，把乾草拿回去，放進嘴巴裡。「嘀咕。」

16 崔斯坦

「他們有在留意嗎？」莎賓用力跺腳，腳下的積雪踩得撲撲響。冷風掀起她頭上的帽子，我伸手要幫忙，但她已經搶先一步戴上。

「我自己弄就好。」她咄道，一邊把希賽兒的辮子調整好，放在顯眼的地方。

她的壞脾氣大大挑戰著我的忍耐度。還以為相處了這些時間，她對我的敵意應該會減緩，但她顯然只是把不滿悶在心裡。「只要妳停止抱怨，豎起耳朵聆聽，就會找到問題的答案。」

她渾身一僵，默不作聲。片刻之後，翅膀拍動的聲響傳入耳際。我追尋聲音的來處，看到巨龍在東邊飛翔，我伸手指著晨曦照耀下模糊的形狀。

「在那裡，牠們整夜在穹頂外面盤旋。」我指著遠方模糊的影子對莎賓說明。

「為什麼？」她語氣冰冷地提問。

我很想對著塔樓的石塊揮拳頭，但硬生生忍住。她說話的口氣再次測試我忍耐的極限。

「因為牠們一直在監視我們的動靜。」

「這我知道，」她口氣不耐地說道。「我是問牠們為什麼不直接闖進穹頂？冬后知道你躲在這裡，而這些龍可沒有在怕你。」

我忘記懊惱，皺眉地望著盤旋的龍影。「好問題。」

「奇怪得很，」她低聲嘟噥，隨即說下去。「打從你用魔法罩住城堡以後，不曾聽說有精靈現身，唯一的例外是她派來追殺我和希賽兒的狼群，我猜那是她怒火衝腦、一時失去理智才這樣做，但為什麼？為什麼她對崔亞諾至今沒有進一步的行動？」

城裡某處的公雞咕咕啼叫著，街道上開始有早起的行人來來往往。

「他們覺得受到保護，」我說。「有安全感。」

「為此他們應該感謝新上任的統治者。」

這麼想顯然很瘋狂，可是隆冬之后似乎在暗中幫忙。她先是差遣巨龍攻擊城市，現在又虛張聲勢，做得好像是因為我的保護才阻擋了精靈的侵入。相對於羅南在島國鄉間肆虐為害，崔亞諾儼然變成安全的堡壘。冬后營造出一種氛圍，讓人類有理由為我而戰。

「我應該邀請妳加入議事班底，遠優於攝政王雇用的那批糊塗蟲，」我說。「妳會提出精闢獨到的好問題，說話更不會矯揉做作、拖泥帶水。」

然而隆冬之后沒有現身還有其他原因，只是不便告訴任何人，起因就是在我生死關頭時那段決定命運的交談內容。如果那些話無關緊要，她肯定不會禁止我透露半句口風，只是我不確定那些對話在她的賽局裡面有什麼影響。

「參與議事的大臣是世襲的職位，不是靠個人的見識和表現得來的。」莎賓回應，懊惱地拉住兜帽，差一點又被狂風掀開。「我們可以進屋嗎？」

「再等一下。」我告訴希賽兒，我預備在黎明時吞一顆種子，時間快到了。

莎賓靜默半晌。「如果冬后想找你討論結盟的議題呢？你會同意嗎？」

「如果她提議的話。」我避而不答。「但我很想知道結盟對她有什麼好處？她要求的回報又是什麼?」

「可能是權衡後的結果值得那麼做?」

千年前先祖們受困於這個世界,我們其實是仲夏之國的子民,跟冬境之國結盟的想法歸根究柢就違背核心價值,不只背叛了先人,更會讓其他人無所適從,我們畢竟是她對手的後裔。

我告訴莎賓。「只因為她幫我們打敗敵人,但並不表示最後的贏家是我們。」我不由自主地回想起當時我們敲定協議、她讓我保留生命氣息時,冬后那祖母綠色的眼珠閃爍著奇特的光芒。對他們而言,我們不過是格爾兵棋棋盤上的過河卒子,根本猜不到他們會如何操弄我們的命運。

時間到了,我從口袋掏出用手帕包裹的種子。

莎賓湊過來打量。「天哪,那是什麼東西?」

「這是安諾許卡咒語下的產品。」隨著太陽從地平線上露臉,我迅速解釋了一下它們的效用。

「你其實不敢確定它們的功效和後續影響的時間長短,對嗎?」她扣住我的手腕。「崔斯坦,這東西感覺不太對勁,請你還是不要嘗試的好。」

「如果希賽兒出狀況呢?我……」我不敢多想,咬住下唇凝神思索。假如當時能夠保持冷靜,沒有衝動奔往她的方向,攝政王就不至於死於非命。「就算我在這裡承諾無論她受傷或害怕,我都不會急忙衝過去救援,但過往的行為已經驗證了我根本做不到。希賽兒是我的弱點,而……這些種子就是解決的方案。」

晨曦照上莎賓的臉,她的肌膚金光閃閃,嘴唇微張,無聲地祈求我三思而行,接著搖搖頭，鬆開我的手腕。

真希望她多堅持一點。

我拿起一顆種子，望著它漩渦狀的深處，趕在還沒有失去勇氣之前，將它吞了進去。

17 希賽兒

我低著頭，穩穩地托住當成工具的盤子，盡可能不要多想一次成功的惡作劇會對我們的命運造成怎樣的影響。

「一定可行，」維多莉亞信心滿滿。「我們在崔斯坦身上用過一次，他的嘴整個染成紫色，持續了大半天。」

「本來還會更久，後來他堅持用肥皂洗乾淨才肯見人。」文森笑嘻嘻地回憶。「虛榮心，換成安蕾絲一定更有趣。」

「如果你敢捉弄她，很可能活不到這時候。」馬克說道，隨即嘆了一口氣。「這招的確有效，可以排除大部分的危險性，我們最好去多找一點糖霜。」

因此我來到客棧後門，沒拿武器，而是端著甜點。

「這是什麼？」一名守衛過來擋住我的去路。

「獻給王子殿下的精緻點心，」我說，希望他沒有發現托盤抖個不停。「聽說他特別偏愛甜食。」

守衛傾身靠近，強烈的口臭讓人難以忍受，幾乎想往後躲開。「我們怎麼知道那不是毒藥？」

我想反唇相譏，就算有毒又怎樣，最終決定讓他嘗一點甜頭。「焦糖拔絲配櫻桃巧克力。」

他把點心舉高對著燈光咬了一小口糖絲，嘴裡傳出酥脆的聲響。

「如果我倒地不起，就替我報仇。」他吩咐旁邊的同伴，這才咬了一口小圓球，櫻桃的汁液漫入嘴巴。「好好吃，」他用髒兮兮的手背擦拭嘴角，把糖舔乾淨。「再來一顆。」

我退後一步。「聽說王子殿下脾氣不佳，如果少了他女朋友的點心，殿下應該會大發雷霆。」

兩個守衛心照不宣地對看一眼，間接證實了萊莎也在。

「你送進去給殿下吧，」我的語氣帶著強烈的意志力。「記得告訴他你吃了還想再吃。」這樣做很殘忍，因為我知道一旦羅南發現凡人吃掉他的點心會作何反應，但我不在乎，誰叫這個人背叛了人類。

「我會的。」他接過托盤，巧克力圓球在糖絲上輕輕顫動。「小心一點。」我呢喃，他聽從我的命令將手臂收緊，轉身消失在屋裡，我對另外一名守衛點頭致意。「你沒看過我這個人。」他眼神一呆。我匆匆離開，繞過轉角，以防被他們發現，趕緊排進隊伍裡。

守衛拿著武器，不斷威嚇驅趕我們排成一列走向客棧，門口那名守衛負責控制人數，只能一出一進，他們的注意力都放在還沒有發誓的人身上，那些已經宣誓的人在離開時驟然發現自己重獲自由，似乎非常困惑。

「我要去哪裡？」其中一人問守衛。「要做什麼？」

「隨便，沒人管你。」守衛回應，舉起棍子敲打對方的肩膀。「快走。」

男子腳步踉蹌地離開，嘴巴開開闔闔，欲言又止，就像水裡的魚。「我要去哪裡？我要泡。

去哪裡？」他朝我看了過來，我迴避他的眼神，發現他的衣服有燒焦的痕跡，雙手紅腫起水

「下一位！」

前面的隊伍已經清空，顯然輪到我了。

我踏進門，雙眼花了一點時間適應陰暗的環境，剛往前一步，立刻撞上前方的婦人。

屋裡本來是酒吧的地方建了平台，羅南窩在鬆鬆軟軟的特大號椅子裡，兩隻腳在地板上方來回擺盪，一名男子跪在他面前，萊莎站在旁邊，被人群擋住大半。

「把我說的話複述一遍，」萊莎命令。「我，你的名字，發誓效忠羅南．莫廷倪王子，保證在我有生之年，隨時聽候他的召喚和差遣。」

「我，你的名字……」男子低聲複誦，萊莎一腳踢向他的肋骨。

「念你的名字，笨蛋！」

男子哀號一聲，服從地跟著複述了一遍。發誓完畢，羅南伸手拍拍他的腦袋，彷彿在安撫小狗。

下一位被推上前，萊莎還來不及開口，被我驅策而來的守衛走近平台，低頭將托盤放在羅南旁邊的矮桌上，和我隔著一些距離的羅南顯得純真無邪，一眼看到維多莉亞預備的糖果笑得很開懷，直接拿了一顆，剝掉糖絲就含進嘴巴。

嘎吱，嘎吱，嘎吱。

想像他潔白的牙齒咬下糖果發出的聲響，我渾身一緊。即便用不上，仍然不由自主地召喚大地的能量——其實眼前需要的能量全都灌注在羅南蒼白手指間的紅色糖球上。

他又抓了一顆丟進嘴巴。嘎吱，嘎吱，嘎吱。

我神經緊張、呼吸又淺又急，倉促的心跳感覺周遭的人都聽得到。

站在這裡的距離夠不夠近？

有效嗎？

羅南手舉著小圓球，輕舔表面的糖霜。

守衛對他講了話，他立時僵住不動，純真無邪的假象陡然崩解，妖怪的本質探出頭來，冷冽的眼神掃向偷走美食的守衛。我咬緊牙關，皮膚刺痛發麻，明知道覆水難收，依舊迫切地渴望收回剛剛說的話。

啪。守衛的脖子整整轉了一圈，霎那間仍然站在原地不動，若不是因為脖子傾斜的角度和呆滯的眼神，根本感覺不到有任何異狀發生，更沒有人移動。接著羅南微微一笑，興致盎然地朝他吹了一口氣，守衛轟然倒地。

一聲尖叫傳來，大家除了嚇了一跳之外，沒有其他動靜，因為眾人都驚呆了，怕得不敢移動分毫。

是妳殺了他。

我瞪著守衛的屍體，知道人是我害死的，雖然當時無法想像真的會發生。

凶手。

我從屍體上挪開目光，及時看見萊莎無奈地搖搖頭、表情不悅地轉過頭去，似乎責備了羅南幾句。後者當成耳邊風，繼續享受美味的糖果，我做個深呼吸，試著集中注意力。眼前只有一次機會，錯過就沒了。

脈搏在耳際轟隆地響，我眼睜睜地看著羅南輕輕舔著糖霜，一遍、兩遍、接著張開嘴巴……

眼角突然有動靜一閃而過，羅南怔了怔，糖果一滑，掉在腳邊。

就在男孩面前一呎不到的距離，一支箭插在魔法屏障上，箭尖隨著力道晃蕩，顫抖不已。

「不，」我低聲呻吟。「不，不。」

「是誰？」他尖聲吼叫，我也在心中詢問同樣的問題，是誰讓我們精心籌備的計畫分崩離析。

他氣得跳起來，被蹲在地上的萊莎猛然拉回去。就在我奮力站穩腳跟抵擋已然逼近崩潰的群眾時，看見萊莎舉起沾到紅糖液的手指頭，嘴裡吐出一個字，一個人名。

我的名字。

我卡在人潮裡，奮力站穩腳跟，周遭的男男女女擠來撞去，爭先恐後地試圖穿過窄門往外逃命。有些人發現難以脫身，乾脆打破玻璃，爬窗逃出去，有些人跌倒在地，其他人無視痛苦的尖叫聲，逕自瘋狂地將人踩過去。我被人潮困得進退維谷，被擠壓得快要喘不過氣，勉強舉起手臂，徒勞無功地嘗試保護頭，躲開旁人手肘和拳頭的推擠，接著就被擠出門口。

身體差一點失去平衡，又被人踩了一腳。小腿一陣劇痛，但我及時抓住前面的人的斗篷，勉強穩住身體。

「希賽兒！」

羅南的尖叫聲破空而來，淹沒倉皇逃命和受傷群眾的哀號。

客棧突然爆炸。可能是爆發的威力太大，震得我往前飛起，等到回過神來，已經臉朝下趴在泥濘裡。耳鳴得很厲害，四周有很多人跟我一樣匍匐在地，有的一臉茫然，有人摀住被炸開的傷口，有的人則是動也不動。

空氣因巨大的魔法收縮繃緊，我閉上眼睛，等待命運降臨。四周的氣流隨著巨大衝擊力一再顫動，預期中的重擊卻沒有發生，我慢慢轉頭往後看去。

羅南在客棧的斷垣殘壁裡蠕動身體，一手摀著臉，萊莎和其他兩名巨魔背對著我、匍匐在幾步之外。

「不要，住手！」羅南高聲尖叫，在我受創的耳膜裡，那嗓音聽起起來又尖又細。「我要宰了你，讓你吃不完兜著走，挖出你的心臟當玩具！」另一隻手不斷揮舞，來去之間帶出大量的魔法衝擊，出手雜亂無章、漫無目的，而且姿勢怪異，不像在攻擊特定人。

不，不是攻擊人，而是針對太陽。

萊莎搖搖晃晃地起身，舉臂對著天空，黑魔法的雲霧從掌心滲出，往外竄升擴散，最後遮住耀眼的陽光，陰影遮蔽了大半個小鎮。「羅南，住手！」

地動天搖的感覺戛然而止，僅剩下傷患的哀號和耳鳴的嗡嗡聲。

我不知道該怎麼辦。絕不能引起他們的注意，但繼續躺在泥巴裡苦等似乎也不是好主意。天哪，馬克和雙胞胎去哪裡了？為什麼毫無動靜？

尖銳的口哨聲破空而來，巨魔一齊轉向聲音的來處，我立刻抓住他們心不在焉的機會，用手肘撐起身體，看到一名男子高踞在黑馬背上，順著出城的路徑馳騁而去，因距離太遠而看不清楚來人的五官，倒是看到他背上的弓箭，原來是他偷襲羅南，連帶毀了我們的計劃。

「崔斯坦王子萬歲！」男子歡呼叫嚷。「他才是厝勒斯和明光島真正的繼承人！」

我大吃一驚，肩膀抖動，不是因為那番話，而是認出了他的嗓音。

18 希賽兒

羅南憤然起身。

「我、要、當、國王！」大地震動，他伸手一揮，魔法刀刃劃過空氣微微發光。

「不！」我倒抽一口氣，但是克里斯動作很快，黑駒急奔竄進附近的樹林，我雙手握拳，屏息等待魔法追上他的腳程，光刃切過馬匹和騎士，幸好沒有擊中。

羅南破口大罵，氣得想要起身直追，萊莎扣住他的肩膀。「這是陷阱，」她環顧四周。「希賽兒人在這裡，意味著崔斯坦就在不遠的地方，他們試圖引誘你出去。」

「崔斯坦？」羅南霎時消了怒氣，陡然踮起腳尖，彷彿多長幾吋能夠給他無比的勇氣。

「別當傻瓜了，」她咆哮。「他想置你於死地，看不出來嗎？」

羅南垂頭喪氣，同父異母的姊姊置之不理。「去追那個騎士，」她命令旁邊的巨魔，「活捉回來見我，他或許知道他們的計畫。」

兩名巨魔點點頭、轉身離開。我咬住嘴唇，目送他們消失在馬路盡頭。巨魔速度極快——雖然以前就見識過，不過厝勒斯侷限住他們各方面的能耐，無法全速奔跑，現在限制消失了，克里斯的馬速大概快不了多少。

有人扣住我的手臂，嚇得我差點大叫，又被另一隻手摀住嘴巴。

「噓，」馬克湊近耳際低聲道。「趁他們無暇他顧，我們趕緊離開。」

透過幻影的保護，他帶我穿過廣場靜止不動的人群。我們一言不發，直到抵達另一棟建築物後方，雙胞胎等在那裡。

「他們知道我在這裡。」

「噢，這就是羅南大叫妳名字的原因？」文森雙手抱在胸前。「妳不應該被他們發現。」

我從頭髮摘下一塊碎片，皺眉看他一眼。「我沒有，只是萊莎以前見過我運用那個咒語——稍作思考就會猜中。」我迅速解釋了一番。「現在該怎麼辦，沒有第二次機會了。」

「所以我們必須改變戰略，去找萊莎的爪牙。」馬克回應。「他們很可能知道安哥雷米的藏身地，畢竟崔斯坦的終極目標是抓到公爵，如果妳的朋友克里斯能夠從這次的危機中安然脫險，我們都要謝謝他。」

「謝什麼？」我忿忿不平。「謝他毀了我們的計畫？」

「是他害的嗎？還是妳跟守衛的演出？」馬克不等我反駁，逕自轉身走向建築物的角落。「他們要開始搜索，我們必須離開了。」

我不敢否認。若不是自己多此一舉——做出無關緊要又殘酷的行徑——羅南早就咬破糖果、鮮血溢出；當我及時念起咒語，克里斯那一箭就會射中他的腦袋，今天廣場上便不會屍橫遍野了。那些人的死是我的錯，不只這樣，罪咎感和悲傷讓我噁心欲吐，他們都只是無辜的百姓。

未來還會有更多人犧牲。

從村裡溜走並不困難，一是不管有沒有發過誓，百姓都到處流竄；二是萊莎指派人類士兵在鎮上巡邏，搜尋長相與我相似的女孩，卻沒有心理準備會遭遇到我朋友的反擊，即便萊莎自己也很意外。

「搞不清楚怎麼會有人相信她是安蕾絲。」維多莉亞嘟噥了不下十遍。「她根本不懂如何調兵遣將、規劃防線，或者……」她嘮叨了一長串。我開始恍神，因為萊莎有沒有這方面的天賦不是重點，她主要的任務就是約束及安撫羅南，並且盡可能地圈捕人類發誓效忠於羅南，而她截至目前為止做得很成功。

為了加快速度，文森一路背著我行動。過沒多久，我們就已經跟隨克里斯在雪地上留下的馬蹄足跡和追殺他的巨魔腳印，追蹤到林線邊緣。

「別說話，維多莉亞，」帶頭的馬克命令。「如果他們真的追上他，早就逮到人從原路回程，我可不希望露出行跡，被人發現我們的存在。」他一邊說一邊停住腳步。

「放我下來。」我告訴文森。我雙腳落地、站穩腳跟後，立刻走向馬克所在的叉路路口。

「有兩組腳印，」他說。「兩名巨魔分頭追蹤。」

「我也發現了，」伸手指著右邊。「克里斯走右邊，他的馬有釘上馬蹄鐵，另一個沒有。」仔細觀察凌亂的雪堆和錯落的馬糞。「第二位騎士早就在這裡等待，他們知道追兵不只一位，所以兵分兩路，讓巨魔分頭追蹤。」我踢開雪堆。「克里斯的用意不在於一槍射死羅南——他顯然知道他們會有魔法屏障，他的目的是引誘巨魔來追殺。」

在跟隨克里斯的蹤跡前，馬克回頭吩咐了一句。「提高警覺，保持戒備，不要輕忽。」

這回我們前進的速度平穩緩慢。馬克當前鋒，維多莉亞在旁邊，文森負責殿後，他們三人都攜帶武器，時時戒備，只要稍有聲音就轉頭，目光左右搜索任何可疑的動靜，精確的說法是盡可能仔細搜索。這時日正當中，就算有濃密的樹林能遮住大部分刺眼的陽光，我仍然發現他們三個人常用手背揉眼睛，看來他們還未能適應陽光。

突如其來的尖叫聲在樹林中迴盪，我們立刻停住，等待是否有其他的聲響傳來。

「聲音來自於岔路另一邊，」馬克說道。「很難分辨是人類或巨魔的叫聲，我們繼續前進。」

前方是一片空地，白雪靄靄的地面反射正午的陽光，刺眼得連我的眼睛都快睜不開。

「天哪，」文森聲音嘶啞地說。「真沒想到我會懷念被困在地底的生活，但我真有這種感覺。」

他們就像睜著眼的瞎子一樣，根本看不清楚，我試著當他們的眼睛，左顧右盼。即便寒氣逼人，我的後背卻在流汗，不論是鳥叫或踩斷樹枝的聲響都會嚇得我跳起來，猶如驚弓之鳥。我轉著圈仔細偵查周遭，凝視樹林深處，就在幾乎要穿過空地的時候，又一次轉圈查看，突然發現有某種動靜。

「停。」

馬克僵住不動，我繞到他旁邊，留意到馬蹄的印痕移到小徑邊緣，巨魔一路追蹤到這裡，原有的腳印突然……消失無蹤。

「把劍給我。」我試著用長劍的劍刃去戳最後一對腳印的前方地面。硬土。

我小心翼翼地向前一步，再戳一遍地面，什麼都沒有。突然靈光一閃，猛一抬頭——用力過大，甚至聽見脖子喀的一聲——然而巨魔並沒有躲在頭頂的枝幹上面，我雙眉緊鎖地再往前一步，腳下突然踩空。

我嚇得尖叫，重心往後倒，跌坐在雪地上。

「呃，見鬼了，」維多莉亞說道，連馬克都忍不住補上一句。「老鼠竟然有辦法把獅子痛宰一番。」

我翻身趴在地上，望著及時躲開的陷阱——我差一點就成為第二位受害者。地洞挖得很深，底部插著尖銳的鋼矛，刺穿了前一位落單的巨魔。

「他死了嗎？」我問道，一時還不太願意相信。

「差不多。」馬克說道，放下用來遮住陷阱的白色帆布邊緣，揚起布面的積雪紛飛。稍微有一點眼力的人肯定會發現有陷阱，但這對於被陽光照成半瞎又急著追蹤敵人的巨魔來說，很難躲開。

樹林裡傳來松雞的叫聲，我渾身僵硬。

「有人在監視我們。」我低聲說道，如果他們和克里斯同行，那就是友非敵，但我現在身上都是偽裝，除了克里斯以外沒有人認得馬克和雙胞胎是盟友。我舉起手指湊近嘴巴，模仿松雞的叫聲。

靜默無聲。實在太安靜了。

「克里斯的同伴會猜出我的身分的。」我對著馬克低聲說，他點點頭，伸手扶我站起來。

我特意先深呼吸，然後高聲叫喚。「我們沒有惡意，克里斯．吉瑞德是我的朋友。」

過了良久，都沒有得到回應，接著樹叢裡忽然發出窸窸窣窣的聲響，克里斯終於露臉。

「希賽兒？妳的頭髮怎麼了？」

他一喊出我的名字，我忍不住皺眉，但願精靈不在附近。「說來話長。」我朝陷阱揮揮手，「這是怎麼一回事？」

克里斯走出樹叢，舉手揮了揮，另外四張臉從樹林裡探出頭來——竟然都是蒼鷹谷的鄉親。

「和崔斯坦分開之前，他給了我一些建議，」克里斯說。「至於剩下的……我想起他離開厝勒斯之後那幾天，幾乎像瞎子一樣，使我聯想到應該好好利用這項優勢。」

「你打算把羅南當成第一目標？」我雙手握拳，極力克制朝他揮拳頭的衝動。竟然是克里斯毀了我們精心的計畫，但如今木已成舟。

克里斯搖頭。「我們觀察了很久，羅南拒絕出現在陽光下，而且萊莎控制他每一步的行動，似乎不太可能引誘他親自到樹林裡追蹤。」他伸手抓頭髮，望著地洞。「因此他身邊的兩個巨魔才是我們的目標，只要我們盡可能拔除他們的爪牙，崔斯坦就可以心無旁騖地對付他弟弟。說到崔斯坦……」

「他在保護崔亞諾，」我說。「只能派我們過來阻止羅南的惡行。」

克里斯皺著眉，目光爍爍地瞥我一眼。「從妳的語氣判斷，是我們攪亂了妳的計畫。」

我雙手抱胸。「你的任務是協助百姓疏散到安全的地方。」

「這已經完成了。」克里斯答道。「妳奶奶親自出馬，死拖活拉地說服每個人離家躲進山裡避難，不過……」他朝四個同伴點頭致意，他們終於克服對馬克和雙胞胎的恐懼，慢慢地靠過來。「很多人寧願奮戰勝於躲避，我就是其中之一。」

「你殺了多少人？」馬克提問。

「六位。」克里斯對著坑裡的屍體努努嘴巴。「如果剛才的尖叫聲出自於他的朋友，那就是第七個，這些傲慢自大的渾球很容易上當，至今還搞不清楚我們的把戲。」

「這個方式無法持續太久，」馬克用魔法拔出地底下的尖鐵，浮向半空，若有所思地打量。「只要有一個巨魔掙脫陷阱爬出來，或者有別人在你們重新布置陷阱前趕到現場，就會識破你們的手法。」

一陣雜沓的馬蹄聲傳來，披著斗篷的騎士穿越樹林，胯下的坐騎在冰冷的空氣裡氣喘吁吁。「我們逮到他了！效果非常神奇。」

「喬絲媞？」看到妹妹猛然勒住馬匹，讓我驚訝的招呼聲更像是責備。

「希賽兒？妳的頭髮怎麼了？」

「老天爺！妳應該躲在山裡，不是……不是……」我一時詞窮，對著眼前的場景比手劃腳。

「我才不要躲起來，任由某個妖怪小孩摧毀我們的家園。」她咄道。「那傢伙由他哥哥去對付。」

我目瞪口呆，克里斯擋在我們中間。「騎術不錯喔，喬絲媞，妳現在先去處理屍體，再拔掉所有的鐵樁，用來安排下一次的陷阱。」

妹妹瑟縮了一下。「這個有困難。」

克里斯蹙眉以對。「怎麼會？」

她朝馬克和雙胞胎斜睨一眼。「靠得太近或許會有問題。」

「為什麼？」克里斯質問，「別告訴我妳會神經質，怕得想吐？」

「才不，」她在馬鞍上挺直身體。「但我也不是蠢蛋，因為那該死的傢伙還活著，我絕對不要靠近一步。」

19 希賽兒

「亞伯特，亞伯特，亞伯特。」馬克駐足在地洞邊緣，「我一直認為你對陛下忠心耿耿，曾幾何時加入了背叛的陣營？」

我悄悄地站到一旁，傾身湊近陷阱邊緣探看。這個巨魔曾經在厝勒斯的街道上對我窮追不捨，還被崔斯坦羞辱一番。他身體歪向一邊，被鐵樁刺穿雙腿、軀幹和一隻手臂，但是沒有刺穿任何要害，然而從汩汩流下的鮮血判斷，因失血過多而死只是遲早的問題。

亞伯特吐出血紅的唾沫。「早該猜到是你們三個傻瓜在幫助人類。」

「掉進坑裡差點摔死的人還說別人是傻瓜。」維多莉亞反唇相譏，她和文森一左一右站在坑洞兩側，以防俘虜想到什麼新招數脫逃。「難不成是人類拿美味的派掛在坑洞上面引誘你上當？還是你自己太笨、走路不長眼睛？」

亞伯特破口大罵，維多莉亞反而把積雪踢到他臉上。

「你還沒有回答我的疑問。」馬克提醒。

亞伯特哈哈大笑，隨即痛得咬牙切齒。「已經好幾個月了，自從苔伯特露出真實面目，讓他深愛人類的兒子娶了那個紅頭髮的賤人，我就再也看不下去。那樣的弱者不配登上王位，吉路米和我都認為應該要轉換陣營才對。」

我蹙眉，隨即恍然大悟亞伯特沒有認出我的偽裝。

「我早就看出來了。」他大口喘氣。「當崔斯坦阻止我殺死他的那一刻，我就知道事情不對。」他望著克里斯。「他竟然還為了那個愚蠢的女孩狠狠地羞辱我一番。安哥雷米公爵說崔斯坦暗中支持人類是真的。單單同情就算了，他還自甘墮落、心甘情願和那個可惡的東西上床，愛她愛得如此深情。而苔伯特明知道卻還縱容崔斯坦，寬恕他的背叛，其中的含意不言而喻，」他開始咳嗽。「意圖非常明顯。」

馬克不予回應。「公爵在哪裡？」

亞伯特咧嘴而笑。「那個地方你絕對找不到。」

「別問了，」文森說道。「安哥雷米不會讓一個變節的普通巨魔知道自己的計畫，亞伯特了解的內情大概跟那些召募而來、對羅南卑躬屈膝的人類差不了多少。」

「或許是，或許不是，」亞伯特回應。「如果你以為我會屈打成招、透露情報，那就大錯特錯，我跟死人一樣，一、句、都、不、會、說。」

無論他的出發點是對公爵發過誓，或是深信自己面對刑求時可以剛毅不屈，至少這是他的真心話，因為天性要求他必須說實話。一部分的我很想讓他就此死掉，然而先前因我的蓄意所導致的後果依然鮮明地烙印在心底。只因為對方是敵人，就把他的命視為草芥，這樣只會讓自己越陷越深。苔伯特和安哥雷米對於人命就是這種態度，如果我也這樣，那要如何和他們劃清界線、聲明我比他們更優秀？

手提包裡還有兩個香水瓶，我嘆了一口氣，用手肘輕推馬克。「他存活的機率有多少？」

受傷的巨魔一聽見我的聲音，睜大了眼珠。

「是妳。」因為太過用力，他的五官痛苦得扭曲在一起，然而亞伯特既不是安蕾絲也不是崔斯坦，戳進身體的鐵樁讓他動彈不得。

「這是條件，」我說。「說出公爵藏身的地點，我便救你性命。」就算他存活之後要面對背叛國王的審判，我還是會救他。「還可以先幫你治療，算是我表達友好的禮物。」

希望的火苗在他臉上閃爍，這個條件足以鼓動他背叛公爵。然而得意的感覺只維持了一兩秒，亞伯特抬起頭，直接一頭撞向尖銳的倒刺。

我伸手摀住嘴巴，很想轉身避開這一幕，但想了想，仍強迫自己面對眼前這具新的屍體。這同樣是因我做的抉擇而產生的結果。

「安哥雷米會將背叛者納入羽翼底下，一定有要求他立下效忠的誓言。」馬克說道，一手搭著我的肩膀。「因此無論如何，他都活不了。」

我轉身躲開他的手，走了一小段距離，額頭抵在樹幹上。冰凍粗糙的樹皮刺痛皮膚，克里斯命令幫手移開尖銳的鐵樁，屍體就地掩埋在坑裡。

背後的雪地發出嗒嗒的聲響。「妳認識他？」喬絲媞詢問。

我微微點頭。

「曾經是……朋友？」她繼續追問。

「不是。」我別過臉龐，看著妹妹用鞋跟在雪地上壓出小小的圖案。

「妳是另一位騎士？」我反問。

喬絲媞低著頭，微微點了一下算是承認。「他們需要體型嬌小又可以快馬馳騁的人，看到羅南對付諾默尼的行徑，大家都嚇壞了不敢參與。」

因此唯有小妹鼓起勇氣加入抗爭。我們附近的村民都是成年人，有男有女——應該是他們冒險才對，不該派小女孩出征，但她卻跟我一樣，不願意看到朋友有難、自己卻被保護得好好的。

「妳很棒。」我說。

喬絲媞直視我的眼眸。「為什麼崔斯坦不阻止他？不來幫助我們？」

「他要保護崔亞諾。」我聲音沙啞地幫崔斯坦找藉口，第一次察覺到自己幫他說話時的口氣有多薄弱。對於不在首府的人而言，就像被遺棄了一樣，尤其是我小妹，她曾經見過崔斯坦，算是他的親人。坦白說，現在我們正迅速喪失說服島上居民、團結支持我們理想的機會。

「他沒辦法……」我低語，突然一股冷風拂過頸項，冷得讓人打哆嗦。「有其他安全的說話地點嗎？」

「營地那裡的小木屋周圍有用鐵環繞作保護，」她說。「我可以騎馬載妳過去。」

我跟她走到繫馬的樹幹，她把嚼環放進馬的口中，檢查過馬腹繫帶，再來回擺弄調整腳蹬的扣帶。

「希賽兒？」她忽然開口。

皮膚有微微刺痛感。「嗯？」

「母親還好吧？」

20 崔斯坦

我先移動了魔法棋盤上以光化影的棋子，才轉向佛雷德，他執意要站在這裡旁觀我思索下一步行動。「什麼事？」

「外面有很多難民，」佛雷德漲紅了臉。「勉強從公爵的民兵手下逃脫，來尋求庇護。」

「吩咐他們去山區避難。」我將代表公爵手下的人類卒子移近我的領隊。

「他們缺乏補給品，就算沒有凍死在山上，也會餓得奄奄一息。」

「戰爭無可避免會有一定人數的死傷。」我淺啜一口香料酒，環繞著棋盤思索，順便推開擋路的佛雷德。他吐了一大口悶氣，一手握拳。

「你還要說什麼？」我問。

「首先，要你專心聽我說。」他咄道。

「是有在聽啊，」我說，「我不是那種頭腦簡單、四肢發達的類型，我能同時兼顧兩件事。」雖然在我看來，這樣運用時間才能達成最大的功效，但我寧願他離開，讓我可以專心思索、找出破解敵人戰略的方法。聽我這麼說，佛雷德的眉頭更皺了。

「你得答應讓他們進入崔亞諾。」

我搖頭反對。「他們或許信誓旦旦地宣稱逃離我弟弟的手下，但也可能是說謊，搞不好有間諜混在當中。最糟的是叛亂分子故意來煽風點火、想要引發暴動。」

「叛亂分子？老天爺，難民裡面有很多兒童，還有襁褓中的小嬰兒！」

「羅南自己就是小孩。」

佛雷德把酒壺往旁一丟，酒液濺在牆壁上，空氣中瀰漫著肉桂和丁香的香氣，小老鼠馬上跑過去那灘水漬，低頭舔拭。

「小孩跟成人一樣可以拿槍殺人，」我解釋。「容許他們進入崔亞諾只會讓那些對我們忠心耿耿的人置身險境，這樣反而是害了他們。」

「我無法拒絕、強迫他們離開。」

我嘆了一口氣，舉起杯子發現是空的。「我不記得有授予你自由裁量的權力。」

他吐了一串髒話，我記下幾句經典台詞，收集起來待他日可以借用。

「殿下，你不能拒絕他們。」莎賓走了進來，昂貴華麗的禮服遠遠超過她能負荷的程度，再從頭髮的光澤判斷，顯然有把我早先的建議聽進耳裡，沐浴更衣。「就長期和技術考量，這個決定有缺陷，」她繼續說道。「島上的居民會因此認定你殘酷無情、沒有人性，長此下去會累積憎恨，進而群起叛變。」

「他們不了解──」

她舉起手。「對，他們不會理解，因此你必須尋求替代方案。」

我放下杯子，從一堆文件中拿起城市地圖攤在桌面上。「巴士底監獄還有空間嗎？」

「將避難的人們安置在鼠害與疾病為患的監獄，可不是明智的決定。」莎賓建議道。

我雙眉深鎖地用手指描畫地圖，尋找更好的選項。「那就歌劇院吧，如果有狀況，包圍起來比較容易，對於難民來說也算是舒適。」

莎賓閉上眼睛嘟噥了幾句，內容聽不清楚。「聊勝於無。」

「供應他們日常所需，」我吩咐佛雷德。「算是你的責任。」

佛雷德沒有多說一句，逕自轉身離去，莎賓就座時陰沉地瞥了我一眼，腳踝交叉縮在椅子底下。

在此之前我們就有過一番討論，我的行為在她看來很可惡、不恰當，又讓人受傷。希賽兒的法術似乎不只抹掉我對她情緒的感受，連自己的情緒也被抹除了。莎賓說得沒錯，我知道自己的想法偏離正常軌道，然而我對這樣的改變沒有任何不安和焦躁——剛好相反，我因此可以連續專注好幾個小時處理單一問題，其實大有好處。

「希賽兒還活著嗎？」她問。

「是的。」

「如果她受傷呢？你會知道嗎？」

我聳聳肩膀。「有可能。」

「萬一她需要你的協助呢？」

看起來，莎賓似乎忘記了希賽兒創造魔法種子最初的目的和背後的邏輯。

「如果情勢緊急，她可以用名字召喚我。」我忍住沒有補上一句——如果有辦法剔除這個方法，我很樂意。除了起誓承諾，希賽兒用盡各種方法強調她絕不會使用我的名字，但我不太相信，這件事顯然是個錯誤。

「我要去塔樓，」莎賓說。「你要來嗎？」

我搖頭婉拒，佛雷德離開、莎賓人在室外，剛好能讓我利用獨處的時刻好好思索之後的計畫。她哼了一聲，我充耳不聞，一直等到門鎖喀的一聲闔上，我才坐在椅子裡沉思起來。

舉凡和精靈有關的資訊，我所了解的不是別人說的、就是聽來的，大多不是第一手資料，唯一的例外是在阿爾卡笛亞跟隆冬之后的一面之緣。我現在要做的就是深入探索那一段記憶。

回憶很痛苦，在心跳停止的瞬間，希賽兒和我之間的聯結幾乎徹底切斷，殘存的少許絲線擋不住強烈的失落感，原本屬於她那一處的心靈變得無比空虛，而她千頭萬緒的情感有如萬花筒一樣，倒是存留了下來。

黑暗無際無邊。

接著，青草、鮮花、雨水的芳香漫入鼻孔。我睜開雙眼，看到眼前女子那一對祖母綠的眼眸，冰涼的氣息吹過臉頰。「哈囉，凡人。」

我倉促地想要退開，偏偏手腕和腳踝被冰柱固定在地面，更奇怪的是，我竟然無法掙脫，連魔法都使不出來。

「沒有靈魂的東西在最後一絲意識裡，當然也沒有魔法，凡人。」她微笑，露出一嘴獠牙。「你時間有限——她的時間也寥寥無幾——但有很多事情需要討論。」

希賽兒。如果我死了，那她……

「妳是什麼人？」我質問道，心裡其實已經知道答案。這裡是阿爾卡笛亞，我們在草地上，周遭的一切欣欣向榮，翠綠芳香，生機盎然，除了她雙手碰觸的地方——草地枯黃，死亡的氣息緩緩往外擴散；樹葉變色，從枝梢飄落地面；花瓣枯萎、只剩乾燥的外殼。在仲夏季節，同時也是仲夏國王掌管的時節，不應該發生這樣的事情。

隆冬降臨。

「妳想怎樣？」我再次質問，試著聚精會神，實際上卻很困難，因為我是已死的人，即便人生還有許多未完成的心願、未做的事情，還有希賽兒……

冬后尖如利爪的手劃過臉頰，寒氣冰冷得刺痛人，她的指關節、手背和手腕處滿佈銀色交叉的聯結紋路。「好殘忍啊，」她低語。「跟你最痛恨的人綁在一起，大小戰役不斷、永遠分不出勝負，而心裡明知道永遠看不到敵人敗亡，因為你自己也是這樣。」

「這不是答案。」我怒吼，但只是虛張聲勢。我感覺自己正逐漸消逝，似乎快要消失不見。

希賽兒……拜託妳活下去。我無聲地祈求。請妳試試看，不要放棄。

精靈王后笑盈盈、趣味盎然地說：「數千年前，仲夏在他能力最強盛的季節，不加約束地逕自允許他的兄弟帶了大批戰士到你的世界遊蕩。那時他自信滿滿，自認為毫無弱點，不只壓制我的法力，更把我鎖在寶座上，完全沒看到危險的一面。但我已然洞悉危機的存在，看著他因傲慢而敗落，真是人生一大樂事。」

她晶亮的眼神充滿邪氣，我很想叫她直接說重點，趕快攤牌、提出條件——如果她知道片刻過後我將不復存在，就不會把時間浪費在這段對話上面。

「冰雪精靈絕不涉足你悲慘的世界，背後有一個理由，」她說。「我要保護我的子民，讓他們安全無憂。」她彎腰親吻我的額頭，痛得我差點想要哀號。「而今，隆冬再度掌控大權。」

「妳、究、竟、要、什、麼？」我咬牙切齒地說。拜託，別讓我來不及。

「我可以放你回去。」她坐在腳跟上，原本捆住我手腕和腳踝的冰柱消失無蹤。「死妖是我豢養的生物，牠們的殺傷力來自於我的法力，因此我能讓你死而復生。」她舔了舔嘴唇，伸出來的舌頭是銀色的，舌尖如蛇般分岔。「只要你付出代價。」

我願意付出一切，要什麼都可以，她心知肚明。「妳說。」

「這是救命之恩，」她起身，拉我跟著她站了起來。「清償債務的時間由我決定。」

如果未來真的有機會再次見面，隨便她要求什麼，我都不會推諉，就算要我的命我也會雙手奉上。畢竟此時此地，我能拒絕嗎？

「一言為定。」

「還有一件事，」她嗲聲說道。「你要答應絕不會把我們的談話告訴任何人。」

「可以。」我知道局勢對我不利，只能屈居下風。「現在立刻把我送回去。」

「沒問題。」

我還來不及多說一句，便立即跌回黑暗裡，只聽見她的聲音。「再見，凡人王子，我們後會有期。」

「崔斯坦！」

我的意識回到現實，眨眨眼睛，才看清莎賓的臉龐距離我不到幾吋，她狂亂的眼神充滿驚慌。

「他們來了。」她尖叫，用出乎意料的力氣把我拖向樓梯。我們一路往上，直到門外，她指著遠處的城市。

我的目光順著她手指的方向，立刻明白令她恐懼的源頭——巨魔的火光漂浮在崔亞諾街道上方，數以百計，朝著我們而來。

21 希賽兒

「她死了。」我脫口而出，立刻反悔想改用比較委婉的方式陳述，讓小妹不致淚哭得淚盈盈。如果真有委婉的說詞存在該有多好。雖然喬絲媞討厭吉妮薇，不過再怎麼說，吉妮薇仍是她的母親。

「怎麼死的？是女巫嗎？那個安諾許卡？」

我用力吞嚥。「她就是安諾許卡。」

沉默無聲。

「妳殺了她。」喬絲媞提問。

「我別無選擇。其實我殺的不是母親，她早就不在世上了。」我語無倫次地解釋，聽起來不合常理，但又找不到合適的話表達。「這是唯一的方法。」

「釋放他們得到自由？」

「對。」

她推了我一把，我跌坐在地。

「妳誤會了，」我說。「讓我解釋。」

「有什麼好解釋的？」喬絲媞大叫，對其他人錯愕的表情無動於衷。「都是妳的錯，妳殺死我們的母親，讓這些妖怪恢復自由，讓他們屠殺無辜的村民。還有那個愚蠢的男孩，只會躲在城堡裡面，不肯出來解決因他而起的戰爭。」

「喬絲媞——」

「我真希望妳死掉。」她對我呸了一口口水，調轉馬頭、往小徑的方向絕塵而去。

眾人瞪大眼睛、呆若木雞，沒人敢開口。

克里斯走到我身旁。「等我們返回營地的時候，妳再解釋給她聽，繼續在這裡逗留非常危險。」

⚜

我們一行人直到入夜才騎到營地，夢蓮湖邊有好幾間小木屋，平常供獵人使用。他們圍坐在至少二十幾頂的帳篷中間。天色雖然黑得看不清每個人的臉，但倒是可以從嗓音辨認。

「喬絲媞的馬在那裡，」克里斯扶我下馬。「妳不必擔心。」

「我懷疑自己真能放心。」

他聳聳肩膀。「走這邊。」

我跟著克里斯走向其中一間小木屋，馬克和雙胞胎並肩陪在旁邊。魔法籠罩在四周，世界寂靜無聲。

「妳打算怎麼說？」馬克詢問。

「實話實說。」

我可以感覺得到他們在我頭頂上方無聲的對談。「這些都是鄉親，」我咄道。「他們有知道的權力。」

「或許吧，」馬克回應。「問題在於他們能夠理解嗎？明白崔斯坦留在崔亞諾的真正原因是助力還是阻力？對我們有利還是有害？」

我咬住下唇，思索要怎樣對這些人解說。人們對巨魔的了解極其有限，崔斯坦留在崔亞諾，任由島上的百姓被他弟弟摧殘，要怎樣解釋他們才能明白？誓言的拘束力、名字的價值，這些在他們聽來就像胡說八道，是極其荒唐的藉口。

「我們需要他們，」馬克放慢腳步，以拖延講話的時間。「缺乏人類的支持，我們無法期望打贏這場戰爭，但要博得擁戴，就必須給他們一個值得為我們奮戰的好理由，這個責任在妳身上。」

「我不是領袖，馬克，」我低頭計算通往木屋門口總共有多少階梯時，感覺皮膚微麻。「就算是，也是我這個罪魁禍首把羅南放出來凌虐百姓，再多的藉口又如何彌補這樣的過錯？」

「妳會做出這樣的抉擇，是因為深信我們終會戰勝敵人、建立美好的新世界，人類可以與我們的種族和平共處。」馬克握住我的手臂，讓我轉身看著他。「要達成這個目標，妳覺得很容易嗎？」

我沉默地搖頭。

「妳是公主，希賽兒，也是未來的皇后，現在就要有為后的典範。」

柴火燃燒和呼嘯在山間的風聲再一次灌入我的耳朵。

「你們要進來取暖，還是要繼續頂著冷風開會？」克里斯站在木屋門口，門後的人都是村子裡備受尊敬的長輩，包括傑若米、奶奶和我父親。

「給我一分鐘時間單獨跟他們談。」我告訴馬克和雙胞胎，轉身走進大門。

窄小的木屋裡聚集了十個人，顯得異常擁擠。正中央的爐火提供照明的功能勝過保暖，因為屋內之擠，足以讓在場的每個人熱得滿頭大汗。

「他們究竟知道多少？」我低聲詢問。

「跟我所知的差不多，包含羅南、安哥雷米和國王相互間錯綜複雜的內鬥和黨派紛爭的關係都解釋過了，」克里斯說。「木屋周遭以鋼鐵圍繞，所以妳不必擔心被竊聽。」

我揚了揚眉毛。

「崔斯坦事先提點，幫我做足心理準備，教我自保之道和作戰技巧。」克里斯朝那群人努了努下巴，「他們都知道。」

我舔舔嘴唇，嘗到鹹鹹的汗水。崔斯坦已經埋下建立大軍的基礎，我不是順著地基往上建造，就是讓一切灰飛煙滅。我咳了咳、清清喉嚨，這時父親走了過來。

「希賽兒，妳小妹說的都是真的嗎？」他問，心痛的語氣像一把刀插入我心底。

我張開嘴巴，但發不出聲音。喬絲娖當然會告訴他們，我怎麼會期待有其他可能？我環顧室內一圈，在場的人各個雙手抱在胸前、嘴唇抿成一條線。

「妳殺了自己的母親？」有人出聲質問。

要有為后的典範。

我抬高下巴。「不，我殺了謀害她的凶手。那個女巫偷偷取走母親的身體佔為己用，並且打算在我身上重施故技，才會死在我手裡。」

「是她幫我們抵擋這一群怪物，妳卻把她殺了。」莎賓的父親說道。「我女兒在哪裡？她沒事吧？」

「莎賓人在崔亞諾，」我答道。「留在攝政王的城堡裡面，受到我丈夫的保護。那裡是最安全的庇護所。」

交頭接耳的聲音此起彼落，我舉手示意他們安靜聽我說。「巨魔跟人類一樣，有好人也有壞蛋，有的貪婪成性、自私自利、殘酷無情，安哥雷米公爵就是這樣的類型，他陰險地掌控了我丈夫的弟弟羅南王子。他雖是一個小孩，卻有令人難以置信的巨大能力，瘋狂的腦子裡充滿暴力。最近這幾天，就是他在島上燒殺擄掠，而放任他暴戾行徑的背後首腦就是安哥雷米公爵。他步步為營，朝著搶奪王冠的目標步步逼近，因此刺殺羅南就是我們今天趕來諾默尼的目的。」

「但他還活得好好的。」莎賓的父親諷刺地說。

克里斯咳了幾下。「恐怕是我的錯，我們的行動打亂了希賽兒的布局……」他聳聳肩膀。「誰知道呢。」

「既然問題在公爵，為什麼不直接找他就好？」有人提問。

「因為他躲起來了，」我回答。「等到我們找到他，戰爭大概也結束了。」

至少朋友都這麼認為。崔斯坦、馬克和雙胞胎想破頭，指出十幾處跟安哥雷米家族有關的藏身點，結果都撲空。他們認定這樣根本找不到人，但我不以為然，因為萊莎的說詞背後有玄機，我相信她跟安哥雷米公爵的對話內容隱約有線索可循……

「崔斯坦為什麼不自己動手？骯髒的工作卻要妳來做？」眾人一齊轉向說話的父親，他雙手插口袋、肩膀繃緊。

我遲疑不語。他們有權利了解真相，不過馬克的想法對嗎？實話實說對他們而言是利還是弊？

「公爵正要組織一支人類軍隊，這就是他聚集村民的主因——逼他們發誓效忠羅南，因為對巨魔發誓具有強大的拘束力。」我說。「如果你們不相信，只要問一下克里斯或傑若米，就知道巨魔逼你信守諾言的感覺是什麼。」

他們父子一起點頭。

「我的丈夫崔斯坦．莫廷尼王子駐守在崔亞諾，以保護城市作為安全的庇護所，收容流離失所的難民，如果親自出城制止羅南便意味棄守城堡，那裡的上千名居民也會失去防衛，」我用力吞嚥。「而且還有其他壞人正虎視眈眈，想要坐收漁翁之利。」

「妳說的是巨魔國王嗎？」父親直接點出。

我點點頭。「我們打的是雙面戰爭，萬一輸了……」

如果世界陷入戰火，始作俑者就是妳。

「那如果贏了呢？」莎賓的父親質問。「假如這個崔斯坦打敗他弟弟、公爵和自己的父親，就能夠掌控自己的人民嗎？」

「對。」雖然這麼說，我不敢確定這是真話還是謊言。

嘟噥和低語聲再次充斥在木屋裡，人們彼此交頭接耳，各自發表意見。

「少了諸位的幫忙，我們贏不了這場戰爭。」我開口強調，感覺這一刻攸關生死，不是贏得支持就是永遠輸掉信任。

背後有人開門，我沒有轉身。「或許目前躲在山裡安全無虞，但如果因此而讓公爵奪得王位，他不會放過諸位。現在是他最脆弱的時刻，也是我們發動攻擊的良機。」

「妳要我們怎麼做？」傑若米追問。「個別對付他們？這種方法不可能贏。」

「你說得對，」馬克和我並肩而立。「所以我們的目標不會只針對少數巨魔——而是要奪取他的軍隊。」

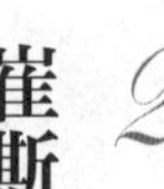

崔斯坦

「搞不懂他們是如何通過魔法屏障的。」我近乎自言自語，瞇著眼睛眺望升降閘門底下緩緩穿梭在崔亞諾的銀色火光。第一個閃過腦海的念頭是希賽兒的哥哥中了計謀，誤把巨魔偽裝的人類引入城內，然而那些微光並非來自於大門方向，因此這個推論迅速被打消。

「懂不懂有什麼差別？」莎賓吐槽。「他們已經進來了，現在的關鍵在於如何阻止他們。」

我轉身背對升降閘門，文風不動地站在雪地裡，看著士兵在中庭和外牆中間來回奔跑，手上抱滿武器，瞪大眼睛、緊抿嘴唇。不久之前才快馬加鞭趕到現場的佛雷德站在他們中間，高聲發號施令。即便寒風刺骨，汗流浹背的氣味依然隨風飄散在周圍，人聲鼎沸中不時夾帶著含糊祈禱的聲音。

我拍拍外套口袋，感覺鼓起的手帕裹著我的魔法種子。恐懼會讓人們做出愚蠢的行徑，將理性和邏輯拋在腦後，這一點我心知肚明。希賽兒回來的時候，必須為我重新施展咒語。如果回得來的話。我提醒自己，暫時壓抑另找女巫的念頭。

就是以防萬一。

這個念頭搔得人有點難受，但是瞬即一閃而過。「他們是在浪費時間，要同時對抗這麼多巨魔，這一切，」我朝忙亂的士兵揮揮手。「於事無補。」

莎賓雙手握拳，我趣味盎然地盯著她看，看看她是否真的會朝我揮拳，但她僅僅做了幾次深呼吸，接著說道。「你要想辦法阻止他們嗎？」

「顯然得這樣，」我對著佛雷德彈了彈手指，示意他隨著我們上到其中一個碉堡。「我要等敵人靠近一點才能辨認有誰在其中，」我說。「然後單挑最強的一位，但我需要你和手下的士兵分散其他敵人的注意力，就像一堆蒼蠅繞著熊亂飛一樣，算是幫我爭取時間。一旦最強悍的那位死掉之後，對付剩餘的敵人就易如反掌。」

莎賓和佛雷德呆若木雞地瞪著我看。

「怎麼樣？」我問。「先去準備，等我信號再出動。」說完我便轉身背對他們，單手支在狹窄的箭孔上。到時候至少要抓一個活口來盤問他們究竟是如何通過我的魔法防線，至於為什麼要費心築起屏障，連我自己都想不透，畢竟做那些事情只會消耗我的法力，而這麼做的唯一的目的就是要保護崔亞諾的居民。

而今乾脆撤除魔法屏障，改將屏障環繞在堡壘的城牆上。

城裡寂靜無聲，潺潺的流水因表層覆蓋的冰雪顯得模糊不清，巨魔的火光朦朦朧朧，越走越近卻沒有散開，彷彿沿著街道前進。這樣的戰術非常奇特，不像父親慣用的手段，他向來精於擬訂戰略，不過距離上一次直接跟他對壘也過了很久。

很久很久以前。

那時我才十歲，當著宮廷大多數人面前和父親玩格爾兵棋。這個遊戲有時間壓力，沙漏的設定是一分鐘內走一步，我們已經下了好幾個小時，感覺無聊又乏味，部分的原因在於自己必定會輸給父親，另一個原因是我更想跟朋友去湖裡游泳。

安蕾絲坐在父親背後第一排。即便我努力克制，仍然忍不住用餘光追隨她的一舉一動——她奶奶，也就是孀居的公爵夫人強迫她穿禮服。她彆扭地扭來扭去，不時斜瞥一眼坐在旁邊、跟馬克聊得很投入的姊姊。自從上回調皮的惡作劇之後，雙胞胎就被禁止進入謁見大廳，但我知道他們在船邊等候。安蕾絲跟我四目相對，接著變成鬥雞眼。我咬住嘴唇，差點爆笑出聲。

「崔斯坦。」

我的注意力迅速轉回父親身上。看看計時器，最後幾粒沙落在沙堆頂端，我推進一步，然後立刻發現自己的錯誤。父親的魔法跟著怒火一起浮上表面，讓我頭皮發麻，嚇得不敢抬頭，只能盯著棋盤。

他以飛快的速度，抓起我的棋子狠狠丟出去，棋子摜向牆壁摔得粉碎。

「所有的人都出去。」他低吼。大臣落荒而逃，安蕾絲是唯一一位沒有被嚇跑的，但也僅僅猶豫了一秒。

謁見廳的大門碰地關上，父親反手砍向棋盤，棋子彈到半空中，隨即掉在地板上。「妳說他有進步。」父親大聲質問阿姨，後者伸手搭著我的肩膀。

「是啊，」她回應。「這件事跟智商或天分無關，苔伯特，而是興趣問題。他的心思不在棋藝上。」

父親的眼神定在我臉上，我不肯抬頭。「沒有這方面的技巧，」他問道。「你要如何統治百姓？」

「這只是愚蠢的遊戲，」我嘟噥。「又不是真實對壘。」

阿姨抓緊我的肩膀，提醒我不要得寸進尺、自找麻煩。

「只是愚蠢的遊戲？」父親重複一遍。「這不是遊戲，傻瓜，而是工具，用來訓練分析能力和集中專注力。作為厝勒斯的國王，你必須精通棋藝，成為其中的佼佼者。」

我極力壓抑想要抓著母親的衝動，只要她在這裡，父親的脾氣便不會失控。

「如果你是最棒的——」我抬頭看他「——為什麼不親自教我下棋？」

他的下顎左右移動，這是第一次也是唯一的一次，他對我這個問題有反應。但他率先移開目光。好愚蠢的問題。我告訴自己，他哪有時間陪你。

「因為，」他終於開口。「如果你的每一步我都清楚，你又怎麼可能贏過我？」

我的心情沉到谷底。雖然很孩子氣，還是忍不住拉著母親的手，用力捏了捏。

「他需要被激勵，苔伯特，」阿姨站在我身旁說道。「唯有你能夠誘發他學習的動機。」

父親嘆了一口氣。我真希望自己沒有讓他如此失望，希望他能像幼時一樣撥出時間陪伴我，但他僅僅轉過身去，頭也不回地離開大廳。

我眨眨眼，從回憶中抽身，聚焦在蜿蜒穿過崔亞諾的巨魔火光上。我何必費盡心思保護這些人類，打一場沒有人會感激我的戰爭？這一切為的是什麼？對我有什麼好處？什麼都沒有。

這是在浪費寶貴的時間——本應該用來解決我跟冬后之間的難題。一日不解決，我就一日困在陷阱裡。

大隊停住腳步，兩個人影從隊伍中走出來站在橋上。女孩掀開灰色斗篷，露出一頭黑色長髮，男子拄著拐杖走路。

「放他們進來。」我高聲嚷叫，快步下樓去迎接柔依和堤普。

閘門升起時發出吱嘎的聲響，混血種低頭鑽了進來。

「天哪，真高興看到你，」堤普一臉微笑。「你做到了，你和希賽兒終於做到了。」他仰臉望著天空。「不敢相信——」

「你們是怎麼通過魔法的屏障？」我打斷他的話，逕自詢問。

提普眨了眨眼。「你說什麼？」

「我設了屏障，就是外面的穹頂。」我特意說明清楚。「你們是怎麼通過的？」

「大多數的礦工都在這裡，」他說。「我們從地底穿越進來。」

「啊，原來如此。」我轉身走進城堡裡。

23 希賽兒

「到時候他一定很不高興。」馬克一反常態、露出沮喪的情緒，發洩地踹了樹根一腳，低聲嘟囔一句像詛咒的話語，樹枝上的積雪落在他頭頂。「我們三個應該形影不離地保護妳，直到任務完成才回去。」

「任務尚未完成。」我搓揉雙手取暖，紅紅的火光令人渴望。

「妳在吹毛求疵。」

我微笑以對。「這是巨魔的影響力作祟喔。」刺殺羅南的計畫功虧一簣，似乎不應該這麼輕浮地說說笑笑，然而打從我一刀刺死安諾許卡以來，被沉重壓力約束的感覺終於好一些了。有計畫、有地點、有目標，就算這意味著要跟崔斯坦分隔兩地，都覺得有其必要。

「她肯定會一眼識破妳的偽裝。」馬克變通方式，改用其他說法試圖說服我。「十幾個人喊妳的名字，只要把妳跟雙胞胎隔開，就可以進一步利用妳對付崔斯坦。你們兩個調和出來的特殊種子，不可能取之不盡用之不竭；再者她歷經千年累積出來的經驗無疑會提升拷問的技巧，能夠順利收集她所需要的情報。」

「再怎麼問都不可能無中生有，」我說。「我已經徹底想過一遍，所以你不用再試著說服我逃回崔亞諾、躲避我應該負的責任。」

「如果我不答應？」

我深思熟慮之後才回答他。「如你所說，馬克，我是厝勒斯的公主、未來的皇后，這不是請求，是命令。」

明明知道他不會，一部分的我依然期待他抗命或反對。

他如我預期地恭敬點頭，裝腔作勢的模樣不像平常的作風。「遵命，公主殿下。」

我的腳在雪地上隨意亂畫。「如果可以的話，我寧願把你留在這裡，讓你們三個聯手制伏公爵的兵力，但我不忍心看著崔斯坦獨自駐守在崔亞諾。他旁邊只有莎賓守護——然而她更可能捅他一刀。」

「皇后不必跟屬下解釋理由。」

「我知道，」我說。「另一個選項是吩咐雙胞胎其中之一回去，然而他們已經承受那麼多折磨，再把他們分開似乎不近人情。再者崔斯坦更可能聽從你的建議，你有辦法說服他留在城堡裡，因此這份任務非你莫屬。」

「希賽兒……」

「讓他明白他和我之間必須有一位深入民間、率眾奮戰。倘若我們兩個人都躲在崔亞諾的城堡裡，人民的支持和擁護必然會流失。我在這裡有很多任務——」我停頓了一下，雙手環胸。「你確定可以摸黑趕回崔亞諾？」

「我寧願摸黑，也不想面對該死的陽光。」他的臉在陰影裡看不清楚，但我知道他帶著笑容。「我可以應付的。好好照顧自己，希賽兒。」

馬克隨後點點頭，轉身要走，被我拉住手臂。

「請轉告崔斯坦……」

我愛他。

我把這句話吞回心裡。身為皇后，不應該託人傳達多愁善感的訊息，而且自黎明以來，從崔斯坦那裡感受到的只有冷漠，我不認為現在的他會在意我的告白。

「要他想辦法找出安哥雷米的下落。既然原本的計畫失敗，現在就是我們阻止羅南最好的機會。」

馬克再次點了點頭，轉眼消失在黑暗裡。

⚜

「奶奶？」

正在整理架上物品的奶奶聽到我的聲音，抬起頭來。「怎麼了，親愛的？」

「喬絲媞不見了。」我在營地找了半小時，天黑以後就沒有人看到小妹的蹤影。

奶奶猛然顫了一下。「坐騎還在嗎？」

我點頭。

「或許她是在躲妳。」她將罐子放在木架上，一隻手按著瓶蓋沒有移開，彷彿一時想不起來要做什麼。「我去找她解釋吉妮薇的事情，一旦了解全部真相，她終會理解的。」

如果唯有這件事令她心情頹喪，那麼我會欣然同意由奶奶出面，但事實不然。

「對不起，」我說。「這些災難都是因我而起。」

「按照克里斯的說法，這樣的結果似乎是難以避免，」奶奶抽手。「如果妳是來祈求赦免，別浪費力氣。孩子，已經做的決定，不要去祈求原諒，應該放手一搏，力求糾正錯誤。」

「我會努力。」我嘆了一口氣，順勢坐在小床上，渾身疲憊。「我需要幫忙。」

「噢？」

「施展法術。」我掏出口袋的紙條，不安地捏在手裡。

奶奶渾身一僵。「就我所知，這方面妳已經可以應付自如，甚至還去鑽研那些不該觸及的法術。」

「這次不一樣，」我說。「是針對我自己，因此需要妳的協助。」

奶奶上下打量著我。「妳要做什麼？」

當我下定決心不回崔亞諾以後，就在思索這件事。在這裡逗留的風險很高，因為隆冬之后肯定會得知我在這裡。然而在這裡的都是我的家人、我的鄉親，而且文森和維多莉亞不可能時時刻刻、寸步不離地保護我及家人的安全。

「我需要妳幫我遺忘一樣東西。」我聚精會神地想著崔斯坦，感受到的只有涼薄和冷淡，沒有其他感情，這讓我的心情更加沉重。「忘記一個人名。」

⚜

我已然精疲力竭，腳步踉蹌地走回小木屋，只想好好休息，突然被小妹擋住去路。

「希賽兒，我可以跟妳聊聊嗎？」

我頷首，示意文森給我們一點時間，這才走了過去。「妳看起來似乎快凍僵了。」我握住她的手捏了捏，感覺像在摸冰柱一樣。她的金髮上覆了一層薄薄的冰霜，微微泛白，臉頰和鼻子也逃不過風雪的肆虐，凍成櫻桃般的深紅色。「跟我進屋子裡取暖。」

「等等，」她的牙齒上下打顫。「我只想跟妳道歉。我應該先聽聽妳的說法，而不是隨便亂發脾氣。」

「沒關係，」我雙手環抱她的身體，試著幫她驅走寒氣。「我不會因此怪罪妳，無論妳從哪個角度看待這件事情，母親都已經離開人世。」我忍不住紅了雙眼。「讓妳知道這件事，我也很遺憾。」

她緊緊抱住我。「我很害怕，」她喃喃說道。「沒有援手，我們要如何打贏這場戰爭？」她的語氣帶著急迫和絕望。「為什麼崔斯坦不能離開崔亞諾，親自對抗他弟弟？」

天哪，我已經累得無法再應付這個話題了。我勉強維持清晰的思路，戒慎恐懼地思考說法，以免再次說錯話又再次激怒她。「他不能離開，喬絲媞，至少暫時不行。」

「妳不能叫他來嗎？」

她怎麼知道的？我伸手揉搓太陽穴。肯定是克里斯亂說話。

「沒辦法，」我說。「剛剛已經請奶奶透過咒語幫我施法——永遠抹去他的真名，讓我再也想不起來。」

但願妳有聽到。我在心底告訴冬后。要從記憶深處把他的真名挖出來可沒那麼容易。

「原來如此。」喬絲媞退後一步，低頭盯著腳尖。「明天早上我要離開，去跟蒼鷹谷的鄉民會合，我……沒辦法承受。」

這些話讓我非常驚訝，因為妹妹從來不是個儒弱怕事的膽小鬼。不過，如果能夠讓她遠離戰爭，對我而言也是卸下心頭的重擔，當然不會反對。「如果妳希望這樣。」

「嗯。」她笑得很僵。「現在先來跟妳說再見，明早就離開。」

❦

一隻手溫柔地將我搖醒。

「幾點了？」我問。

小屋沒有窗戶，只能摸黑整理服裝儀容。昨晚我累到話講到一半，幾乎要閉上眼睛，才不得不休息。我席地而睡，蜷縮在奶奶身旁。當時她已經睡著了，根本沒機會謝謝她為了我去跟喬絲媞解釋事情的原委。雖然睡得腰痠背痛，我還是打起精神，保持警戒，隨時蓄勢待發。

「距離黎明大約還剩一小時左右。」維多莉亞用光球提供了些微的照明，塞了一碗燕麥粥給我。「吃吧，雖然味道淡得很可怕——顯然沒有人想到要帶糖或葡萄乾。沒有葡萄乾的生活簡直不是人過的。」

我把笑聲放輕，以免吵醒仍在木屋裡沉睡的人，然後起身跟著她走到室外，邊走邊把熱熱的燕麥粥舀進嘴巴。「有什麼計畫？」

「我來示範。」她彎著腰走進另一間木屋。

正在跟文森交談的克里斯停下來對我點點頭，但我無暇顧及，而是聚精會神盯著正中央的火塘，一個縮小版的城鎮神奇地浮在上方。「這是什麼東西？」

「類似地圖，」父親遞給我一杯很淡的茶水。「傑若米跟我一起協助，呃，文森男爵做了一份勒維尼和鄰近村落的模型。」

「暫時還不是男爵，」文森不改幽默地回答。「希望不久之後可以名正言順。」

父親皺著眉頭，隨即聳肩以對。「你對我們的計畫大有幫助，畢竟不是人人都有機會離開蒼鷹谷見識外面的世界，對嗎，克里斯？」

「對。」克里斯清清喉嚨，眾人的目光都轉到他身上，我這才發現克里斯儼然成了這裡的領袖。

「我們收到哨兵送來的情報——羅南和萊莎摸黑出擊，昨晚就占領了泰奧柯特，」克里斯說。「依據先前模式，我們猜他不會改變策略，一樣是晝伏夜出，派遣士兵到處驅趕凡人到他面前立誓效忠，入夜再進軍下一個村鎮。」

「我們關注的重點為什麼不是泰奧柯特？」我問。

「因為同樣的招數不可能兩次都成功，而且我們沒有合適的打手，」克里斯歉然地凝視雙胞胎。「直接跟他們單挑。」

他拿起地圖平鋪在我面前，將已經被羅南摧毀或佔領的村莊一一做了標記。「收集誓言的過程相當耗費時間，」克里斯解釋。「剛好讓村民用來逃離家園上山去避難。民兵只負責包圍小村莊，驅趕村民，但是安哥雷米另外交代巨魔以兩人或三人一組，分組佔領、攻陷中級人口的村鎮，耐心等候羅南的人馬抵達當地，勒維尼就是其中之一。」

我伸手撫摸地圖上那些小小的標記點。「何必那麼麻煩？」我咕噥著。「這些地點最多只有上百位居民，雖然不忍心說得這麼白，但是不值得他們耗費這樣大的心力。他們為什麼不直接攻擊柯維爾就好？只要揮軍一掃，馬上就能俘虜足夠的人類來建立他所要的民兵。」

「或許對，或許不對，」克里斯回應。「假若羅南攻擊柯維爾，崔斯坦很可能搶在他掌控大局之前干預，這樣一來就有跟大哥正面衝突的風險在，打贏的機率偏低。」

我心底存疑，沒有那麼肯定。

「但若以目前的方式，逐步蠶食周圍的小村莊，慢慢建立民兵，特別是在他父親動向和計畫都不明的情況下，崔斯坦離開崔亞諾的機率便降低很多。」

「軍隊建立之後的下一步會如何發展？」我的眼前閃過這些家庭被迫拿起鐵鏟、乾草叉和生鏽的刀劍，挖出多年不曾開火的手槍，轉而攻擊同胞的畫面。

他們不是出於自願，而是沒有選擇的權利。

「等他預備妥當，應該會率領大軍進攻柯維爾，」文森回應。「屆時崔斯坦就得離開崔亞諾，拯救被弟弟攻擊的城市。」

「然後羅南和萊莎就會使出回馬槍，反攻沒有防禦能力的崔亞諾，佔領那個地方。」我不等他們說完就接著說道。「他們必然知道崔斯坦不會中計。」

「沒錯，」克里斯挪開地圖。「所以崔斯坦看破他們的策略，繼續守護城堡。當羅南的軍隊佔領柯維爾，死亡的災難不只到處蔓延，他還會掌控島上近乎大半的人口。如此一來，便能讓崔斯坦從頭到尾都躲在城堡裡面，在人民面前還有什麼受人敬畏的形象可言。」

沒有人會在意崔斯坦別無選擇，我輕吐一口氣。「然後羅南就可以隨心所欲，指揮大軍攻擊崔亞諾或厝勒斯。不管有多少人類因而喪命，他跟安哥雷米都不在意，因為凡人的死活不在他們考慮的範圍，只有我們關心。」胃裡的燕麥粥似乎冒出酸味。

「那要如何阻止他們？」我問道。

「從村莊到村莊、一點一滴瓦解他的軍隊，」克里斯回應。「迫使羅南直接在戰場上面對崔斯坦，最好是兩個人的單獨戰爭。注意看。」他指著微微發光的小模型。

兩個人影出現在其中，人偶是文森和維多莉亞的翻版，以手支撐倒立在地，前後擺盪搖晃，維多莉亞的人偶栽了個跟斗。我聽見她在背後低聲咕噥著，文森則是哈哈大笑。接著又有十幾個仿照我們樣貌的小人偶相繼出現。

「這個，」他說。「就是我們的計畫。」

24 希賽兒

「天哪，他們真是自大傲慢。」維多莉亞蹲在旁邊的雪地上嘀咕道。

勒維尼坐落在兩座山巒間，總共有幾群建築物和一間商店，人口總數遠遠比不上他們在碧草如茵的南邊斜坡上放養的羊群。根據現況判斷，很可能每一個居民都被拘禁在環繞村子的隱形圍牆裡，包括那些羊。

俘虜村民的巨魔一派輕鬆地聚集在涼亭裡面。亭子似乎是臨時從某家花園裡搶過來的，雖然它的作用純粹為了擋住頭頂上方刺眼的陽光。其中兩名巨魔坐的木頭椅應該也是從某人廚房裡搶來的，而另一名巨魔則是衣衫不整、半裸地站在雪地裡跳舞旋轉，高舉雙手對著太陽。

「妳認識嗎？」我問。現況是極大的未知數，雖然維多莉亞和文森對公爵招募那些幫手多少有點概念，但卻無法得知誰被派到特定的地點，至於誰強誰弱更是無跡可循。

「她是巴朵莉女伯爵。」維多莉亞低聲介紹，「不要被她瘋瘋癲癲的表演欺騙——貴族圈裏面，唯有她被國王禁止擁有混血種當個人財產。」

「為什麼？」

「妳不會想要了解箇中的原因，但這或許是她支持安哥雷米陣營的理由——公爵不會禁止她閒暇的消遣，即便她腦袋不太靈光，法力依舊超強；另外兩個則是名不見經傳的小角色——應該是某些重要的貴族成員的親戚，顯然希望改朝換代以後跟著雞犬升天、擁有權力。」

我們繼續觀察了好幾分鐘。維多莉亞氣急敗壞地吐一口大氣，伸手指著巴朵莉。「壞消息，他們已經得到警告，要小心防範妳的來到——注意看她的腳印和腳的尺寸完全不對稱，代表她用魔法護住全身，防範鋼鐵和所有一切可能傷害她的魔法。」

以現在勒維尼和羅南之間的距離而言，這一切在意料之中，但我還是忍不住神經緊繃。原始方案的風險最小，就是用咒語對付魔法最厲害的巨魔，但現在只能另外想辦法除去巴朵莉。「看來只好採用B計畫。」

維多莉亞拍拍我的手。「放心，肯定有效，或許羅南還會幫我們對付她——舉凡讓他失望的，他不會輕易饒過。」

我在意的不是她，而是即將為我冒險的朋友。

一簇微光吸引我的注意力，我瞇著眼睛遙望對面的小徑。「文森已經就位了。」

維多莉亞發信號回應，接著說道。「誘餌出場的時間到了。」她的下巴靠著手臂，低頭埋伏等候。

不久之後，克里斯騎馬從樹林裡現身，代表羅南的紅黑白三色的徽章戴在他的臂膀上，即使隔了一段距離，看起來還是很顯眼。他勒住韁繩，等待對方先出聲音。巴朵莉一看到克里斯便立即停止跳舞的動作，懶洋洋地揮手招呼他走過去。

看克里斯策馬上前，我的心臟幾乎要蹦到喉嚨。萬一計畫出錯，克里斯根本沒有機會逃命；就算巴朵莉落入我們的陷阱，依她危險和反覆無常的個性，也很可能臨時決定傷害來人。萬一真的出了什麼狀況，我們很難及時阻止，還會洩露文森和維多莉亞的身分。

克里斯在她面前下馬，恭敬地彎著腰送上密函。巴朵莉接過了之後走開好幾步、快速瀏覽信件內容，接下來則是盤算、思索。

真沒想到雙胞胎是偽造文書的高手，輕而易舉地模仿了安蕾絲的筆跡，草擬了一封信，最後以羅南捲成一團的簽名作結束，這正是我們備用方案的關鍵。

信裡要求巴朵莉兼程趕往泰奧柯特，因為羅南要親自交付一項非她莫屬的任務。「這肯定讓她難以抗拒，」文森炫耀地簽下字跡。信一完成，魔法筆立刻消失蹤影。「她當然會步步為營、小心謹慎。巴朵莉有妄想症，但並不愚蠢，然而我們只是想把她送到羅南那裡去，其他就無所謂了。」

「信函就是她掌握的證據，」我指出。「他們會知道我們在玩某種把戲。」

文森搖搖頭。「墨水是魔法製成的——其實是幻影。等她抵達羅南跟前，所謂的證據就是一張白紙，再怎麼費盡唇舌解釋，他們也只會認為是她的妄想造成的。等他們派人返回村莊……」他眨眨眼睛。「連巴朵莉都會懷疑自己腦筋有問題。」

「她笑了。」維多莉亞低聲提醒，把我從沉思中喚醒。我渾身緊繃，看著巨魔把信紙捲成一小卷，輕輕拍著下巴沉思，隨即拉開禮服的胸口，把文件塞進乳溝珍藏。

「仔細盯著那些囚犯，」她拉高聲音，吩咐坐在涼亭裡面遠觀的同伴。「王子殿下召我晉見。」

她飛快地往克里斯來的方向走了幾步，隨即停住、盯著他良久。「應該讓你騎在前面，以防我一不小心誤踏陷阱。」

克里斯轉動肩膀，扭著手裡的韁繩，任何人都看得出來他很緊張，包括女伯爵在內。我只能祈禱她把克里斯的反應當成是畏懼眼前的對象。「如果您希望這樣的話，夫人，但我必須先送完這些信才行。」他從外套口袋掏出兩封，手指抖個不停，一不小心便掉在雪堆上。「王子殿下……」他彎著腰，顫抖地試了兩次才撿起信函。「王子殿下……」

「是，是，」巴朵莉訕笑起來。「你害怕是對的，小子。你比多數人聰明，早早就曉得要靠攏贏家的陣營。」

她也不等克里斯回應，快速竄向濃密的森林。魔法劈開一條路徑，朝海岸線而去，樹幹崩裂倒塌的響聲在山谷間迴盪。我們目送她離開的背影，直到聽不見聲音為止。

「該行動了。」維多莉亞提醒。

我拉著朋友外套後面的布料，跟著她下山進村，相信文森已經做好預備工作。被魔法囚禁的村民看到我們接近，害怕、退縮地擠向背後的牆壁，維多莉亞運用魔法造出一道微微發光的樓梯翻越高牆，我舉手警告村民鎮定不要出聲音。

「我們是來拯救你們的，」我說。「召集大家到村子中央集合。」

「會被發現的，」一個男子大聲嚷嚷。「他們警告過，只要有人在王子抵達之前逃跑，一律格殺勿論。」

「他們不會發現的，」巨魔就站在一百碼距離之外，對我們視而不見，逕自跟克里斯交談。「真要等待羅南王子抵達這裡，你們所以為的自由就是死亡。」

男子臉色發白，然而迫使他們聽命移動的，卻是我身高過人的同伴打出來的手勢。「牲畜一起帶來，」維多莉亞吩咐村民。「羊群也要走。」她咧開嘴巴笑了笑，我對著她的冷笑話（注）搖搖頭。

注：這裡的冷笑話是指 goat to go 和 got to go 的諧音。

「妳確信自己做得到嗎？」我問。

「不要因為自己的疑慮連帶破壞我的自信。妳去調配藥劑安撫他們的情緒，千萬別讓他們變成受到驚嚇的小雞四處亂竄，那會很麻煩。」

當我催促村民進入當地最大的建築物——雜貨店——的時候，他們心底的疑問如雨點般朝我當頭灑下。「這是幫你們激發膽量和勇氣的酒，」我說，將摻入魔法的酒壺遞給其中一位，看著他們一一喝了，再依序傳遞下去，就像平常遇到危險時會喝酒壯膽一樣。即使有猶豫不決的人，也在我的鼓勵和催促下勉強喝了。至於給兒童的則是摻了魔法的糖果，這是維多莉亞幫忙一起做的，他們欣然吃下肚，糖進入胃後，他們會變得安靜、停止吵鬧。

維多莉亞靠著門口，我微微點頭，走過去站在僅有的窗戶前面。

準備好了。

「大家安靜，」我低聲說道，聽見狂風在山谷呼嘯而過的颯颯聲。「我們要帶你們離開這裡。」

從結果來說，魔法的藥方或許有點多餘，因為維多莉亞運用魔法，將村子舉離地面，動作近乎一氣呵成，非常平穩；再者還有她弟弟用幻影遮掩她所有的動作，只有知情的我看見地面逐漸移開，跟著頭暈起來，趕緊用力吞嚥來抵禦暈眩的感受。我親眼目睹整棟建築物和周圍的一切升上魔法平台，大約離地十幾呎左右，然後慢慢往山區遷移。

我緊張地不敢喘氣，擔心這期間會不會有哪個巨魔突然發現異狀，或是聽見奇怪的動靜，但他們從頭到尾一無所知，懶散地坐在涼亭裡，興趣索然地望著克里斯催促坐騎穿越雪地——搶在第二段計畫啟動之前，趕往安全地點。

劈啪的爆裂聲響震耳欲聾，彷彿上百人同時開槍，一時之間難以找到聲音的源頭，接著山邊的斜坡開始滑動。

一開始鬆動的只有一片山坡，然而崩塌引發了連鎖反應，鬆動的積雪連滾帶撞，牽動範圍越來越大。轟隆巨響中帶出致命的力量，捲起白色煙霧竄向空中，涼亭一眨眼就被淹沒，兩個巨魔衝向對面的斜坡，其中帶頭的那位跑得飛快。

雪崩最後來到圍繞村子的屏障，看起來就像把村子給摧毀了，隨後追上落在後面的巨魔。他試著豎起防護罩，衝撞的力道把雪花濺向空中，但他終究擋不住大自然連續的衝擊，就此失去蹤跡；速度較快的那個剛跑上對面斜坡中央，立刻轉頭去看，心裡的感受不難想像——應該是鬆了一口氣，以為自己幸運地逃過死劫，絕對想不到一個高大身影兀然出現在身旁，一把扣住他的肩膀。

我們逮到俘虜了。

⚜

維多莉亞和我花了幾個小時才把勒維尼遷移到全新的地點，並對村民解釋目前的處境，確保他們合作的意願。之後前往會合點的時間快很多——一路上我緊閉雙眼——感謝維多莉亞勇敢無畏的精神和神奇的滑板。

「有收穫嗎？」我問，同時接受克里斯的好意，扶著他的手臂，免得自己雙腳發軟跌坐在地。

他搖搖頭。「不確定他守口如瓶是因為不能還是不肯，總之文森沒辦法讓他開口。」

從亞伯特的案例判斷，這樣的結果並不意外，但我依然希望可以問出一點端倪，找到公爵藏身地的線索。「我想嘗試其他方法。」

除了安諾許卡的魔法書，我還帶了少量的藥草，那是某些咒語的必要成分。我拿了一些，擺在巨魔俘虜的周遭，他驚惶失措、渾身緊繃，連連看了好幾眼。

「還要一點血，」我說。「這會有點痛。」我捲起他的衣袖，割開手臂，不顧他尖銳地倒抽一口氣，逕自拿了陶碗接住流下來的血滴，再抓了一把白雪丟進碗裡，雪立刻融化，我再把藥草加進去。

「火？」維多莉亞提問。

「不。」手指沾了混合液，分別在他和我的額頭上做記號，再把碗裡剩餘的液體撒向空中，剛開始水珠像紅寶石似地懸浮不動，接著在我和巨魔之間開始轉動，形成漩渦，我閉起眼睛。

他的思緒零零星星地一閃而過——微笑的巨魔女孩，一把劍，唐勒斯的瀑布。

「她鑽進我腦海裡！」巨魔尖叫，但我瓦解他的抗拒，開始聚精會神。

羅南。巨魔王子出現了，外形扭曲，彷彿羅南在他心裡就是怪物的樣貌。「我將統治島嶼，」他尖聲說道。「我是國王。」

好些巨魔跪在他面前，其中一位說道。「殺死苔伯特！殺死崔斯坦！」

羅南猛然跳起來，口沫橫飛地大叫。「不許你碰我哥哥！」

觸怒他的巨魔猛然爆開，變成一團血霧。我畏縮地退後幾步，很難把記憶中的哀嚎和眼前實際發生的尖叫聲區分開來。

安哥雷米。公爵出現，雙手扶著拐杖。「舉凡支持我們的，都會得到豐富的酬勞，包括土地、頭銜和權力，統統屬於你。你願意發誓嗎？」

「是的。」

我急忙從巨魔俘虜的思緒中撤退，以防不小心觸動公爵的誓約咒語。

他在哪裡？

安蕾絲。萊莎出現時穿著護身的盔甲，雙手抱在胸前。「舉凡要跟我父親大人聯繫的，一概透過我處理，你們明白嗎？」

我鍥而不捨繼續追問。

他在哪裡？

山區的景色一閃而過，白雪靄靄的峰頂在陽光下晶瑩發亮。

「希賽兒，快停住！」有人搖動我的肩膀，但我置之不理，執意要找出公爵的藏身地點，這是攸關生死的問題。

他有什麼詭計？

湖光山色的景象突然變暗，我依稀聽到公爵的聲音說道。「第一個死的是苔伯特，然後……」

突然間頭痛欲裂，逼得我切斷聯繫，虛弱地倒在維多莉亞的懷抱裡。「出了什麼事？」

「他死了。」維多莉亞沉聲回答。

「怎麼會？」我腳步踉蹌、掙扎地上前查看死去的巨魔。文森坐在他旁邊的地上，拉長了臉，滿頭大汗。

「他油盡燈枯、耗盡力量，試圖要掙脫綑綁，」他說。「天哪，妳做了什麼？」

「就是鑽進他的記憶，挖掘跟安哥雷米有關的線索，」我說。「他躲在山裡。」我伸手搓揉太陽穴，頭痛更加劇烈。「萊莎知道他的下落，很可能只有她知道而已。」

沒有人作聲。我抬起頭，看到大家慢慢走開，留我一個人站在圓圈當中。「怎樣？」

克里斯扭動韁繩，下顎來回移動。「還有其他的嗎？」

「羅南不願意任何人傷害崔斯坦——應該是他想要親自動手。」男孩怒沖沖的表情瞬間閃過眼前。「安哥雷米的第一步是對付苔伯特。」

「也好，我們要應付的對手跟著減少。」維多莉亞說道。等我轉過身去，看到她盯著雪地發呆，讓我一時不知道要如何回應。我想硬下心腸、義無反顧，假裝自己不在乎眼前巨魔的死是我造成的，但我狠不下心，實在做不到。他只是因為身陷公爵的詭計，並不表示他就該死。

「所以我們必須盡快找出公爵的下落，制止他的陰謀，」我說。「他根本不關心追隨他的人的死活。」

雖然朋友們紛紛表示贊同，然而我可以感覺到他們心裡似乎有些意見。這是我的錯，怪不得別人。我迅速伸手幫死去的巨魔闔上死不瞑目的眼睛。

「下一個目標是哪裡？」

25 崔斯坦

我目前唯一關心、滿腦子想的，都是釐清隆冬之后的意圖並且讓她鎩羽而歸。除此之外都是雞毛蒜皮的小事。

一個個需要抽絲剝繭的疑問，就像拼圖一樣環繞在身邊。有什麼是冬后自己不能、卻要假手於我的事情？她要怎樣操弄希賽兒的天賦？我對精靈的了解和宮廷之間相互的衝突，必然是她動機的核心。這些年來阿姨領受的預言，無論是辭彙或是我們受惠的部分，抑或是仲夏國王受惠的論點，源頭都來自於他們。冬后回來之後採取的步驟和手段，還有她說過的每一句話；這一切都在腦海裡翻來覆去，我左思右想，希望找出其中的關聯。

除了小老鼠，我幾乎不跟任何人交談。牠是最完美的夥伴，只會聽不會說，唯一索取的回報就是莎賓按時端進來的食物碎渣。

人們來來去去，跟我講話或是相互交談，我把每一句話存進心裡，未來有需要時再來處理。

馬克返回到崔亞諾了。

「他根本就是遊手好閒，整天坐在那裡跟自己下棋，還有對那條狗自言自語。」莎賓不滿地控訴，碰一聲把晚餐放在我面前。「除了棄我們不顧，看不出來他還會做什麼。」

「他在思索。」馬克說。他慢條斯理地穿梭在拼圖碎片裡，看著我把烤雞拿在手裡，蔬菜丟地上餵狗，而牠也興趣缺缺。「他沒有棄我們於不顧，只是聚精會神思索最核心的問題。」

「請原諒我無法苟同你的看法，」她說。「明知我們沒有防衛能力，他卻置之不理，即使在城裡，都可以遠遠看見他那該死的弟弟一路在鄉野裡燒殺劫掠，沒有任何方法能夠阻止他步步攻向崔亞諾；滔天巨浪湧向港口的時候，一夕之間彼加爾毀滅，數百位逃離羅南魔爪的難民過來尋求援助。正常人總會給他們足夠的食物和保暖，他卻動也不動，繼續窩在房間裡。」

「情勢的確危急，」馬克也同意。「但我們無法期待他轉眼就解決所有的難題。」

「那你有什麼建議？讓他繼續坐在這裡、袖手旁觀？」

「不是袖手旁觀，」馬克說道。「他要先找出答案。在此同時，我們只要善盡自己的本分，等他恢復正常。」

「那要等到什麼時候？」莎賓追問。「他還有兩顆該死的魔法種子。」

「那個或許需要矯正。」

我拍拍口袋，確認裹著種子的手帕鼓起一團，暫時驅走我心底的不安。

「我們要召集人手開會討論，」馬克說道。「成員包括佛雷德、瑪麗、堤普，和他認為應該列席的混血種，讓他們了解我們剷除羅南的計畫沒有成功。希賽兒、雙胞胎和克里斯一行人正在努力把居民撤退到安全的地點，而我們要盡心守護崔亞諾和投奔到這裡的百姓。」

莎賓點點頭。「我去召集他們。」她正要轉身離去，馬克拉住她的手。「妳在這裡不是毫無用處，莎賓，眼前的環境為妳造就出舉足輕重的地位，只要願意，妳能發揮出莫大的影響力。」

「我願意，」她說道，走向門口時猶豫了一下。「幸好有你回來陪伴我們，馬克。」

表哥一直等到房門關上才轉身過來。「動作快，崔斯坦，情勢緊急，而時間很有限。」

我點點頭，回神繼續思索眼前的困局。

⚜

五個人在議事廳集合——堤普另外帶了柔依——五雙眼睛朝我怒目相向，直到馬克步入大廳。「請當他不在場，」馬克說。「崔斯坦不是我們討論的重點。」

「我沒空參加。」瑪麗率先起身。

「夫人，」馬克開口。「請妳重新考慮時間的安排，這麼多喪失家園的難民已經快把崔亞諾擠爆了。」

她雙手抱胸。「你以為我不知道嗎？」

馬克頷首。「相信妳都知道，他們需要安身立命的處所，妳的身分最適合領頭，相信很多貴族家裡還有空房間。」

「那就命令他們開門接待難民。」瑪麗夫人冷淡地回應。

馬克往後靠著椅背。「這方面妳來調動會更純熟。與其讓他們因為被迫接待而懷恨在心，不如當成日行一善，至少是心甘情願。」馬克移開目光。「柔依可以照顧妳的兒子。」

「我不會把艾登交給你手下的奴才照顧。」她厭惡地說。

堤普和柔依渾身一僵，馬克平靜地舉手示意。「柔依的法力不容小覷，萬一崔亞諾遭到攻擊，她的能耐足以保護艾登的安全，而妳可以嗎？」

瑪麗下顎緋緊。

「夫人，妳憎恨的對象是苔伯特國王，請不要把對他的恨意轉嫁到我們其他人身上。我們不是他，就算有關聯，妳也有責任要照顧自己的百姓。」馬克理性地剖析局勢。

「我再想想看。」說完她逕自離開。

「佛雷德，」馬克繼續主持大局。「我需要你派人手出去，盡可能調集糧食和補給品，餵飽城裡的居民。」

「崔亞諾不能沒有防守和保衛。」希賽兒的哥哥瞥了我一眼。

「堤普和混血種可以負起防守的責任。」馬克回應。「我也會支援。」

「不行，」佛雷德反對。「我不會把保護城市的責任委派給礦工和女僕，誰曉得他們會不會在戰爭中途擅離崗位、逃之夭夭。」

我很確定這句話是衝著我而來。

「悉聽尊便，」堤普嘲諷。「等到安哥雷米的追隨者開始攻城的時候，我就拭目以待，看你們靠自己防守能撐多久。」

「夠了，」莎賓說道。「佛雷德，是你讓這些人進城，照顧他們是你的責任。至於你，先生，」她瞪著堤普。「別忘記你跟這些難民一樣都是來這裡尋找資助和救贖。」

大家的臉色都很不滿，最終全數離去，只剩莎賓和馬克在場。他們之間有一種出奇不意的和諧氣氛，彷彿深談過很多我一無所知的內容。

「你要派我做什麼？」她問馬克。

「妳已經做了，」他說。「如果要打贏這場戰爭，就要一致團結對外，他們必須明白彼此站在相同的陣營，是妳讓這件事變成可能。」

「唯獨他沒有貢獻。」莎賓走到我面前，我把空盤子遞給她，她面帶不屑地轉身。

「這不是他本來的樣子，」馬克說道。「妳知道，而他們也都明白。」

「但現在的他跟羅南一模一樣，」她說。「少了同理心。」

馬克沒有反駁。

「我尊敬崔斯坦，」莎賓繼續說道。「甚至也有喜歡他這個人的時候。我真心相信他對希賽兒的感情，為此也願意原諒他的過錯。」她瞪著空盤子，順手放在桌上。「該死，但他傲慢自大的態度真叫人受不了。」

馬克呵呵笑。「這是很多貴族的共通點，巨魔和人類皆然。」

她斜睨了一眼。「那麼你算是例外。」

「對，呃……」馬克轉身，拉起兜帽遮住臉龐。「但崔斯坦有某些優勢是我所欠缺的。」莎賓輕觸馬克的袖子，雖然外表沒有相似的地方，但在那一瞬間，她讓我想起潘妮洛普。「兩相比較，我覺得你更勝一籌。」

室內陷入寂靜，這是許久以來的第一次，可惜沒有維持多久。叩門聲響起，堤普手下的礦工探頭進來。「這裡有個女孩自稱是希賽兒的妹妹。」

「讓她進來。」馬克回應。他和莎賓驚訝地挺起胸膛，看著喬絲媞．卓伊斯走進室內，小老鼠嚇得狂吠。

26 希賽兒

三天內走了六座村落，大家疲憊不堪。雙胞胎的把戲也到黔驢技窮，只差沒有跟公爵的支持者直接衝突。他們拉長著臉，拖著疲累的腳步，讓我對此後的發展感到憂心忡忡。一想到會失去他們，我就覺得非常害怕，不只因為他們是至交好友，也因為他們代表我方陣營的半數巨魔。

肩膀倚著木屋粗糙的木板，我閉上雙眸。真希望崔斯坦在這裡，或是我在崔亞諾，奇怪得很，我們奮戰了很久才得以廝守，不再分隔兩地，結果才剛在一起，沒多久又必須分離。

妳可以回去。

我咬住嘴唇，咒語對崔斯坦的影響和那種冰冷無情的感受讓我無比厭惡。我知道那不是他的本性，但還是感覺自己的另一半突然變得跟陌生人一樣。咒語本來的用意是讓我安然離開崔亞諾，如果就此回去，那一開始就沒施咒的必要。

然而回去崔亞諾，我又能做些什麼？

解決眼前困局的答案既不在崔亞諾，也不在這個營地，這只是權宜之計，無法打贏戰爭。事實上，能夠打敗羅南的只有崔斯坦，偏偏他被困在攝政王銅牆鐵壁般的城堡裡，如同當時囚禁在地底的厝勒斯一樣。等我們找到解決方法，讓他脫離冬后人情債務的束縛——如果真有辦法的話——那些被我們藏入山區的居民不是已經餓死，就是為了苟活轉而發誓效忠我們的敵人。所以我們必須找到安哥雷米，把他俘虜，當成人質逼迫羅南屈服。再者我也相信，追隨者當中沒有人知道他的藏身地點——這些日子以來，已經數不清楚有多少人死在我眼前，只因為我用盡千方百計，試圖從他們腦海裡挖出公爵的下落，但他實在狡詐，很早以前就精心擬定戰略計畫，唯一收集到的情報就是僅有萊莎知道他的藏身之地。

萊莎。

越是仔細思索，我更加相信崔斯坦同父異母的姊姊跟公爵的對話是關鍵點。

可惜不能跟你一起走，我也很想見識一下祖先的臉孔。

沒錯，安蕾絲的祖先是法力強大、鼎鼎有名的巨魔——他們的肖像在厝勒斯處處可見，甚至懸掛在島上至少十幾個地方。他們究竟有什麼特別之處？

這表示追查的方向錯誤，因為她的語氣帶著崇高的敬意，所以這個地點一定極其特殊，獨一無二，只因為崔斯坦和我的朋友不知情，並不表示沒人知道。

我咬住下唇。明知這麼做很危險，然而我們已經到了窮途末路，時間迫在眉睫，不得不冒險。我必須回到源頭，追尋問題的答案。

回到厝勒斯去找尋。

⚜

沒有時間預作準備。既然要單獨前往，也就沒那個需要。明知這樣做膽大妄為，但我別無選擇。目前，維多莉亞和文森聯手阻擋羅南人數驟增的大軍，崔斯坦卡在崔亞諾進退兩難，馬克在那裡幫忙坐鎮，眼下只有我能去。

說服朋友讓我單獨離開幾乎是不可能的任務，他們會堅持不讓我去冒險，因為如此一來，崔斯坦也會跟著置身險境。然而這正是創造出魔法種子的原因——讓我沒有後顧之憂，能夠做出正確的決定。而且從崔斯坦持續冷靜、沒有情緒波動的反應判斷，咒語的影響力仍在。

我一直等到夜深人靜，除了守夜的人以外，其餘眾人都正熟睡著。當我起身時，奶奶稍微驚醒，我彎腰呢喃。「我去廁所。」然後輕輕地推開房門，悄悄溜到屋外。

雙胞胎的帳篷就在我的木屋旁邊，他們其中一人在睡覺，另一人在營地四周巡邏，會一直持續到換班的時間。我在陰影中徘徊等待，直到站在警戒線的馬匹同時別過頭去，一齊望向無邊的黑暗。舉凡巨魔在場時，動物都有類似的反應，尤其小老鼠更明顯——動物會注意巨魔的動靜，豎耳聆聽。當我詢問原因時，雙胞胎只是聳聳肩膀，沒想到早先的觀察會在此時派上用場。

我跟隨動物凝視的方向專心傾聽，終於發現靴子踩在雪堆上窸窸窣窣的聲響，我耐心等待，雙胞胎其中之一終於離開，我這才悄悄靠近馬匹，不許馬兒發出聲音，輕輕套上馬鞍和韁繩，牽著牠走進樹林。我的速度極慢，一邊尋找保護營地的防禦線繩。

支持安哥雷米的巨魔大都使用高大的圍籬環繞營地，雙胞胎卻不屑一顧，寧願選用所謂的警戒線。這種做法幾乎不涉及魔法，可以讓巨魔難以防範。一旦被絆倒、觸動警報線，他們立刻就會察覺，所幸我知道繩線的地點，可以順利繞過去。

第一組警戒線大約在膝蓋的高度，我在兩塊岩石中間架了一根樹枝，讓馬跨過去；第二條則是幾乎與腰同高，花了幾分鐘才在前面做好跳板，爬上馬鞍往回走到第一條繩索前面，這才夾緊腳跟，叱馬快跑，祈求呼嘯的風聲足以掩蓋馬蹄的聲響。

馬兒一躍而起，我傾身貼著馬背。這時馬的後蹄勾到樹枝，讓我的五臟六腑緊張得揪在一起。

別掉，別掉。

我低聲祈禱，在遠處勒住坐騎，側耳傾聽營地的警報聲。

無聲無息，順利過關。不出幾個小時就會有人發現我不見了，我得抓緊時間離開。

⚜

風聲呼嘯，森林漆黑一片，心裡暗自祈禱千萬不要撞上猛獸或狼群，即便隨身攜帶弓箭，也很有可能派不上用場。我一路留心馬的耳朵，信任動物的本能，或許可以預先提防黑暗中潛伏的危機。

河水的流動近乎寂靜無聲，酷寒的溫度和嚴峻的天氣，連最湍急的河水表面都結了厚厚的一層冰。我引領馬兒沿著小徑前行，仔細搜尋迷宮入口的標記，那是一處池塘。

差點就錯過了。

池塘不只結了冰，表面還有厚厚的積雪。安哥雷米的大軍從這裡傾巢而出的標記早就被大雪掩埋，若不是往來貿易的商人在這裡粗略地蓋了一座牧場，真會一無所覺地擦身而過。我翻身下馬，牽著牠走進圍欄，再把馬鞍和韁繩解開，放牠去吃草休憩。圍籬足以把牠圈在這裡，如果我遭遇不測，久久沒回來的話，馬兒有心要離開，這些圍籬也攔不住。

我把行囊背上肩膀，舉起油燈，預備踏上旅途，猶豫地衡量著哪條路可以通行、洞穴是否被冰雪封住，火焰隨著我的猶豫不決而顫抖。

幸好洞口還勉強能通過。

我小心地攀爬岩石。冰層發出碎裂的呻吟聲，噪音大得讓我相信幾英哩以內都聽得到。伸手抓住突出的石頭，慢慢蹲下身體，先把油燈放在一旁，試著鏟除擋路的積雪。

空隙勉強可以通行。

就算清除所有的積雪到冰層表面，池塘和岩石的距離也不到一英尺寬。我把油燈垂放到岩架底下，接著放下行囊，然後背部平躺，側頭鑽了過去。中途臉頰被銳冰刮傷，石頭勾住斗篷的前襟，讓我非常慶幸自己不是胸部豐滿的類型，然而卡在那裡，呼吸喘急、心跳加速，一時進退兩難。我的頭和肩膀在上面的世界，雙腳亂踢試圖踩進另一個空間。驚慌的我不停想像會遇到某人或某種怪物把我往兩邊拉扯，也可能碰到尖牙利齒，甚或是鐵樁。這些念頭嚇得我更加用力蠕動身體。

總算擠了過去。

我四肢著地，冰塊發出吱吱嘎嘎的聲響，洞穴四周傳來回音。藉著油燈的照明，我掃視漆黑的環境，確保在爬進去之前，沒有東西躲在裡面。

我來過這裡兩次，也算非常熟悉了。崎嶇不平的岩塊和通往池塘的尖銳堤岸經常出現在夢裡，畢竟厝勒斯生活的起點和終點都在此地——這條路通向一個凡人想像不到的世界，引領我至做夢也想不到的生活。

誰曉得如此隱密的小徑最近幾天竟會人來人往、繁忙熱絡。

冰上滿是雜沓的泥巴腳印，從跡象判斷，有幾個巨魔在這裡逗留了一段時間。他們不只留下殘羹剩飯、棄置的酒囊，還有臭氣撲鼻的尿騷味。除了安哥雷米和他的同黨經過這裡，難道還有其他人？在國王下令封鎖厝勒斯之前有多少人悄悄開溜？他們去了哪裡？是自成一隊跟著在島上肆虐，或是想要逃離三強之間的戰爭？

滿腦子轉著這些念頭只會拖延自己的進度。直到前一刻我還信心滿滿，自以為有足夠的膽量再度勇闖迷宮，然而現在望著漆黑的洞口，實在很想逃回安全的營地，或許這樣才是正確的決定。

我僵立在原地裹足不前，再次仔細衡量自己的決定，然而左思右想，依舊想不出其他辦法找出我們要的答案，只好硬著頭皮舉步向前。

原以為迷宮應該不可能比先前更危險，但事實的確如此。春夏季節的陰涼和潮溼造成石塊又溼又滑，讓人舉步維艱，現在還有一處又一處的薄冰隱藏在陰影底下，叫人防不勝防，加上手指頭凍到僵硬麻木，勉強維持身體平衡都很困難。

幸好還有一線生機：找到正確的路徑已經不再是挑戰。貿易商以前留下的路標現在漆上了紅色箭頭；就算沒有路標，也有明顯的記號可供依循，包括腳印和剩餘的食物，四周的氣味也跟死妖留下的大不相同，但這些卻增加了我額外的恐懼。

以前迷宮少有人跡，只有貿易商和死妖偶爾來去，現在則是多了一項危機——很可能當我繞過轉角，就碰上敵對的巨魔，害我不敢點亮油燈，還不時停住腳步傾聽動靜。

「留下的不多，你可以回去站在大門前面。」

尖銳的嗓音在牆壁間迴盪，我立即塞進岩縫之間，拉上燈罩吹滅火焰，塞到斗篷後面藏好，緊接著聽見靴子在石頭上摩擦的聲音。即便跟小徑相隔好幾步，我依然緊張地屏住呼吸。

銀光照亮漆黑處，不到幾秒鐘，就有光球飄過我躲藏的地方。身著盔甲的侍衛手持對付死妖的長矛率先經過，中間的巨魔穿著礦工制服，最後是另一個守衛。三個人來的方向跟我相同，這意味著他們曾經到外面或是去了迷宮其他的地點。

「這裡。」

鋼鐵把岩石敲得叮噹作響，腳步聲蹣跚而緩慢。我很想探頭去看他們在做什麼，但又不敢移動。巨魔的聽力奇佳無比，而我賭運總是不好，萬一被發現就慘了。幸好他們沒有流連，很快就走遠，我一直等到腳步聲遠去，才從岩縫裡擠出來，前後左右打量一遍，確定沒有任何銀色光芒出現的跡象，這才舉起油燈往前邁進，經過紅色的X記號。

我停下腳步，這不是第一次看到這樣的記號，但是背後的含意讓人一頭霧水，因此乾脆視而不見。只不過剛才那組人在這裡逗留半天，肯定有一些意涵。X記號在石頭縫隙上方，除此之外看不出有任何特點。我摘掉手套，試探性地撫摸那個縫隙，指尖傳來溫熱的暖意把我嚇了一跳。

是魔法。

想不出這有什麼目的，皮膚傳來輕微的刺痛感，然而站在這裡盯著看永遠也找不到答案，還是繼續舉步向前。

途中又經過好幾個X記號，卻不曾再遇到其他巨魔。除了兩腿發痠、膝蓋破皮、手肘瘀青之外，我算是安然無恙地從迷宮走了出來，但我沒有因此覺得自信滿滿，反而全身起雞皮疙瘩，不管喝了多少水，依然口乾舌燥。感覺很不對勁，怪異得很。

一手扶著牆壁，我慢慢越過碎裂的鵝卵石——厝勒斯的這個區域完全被落石摧毀——瀑布的回聲傳入耳際，睽違許久的聲音讓我回想起跟著馬克和路克經過這裡的時候。當時我滿懷恐懼，一切神奇的遭遇對我來說都充滿未知，而今……我用力嚥下心頭的傷痛，感覺就好像回到熟悉的家鄉。

隱約聽見了說話聲。我拉起燈罩，伸手貼著被壓得支離破碎的建築物，悄悄繞過轉角，隨即停住腳步——十幾位巨魔站在封閉的大門旁邊。果然有人防守。我迅速往後縮，最終找到一條岔路，避開主要幹道。安哥雷米跟他的同黨不是穿過這道門，而是從另一個小洞鑽進迷宮，那才是我要找的入口。

結果，我只找到一地的黏液和死妖的惡臭，從腳下黏答答的爛攤子判斷，顯然不止一隻而已。

「天哪。」我喃喃自語，一隻手摀住口鼻，另一隻舉起油燈照明。

看見眼前的景象，我立刻後悔走到這裡。

滿街都是森森白骨，很難分清楚究竟有多少具屍體，因為殘骸和內臟混在一起，至少十幾具，或許更多。死妖硬是在這片坍塌的建築物周圍開闢出陰溼的勢力範圍，又臭又黑。我的心跳快速而絮亂，試著悄悄穿過空地。明知道會引起注意，還是很想拔腿就跑。

腳底踩到的白骨沒有嘎吱作響，反而屈服在我的體重底下，簡直就如橡膠一般；破碎的布料、鈕釦、武器和殘餘的珠寶散落在四周，很難分辨出原來的主人是巨魔、混血、人類，還是三者都有。

吧隆。

死妖的呼喚聲很模糊，但我仍然嚇得畏縮發抖。還是趕緊離開這裡比較好。

吧隆。

我神經緊繃，嚇得拔腿就跑，躍過一堆堆白骨，顧不得那些爛泥濺上褲腳。隧道的天花板越來越矮，我先是彎腰，最後匍匐前進，一手撐在地上保持平衡。

吧隆。

聲音怎麼越來越近？只希望隧道越來越窄，讓那些妖怪擠不進來。沒想到這個願望瞬間實現，因為我差點掉進前方的洞裡。

那個味道再熟悉不過，不只潮溼、還有微微的發霉味——正是厝勒斯特有的氣味。我把油燈放在一邊，傾身靠近洞口，淡淡的銀光似乎在向我招手。

終於找到了，這就是進入厝勒斯的路徑。

27 崔斯坦

喬絲媞聲稱她姊姊為了她的安全，堅持要她來到崔亞諾。我一聽就知道她謊話連篇，因為崔亞諾是岌岌可危的目標，不是什麼安全的避風港，但莎賓和馬克無暇他顧，沒有心思去質疑，而我對新來乍到的間諜真正意圖很感興趣，遠勝過揭穿她的謊言。

他們把喬絲媞留在我這裡，我假裝對她視若無睹。

「希賽兒要我捎來問候，」她繞過低聲嗥叫的小狗。「她很想念你。」

雖然我高度懷疑希賽兒會要她轉告這些，然而胸口依然不由自主地繃緊。過去這段時間，希賽兒還是悄悄鑽進我的思緒，盤踞在腦海裡。我告訴自己，這是因為希賽兒跟我和冬后交手的事情頗有關聯。但其實沒這麼簡單，她似乎另有目的，不管是什麼都讓她神經緊繃。我拍拍口袋，思忖是否現在應該再吞一顆種子。

「姊姊還好吧？」喬絲媞問道。「打從離開以後，我一直很擔心。」

我不予回應，這是隆冬之后的詭計。她特意試探希賽兒咒語的效能，看是否能夠利用她引誘我走出大門。事實上我很清楚冬后不會冒險殺死希賽兒，所以這是她註定失敗的一步棋。但如果希賽兒處境堪憂，而且是來自其他源頭的威脅，無論我是否願意，她都有辦法把我拖出城堡趕去救援。

「希賽兒請奶奶運用法術，讓她忘記你的真名。」

這句話立刻引起我的注意，只是我沒讓她發現。

真的嗎？有可能，因為希賽兒曾經表明她寧願不知道我的真名，但我私心拒絕考量這個選項，反而希望這成為她萬一失敗時的安全保障。壓抑自己在她似乎有危險時急奔去救援是一回事，對她求救的呼喚視若無睹又是另外一回事。這絕對不是我的本意，不管再怎麼危險，我都不會袖手旁觀。可是現在，我卻無法從其中分辨出差別。

除非喬絲媞說謊。

「很有趣，但我現在忙得很，」我說。「或許妳可以去別的地方晃晃。」

「抱歉，」她漲紅了臉。「我不會再打擾你。」

直到她離開聽力範圍，我才轉向小老鼠說道。「要不要去散散步？」

我一路尾隨喬絲媞穿梭在城堡中，小狗亦步亦趨地跟在後面。她不時偷偷摸摸地回頭查看，這舉動證實了她別有陰謀。她穿過廚房的門，在城堡的建築物裡左彎右拐，朝著城牆而去，馬克和佛雷德顯然把一大半士兵派駐在那裡。

她在通往城牆的窄小樓梯旁停下腳步，沒有拾步而上，而是匆匆鑽進底下。狹小的空間堆滿各樣建築材料，包括石塊、沙包等等。從上面堆積的灰塵厚度判斷，已經閒置了好一段時間。喬絲媞往裡擠進去，只露出腳跟，隨即消失蹤跡。

我好奇心大起，跟著鑽到樓梯底下，挪開堆積的雜物。城牆底下竟然破了一個洞，大概是洪水沖刷造成的。洞口不大，就算我想鑽過去也做不到，但是對於喬絲媞嬌小的骨架顯然沒問題。

「老鼠找到洞口了。」我說，或者更精確一點，是有人為她指點迷津。因為就我所知，她不曾來過這裡。

小老鼠低聲嗥叫，在我腳邊鑽來鑽去，咧開嘴巴露出尖銳的利牙。我四肢著地趴下去，頭鑽進洞裡——同時小心翼翼，避免觸及上方的鐵柵欄——豎起耳朵聆聽。

「咒語的效力還在。」喬絲媞低語，我揮手示意讓小老鼠安靜，才能聽得更清楚。「就我探聽到的內容，他依然無所事事，一直留在議事廳，不是逗弄小狗就是擺弄棋盤，不跟任何人交談。整座城市沒有陷入混亂都要感謝馬克及時趕回來主持大局。」

「魔力總有消失的一天，無法一直持續，」女子的嗓音悅耳動聽，帶著安撫的意味。「這是必然的現象。」

「如果不能及時消失呢？萬一來不及怎麼辦？」喬絲媞聲音沙啞。「妳讓我看見羅南的所作所為。那麼多人慘死在他手下，在我們靜靜等候的時間，還有多少人要因此送命？」

「妳有理由恐懼。」冬后的聲音顯得憂心忡忡。「人類的壽命已經很短暫了，中途夭折更讓人於心不忍。」

喬絲媞竟然被冬后假惺惺的語氣矇騙，我忍不住搖頭。

「妳不能想辦法阻止羅南嗎？」喬絲媞詢問。「妳是王后，是不死的神仙，肯定……」

裡面傳來一聲沉重的嘆息。「單靠我一個人，恐怕不行，喬絲媞。巨魔不只令人厭惡，更是出人意外的產物，根本不該存活到現在。他們法力強大，非常、非常危險，恐怕人類這回是陷入生死存亡的危機，浩劫難免。」

「都是因為我姊姊的緣故。」

冬后發出嘖嘖的嗓音。「哎，三強鼎立當中，唯有崔斯坦想要保護你們人類，妳姊姊很清楚這一點，但他蒙蔽了她的判斷力，反對跟某一方結盟。」

「為什麼？」

「崔斯坦的家族和我的王國之間存在著世代以來的敵意，」她說。「他似乎無法擱置或忘懷，以致看不見我的協助足以幫助他克服敵人，確保戰爭的勝利，進而延續人類的生存。」

「妳不能直接告訴我公爵的去處嗎？」喬絲媞一逕懇求。「或許他會明白妳的善意和用心良苦。」

「讓我告訴妳為什麼，」冬后冷冽的語氣，意味著對一個十六歲女孩解釋緣由的耐心已經磨到了盡頭。「如果直接給了崔斯坦想要的情報，那我要拿什麼當籌碼保障自己王國的安全？即便希望人類是勝利的一方，我首要的任務還是保護自己的同胞不受他的摧殘，懂了嗎？」

「啊。」我低聲驚嘆，輕拍小老鼠的腦袋瓜。最後一片拼圖到位，謎底終於揭曉。打從山體崩塌、安諾許卡詛咒巨魔之後，我的祖先仲夏國王就努力想讓我們活下去，尤其是最近這幾年。但另一方面，冬后寧願我們繼續困在山脈底下，還不時派出死妖來騷擾。即便這意味著她和她的同類跟我們一起受困，不再永生不朽。但她想要滅絕所有的巨魔，只因為她認定一旦我們獲得自由，就對她的王國造成威脅。至於她為什麼會得到這樣的結論，我百思不得其解，不過重點在於我終於明白她想結盟的理由。

利用我的魔法徹底摧毀我的同類，真是一勞永逸。

想到她的盤算，我的心揪在一起。她會助我一臂之力，殺死父親、弟弟和安哥雷米，舉凡擋在我前途的對手一概殺無赦，事成之後再來追討債務，強迫我屠殺所有的巨魔。

「明白了，王后，」喬絲媞低語，把我拉回現在。「那你希望我怎麼做？」

「把他引出來，」冬后說道。「眼前只有這個辦法，讓他相信妳姊姊有生命危險。」

「我不希望希賽兒受到傷害。」喬絲媞語氣激動。

「那是當然的，」冬后繼續安撫她。「她不會真的碰上危險——只是利用她的恐懼引他離開城堡。別擔心，我不會危害她的生命。」

「他會在意嗎？」

「只要我們抓到正確的時機。妳要仔細觀察，尋找魔法失去效力的跡象，屆時我就會採取行動。」

我側耳傾聽他們的計畫，直到某個守衛聽到動靜大聲喝斥。喬絲媞嚇了一跳，趕緊鑽過洞口往回跑向城堡。

我把發抖的小狗塞進大衣口袋，目送她離開的背影，在冰冷的氣溫中凝神思索。識破她的計畫讓我可以找出保護自己的方法，進而阻止她利用我殘害自己的同胞，然而這麼做無法抵銷我所虧欠的人情債。我已經非常厭倦這件事像大石頭一樣懸在心上，不知何時會砸下來。我不想再拖下去，只想盡快償還代價——但要依我設定的條件。

我轉身面對厝勒斯的方向，在心裡做沙盤推演。首先把父親的問題撇開，沒有對付冬后之前，一切都是白談；或許是我誤會，她只想利用我罷了，然而只要我步步為營、細心盤算，就可以以智取勝，扭轉頹勢，不再受制於人。

冬后一心想要控制我的魔法，或許現在正好是讓她如願以償的時機。

28 希賽兒

我將油燈的火焰捻到只剩一丁點，放在石頭凹處，待我回來再拿，這才扶著岩石慢慢往下攀爬。隨著每一次移動，鬆脫的碎石和砂礫便從坑道滾滾而落，幸好這些噪音可以掩蓋我沉重急促的呼吸和如雷貫耳的心跳聲。

「快到了，快到了。」我自言自語，突然聽到有人講話的聲音。

「該死！還有另外一隻！」

我渾身一僵，幾個巨魔逐漸接近隧道口。

「快去報告，還有一隻死妖闖進城內。」其中一位說道，雜沓的腳步聲緊接在後，顯然有人銜命而去。

「死妖怪，沒想到牠們侵略性這麼強，橫衝直撞就是要進來。」

光球從眼前飄過去，我慌張地嚥下驚愕的喘息，變動位置，擠進彎道屏住呼吸。幾秒過後，巨魔的腦袋和肩膀出現在底下，顯然是要爬進來查看。我極力攀住上面的大石頭，手腳發抖，幾乎可以確定當他聽見我急促的呼吸聲，稍微轉頭就會看到我躲在這裡，但他倉促地退了出去。

「最近才鑽進來的，」他告訴同伴。「臭氣沖天。」

「封閉這裡，不能讓牠們輕而易舉地找到下一餐。」

心臟幾乎要從胸口蹦出來，我不顧一切地試著往上縮，以防被發現。這時鐘聲大響。

「留給礦工去對付，走吧，快一點！」靴子聲喀喀遠去，就在分秒不差的時間點，腳下支撐重量的狹窄岩壁空間突然陷了下去，害我整個人順著隧道一路滑行，最後碰一聲直接摔進厝勒斯城裡。

褲子磨破、膝蓋流血，但我不敢在現場逗留、花時間查看傷勢，起身就跑。死妖的隧道出口就在樂土區附近，距離崔斯坦放我下來的月洞不遠。我稍微確定方向，快步穿過街道，一點都不操心在混亂中被人認出來。

「死妖，死妖來了！」四面八方都是狂奔的巨魔，有人扛著沉重的長矛，有些人忙著逃命找掩護。光球閃爍，忽明忽暗，尖叫聲四起。

我急速衝下一段又一段的樓梯，沒有閒暇思索哪裡才是通往圖書館的捷徑，只想跑在如影隨形的黑暗前面。

不單是樂土區有死妖出沒，即便在河流對岸也有三處黑影在街上逡行。究竟有多少死妖闖進厝勒斯？這些怪物為什麼突然充滿侵略性？

「走開！」

四名守衛手持長矛跑上樓梯，我蹣跚地退到一旁，差點失足跌入噴水池裡面，不久死妖刺耳的哀號聲充斥在空氣中。*聲音好近，太近了。*讓我忍不住納悶妖怪是否知道我在這裡，特意來尋找獵物。

圖書館的大圓柱就在正前方，入口兩側水晶燭台上的光球發出讓人心安的光輝，但我不能大搖大擺地經過前門。就算圖書管理員不會咄咄逼人、充滿敵意，卻也不會隨便容許閒雜人等在書架間遊蕩。我只能繞道，走向過去常出入的後門。

門竟然上鎖了。

忍不住罵了一串詛咒，如果崔斯坦聽見肯定會引以為傲。我下意識舉手要拔髮夾，卻只摸到捲曲的短髮，當然找不到髮夾。我輕觸腰間的匕首，不確定這個是否能夠撬開門鎖。鐘聲依然迴盪在洞窟之中，伴隨著瀑布的水聲，應該足以掩蓋撬鎖的噪音。

我抽出腰間的短劍，將利刃刺入鎖孔，用全身力量推進。兩種金屬相互摩擦，當我試著轉動利刃，竟然沒反應。

忽然有講話的聲音朝我而來，是另一組巡邏人員。我雙手握住劍柄試圖拔出來，沒想到卡在裡面毫無動靜。我深吸一口氣，用盡全力死命拉扯。來不及了，守衛已經繞過轉角，我從樓梯一躍而下，躲進陰影底下。

「那些該死的東西似乎知道我們的計畫，」其中一位咬牙切齒，對著排水溝吐了一口痰。「城裡少說也有十幾隻，搞不好更多。」

「礦工工會再不加快速度，牠們很可能一湧而入。」另一位答道。

「不是礦工的問題，重點在承造工人，」第三位加入討論。「大樹似乎承擔過多壓力，因此有一半人力在那裡趕工搶建。」

「那是浪費時間，」第一位強調。「除了讓崔斯坦擺脫愚蠢誓言的束縛，那樣做根本毫無意義可言。看來老魔鬼還是疼兒子才會心軟。」他們哈哈大笑，其中某人說道。「假如國王開啟大門，那就不是我們的問題了。五百年的囚禁生涯，終於恢復自由，卻因為貴族間的仇恨，強迫我們繼續躲在同一個洞穴裡。」

「難道你想要被困在崔斯坦和羅南的炮火之間嗎？」第一位提問，兩人的回應被一連串的爆炸聲掩沒。

我縮在樓梯旁邊，雙眼盯著上方的黑暗，等待岩石當頭崩落。厝勒斯一旦毀滅，每個人將無一倖免，連我也會跟著陪葬。然而除了滾落的碎石和飛揚的塵土之外，一切安然無恙。

「希望沒有人在迷宮裡面，」守衛聽起來笑呵呵，聲音卻帶著顫抖。「那裡再也看不到商人往來了，感覺還真奇怪，就像一個世代的結束。」

「一個世代的結束。」三個守衛繼續他們的巡邏任務。

這時我才恍然大悟。這場爆炸代表隧道已經坍塌、迷宮全毀，不論這可以阻止死妖闖入或把巨魔關在裡面，我逃出生天的途徑也已然消失。

我的胃猛然下墜，恐慌像利刃一樣深深扎入心頭。我奮力保持冷靜，告訴自己總會找到出路，就算沒辦法，我在厝勒斯還有朋友，需要的話，或許可以在城裡躲上一陣子，等他們想出辦法送我離開。既然我不顧一切地冒險進來搜尋情報，就不能空手而回。

我小心翼翼地從陰影中探出頭來，查看四周確定沒有任何守衛的蹤影，才把注意力轉向仍然卡在門鎖的刺刀上，眼前顯然無法從後門進入圖書館；坦白說，當下哪裡都去不了，只能繼續躲在陰暗的樓梯底下。厝勒斯全境封鎖，除了國王手下巡邏的侍衛和負責獵殺死妖的人，每個人都躲在房門後面。

我站在下水道的人孔蓋上，焦躁地轉換兩腳的重心，一面詛咒死妖、詛咒安哥雷米和苔伯特國王，更氣自己的愚蠢。我卡在這裡進退兩難，只能被迫等到宵禁結束。

水在腳下緩緩流動，臭氣撲鼻而來，我用衣袖掩住鼻子。

情況還能更糟嗎？

我靈機一動，低頭往下看。厝勒斯地底建有複雜的下水道系統，四通八達，每一處都跟中央系統銜接在一起——糟粕區也不例外。巨魔對髒汙的容忍度極低，因此國王麾下有一組混血種專門清理下水道，保持清潔和暢通。他們生活在隧道裡面，上流社會幾乎無視於他們的存在。如果他們可以在底下自由來去，那我也可以。

我撥開勾住水溝蓋的栓子，掀開鐵欄杆，默默感謝最近幫軸承抹油的無名混血種，然後趴在地上往裡看。下水道的直徑大約六英尺寬，汙水夾雜著排泄物在中央流動。原本預期這裡漆黑一片，沒想到天花板上懸著昏黃的油燈，雖然昏暗卻有照明。我抓住洞口邊緣，慢慢垂下，最後雙腳著地、橫跨臭水溝兩頭。圖書館的廁所位於建築物後側，沒錯的話，最多走十幾步就會碰到往上的豎井。

不出所料。管道空間以我的身材而言勉強過得去，頭頂上方就是活動門，不幸的是豎井實在骯髒得很。

在此之前，我總認為從小在養豬農場長大的經驗，已經把我與生俱來的膽小和神經質磨練得絲毫不剩，然而望著汙濁的空間，實在很想掉頭就走，但我必須找出安哥雷米的藏身地點，這是關係到無數人生死的關鍵。如果救人意味著要泡在巨魔的屎堆裡，也只能義無反顧。我脫掉斗篷，盡可能擦掉伸手可及範圍內的排泄物，這才深吸一口幾乎要讓人作嘔的空氣，慢慢蠕動著爬進豎井裡。

這真是恐怖至極的過程，好不容易往前攀爬大約六吋，就會往後滑一吋，我死命用靴子抵住溼滑的石頭。臭氣沖天，讓人噁心頭暈，心跳怦怦的聲音傳入耳際，讓我忍不住擔心萬一卡在這裡進退兩難，該如何是好。彷彿過了一輩子那麼長的時間，手指終於摸到活板門，我趕緊推開，新鮮空氣灌了進來，狂吸了好幾口，這才有力氣抓住門的邊緣，撐起身體爬出去。輕輕地碰一聲，我終於坐在光滑的地板上。起身在黑暗中四處摸索，找到了洗臉盆和毛巾，盡量抹掉雙手和臉上的髒汙。

悄悄推開房門，隔著門縫左看右看確認附近沒有別人，這才匆忙走向書庫的深處。之前花了好些時間在這裡搜尋安諾許卡的資料，對圖書館的樓層分布還算有點概念，趕緊加快腳步往史地區，希望能夠找到安哥雷米名下所有的資產資料。我不敢伸出臭臭的手指頭一一查閱，只能靠眼睛來回檢視、查看一個又一個名稱。但越看心情越沮喪，即便資料都在這裡，單靠我自己，很可能要花好幾天、甚至好幾個星期才能找到。

「就知道你在這裡，該死的東西。」

咕噥聲嚇得我跳起來，轉了一圈試著搞清楚聲音的來源。

「我聞到了，如果你以為可以神不知鬼不覺地啃光我的藏書，那你大錯特錯，啊哈！」巨魔從書架後方蹦了出來，手裡抓著獵殺死妖的長矛。

我倉皇倒退，驚慌地舉起雙手。「馬丁，住手！」

長矛瞬間停在半空中，距離我的臉龐不到幾吋。

「你是誰？」光線一照，隨即聽見他尖銳地倒抽一口氣。「公主殿下？妳在這裡做什麼？怎麼聞起來就像——」

「我從下水道鑽進來的。」我有點難為情地坦誠。

他呆若木雞。「妳有摸到書嗎？」

「我有洗手。」我說。「馬丁，不要告訴別人我在這裡，萬一被國王發現，後果不堪設想。」這些話不假思索地脫口而出，但隨即發現自己根本沒搞清楚馬丁究竟效忠哪一個陣營，或者他的心思都在管理圖書上面，對其他瑣事都漠不關心。

「妳專程跑來這裡搜尋財產資料？」他語氣僵硬。「所以妳預備定居這裡？」

我搖搖頭。「我們試著尋找安哥雷米的蹤跡，知道他在……」看見他臉上的神情，我警覺地閉上嘴巴，退後一步。馬丁或許內向害羞、愛書如命，但他仍然是位巨魔，隨便用點力氣就可以置我於死地。況且在他所愛的女孩發生了那樣的慘事後，或許會把滿腔怨恨歸咎在我身上，認為我是罪魁禍首。

「艾莉的遭遇讓人非常遺憾，」我低語。「她是我的朋友，為了救我而失去生命。」

馬丁靜默無聲。

「妳知道安哥雷米是怎麼對付她的嗎？」他忽地開口，一字一句咬牙切齒地說。「他把她鎖進箱子裡，抬到外面遊街示眾。全城都聽得到她淒厲的尖叫聲，直到再也沒有聲音為止。」他伸手扶著書架當支撐，無意間碰落了好幾本大部頭的書。「我嘗試要幫忙，偏偏法力不夠，希薇女公爵和皇后都袖手旁觀，連國王都置身事外。」

淚水滑落我的臉頰。「我無法讓她死而復活，但可以給你為艾莉報仇的機會、跟公爵討回公道。只要找到他的下落，我們就會把他殺了。」

馬丁瞪著雙腳看了好久，讓我忍不住納悶他是否在等我自己識相地離開。或許這樣的承諾只是空話，畢竟復仇無法弭平他所承受的傷痛。

當馬丁終於移動身體時，我忍不住畏縮了一下，但他僅僅伸手到長袍底下，掏出一只細長的玻璃瓶，上面繫著純銀的項鍊，瓶子裡的東西發出淺藍色光芒。我立刻明白那是什麼——月神的靈丹。

「崔斯坦向她承諾過，一旦當上國王，就會頒布命令允許百姓自由聯姻，不限血緣和身分，」馬丁說道。「但我不想冒險，以防……」

我忍不住納悶馬丁的擔憂是什麼？是憂慮崔斯坦之後可能會想盡辦法規避諾言，還是擔心他當不上國王？

還來不及發問，他逕自說道。「我悄悄溜進花園裡，偷了一小瓶月神的靈丹，說服艾莉在下一次月圓的時候使用——」他眼神轉向我。「——就是妳破除咒語的那個晚上，然而那時，她已經永遠離開了。」

我張開嘴巴想表達歉意，卻發不出聲音。

「即便崔斯坦贏得王位，最終實現諾言，」他說。「對我們而言，都已經太遲了。我早該甩掉這瓶該死的靈藥，」他拉扯項鍊，「留著也沒有用。」

在他扯斷銀鍊之前，我抓住他的手，用力捏緊。「不是沒用，請你留著它。對她而言，這個東西意義非凡，如果看見你把它丟了，她會很傷心的。」

「這是沒有用的廢物，」他重複。「安哥雷米在我有機會更認識她、真正了解她之前，便奪走了她的生命。」

「我了解，但或許有一天——」我正想開口說或許有那麼一天，他會遇見另一位跟艾莉一樣足以令他傾心的對象，但最終改口說道。「或許有一天，它可以給別人一個機會。」

「或許吧。」他沉默良久，終於改變心意，把玻璃瓶收回長袍裡。「我願意不惜一切代價，親眼目睹公爵流血致死，如同他女兒一樣。妳要我幫什麼忙？妳想知道什麼資料？」

我約略解釋我們手頭上僅有的線索，他迅速在書架中間來回走動，抽了好幾本書，攤開放在桌上。「這些都是安哥雷米名下的土地，」他用手指頭慢慢描畫小島另一端那一大塊區域。「他們的產業都在這裡，唯有城堡跟鄰近的區域在大崩塌之後付之一炬，毀得一乾二淨。」他搖搖頭。「毫無痕跡，人類不願意看到我們有任何遺跡存留下來，即便那裡還有一些比較大型的結構體形成的廢墟，任何塑像應該都遭到摧毀，不可能保留下來。」

我的手指死命按住桌面，試著不要被挫敗的情緒打敗。「真的沒有一點跟巨魔有關的遺跡存留下來嗎？小島上再也找不到任何符合形容的地點？」

「就我所知是沒有，除了……」他猶豫了一下。「不，安哥雷米的祖先沒有任何一位的墳墓位於那裡，莫庭倪跟其餘偉大的家族都有聯姻關係，唯獨他們例外。」

「你在說什麼？」

「莫庭倪的墳墓就在山裡，」馬丁回到書架那邊，抽出另一本，書中盡是色彩鮮艷美麗的插畫。「大崩塌以後再也無法這麼做，但是在那之前，每一個莫庭倪的墳墓都在山裡，國王或皇后去世時……」他停止翻閱的動作，將頁面平攤開來。

我瞪著那幅畫。「他們把臉孔雕刻在巖石上。」

馬丁點點頭。「是的，雕像過於巨大，就算人類知道地點和位置，依舊很難破壞它。」

我立刻確信這就是安哥雷米躲藏的地點，得知這件事的同時，神秘拼圖的碎片一一歸位：包括安哥雷米似乎對萊莎偽裝的破綻一無所知，反而跟應該是自己女兒的女孩動作非常親暱，看來他早就知道安蕾絲是萊莎偽裝的，而且已經知道了好一段時間。

「這個地點在哪裡？」我問。

馬丁轉身拿了一張地圖，接著定住不動，睜大雙眼。

「如果我的記憶沒錯的話，」一個低沉的聲音岔入我們的談話。「正確的位置就在這裡。」搭配聲音的那隻手從我的肩膀上方伸了過來，胖胖的食指點了點群山深處的某一點。

我顫慄地深吸了一口氣，慢條斯理地轉過身去，緩緩抬起目光，最後對上苔伯特．莫庭倪國王那對銀色的眼眸。

29 希賽兒

「我必須承認，」國王說道，那支用來對付死妖的長茅抵在地上。「實在想不到妳的模樣竟然有可能比第一次出現在這裡的時候更糟，」他瞄了一眼我髒得黏成一團的頭髮，我忍不住畏縮了一下。「妳現在的模樣證明我錯估妳了。」

「你怎麼知道我在這裡？」這不是重點，卻是我唯一想得到的說詞。

「我不知道，只是有個哨兵跑來報告，說圖書館傳出惡臭，好些圖書管理員害怕有死妖闖進館內，」他環顧四週的書庫。「想起過往，曾經有好長一段時間埋首在這些知識的神聖殿堂，當下決定親自跑一趟，尋找問題的來源。」他揚揚眉毛，「完全沒想到臭味的源頭竟然是我親愛的媳婦，妳一定想像不到我有多驚訝。」

「下水道。」思緒飛快地運轉，絞盡腦汁想要找個理由掙脫他的掌握，偏偏找不到。

「嗯，」他皺眉。「那裡最近的確是欠缺清理。」

「為什麼？」我反問。「因為你把所有負責清理臭水溝的混血種通通都殺了嗎？」

「不，是他們棄我而去，轉而效忠我兒子。」他的目光轉向馬丁。「這些私人對話你不需要知道。」

我從高腳椅上一躍而下，擋在馬丁跟國王中間。「你不可以傷害他。」

有種看似受傷的情緒從他眼裡一閃而過，但倏忽之間就失去蹤影。「我為什麼要傷害他？優秀的圖書管理員現在很不容易找到。」

馬丁一言不發，我轉過頭去，發現國王用深色盒子罩住他全身上下，徹底隔絕、不讓他聆聽或目睹我們的對話。

「妳在這裡做什麼？」國王再次詢問。

「尋找安哥雷米躲藏的地點，只要查出他的行蹤，逮到他就能夠阻止羅南。」我選擇實話實說，把謊言留到必要的時候再說。

「崔斯坦有足夠的能力制止他弟弟，」國王說道。「他為什麼不出手？」

「你自己又為什麼不出面？」我反駁。「你不是說要和平收復這個島嗎？你的計劃出了什麼問題？」

「是妳出了問題，」苔伯特瞇起眼睛。「我的情報顯示攝政王已死，據傳是死於被我掌控的貴族手裡；聽說艾登爵士接受了崔斯坦的建議，繼承他父親的職位，兩個人結盟，預備聯手對抗我、抵禦羅南和安哥雷米。」

「沒錯，」我直視他的眼睛。「你的消息非常靈通。」

「對，」他歪頭凝視我。「而妳，希賽兒，簡直滿口謊言。既然艾登．雀斯勒爵士沒有履行他對我的諾言，此時此刻很可能已經瀕臨瘋狂。崔斯坦顯然模仿我的手法，另找他人冒充男爵。所以，艾登還活著嗎？」

「他依舊活蹦亂跳，好得很。」我謊稱。「是我運用咒語緩解你對艾登的約束，克制他的衝動，即便抵銷不了你的魔法，至少可以讓他暫時冷靜。」

「如果妳真有這樣的咒語，早就用在自己身上了。」

「是的，我也想過，」我說。「只是這些咒語是後來學會的，一開始並不知道。安諾許卡在死去之前，教了我很多東西，讓我大開眼界。」

「身為母親都應該這樣。」

他果然曉得安諾許卡和母親及我的關係，還有什麼是他不知道的？

「妳為什麼在這裡，希賽兒？」國王仍舊問這個問題，「為什麼崔斯坦派妳跟他的朋友去對付羅南，計畫失敗之後，他為什麼又冒險送妳回來這裡、試圖尋找安哥雷米的藏身地？為什麼他要假借他人之手、而不是自己去對付羅南？」

每問一個問題，他就逼近一步，問到最後幾乎是跟我鼻尖對鼻尖的對視。

「他要保護崔亞諾，」我說。「追蹤公爵是因為他是比較容易對付的目標。」

「荒唐，」國王咆哮。「殺死公爵，羅南少了掌控者，更會恣意橫行，隨意屠殺人民；而妳若捉到公爵，他只會命令羅南去救他。這個計畫漏洞百出，缺陷一堆。假若沒有其他原因或是更正當的理由，我兒子絕不可能同意妳這樣的行動。」

「隆冬之后派出巨龍攻擊崔亞諾，因此那個城市極需保護。」

國王的臉扭曲在一起，彷彿我這些話是胡言亂語。「崔斯坦手下的兩個傀儡有足夠的能力應付那個愛管閒事、沒事來搗亂的妖精，他心裡清楚得很，冬后才是……」

我不安地移動身體，國王立刻發現異樣，咬牙切齒地哼了一聲。

「啊，問題點在於隆冬之后，這才是崔斯坦留在攝政王城堡，蟄伏不出的原因。」他望著我，凝神思索。「冬后對他做了什麼？」

「沒有。」我不敢再多說下去，深信不管自己編了什麼謊言，都逃不過他的法眼，只會讓他發現更多真相。國王太精明，對於隱瞞或欺騙這種事經驗老道，擅長操弄別人於無形。

他的目光轉向手裡的長槍。「問題在死妖，」他收緊拳頭，用力握住鋼茅。「救命的恩情，至死都得償還。」

我渾身繃緊，暗暗詛咒自己不夠老道，竟然不小心就洩漏端倪，不過也沒關係——反正他遲早都會猜得到。

「那個該死、冷血的賤人對我兒子有什麼企圖？」

國王下顎緊繃，手上的金屬發出呻吟聲，在他強大的手勁底下被折彎，我以前也見識過他惱怒、甚至發脾氣的模樣，但都比不上這回的憤怒。

「我們不清楚，」我的嗓音忍不住發抖。「她只說要跟崔斯坦見面，討論結盟的事情，這也是我被迫掩飾身分的原因。」

苔伯特下顎肌肉繃得很緊。「不，不，絕對不可以同意，妳必須返回崔亞諾，告訴崔斯坦留在城堡的銅牆鐵壁裡，我會……」他眉頭一皺。「羅南的問題我會處理。」

「你知道冬后的目的？」

「我有所懷疑。」

他還來不及詳細解釋，就有某種物體爬行的聲音傳進耳朵，後方遠處的巨魔光球閃爍，隨後整個熄滅。我僵住不動，如同膽怯的小兔子嗅到狐狸的氣味，立刻全身充滿戒備，唯有國王挺起胸膛，歪著頭用眼睛搜索，豎起耳朵專注傾聽，蓄勢待發，隨時預備狩獵。

「三隻，」他呢喃。「不，四隻。」

四隻死妖！我手腳冰涼，脈搏怦怦狂跳，以前從沒聽過死妖會聯手出擊，牠們怎麼會聚集在一起？除非有人授意，特意派牠們出來……

籠罩馬丁的魔法散去，我用嘴唇對他示意。死妖。他點點頭，拿起丟在一邊的長槍，武器尖端不停地顫抖。

轟隆隆。某隻死妖呼號，另一隻跟著出聲回應。轟隆隆。

「聽到了。」國王邊說邊舉起雙手，四周圍的書架往後震起，一排接一排地滑開，彷彿它們輕如鴻毛，即便死妖的魔力和國王的互相抵銷，書架的重力依舊在移動，然後有好幾排書架應聲倒塌，痛苦的哀嚎聲傳入耳朵，顯然有其中一隻妖怪被壓在沉重的書架底下。

我們三人站在被清空的場地正中央，沒有任何屏障，唯有那些從書架上掉落的書籍陪伴，僅有的照明來自於我身邊的兩個巨魔頭頂，光輝忽明忽滅。

國王撿起其中一本，看了看書名。「稅法大全。」臉上微微一笑，那本稅法立刻冒出火花，先是魔法的銀光、然後變成真正的火焰，由黃轉紅。一道陰影走到兩個倒塌的書架中間，他們頭頂的光球立刻熄滅。

馬丁朝我走來，隨著陰影裡顯著的動靜，他緊張地發抖，但國王似乎不受影響，沒有一點畏懼的表情，逕自點燃更多書籍，一一丟了出去，用燒書的方式，在我們周圍形成一個環狀火圈。

忽地，死妖的螯針從黑暗深處射了出來，直接朝國王臉上飛去，他舉起長槍把螯針拍到一邊，哈哈大笑地諷刺。「臭蟲，這樣的雕蟲小技，實在不夠看。」

死妖嘶聲尖叫地衝過來，龐大的白色身軀撞向國王，但我感覺後方有其他動靜，立刻大聲示警，然而國王的動作比我更快。他的速度快得超乎想像，長槍刺中前一隻死妖，巨大的力道讓槍頭直接貫穿死妖咽喉，從另一邊透出來，接著他猛一轉身，抓住馬丁的武器，揮向試圖從背後攻擊他的妖怪，長茅碰上如螯針般的舌尖，直接從喉嚨深處絞斷。死妖痛苦翻滾，溼滑的身體前後撞擊，在垂死之前做劇烈地掙扎，但是國王極其鎮定地走了過去，拔出刺入牠體內的武器，啵的一聲聽起來很噁心。

火勢逐漸減弱，紙張快要燒光了，看著火光越來越暗，心底的恐懼逐步上升，還有第三隻——潛伏在書架中間，正在悄悄移動——就算巨魔國王再厲害，漆黑的環境依舊對他不利。突然間建築物開始上下震動，部分牆壁倒塌，漫天的灰塵捲了過來，在天崩地裂、岩石撞向大理石地板的噪音底下，夾雜著至少兩隻死妖的吼叫聲。

「聽我號令，馬丁，」苔伯特低聲呢喃，炯炯有神的眼睛繼續追蹤死妖的動靜。「你帶著希賽兒轉身就跑。」

「去哪裡呢，國王陛下？」馬丁的嗓音出奇平穩，雖然他的手指幾乎要掐碎我的手臂。

「離開厝勒斯，回去崔亞諾。」他舉起長矛。「你們現在立刻去崔斯坦最喜愛的地點，那有小徑通往地面。」

湖泊。

「崔斯坦不曾提過有這樣的小徑。」即便是這種時候，我依舊認為苔伯特的說詞不可信。

「我兒子的認知跟他心裡的想法有很大落差，」國王走向書架，「如果萊莎真想看看她祖先的臉龐，根本不需要離開這個地方，主使傀儡的人亦然。」

他語帶玄機，像用暗號似的，顯然認為隆冬之后正密切監視這裡的一切、意圖阻止我。

「快走！」

馬丁毫不猶豫，一把扣住我的手臂，快速穿越大廳，躍過一堆堆的書籍，攀越倒塌的書架，一直跑到側門。

「卡住了！」他氣得咬牙，用力扳動把手。

我有刀。「撞破它！」

死妖又在尖叫，我冒險回頭瞥了崔斯坦的父親一眼，他站在逐漸熄滅的火圈中央，渾身充滿力量，傲然挺立、無所畏懼，在那一瞬間，他儼然是一位卓越勇敢的統治者。

他似乎察覺到我的目光，轉過頭來命令。「快走。」

我立即遵守。

被撞破的側門殘破地倒在馬路上，馬丁呆呆地站在那裡瞪大眼睛，彷彿這是他破天荒、第一次使用自己驚人的力量，我抓住他的手，拖向皇宮外圍的空地。剛繞過圖書館的轉角，就看到四個守衛迎面而來。

「死妖闖進圖書館，」我大叫。「只有國王陛下單槍匹馬在抵抗它們，快去幫忙！」

那一瞬間，我懷疑自己是否犯了錯，或許他們反而把這個當成是一勞永逸、甩掉國王統治的機會，但聽了我的話之後，沒有一個人遲疑，一齊衝了進去。

馬丁似乎有些茫然，不知道要如何不被發現地悄悄穿過城裡，我只好一馬當先，帶頭跑進後面的小巷子，穿越中庭，盡可能選擇以前朋友提過的、隱藏在陰影底下的路線。

但這樣的路線畢竟也有走到盡頭的時候。

通往溪水路的大門深鎖，好幾位全身武裝的守衛站在前方，戒備地監視四面八方，右側的支流和順著河道蜿蜒的小徑沒有特意防守，但要潛近那裡而不引起守衛注意，根本是不可能的任務。

「守衛會阻止我們嗎？」明知道跟著亞伯特一起效忠安哥雷米的爪牙——吉路米，就在他們之間，絕對不可以被他發現，但我依舊不放棄希望，低聲詢問。

「不僅阻止而已，」馬丁伸手貼著牆壁。「宵禁還沒有解除，就算已經結束，我們也沒有理由去湖邊，那裡是崔斯坦王子的休憩地，從前國王也很喜歡去那裡。」

「既然這樣，我們只能倚靠魔法來遮掩行蹤，」我低聲咕噥。

馬丁肩膀抖動，竟然是笑不可抑，而不是恐懼。「說得好像是件小事一樁，」他說。「妳向來周旋在貴族之間——他們的魔法強大無比，幾乎是無所不能……細節、專注力，遠遠超過我，」他搖頭反對，「守衛肯定一眼就會看穿我的偽裝。」

「你是個失敗主義者，馬丁，」我咬住下唇，思索其他可能的選項。「這種特質不太好。」

「我寧願妳用務實主義來形容。」

「我更希望你找到其他解決之道。」城市原有的噪音在此刻幾乎靜默，無法確認是國王和他手下的士兵殺死了所有的死妖，亦或是死妖吞了他們，然後現在正反過來追殺我們。

「妳能閉氣多久？」

所有的雜念消失無蹤，我轉身瞪著馬丁看。「為什麼這樣問？」

「曾經有一個凡人坐在桶子裡穿過瀑布而來，在水勢衝擊下還能夠活命，這是有可能的，」他畏縮了一下，彷彿單是這麼想就很痛苦。「我可以用魔法變出桶子來。」

「有可能成功。」但我忍不住想到自己當初跳河的時候，若不是艾莉機智、迅速地反應，我可能當場就滅頂，不會存活至今；現在河水的急流仍舊足以致命，程度不輸當時——況且目前的水溫幾乎可以凍死人，冰塊不時撞擊鐵欄杆，阻擋水流通向海洋。萬一馬丁高估了自己，撞向欄杆的就是我們，他或許可以存活，但我肯定撐不過去。

馬丁舔舔嘴唇。「維持桶子內部的結構其實很簡單，關鍵在於密閉又不能透明，才不會被發現，不過這麼一來，要控制方向就是極大的挑戰，此外，桶子內呼吸的空氣非常有限，因此……」

萬一他被撞得失去意識，魔法也就跟著消失，我們就會成為水裡的浮屍。

我傾身探出建築物的陰影，打量在山谷裡蜿蜒、層層向上的街道，偶爾有光芒閃爍，點綴在其間。時間不多了。

「你不必這麼做，」我說。「你躲起來就能保命，他們要找的人是我。」

「我要為艾莉復仇，讓安哥雷米為自己所做的事付出代價，」馬丁彎腰說道。「如果妳死了，我就沒機會報仇，再者，」他補了一句，牽著我的手走出陰影，往橋上走。「國王不會善待那些違背他命令的人。」

「他很可能死掉了。」

「我不考慮機率問題。」他將我拉近，伸手環住我的肋骨，指甲掐進側腰。「深呼吸。」

我猛然狂吸一口氣，感覺似乎還不夠，但已經沒有下一個機會，魔法封住周遭，隔絕聲音和影像，卻無法抵銷快速下墜的感受，我們側身跌進水裡，手肘撞到魔法木桶，痛得要命，隨即在水中載浮載沉、上下翻滾，如同木頭掉進充滿白色浪花的激流裡面，轉得我頭暈腦脹、反胃想吐，不論自己多麼努力想要節省空氣，依然隨著每一次急流的震動衝擊，急促地喘氣。

然而最大的衝擊來自於河道中的石頭，木桶撞上去的時候我全無心理準備，牙齒用力地敲在一起，後腦勺撞到桶壁，痛得我大叫。桶子連翻帶滾，被岩石擋住去路，我聽到馬丁低聲詛咒，並用力地晃動身體，接著木桶又開始移動。我屏息以待，等著不幸撞上鐵欄杆的那一刻，便會開始永無止盡地翻滾。這次提早準備等下可能要面對的狀況，幸好沒有發生。

劇烈可怕的震動終於告一個段落，魔法消失無蹤，冰冷的河水淹過頭頂，我的腳跟觸及河床，雙腳用力一踢，直接破水而出，我趕緊大口喘氣，吐出滿嘴的河水。

四周黑漆漆，伸手不見五指，湍急的水流一逕想要把我拉向蜿蜒的隧道口，但根據經驗，知道水流最後會沖下曾經是競技場的台階，必須在那之前趕緊爬上岸邊。

「馬丁？」我嘶聲呼喚，在水中轉動、環顧四周，隨時防備萬一被物體撞到的衝擊。「你在哪裡？」

唯一回應我的是自己牙齒上下打架的聲響。「馬丁？」如果他撞到頭昏迷了呢？萬一他不會游泳？如果很不幸的，又有另一個朋友為了要幫助我而犧牲生命，我要怎麼辦？

前方傳來河水嘩啦嘩啦流進湖泊的水聲，我必須盡快脫離激流的衝擊力，雙腳一踢往岸邊游去，指尖摸到岩石邊緣，雙手高舉，試著抓住可以攀爬的地方，但是再怎麼摸索，都只有被河水磨得十分光滑的表面。

好冷。我動作遲緩、四肢僵硬，身體沉重得不聽使喚，每一次踢水好像都無濟於事，無法確定哪裡才可以攀上岸邊。快點！妳必須爬上去！我絕望地伸長手臂，再次摸索邊緣，靠著僅餘的力氣，勉強往上一跳。

有股魔法扣住我的手腕。

我的身體涮地飛出水面，宛如一袋馬鈴薯掉在岸邊，我蜷縮成一團，看著眼前的光芒眨了眨眼睛。等我喘過這口氣，就要把馬丁罵一頓。

但我根本沒有機會，因為跪在眼前的巨魔，不是馬丁。

30 希賽兒

「我不確定妳那些混血種朋友是如何神不知鬼不覺地逃出厝勒斯，」女守衛說道，用槍頭推了推我的臀部。「不過我敢保證絕對不是泅水逃出去。」

我縮在一起，試圖遮住臉龐。

她單膝著地，「我們裡面誰會不想出去看看天地，女孩，只是外面不安全，尤其對你們這些人而言，羅南王子在島上遊蕩，除了公爵，誰也無法駕馭他，再者他對混血種沒有一點好感，難道妳想撞上那個凶神惡煞？」

我搖頭。

「還是留在厝勒斯比較安全，」守衛拍拍我的肩膀。「這裡還有國王保護，因此更要心存感恩，好了，起來吧。」

就算我想動、也無法確定身體能聽我使喚，身體凍得麻痺，感覺不像是自己的身體。

「天啊，」女巨魔守衛咕噥。「妳不會要逼我把妳拖回去吧？」

砰。

我睜開眼睛，看到守衛眼神失焦，身體一歪、頹然倒向一旁，馬丁站在她背後，身上的袍子溼答答地滴著水。「她不會昏迷太久，」他說。「一旦清醒，肯定會去搬救兵。」

馬丁幾乎是半拖半扛、帶著我跑向隧道盡頭，我們拾階而下，通往湖邊的台階就像永無止境。平靜的湖面微微發亮，如同黑色的瑪瑙，直到我試著把小船推過去，才發現湖水已經結冰。

「冰層的厚度足以支撐我們的重量嗎？」我問，拿出船上的毛毯、盡可能裹住肩膀保暖，感覺頭暈目眩，腎上腺素的作用和大步奔跑的結果，暫時讓我不致於失溫。

「我不敢妄加……」

不等他說完，我直接衝了過去，跨上結冰的湖面，半滑半溜地往前走。「保持安全距離，」我咕噥。「我可不希望兩個人一起跌進去。」

我們戰戰兢兢地穿越黑色的湖面，腳下的冰層吱吱嘎嘎地發出呻吟。我們盡可能靠著競技場的牆壁往前移動。可惜才走不到五十碼左右，隧道深處便傳來雜沓奔跑的腳步聲，馬丁熄掉頭頂上已然微弱的光球，四周頓時陷入黑暗。

「不只她、還有別的脫逃者。」女守衛的聲音從空曠的隧道口飄了過來，語氣不善，另有三個守衛站在岸邊，身影清晰可見，四名巨魔一起移動光球照向湖面，不用多久就會發現我們的蹤影。

「妳確定他們是朝這個方向逃跑嗎？」其中一位追問。「這裡是死胡同，無法通到外面。」

「不走這裡，只能回頭從你鼻子底下溜出去，你說呢？」她的頭頂有另一道光，慢慢掠過結冰的湖面。

我快速閃躲，縮進古老梁柱的陰影底下，膝蓋和手肘著地，希望藉由粗大的圓柱擋住身體不被發現，馬丁跟著照做，我們兩人的體重把下方的冰層壓出吱吱嘎嘎的抗議聲，冰層出現裂縫，裂縫如蜘蛛網般往外擴散，守衛的燈光一掃而過，持續搜索、追捕我們。

「簡直在浪費時間，」其中一位嘀咕抱怨。「該死的城市不只有死妖出沒，還有更可怕的東西，妳卻把我們寶貴的時間消耗在追蹤某些突發奇想、跑來溜冰的混血種身上。」

「逮捕襲擊我的笨蛋絕對可以讓你善加利用時間，這是最好的辦法，」她回答。「你去守在大門口，我親自來對付他們。」

冰層發出呻吟聲，我冒險探頭到梁柱旁探看，其餘三名守衛的光芒逐漸自隧道中遠去，唯有那名女守衛走向湖泊中心。馬丁扯了扯我的袖子，我置之不理，但他鍥而不捨，不死心地再次扯扯我的衣袖。

「怎樣？」我低語。

他指著透明的湖面，幾秒鐘後，我便發現不對勁的地方。

說不出來是什麼東西，只知道那是龐然大物，在冰層底下慵懶地蛇行前進，乳白色的鱗片閃閃發亮，似乎是自體發亮，守衛沒有發現異狀，逕自踏著緩慢的步伐橫越湖面，左右探看，甚至搜尋頭頂上方，卻完全沒有發現腳下另有玄機。

「別動，」馬丁耳語。「或許它不會注意到我們。」

「我們不可能永遠躲在這裡。」這樣靜止不動已經讓寒意上身，但我不敢要求馬丁施展魔法幫我祛寒，免得被守衛、或者是冬后派來的怪物發現我在這裡。

洞穴裡陡然傳來悠揚的歌聲，曲子美麗動聽，感覺無比熟悉，真是怪異，因為那是我的聲音。

我渾身緊繃，內心感受到的焦慮不只我有自己的——很不幸的，咒語對崔斯坦的拘束力也在這個瞬間褪去。我深吸一口氣，試著保持冷靜，明白這不是巧合，不懂冬后是用什麼方法查出咒語的效力正逐漸消失，故意利用我當誘餌要用我的恐懼把崔斯坦引出來。

守衛渾身僵硬，偏頭仔細聆聽。「公主殿下？」她呼喚，顯然認出了我的嗓音。歌聲再次響起，發出聲音的生物經過我們下方，開始繞圓圈，距離近得足以看見它頸部後面羽毛般的卷鬚迎風揚起，血紅的眼珠盯著我們，但沒有其他動作。幾秒後，女巨魔終於看出不對勁。她連連詛咒，掉頭就跑向隧道，動作迅速得讓人看得眼花撩亂。

「快跑。」我嘶聲警告，匆忙跟著馬丁跑向湖的後方，偏偏在黑暗中失去方向感，只能摸黑奔跑。

可惜跑得不夠快。

一道白光從腳底疾射而出，冰層炸開，那個生物尾端直立、身體豎起，擋住我們的去路，我的歌聲在它口中飄揚，湖水湧過冰層，裂痕往外擴散，彷彿像是用一支巨型的白筆在上面塗鴉一樣，隨即發出如雷貫耳的巨響，表層龜裂變成無數的碎冰。

我大叫，腳下的冰塊開始震動搖晃，湖面隨著海怪湧起的波浪上下起伏，我滑向馬丁，兩個人撞在一起，我立刻蹲下身體，以免滑進水裡，海怪傾身向前，巨大的頭顱朝我們靠近，張開血盆大口，咽喉看得一清二楚。然後它突然被震歪到一邊，悠揚的歌聲頓成刺耳的叫嚎，我被摔向另一側，馬丁發動攻擊的後座力把我們推往對角線。我奮力攀住冰層，偏偏找不到著力點。此時，某種銀色物體咻的一聲從頭頂飛過去，海怪痛苦哀嚎、潛入水下，抖動的長劍插住它的軀體。

冰層向一側傾斜，隨即恢復平衡，守衛在另一端落地站穩，手裡抓著刺刀。

「這邊，這邊。」馬丁喘息呼喚，把我拖向另一邊，魔法橫跨在浮動起落的冰層表面。

「在哪裡？」我冷得直打哆嗦，幾乎有口難言。「洞口在哪裡？」

十幾顆光球照亮遮住牆壁的畫作，但是找不到出口，後方傳來砰然巨響，海怪再一次竄出水面，我轉過身去，正巧看見守衛從巨大的斜面連滾帶滑，墜向無邊的黑暗，但她雙手一推，在空中翻個筋斗，膝蓋微彎順利著地，隨即舉起手臂，空氣中充滿魔法的能量，然而海怪又縮回水底。

「還沒找到。」馬丁後半截的話語淹沒在洞窟裡，我的歌聲再一次響起，充滿奚落和嘲諷。

崔斯坦驚慌的情緒灌入心底。留在城堡不要出來。我無聲懇求，一手抓緊馬丁的衣袖。這是騙局，千萬不要上當，她是想引誘你出來。然而我已經放棄唯一確保他安全無虞的方法。

我只看到馬丁的嘴型移動，但聽不清楚。後方激烈的戰況掩沒了所有的聲音。

「他說就在這裡的！」我大聲叫嚷。

我們所在的冰層撞上石頭牆壁，河水漫向邊緣，打溼了我的衣裳。「這是障眼法，」我嗚咽地自言自語。「是騙人的把戲。」

但是馬丁充耳不聞，聚精會神地檢視牆上諸多的臉孔。「公爵，」他突然大喊。「一定是那裡，抓緊。」他後退幾步，在冰上全力衝刺，直接撞進牆壁。就此失去蹤影。

「馬丁！」我尖聲呼喚，不到一秒，他從遮蔽洞口的幻影裡探出頭來。

我腳下的冰層轟然塌陷，冰水瞬間沒過頭頂。

31 崔斯坦

我盯著前方發呆，喬絲媞不發一語地坐在對面，臉色蒼白，一隻腳上下抖動，我也很想跟她一樣，只是我在演戲，已經演了好幾個小時，時不時地流露出懊惱和生氣的情緒，顯然還有恍神和發楞。我給喬絲媞足夠的線索判定她姐姐的咒語效力正逐漸消褪，讓冬后開始醞釀她的計畫。

她並不知道咒語早在今天黎明時就抵銷了。

這點本身就是大問題，希賽兒陷入危機，就我所知這是隆冬之后的詭計，故意操弄希賽兒的恐懼，要藉此把我引出去，但我的神經依然緊繃到極點，所有的本能都告訴我要去救她，那樣正中冬后下懷，而我現在的計劃是要讓她上當，掉入我的陷阱。

「妳為什麼一定要坐在這裡？」我終於發飆。「難道沒有別的地方可去？」

「我想陪你。」她起身，明明火焰燒得很旺，依舊朝壁爐丟了幾根木頭。

「這樣對我反而是煎熬，」我嘀咕著，脫下大衣、漠不在乎地丟在椅背上。「令人懊惱。」

「噢？」她語氣輕快。「我是說……我以為這裡很涼。」

我搖頭。「來吧，小老鼠，我們出去呼吸新鮮空氣。」帶著小狗爬上塔樓，傾身倚著城垛，手指頭敲著圍牆。我深吸一口氣，在塔樓上飛快地來回踱步，時不時駐足眺望厝勒斯的方向，觀望父親的動靜。

如果對付隆冬之后的計畫奏效，他就是我的下一個目標。

我從小就知道要幫世界除去父親的任務不只是不簡單，而是非常高難度的任務。即便現在詛咒不復存在，複雜度沒有因而減少。我的法力或許比父親更勝一籌，但他經驗豐富，熟知我的把戲和能耐。他留在厝勒斯按兵不動的策略非常高明，除非我不計代價，不惜讓整個城市陷入危機，否則無法從遠距離發動攻擊，他就是看準這一點，確信我不會出此下策。只要我稍微靠近，他就會保持警戒，隨時防備。我並沒有打敗他的十足把握，眼前最需要的是想辦法減低他的防備，讓他以為我不致構成威脅。

如果一切照計畫發展，這一步指日可待。

直到我確信喬絲媞達成任務之後，這才慢慢下樓，看她站在爐火前面，一臉專注的模樣。

「妳在做什麼？」

她嚇得跳起來。「沒事，就是烤火取暖。」她額頭冒汗，伸手抹了一下，這時被她丟進爐火裡面、被當成誘餌的黑色種子劈啪一聲出現兩條裂痕。「也算廢物利用。」她解釋，我陰沉地瞪了一眼。

「太熱了，」我補了一句。「幫我倒杯酒，可以吧，」明明口氣很不禮貌，她卻只是點點頭。等她轉過身去，我望向時鐘，剛好整點報時。現在一切就緒，所有的人事物就定位。

她倒了兩杯酒，滿到幾乎溢出杯緣，小心翼翼地走向桌子，放在我的餐盤旁，我刻意忽略，逕自低頭挑揀襯衫鬆脫的線頭，果然一如預期，小老鼠跳到桌子上，撲向剩餘的餐點，連帶把酒杯踢翻了。紅色的液體濺到長褲，氣得我破口大罵。

「該死，小老鼠！」我對牠大吼，拿起空杯丟了過去，玻璃摜向看起來很礙眼的掛毯後摔得粉碎，小老鼠吠了一聲，迅速躲進桌子底下，咧開嘴巴盯著我看。

「崔斯坦，」喬絲媞臉色發白。「希賽兒的咒語快要失效了。」

我站在原處看了她很久，疾步走向丟在椅背上的外套，扯開口袋，挖出用手帕包著的種子——嗯，現在包著的其實是彈珠。

「不見了。」我嘶聲說道，破碎的布條在火焰中消失無蹤。

房間在搖晃，魔法和熱氣相互作用。

「你確定？」喬絲媞顫抖地說，溢出的紅酒在桌上形成一小攤水。

我轉過身去，狠狠地瞪她一眼。

「或許在你另一件外套裡。」她怯生生地提醒。

深深吸了一口氣。「我需要它們。」

我實話實說，用盡全部意志力才能阻止自己回應希賽兒的恐懼。

那不是真的，我告訴自己。全是冬后的詭計。

如果是真的呢？萬一希賽兒極需我的援助，這個計畫一開始就是錯誤？我抓緊椅背，木頭龜裂、斷開，我把碎裂的椅子甩到旁邊。

我用超乎常人的速度繞過桌子，揪住喬絲媞的衣袖，用力把她拖過來。「妳姊姊有危險，可是我若離開……」我目不轉睛地盯著她看，彷彿她臉上有我渴求的解決方案。

她神色慌張。「求你救救我姊姊，崔斯坦，千萬不要讓她出事。」

若不是她的演技過於精湛、就是她是真心擔憂著希賽兒的安危，我猜是後者。我凝神思索，感覺非常不對勁，但我不敢現在罷手。

「我需要那些種子，」我說。「是誰拿走了？」

「我不知道。」她低聲呢喃，顯然事情的發展跟她的計畫相左，她以為我會不假思索地衝出城堡，聽憑冬后掌握，然而現在狀況不是這樣，害她不曉得該怎麼辦。

「莎賓，」我極其不滿。「她反對我運用魔法，只有她才有機會拿走種子。」

喬絲媞臉色慘白。「不可能，不是她偷的，莎賓非常忠貞。」

「不要替她辯護，」我一把推開她，逕自衝進走道，「猜猜我會怎樣對付偷竊的行為？」

她驚慌失措，死命抓住我的手臂，一方面為無辜的莎賓擔憂，心裡又希望我中計，又很害怕如果承認罪魁禍首是她、是她把種子丟進火裡，屆時我會做何反應？這些恐懼交織在一起，讓她幾乎快崩潰。

「你一定要救希賽兒。」她苦苦哀求，但我甩開她的手。

剛好有個混血種經過，被我一把拉住。「莎賓在哪裡？」

「門口的警衛室，殿下，」他回答。「馬克爵士也在那裡。」

喬絲媞拔腿就跑，我跟在後面，繞過蜿蜒的長廊，來到戶外的中庭。

「莎賓，」她尖叫示警。「快跑，妳趕快逃命。」

希賽兒的摯友錯愕地轉過身來，睜大眼睛看著我們，馬克向前一步，擋在莎賓前面。

「崔斯坦，出了什麼事？」

「我的種子，」我大吼，舉手指著她。「種、子、在、哪、裡？」

莎賓倒退一步，再一步。

「崔斯坦，她沒有做錯什麼。」馬克說道，揚起屏障擋住我的去路。我舉手反擊，繼續質問。「東西在哪裡？」

「我沒拿，崔斯坦，」莎賓不甘示弱，吼叫聲在四處迴盪。「就算東西在我這裡，你也不需要它們。」

「還我！」我怒吼。

馬克舉起另一面屏障，擋在我們之間。「莎賓，快跑！」

莎賓毫不猶豫，翻身爬上希賽兒的坐騎，抓緊韁繩，轉眼之間疾馳而去，通過橋樑闖進城裡。

馬克逐步退後，在鐵柵欄外側停住腳步，「崔斯坦，你不能離開城牆的範圍。」

「那就去帶她回來！種子是我的。」我怒吼。

馬克深吸一口氣。「你不需要這個。」

我很需要，因為希賽兒……

「你很清楚凡人偷取巨魔的物品要遭受怎樣的處罰，」我咆哮宣布。「唯一死刑。」

我一掌切碎馬克的魔法盾牌，用力將他推開，僅僅遲疑不到一秒鐘，幾步之間就跨出保護範圍，我開始拔腿狂奔。

隨著每一個步伐，更加確信隆冬之后隨時會開啟裂口，翩然現身擋住我的去路；我其實擔憂這個計畫過於大膽，可能不會奏效，但至今沒有看到她或她手下的蹤影。

他們肯定在暗地裡監視，不會鬆懈。

以馬蹄聲為指引，我一路在崔亞諾追尋莎賓的蹤跡。我橫越住家後院、甚至飛簷走壁，希望慢慢縮短我們之間的距離，但是莎賓不顧一切地策馬狂奔，找不到她的蹤影，直到她順著上坡騎向布查德的宅第，這才發現她彎腰伏在馬背上，頭髮隨風飄揚。

「東西還我，莎賓！」我發狂般地喊叫，使出魔法把她從馬背上拉下來。

她立時懸在半空中，瞬間後我才把她放在大門旁邊的雪堆上。看她腳步蹣跚地爬起來，我這才施施然地走過去。「東西還我。」

「求求你，崔斯坦，拜託，」她嗚咽著說。「我沒拿你的東西。」

「法律就是法律，不講求人情。」空氣裡充斥著魔法能量，她頹然倒在雪地上，一動也不動。

我伸手探進她的口袋，慎重其事地掏出種子，看到東西安然無恙，讓我鬆了一口氣，只是還來不及採取行動，空氣中就出現裂痕，隆冬之后終於現身。

32 崔斯坦

裂口像書頁似地翻開，從地面往上捲起直到天空，呈現大片荒涼的景色，白雪靄靄、覆蓋著薄冰、狂風呼號，如同備受煎熬的野獸掃蕩著大地。

「殿下，」隆冬之后微微點頭致意，她的黑髮彷彿絲綢般地垂在肩膀，裂縫在她身後合攏。「我們又見面了。」她的目光轉向文風不動的莎賓。「我看得很開心，她是個邪惡的女人。」

這正是她袖手旁觀、讓我追上並處死莎賓的原因。

「我對小偷沒什麼耐心。」我咄道，魔法隨時戒備。

「別這麼匆忙。」她說，裂縫重新出現，我看到希賽兒掉進水裡，拼命掙扎想要浮出水面，卻被冰層擋住去路。我全身血液發冷，情況不該如此發展，冬后告訴喬絲媞只會嚇嚇她姊姊，不會讓她有生命的危險。

她不至於……我在心底詛咒，很想拼命衝去救希賽兒，但裂口再次闔起。

她笑呵呵。「看來形勢險峻，你的處境很危急，但我可以幫你。」

我朝冬后呸了一聲，極力維持冷靜和清醒，希賽兒的感覺逐漸淡去，我沒料到會發生這種事情，但也不能現在喊停，更不能就此放棄，緊緊捏住手裡的種子，隨時做好預備。

冬后嘆了一口氣，衣裳如同氤氳的薄霧，輕飄飄地隨風起伏。「希賽兒潛入厝勒斯搜尋敵人的情報——對方自稱是安哥雷米公爵，我怕她和你父親起了衝突。」她直視我的眼睛。「我可以幫她脫困，也可以助你一臂之力。」

「條件是什麼？」她跟喬絲媞交談的時候就知道希賽兒置身險境。

「雙方結盟，我救希賽兒一命，並且盡己所能幫你置敵人於死地，只要你承諾保護我的王國不受你同類的侵犯。」

我們身處這個世界，而她擔心鐵的毒害，不容許自己的臣民留在此地，既然沒有交集，實在看不出來我們怎麼會威脅到冬境精靈的存在，然而此時此刻，我的認知不重要，關鍵在於她認為我們會造成傷害。

稍稍猶豫了一下，我開口說道。「不，我保證絕對不跟妳或妳的臣民結盟，更不會為了妳的利益傷害任何生靈。」

誓言產生的拘束力使空氣震動，她氣得瞳孔擴張，原本迷人的光彩因為怒火而瞬間黯淡下來，當然啦，她可以直接向我催討債務，命令我照她的話去做，但是兩股相互矛盾的力道，只會把我逼近瘋狂，當下其實我在豪賭，賭她並不希望我發瘋。

「你會後悔的，凡人。」

我不甘示弱，想用眼神逼她退讓，心裡還是暗暗祈禱不要因為我強迫冬后出手、代價卻要希賽兒承受。

「我要你償還債務。王子殿下，把你的法力轉給我。」她說。「我將擁有世界上最強大的武器。」

我低頭盯著地上的積雪，避免讓她看見臉上的表情，雖然看見也沒有關係：反正她已經啟動交易條件，理當收回債務。

我走了過去，縮短彼此的距離，冬境冰冷的氣息滲入鼻孔。

「一言為定。」

話一出口，我的法力瞬間失去，她的輪廓變成實體，我那備受鐵鏽侵蝕的魔法能量烙進她的體內，痛得她張開嘴巴，發出無聲的哀號，我趁機用手摀住她的嘴，把種子硬塞進去，再把她往後推，頂多一秒咒語就會生效。我們一起跌進布查德的院子裡，此時莎賓一躍而起，碰地關上背後的鐵門。

隆冬之后還來不及反應，我便往後滾開，縱身跳過欄杆，落在雪堆裡。

我膝蓋微彎，屈膝站在莎賓旁邊，凝視著眼前的生物。幾乎同時間，她猛然發現自己落入陷阱，但領悟的同時她沒有情緒反應，我猜想她很快就能夠甩掉種子咒語的影響力，緊接而來的怒火必定很可怕。

背後傳來雜沓的腳步聲，馬克匆匆趕來。「你們還好吧？」他問道，扶著莎賓站起來，冬后則繞著庭院轉圈走動，測試最新斬獲的能量，同時被鐵欄杆困在裡面。

希賽兒。

我張開手掌，剩餘的黑色種子還有好幾顆在手心滾動，令人作噁的同時又有奇特的吸引力。

沒有感覺，生活容易很多。

但我何曾選過比較容易走的途徑？

我把種子丟在地上，用後腳跟踩扁。「好好防守、保護城堡，」我說。「給我幾個小時預備先發制人，然後你就知道下一步要怎麼做。」

「如果她不肯談條件呢？」馬克問道，一手攙扶莎賓，幫她保持身體平衡——莎賓不惜以身涉險，踏出城堡，挑起冬后怒火，幸好計劃成功了。

我回頭看了冬后一眼——她的眼神奇怪而陌生，幾乎有點像人類——忍不住納悶多久之後她才會發現自己身陷囹圄，難以脫身。

「我不認為需要擔心那一點。」話說完，我直奔厝勒斯而去。

33 希賽兒

湖水淹過頭頂，我奮力往上踢，雙手碰到一層冰。我需要空氣、需要呼吸，卻找不到出路，綁在背後的行囊變得沉重無比，裡面有安諾許卡的魔法書，還有裝滿鮮血的香水瓶。

如果淹死了，留著這些又有什麼用。

我鬆開背帶，雙腳再次奮力踢水，絕望的處境讓我使出渾身氣力。忽然有股魔法纏住我的腰，猛然把我踐到半空中。

「我抓住妳了。」馬丁說道，將我拉出幻影，放在隧道裡的石頭上。

「等等，」我嗚咽地抽氣，「還有守衛。」

我們往後退，遠離入口，然而周遭一片漆黑，寂靜無聲，馬丁朝湖面彈出一絲光芒，放眼所及都是光滑的平面，湖水結成厚厚的冰，守衛和海怪都不見蹤影了。

冬后的目的已經達成。

在湖的最遠處，其他守衛的光球搖搖晃晃地走近，顯然是被噪音驚動，特意過來查看。

「我們要趕快離開。」馬丁提醒，拖著我走進狹窄的隧道，最後走出隧道，來到荒郊野外，就在橫跨落石上方的橋樑底下。即便有橋面當遮蔽物，馬丁依然用手肘遮住眼睛，舉起另一隻手，彷彿這樣能夠揮走中午的艷陽。

「你不快點想出保暖的辦法，我要凍僵了。」

因牙齒打顫，我話說得結結巴巴，躺在那裡連蠕動的力氣都很缺乏，全身麻痺到只能勉力維持呼吸。

魔法像溫暖的毛毯裹住我的身軀，緊接而來的是一股必須抗拒的睡意，但我抗拒不了，真的很難，不知不覺就昏睡過去。

醒來時我發現自己飄浮在半空中，魔法讓身體暖和多了。

「我們在哪裡？」我咕噥地問。

「往崔亞諾的途中，」馬丁瞇起充滿血絲的眼睛，還泛著淚光。「我試著躲開大馬路，以防萬一。」

「把我放下來吧。」

衣服乾了大半，雖然還是感到筋疲力竭，但至少是脫離了垂死邊緣。

我重新繫好靴子的鞋帶，下地開始步行，希望能盡快趕到崔亞諾，讓他們知道安哥雷米的下落。還得告訴崔斯坦，他父親不只救我脫離死妖的攻擊，讓我平安離開厝勒斯，更願意幫忙解決隆冬之后的問題。因此崔斯坦必須好好留在城堡裡。

「妳走錯方向了。」馬丁拉著我的手臂。

我眨眨眼睛，四下環顧，一時失去方向感。

「可是崔斯坦……」

不在崔亞諾！

「噢，不好了，」我低語，「他往厝勒斯而去。」

但我們應該會在途中相遇才對，當他知道我安然無恙的時候，沒有不停下來的理由，除非他被情勢所逼，沒有選擇的餘地。

「我們必須回厝勒斯。」這回換我拖住馬丁的手臂。

「苔伯特要我們去崔亞諾。」

我怒目看向馬丁，讓他知道我的想法不容挑戰，然後立即拔腿狂奔，朝厝勒斯而去。

34 崔斯坦

明明看到馬丁抱著希賽兒往崔亞諾的方向，我卻沒有停住自己的腳步，因為時間緊急，也因為我確信馬丁有足夠的能力把她送到相對安全的處所，如果她繼續昏迷，我會希望她留在那裡。但我感受到她原路折返，往厝勒斯而去，我卻沒有應對的時間。

我閃進突出的岩層底下，循著溪水路前進，直到聽見講話的聲音。

「前前後後仔細搜索湖面，」某人說道，「附近都沒有發現她或混血種的蹤影。」

「或許她開溜出去打瞌睡。」另一位回應，我認得那是吉路米的聲音。

「但你的確聽到了某些動靜！」

「也有可能是石頭掉進湖裡的響聲，最近都沒有人去關注大樹的狀況。」

「可是湖面結了冰。」

我咳了幾聲，打斷守衛的交談，四位都不曾發覺我在旁邊。「對不起。」

「又一個該死的人類，」說話的守衛手肘靠著欄杆。「快滾！如果你要尋求庇護，應該去崔亞諾找崔斯坦王子才對。」

「恐怕情勢有變，去也沒用。」我撥開斗篷的帽子，隨時預備閃躲逃跑，以防對方突然發動攻擊。

只能說他們膽識不錯，竟然沒有夾著尾巴落荒而逃，而是聯手運用魔法，空氣變得又熱又燙，大門被燒得熾紅如櫻桃，周遭的石頭因他們全神的防備跟著冒出熱氣。「我是來找我父親討論。」

「似乎不太對勁，」其中的女性守衛說道。「我感覺不到他的法力，否則早在一英哩之外就應該察覺他的存在。」

「他在玩把戲，」吉路米回答。「是凡人偽裝成崔斯坦想欺騙我們。」

「很簡單，檢查一下不就知道真假，」我咄道，時間緊迫，不能再拖延下去。「讓我過去，不然就派人去通報國王。」

高溫維持不變，他們仍然存疑。

「我已經失去法力，」我開始汗流浹背。「你們無須擔心，隨便哪一位都足以勝過我。」

「你去皇宮通報。」唯一的女性命令其中年紀最輕的守衛，接著轉向其他人說道。「讓他進來，暫時留在這裡等候進一步的指示。」

發紅的大門往外開啟，我盡可能躲開，以免經過時一不留神被燙傷，單是它冒出來的熱氣就差點灼傷我的皮膚。少了魔法的保護，我的痊癒能力跟著下降，連這麼微不足道的東西都讓我心生恐懼，這感覺真怪異。

當我穿過大門，女巨魔脫掉手套，拍拍我的臉頰，測試有沒有偽裝的跡象。「沒有偽裝，」她的語氣有些古怪。「真的是他。」

「你說自己失去魔法，」吉路米摘下頭盔。「怎麼會這樣？」

「這個問題我只想跟父親討論，其他人就別問了。」

「那是當然，」他咧嘴而笑，前面的門牙縫裡夾著綠色的東西。「如果公爵閣下知道我殺了你，肯定會論功行賞。」他話一說完便立刻出手，不是攻擊我，而是對付他的同僚，女守衛機警地凌空飛起閃過，另一個守衛卻身首異處，死狀很慘。

我轉身想逃，卻被他的魔法捆住腳踝，摔向碎石地面。

「親自動手的感覺更好。」吉路米說，一抬腳就使勁踢向我的肋骨，啪的一聲，肋骨斷裂的聲音聽得很清楚，女守衛衝過來想要攔阻，卻被他的魔法堵在旁邊，顯然在力量上吉路米略勝一籌。

他連續攻擊我的腰腹、手臂和臉，而我退無可退、無路可逃，骨頭應聲碎裂、鮮血濺在地上。看他沾沾自喜，不斷針對我脆弱的部位，樂此不疲地攻擊。

空氣中突然產生騷動，類似揮舞鞭子的聲音破空而來，我透過腫脹的眼睛，看到吉路米的腦袋滾落一旁。

「起來。」

我奮力掙扎，父親探手到腋下，把我扶起來。

唯一守護我的女侍衛睜大眼睛。「我試著要阻止他，陛下。」她懇求地說。

「去找其他人遞補空缺。」父親咆哮地命令，女守衛立刻拔腿而去。

他拖著我穿越街道往皇宮走去，一路上我全然透過意志力支撐，才不至於痛得昏過去，街上空空蕩蕩，一個人影都沒有，宛如宵禁的時候。只看到躲在窗戶後面一閃而過的臉龐往外偷看，當他們認出我的身份時表情有些不安。

「發生了什麼事？」我吐出一口血後，出聲問道。

「死妖。」他說。「現在不要講話，等進門再說。」

他帶我進了國王辦公室，隨便把我往長毛地毯上一丟，逕自走向裝滿食物的托盤，拿了幾條亞麻餐巾和一壺水，走過來蹲在我身邊，幫我擦拭臉上的汙泥和血跡。

「好痛。」我喃喃抱怨，畏縮地閃躲，其實是在尋找適當的位置——藏在靴子裡的短劍貼著皮膚微微發燙。

「正好讓你嘗一下身為凡人的滋味是什麼。」

他的話語和口氣都出乎預期，我抬起頭來。「你似乎不覺得詫異。」

「是的，」他把餐巾放在水裡浸溼，搗著我臉頰的傷口。「希賽兒在這裡的時候大致說過，隆冬之后跟你催討債務，我叫她去通知你留在崔亞諾，顯然她沒有及時趕到。」

她根本沒有和我說話的機會。

「天哪，你像凡人一樣一直流血。」父親嘀咕著，下巴繃緊，接著暴怒地站起來，把水壺摜向牆壁，玻璃應聲碎裂，他氣沖沖地走向冰冷的壁爐，雙手抵著爐架，垂頭喪氣。

他正背對著我。

我的指尖緩緩移向靴子裡的匕首，動作放慢以免引起注意。他深信我身上已沒有魔法，這會讓他降低防禦，罔顧我的威脅性，現在正是下手的好時機。

動手！

我握住刀柄，慢慢拔出匕首。

「你早該告訴我欠她人情的事，」他說。「我可以跟她談條件，讓她如願以償，抵銷你的債務。」

我當場愣住。

「但我無法責怪你不肯信任我，畢竟這是你從小受到的教導，」他深深嘆息。「現在隆冬之后重獲自由，手下的嘍囉在島上橫行，隨意屠殺百姓，沒有人可以阻擋。」

其實隆冬之后並沒有恢復自由，但我搶在父親通風報信的間諜讓他得知冬后落入陷阱之前，兼程趕回厝勒斯，確保父親還不知道情勢逆轉。但這樣的優勢無法持續太久，一旦被他發現，肯定會識破我的陰謀。

殺了他。

用力嚥了下口水，一隻手仍然緊握刀柄不放。「你可以阻止，厝勒斯全城都聽從你的指揮。」

「我們彼此心知肚明事實不是這樣。」

我咬著下唇沉思，不敢肯定他是懷疑自己的能耐或者是不相信自己能夠全然掌控。

「此外，」他說。「我不能離開，不是只有你被情勢所逼、被迫接受協議，崔斯坦。」

原來如此，咒語破除了，他也不得離開厝勒斯，這就是最後一片遺失的拼圖，如今謎底終於揭曉，解答他沒有收復崔亞諾的理由、甚至沒有採取行動阻止羅南和安哥雷米公爵的陰謀。而今自由在握，他卻封鎖厝勒斯的百姓、強迫他們繼續躲在地底洞穴裡。

「是誰脅迫你？」

「你的阿姨，」他說。「我若不肯許下承諾、發誓永不離開厝勒斯，她就讓你母親溺死；我又不能殺了她以換取自由，原因不言而喻。說起遊戲的布局、沒有人比她更聰明、更不能信任。」

「你能責怪她嗎？」我勉強扶著桌子做支撐，奮力站了起來，強烈的痛楚在體內竄升。「沒人逼你當暴君，那是你的抉擇，後果自然由你承擔。」

父親哈哈大笑，拿起爐架旁邊的酒瓶，直接對著瓶口灌下。「你讓我回想起自己年輕的時候，大約像你這樣的年紀，滿懷理想主義的念頭，」他仰頭再灌了一口，眉頭微皺。「以為自己無所不知。」

「既然我有無知的一面，或許你可以給我一點啟發。」時間滴答滴答地過去，了斷對方的機會隨著時間經過變得越加渺茫，雖然我絕大部份的人生都籠罩在他的陰影底下，仍然很想聽聽他的說法。

他乾掉一整瓶酒，轉身面對我。「我恨我父親如同你恨我一般，或許還更多，因為他惡劣得令人難以想像，簡直稱得上是最可怕的統治者。他以殺人為樂，即便有生死的聯結，依然當著所有大臣，赤手空拳殺死你奶奶，只因為彼此意見不同，就算自己因此跟著受害，他也沒有表現出來。」父親停頓半晌。「羅南的殘暴就是他的翻版。」

以前就聽聞過祖父的故事，只是不太在意，厝勒斯當下已經有一個活生生的暴君，誰會在意已經死去的。

「我跟你一樣，懷抱著讓厝勒斯變得更美好的夢想，你有朋友和支持者擁護，我也一樣，而你阿姨就是其中一位。我們有共同的夢想，期待有一天能夠廢除奴役混血種的制度，在法律之前、人人平等。假若有機會，也讓巨魔的婚配是基於個性和共同愛好，不再看重魔法的能耐。甚至以為如果有自由相愛的機會，魔法強弱造成的階級優越就不復存在。」他輕蔑地哼了一聲，順手抓了另一瓶酒。「現在聽起來，就像愚蠢的詩人突發奇想、胡說八道的空想。」

我伸手擦掉流進眼睛的血水，一面努力消化完全不同版本的故事。

「當然啦，這個故事也不能免俗，」他坐在椅子上，木頭吱嘎作響。「總是有另一個女孩出現。」

「萊莎的母親。」

父親下巴肌肉抽搐了一下，然後用力點點頭。「薇薇安。先是母親的人，後來屬於我。我很愛她，她也說愛我，除了我以外，心裡再容不下別人。」

他陷在回憶裡面，心不在焉地凝視遠方。

殺了他！

但我寧可一刀刺入自己心臟，也不願取他性命，因為他在述說他自己的往事，他的故事就是我的故事。

「我想重新制定厝勒斯的法律，讓自己得以和她聯結，立她為后，透過這樣的作法，翻轉我們的世界，走向更美好的未來。這段感情我一直保密，直到她懷了身孕——舉凡有人類血緣的女孩，向來很容易受孕。」他意有所指地瞥了我一眼。「我把她藏在城裡，預備等萊莎出生，等待萬事俱備、適合採取行動的時機。」

「但是東窗事發、被祖父發現？」我聽得入迷，原來父親不是永遠沒有失誤的時候。我知道他殺了自己的父親，原以為是因為利慾薰心、為了奪取王位，沒想到還有其他理由，看起來我對他有很大的誤解。

「他向來都知道，」他臉上閃過苦澀的笑容。「舉世的年輕人都有一種通病，總以為長輩對他們暗中做的事一無所知。」

我默默等待他繼續說下去，好奇心讓我暫時忘卻身上的傷口和疼痛。

「有一天我去找她卻撲了空。」

我渾身緊繃，覺得是祖父殺了薇薇安以表明自己的想法，就像父親下手對付我很敬愛的那個人類小販一樣。

沒想真相更加不堪。

「人們的竊竊私語和傳言引領我到父親的寢宮，我在那裡找到了真相——她是父親的愛人，祕密戀情持續了很長一段時間，原來這是他精心策畫的陰謀，要給我一個教訓，而薇薇安不過是參與演出，她的字字句句都是謊言。他當面嘲弄、諷刺我是大笨蛋，愚蠢地把信任交托在如此脆弱的對象上面——這個意思不單指她而已。」

比回憶更強烈的憎恨在他眼中燃燒，讓我忍不住納悶當自己說起父親的時候是否也是露出這種表情。

「等我發洩完，人們只知道他們失蹤了。」他下顎繃緊。「事情過後，我撇棄過往愚蠢的夢想，厝勒斯也學了教訓，知道要畏懼他們新上任的國王。」

無論是不是謊言，萊莎母親的參與幾乎是別無選擇。當你做為別人的財產，擁有你的是國王，如果想要活命，「拒絕」兩個字絕不會出現。但我一言不發，他跟我一樣心知肚明，盤據了大半輩子的懊悔和罪惡感在這個罕見的坦誠時刻，清清楚楚地刻畫在他臉上。

「那之後再也回不了頭，」他迎視我的目光。「至少對我而言是這樣，但我很早就知悉你同情哪一方，早早在十幾年前便啟動接班計畫，由我來當暴君，培養你成為拯救者，解放他們。」

我搖搖晃晃，差點站不穩，指甲刮過桌面，心神不寧之下幾乎聽不到其他聲音。「你說什麼？」

突如其來的巨大衝擊力撼動了周遭的空氣，天搖地晃，我們父子倆腳步踉蹌，父親穩住身體，大聲詛咒。「你留在這裡。」

我揪住他的衣袖。「等等、別走，先說清楚你剛才的意思。」

他把我推回辦公室，碰地關上大門，用魔法把門鎖上。

「父親，等一等。」我尖聲叫嚷，卻毫無幫助。我很清楚剛才的天搖地動是什麼：是羅南。

遲至現在才想起希賽兒重複提過安哥雷米的策略，我直到現在才理解他們計畫的第一步率先針對父親的理由：因為厝勒斯聽他號令、而非聽我指揮。公爵看見了我的盲目：父親會護衛我到最後一刻，而我卻只會袖手旁觀，看他任人宰割。

我不能眼睜睜地看父親去送死，我需要知道更多，了解他所做所為的理由。

我拿起椅子撞上房門，木頭應聲裂開，魔法依然強勁地鎖住。「救命！快來人開門。」毫無動靜。

我急得團團轉，拼命尋找出口，然而以我對這個房間的了解，無門無窗，僅有一個出口。牆壁是堅硬的石頭，就算沒有魔法，以我目前的能耐也難以突破。但我抬頭一看：木製的天花板。這個我可以應付。

忽略身體的痛楚，一把抄起破椅子的木頭，跳到桌上，用力敲擊天花板，直到其中破了一塊，再用它來敲開其他木板，一直破壞到洞口大得足以鑽進去，顧不得木頭碎片勾破衣服，我硬是爬入狹窄的空間，蠕動身體前進，直到我確定下方是走廊為止。

我從天花板跌到地面，立即拔腿狂奔。

「國王呢？」碰到了第一個巨魔，我大吼探問。「他去哪裡了？」對方錯愕地瞪著我，我揪住他的襯衣，把他推向牆壁。「哪個方向？」

他舉手指路，我拔腿狂奔。

皇宮的長廊是我極度熟悉的迷宮，很快就猜中父親的去向，就算自己失去魔法，仍然感覺得到他的力量所在。我一路追尋，終於發現他推開通往花園的大門。

「父親！」我大吼。

聽到聲音，他轉過頭來。「你回去。」

我向前逼近，抓住他的衣襟。「羅南要來殺你。」

他直視我的眼睛，隨即別開目光。「這有什麼差別？沒有魔法，他們不會追隨你，我精心的布局……」他搖搖頭。「全是白費心機。」

「不會的，」我一再努力，卻無法把他拉回來。「只要你肯聽我解釋。」

他突然渾身一僵，錯愕地瞪大眼珠。

恐懼、疼痛。

「崔斯坦——」他倒抽一口氣，頹然地倒在我的腳邊。

35 希賽兒

我跌坐在腳跟上，一手扶著隧道潮溼的岩石當支撐。

法力被奪走……這肯定是隆冬之后的傑作，不然誰有這樣的能耐？但話說回來，都要怪我讓自己置身險境，不然他為什麼要跨出安全的城牆外？

可是明明知道我平安無恙，他為什麼要繼續往厝勒斯而去？他是來和他父親締結盟約、想聯手對付公爵，或是來投降的？還是還有其他我一無所知的理由？

馬丁的臉龐隱在黑暗中看不清楚，唯有呼吸聲讓我得以辨認方向，伸手將他拉近身前。「你必須去找雙胞胎，」我低聲說道。「讓他們知道公爵的藏身地點，或許你們聯手可以打敗他。」我迅速說明營地的方向，還有約定的信號讓他們知道馬丁是自己人。

「那妳怎麼辦？」

我伸手一推，將他推往馬路的方向。「我要去追崔斯坦。」

⚜

大門敞開，吉路米和另一名守衛躺在血泊當中，已經沒有氣息，雖然我拋下力抗死妖的國王離開這裡已經過了好幾個小時，街上依然人跡杳然，漫長的宵禁拘束厝勒斯的居民不得外出。

我拉上兜帽、盡量隱身在陰影底下，躲開拿著長矛、全身武裝巡邏的衛兵。通往皇宮的大門兩側都有巨魔站崗，側門也一樣警衛森嚴，我坐在石樹的大圓柱底下，思索要怎樣潛入皇宮裡面，剛抬起頭，正好瞥見皇宮後方現出熟悉的光芒。

玻璃花園。

唯有貴族和藝匠公會的成員才有資格點亮花園的燈光，但藝匠公會的成員一樣受到宵禁約束，不能自由行動，而我高度懷疑苔伯特此時此刻還會一時興起、特地到花園散心，如此一來，有可能的人選只剩一位……正確的說法是兩位才對。他們或許願意助我一臂之力。

崔斯坦曾經提過花園後方有一道暗門，從那裡可以神不知鬼不覺地進入花園。玻璃在巨魔光球的照耀之下，發出璀璨的光輝，美得如同仙境，這樣的美景常常出現在夢境裡，即便人的想像力能夠超出時空限制，依然無法捕捉光芒萬丈的美景。這個地方唯有親臨現場才能體會它的美，就算我在厝勒斯的時候，曾經無數次的造訪過這裡，但我知道，就算有餘生的時間在這裡漫步，每一次依然可以挖掘出嶄新的細節，或許發現一朵不知名的花卉精雕細琢的弧度，或是大樹拱起的高度，甚或是一滴露珠顫巍巍地停駐在葉尖上。

我在小徑和中庭到處搜尋皇后跟女公爵的蹤影，從高處傾瀉而下的瀑布如同萬馬奔騰，往日瑣碎的回憶堆疊至今，好些地方都有我流連忘返、沉思冥想的足跡；我想起那些曾經唱過的曲目；和崔斯坦一起走在矮樹叢的迷宮裡，樹蔭見證過我的足跡，還有我們對彼此深藏的情愫：傾聽、凝視和渴望。只是當時兩個人都沒有勇氣、不敢期望未來會有攜手共度的機會。

想起過去點點滴滴的回憶，心不禁揪在一起，這就是厝勒斯的魔力，離開時宛如大夢初醒，不管後續還有多少個夜晚再次入眠，永遠都找不到回頭的路徑，就算找到了，也不復相同的場景。我停住腳步，伸手撐住樹幹，決定要用平常心面對這種惆悵的失落感。

此時聽見了她們的嗓音。

皇后跟女公爵正在吵架，更精確地說，是女公爵在訓人，皇后只是不悅地輕聲抗議。我悄悄靠過去，全部的注意力都放在落腳的位置，沒留意袖子勾到了樹枝。

劈啪。

一小截玻璃樹枝應聲折斷，我急忙伸手去接，可惜動作不夠快，玻璃掉在地上摔個粉碎。

兩個巨魔同時轉過頭來，我伏低身體，閉氣不敢呼吸，即便這麼做沒有實質的意義。魔法立刻環住我的腰，把我舉起到半空中、橫越樹叢，放在兩名女士面前。

「為什麼我一點都不覺得驚訝，」希薇女公爵說道，雙手抱在胸前。「我們一直把妳送走，妳又不斷地跑回來。」

美妮妲皇后睜大眼睛，豐滿的嘴唇微微張開。「噢，希賽兒，妳髒得好可怕，」她難以置信地搖著頭。「不可以這樣。」

忽地我感到頭皮發麻，不到幾秒鐘，黑色的髒汙如雨滴般地掉在地上。

「這樣好多了，」皇后纖細的手指撥了撥我垂到肩膀上、再次恢復成天然髮色的紅捲髮。她從自己頭上摘下髮夾，小心翼翼地幫我把頭髮夾了起來，這才滿意地露出微笑。

「雖然記不得自己吃了什麼午餐，手藝倒是很巧。」希薇挖苦地說。「妳為什麼在這裡，希賽兒？苔伯特吩咐過，要妳返回崔亞諾。」

「我不能走，」我說。「必須回來這裡。」

「為什麼？」

「崔斯坦人在這裡，」我不假思索地脫口而出。「他失去了魔法的力量。」

「什麼？」希薇大吼一聲，皇后也驚訝地詢問。「崔斯坦在哪裡？」她定點轉了一圈，不住地搜尋花園四周。

「美妮妲，不要亂動！」

我盡可能長話短說，迅速解釋自己懷疑是冬后奪走他的法力。

「他是自己願意回來的，」淚水刺痛了眼睛，我用力地眨了眨。「感覺像是放棄努力、乾脆投降。」

希薇眼珠子轉來轉去，看似在深思、探索問題的核心，她臉上的表情和崔斯坦專注思索的神態相似得緊。

「不對，」她忽然說道。「他還沒有認輸，但即將做出錯誤的決定。」

地面突然搖動不已，我被拋向石板凳的角落，渾身疼痛，很想蜷縮身體，但終究忍住傷痛，奮力地爬起身來。

「她來了？是隆冬之后嗎？」我倒抽一口氣。

魔法將我捲向空中，「告訴我妳看到了什麼？」希薇命令道，把我越舉越高。

空氣佈滿塵埃，夾雜著冰霜，嗆得我咳嗽不已，勉強用袖子掩著口鼻，努力望向山谷盡頭。「大門那裡一個人都沒有。」只有守衛的屍體。

她迅速將我放下來，速度快得幾乎是自由落體，在後腳跟著地的瞬間，脊椎被震得發抖。

「希賽兒，妳留在這裡，」女公爵說，接著轉向皇后。「美妮妲，我們去找苔伯特，現在就走，趕快！」

才一眨眼她們便失去蹤影。

我呆呆地瞪著她們消失的方向，愣了一秒鐘，拔腿追了上去。

即便自己不可能追上巨魔皇后的速度，但她畢竟是朝皇宮而去，我選擇走捷徑，屆時或許無法幫忙做什麼，然而崔斯坦現在失去魔法，暫時無法保護自己，而我至少還有咒語的法力。假如苔伯特或美妮妲願意出借他們的魔力，那麼我用咒語對付隆冬之后的效力或許跟巨魔不相上下。

「母親？」

快到轉角時，那個熟悉的嗓音令我全身冷汗直冒。我急忙煞住腳步，伸手摀住嘴巴，壓抑粗啞的喘氣聲，慢慢蹲了下來，盡可能縮小身體，以免被看到。

「羅南！」皇后的聲音平靜和藹。

「美妮妲，不！美妮妲！」女公爵尖叫地發出警告，但是還是遲了一步，痛楚的哀嚎傳入耳朵，然後是長裙窸窸窣窣的聲音和碰的一聲。

淚水奪眶而出，但我心知肚明，絕對不可以發出聲音，更不能移動分毫，萬一被羅南看到，必死無疑，我將再也無法幫助任何人。如果能夠等到他離開，或許還有一絲絲機會可以拯救美妮妲和希薇。

「希賽兒？」

女公爵的呼喚讓我很畏懼。

「妳既然不肯留在我吩咐妳去的地方，那妳還是出來吧，羅南已經走了。」

我鼓起勇氣，偷偷從轉角看過去，皇后側躺在地上，銀色眼珠呆滯地望著前方，身下的白色石頭地上有一灘血，刀柄插在她的胸口，尖刃刺透心臟。不用親眼目睹發生的過程，也猜得到一定是她敞開手臂要去擁抱小兒子。心思單純的她對自己兒子不會有一絲懷疑，卻因此被羅南殺了，不是因為她做錯了什麼，而是羅南為了要對付自己的父親，必須要結束國王的生命，好搶奪王位。

崔斯坦激動的情緒湧入我腦海裡，我用力搖搖頭，讓自己清醒一點，這才舉步走過去。希薇虛弱無力地掛在雙胞胎姊妹的背上，人是還活著，至於能夠撐多久就不知道了。

我輕輕碰觸腰間的刺刀，默默思索是否可能把她們兩個切割開來，即便可以，我也很懷疑自己有這樣做的勇氣。

「不。」

希薇冷靜的語氣嚇得我跳起來。

「撇開妳心裡的念頭，」她說。「在我嚥下最後一口氣之前，趕快過來聽我說。」

我跪在她身邊，絕望地試著搜尋崔斯坦，希望趕在羅南找到他之前，帶崔斯坦離開厝勒斯，我們可以遠離一切躲起來，或是找一艘船出海，划向大陸避難。

跑得遠遠的，只求活著就好，讓其他人為自己所犯的錯誤承受苦果吧。

「苔伯特死了。」她喃喃地說，眼淚滑下臉頰，我難以置信地瞪著她。

「這件事還不能確定，」我握住她的手。「他的法力無比強大，很可能——」

「不，」她說，「不可能了。」環繞她那隻手的氣場突然變動，幻影散開，露出泛黑的聯結印記。「苔伯特跟美妮妲結合的時候，發生了一件出人意料的怪事，我們一直保守祕密，而今看來沒有必要再隱匿下去了。」

「我以為妳恨他入骨，」我說。「因此幫助崔斯坦策劃致他父親於死地。」

「是的，」她微微一笑。「以前的確如此，自從苔伯特為了萊莎的母親、那個愚蠢的女人，毀了我們精心的計劃後，我就非常恨他；打從他決定跟我姊姊聯姻，我就一直唱反調，讓他活著的每一天都像活在地獄裡，唯獨在崔斯坦的事情上，我們有一致的看法，決心聯手對抗一心想殺死崔斯坦的仇敵，至少解除十幾次的危機，並且齊心將他塑造成時勢所需的英雄。」

如同周遭的玻璃花園一樣，就算跟這些巨魔活在一起一輩子之久，他們表裡不一的詭詐依然讓我大吃一驚。

「別用那種眼神看我，」她緩緩說道，隨即劇烈地咳嗽。「我知道苔伯特對他兒子非常冷酷，妳大概也認為我跟他是一丘之貉，才會支持崔斯坦那麼做，然而這一切的假象都是為了要保護崔斯坦，讓人以為他們父子不合、相互仇恨，甚至誓不兩立，藉由這樣去遏止安哥雷米和他的追隨者採取行動，讓他們深信苔伯特寧願殺了崔斯坦，也不會讓支持者坐上王位，這是唯一的方法。」

她全身開始抽搐，我緊緊握住她的手，知道死亡隨時會上門。

「我們的方法是在他身上留下傷疤，」她說。「為此我深感遺憾，請妳轉告崔斯坦，家人都非常愛他，他不只符合我們的期望，也是我們的驕傲，他足以成為頂天立地的君王。」

她忽地僵住不動，我以為她的生命就此結束，然而幾秒後她微微動了一下。

「希賽兒？」

「是的？」我問，擔心她還要再交代什麼。

「美妮妲的死亡全是安哥雷米在背後搞鬼，羅南或許是執行的劊子手，但他剛剛淚流滿面，哭得很傷心……」

她的遺言只說到這裡。

我伸出手，輕輕闔起她的眼皮，接著也闔上皇后的眼睛。當我抬起頭，假扮安蕾絲的萊莎正笑容滿面地看著我。

我猛然拔出皇后胸口的刺刀，慢慢站起身，舉起刀子護在身前，刀上染著鮮血，不知是否有足夠的法力可以捆住萊莎，也不確定能不能靠近她以發動突襲。

「一刀把妳殺了比較省事，」萊莎說，興致盎然地看著我手上的刀子。「可是讓妳苟延殘喘或許更有效益，至少就目前而言。」

快跑。

我的雙腳被魔法釘在地上，都還來不及嘗試射出飛刀或者念咒，萊莎就仰起頭大聲尖叫。「救命！快點找人來幫忙，皇后被謀殺了！」

36 希賽兒

厝勒斯的城市底下建有四通八達的下水道網絡，再底下是大大小小的洞穴和密室，儲藏穀物和糧食，至於儲藏室下方又有玄機，後來才發現是巨魔用來囚禁犯人的牢房。想當然耳，那裡沒有一點光，然而直到守衛拖著我深入地底的時候，才了解到那裡的幽暗和漆黑，似乎連整座城市、礦坑、甚至駭人的迷宮都望塵莫及，因為它深入地底，任何光源都照不進來。

低矮的隧道潮溼而且充滿水氣，汙濁的空氣淨是霉味，彷彿不常有人來到這裡，或許還有另一種可能性，曾經有無數的囚犯被關在這裡不見天日，吞吐的空氣都堆積在這裡排不出去。

守衛趕到現場時，看我手握沾血的匕首，巨魔皇后跟她連體嬰的妹妹躺在腳邊已經斷氣，因此立刻信了萊莎的指控，把我當成殺人凶手。雖然絕大多數的人會原諒崔斯坦殺死他父親的行為——有很多人甚至會為他鼓掌叫好——然而換成他凡人妻子殺死他的母親，絕對是另一回事。好一點的情況是他只會被冠上懦夫的惡名，更慘的話……呃，皇后向來深受百姓的愛戴，女公爵也頗受歡迎，人們絕不可能輕易饒恕謀殺她們的人。

我無法為自己辯白或申訴，也沒有機會說明真相，萊莎搶在有人抵達現場之前，先塞住我的嘴巴，還好心警告把我帶走的守衛，絕對不可以讓我開口說話，免得我用女巫的咒語對付他們。守衛們立刻信以為真，牢記吩咐——雖然事實上，我不必開口說話也可以施展魔法——守衛幫我帶上手銬，刻意保持一臂長的距離，一路保持警覺、眼神充滿戒備。我本來想掙扎，但是他們把我帶往崔斯坦的方向，他所在之處正是我必須去的地方。

「把她關進去。」巨魔守衛吩咐，光球照在厚重的鐵門，上了油的軸承吱嘎一響，鐵門被拉開，露出狹小的空間，牆壁上長滿黴菌。守衛把我推了進去，黑漆漆的，什麼都看不見，只有手銬框啷框啷的聲音，恍惚之間牆壁好像從四面八方推擠而來。對比之下，牢房勉強比棺材寬一點。

鎮定，不要慌！我命令自己，卻感覺整個人好像快要被活埋一樣，實在不知道要如何保持冷靜。明明崔斯坦就在附近，可是這又有什麼差別？兩個人同時被關在墳墓裡，我還被塞住嘴巴；當我努力要從鼻子呼吸，鼻涕形成的泡泡破掉，讓鼻水濺上臉頰，加上滿臉的淚水，幾乎吸不到足夠的空氣。

肺裡感覺就像有很多麻雀同時在拍打翅膀，我急促喘氣，試著要撥開堵住嘴巴的魔法，結果白費力氣，再驚慌下去，我會被自己的眼淚溺斃。在掙扎當中，手肘撞到牆壁，磨破了皮膚，骨頭也受了傷。

「希賽兒？」

崔斯坦的聲音就像突然吸到一大口空氣似地讓我冷靜下來，我將額頭貼在門上，呼吸慢慢恢復平穩。

「牢房內側有個小洞，」他說，「妳把手探進去就會摸到我的手。」

我跪在地上，用手到處摸索，到最後指尖終於跟他的碰在一起，那觸感溫暖又熟悉，淚水差點又奪眶而出，我低下頭去，臉頰貼在我們交扣的雙手。

「說話啊，告訴我你沒事。」崔斯坦略為激動地說。

我用力握住他的手，指甲陷進他的肉裡，我只能搖頭，髮絲拂過十指相扣的皮膚。

他沉默半晌，接著問道。「他們塞住妳的嘴巴？是的話妳就捏一下我的手，不是的話就捏兩下。」

我捏了一下。

「他們說妳殺了我的母親和阿姨……」他情緒激動得無法說下去。「是真的嗎？」

我可以感覺到他不願意相信，卻又忍不住懷疑。我不能為此責怪他——他可能猜想我是在逼近絕望的處境時為了要救他，不得已才那麼做，也有可能是我決定抓住這個機會報仇。

我用力捏兩下，表達堅定的態度。不是。

他稍稍放了心，這個情緒來得快、消失得更快。

「是萊莎？」他追問。

不是。

下一句問得很勉強。「羅南？」

我不想回答，這個弟弟的行為舉止，已經讓他承擔了太多的罪咎和責任。

「希賽兒？」

淚水順著鼻尖滑下。是。

他抽回自己的手，感同身受的痛心讓我渾身酸疼不已。

我的手伸入小洞，指甲刮到石頭，手銬的邊緣被卡住，動彈不得。他抽身而退，縮進自己的殼裡。我的臉頰貼住牆壁，模模糊糊地聽見他在啜泣。一夕之間，他幾乎失去所有的家人，剩下的兩個人卻是這齣悲劇的凶手。

他們愛你。我貼著牆壁用嘴形表達，但願他聽見了，雖然知道這個可能會讓他更加地痛苦。

「這一切都是我的錯，」他哭到無法抑制地抽搐。「因為我，入口才會沒有守衛，他們或許無法阻止羅南的行動，但至少可以拖延一下，給我父親足夠的時間去救人。」他啜泣地說。「父親很清楚他們的行動，才會拔腿狂奔要去找母親，是我阻止了他，浪費了那些寶貴的時間，以致來不及挽回。」

是我，是我讓皇后跟女公爵朝著羅南直奔而去，若不是我告訴她們崔斯坦在皇宮裡，或許那段寶貴的時間，她們會繼續躲在花園的迷宮裡。我們兩個都是共謀，偏偏我們都沒錯，責任也不在羅南。

我用力耙抓石頭，顧不得指甲被折斷，一心要吸引他的注意力。

「不要這樣。」崔斯坦把我的手壓在地上，我抽回手臂，再伸進去抓住他的手，攤開手掌，一筆一筆地寫下：仔、細、聽。

我寫得慢條斯理、井然有序，仔細拼寫出我要傳遞的訊息：我在現場，希薇臨終之前交代了一些遺言。

聽到阿姨的名字，他的手僵住不動，但我繼續寫下去：是安哥雷米逼羅南的，他舉刀攻擊的時候，滿臉都是淚水。

寂靜。

四周一片黑暗，紅色怒火依舊明顯可見，崔斯坦說道。「我要挖開他的心，讓他付出慘痛的代價。」

我當然同意，至於要怎麼達成目標那是另一個問題。羅南或許不想弄死他哥哥，也可能跟我們一樣對公爵深惡痛絕，但他受到安哥雷米的控制，沒辦法成為可靠的盟友，就算他願意幫忙對付牽著他脖子走的巨魔，世界並不會因為我們得以報仇雪恨就變得更好。羅南暴虐無道、不可理喻，很難控制行徑，少了魔法，崔斯坦更無法阻止他。無論我多麼努力嘗試，絞盡腦汁，依舊想不出解決之道。

我用力捏捏崔斯坦的手指，不肯就這樣認輸，這時身體突然一陣顫抖，瞬間冷了起來，溫度越來越低。

她來了。

37 崔斯坦

覆蓋牆壁的水氣凍成冰霜，不時發出爆裂的聲響，寒氣隨著呼吸深入鼻孔，凍得人好痛，暴露在衣服外面的皮膚就像有針在刺一般。

隆冬之后再度玩起熟悉的把戲，不請自來。我當下就知道是她大駕光臨，因為她慣用的魔法帶著熟悉的氛圍，讓我感覺幾乎——只是幾乎——自己夠專注的話，魔法就會聽從我的指揮。

「不要出聲，不管聽到什麼，都不要發出聲音。」我低聲說道，然後站起身。熟悉的金屬叮噹聲音從希賽兒的牢房傳過來。

沉重的鐵門整個被掀開，脫離軸承，往外翻了好幾圈，最後停在走廊末端，劇烈的撞擊聲響迴盪在囚室裡面。

「看起來妳練習很久了。」我歪著頭打量冬后，暗暗祈求馬克談判的成果不要讓我失望。

她皺著眉頭，臉上的表情跟我上次遇見時一模一樣，一股魔法把我捲起來摔向牢房後面的牆，我強逼自己把呻吟化成嗤笑聲。

「小心一點，我現在脆弱得很，萬一被妳失手殺了，這樣對雙方都沒有好處。」

「你憑什麼認為我是失手殺了你？」她氣得咬牙切齒，揪住襯衫的衣領把我拉到眼前，直到彼此之間相距不過幾吋。

「如果還有其他人能夠解除妳的包袱，妳就不會冒險來到這裡。」我答道，一根一根地扳開她抓住衣領的手指頭。就體力而言，我比她強壯一點，這是很好的事情。

她撇撇嘴唇。「把你的魔法收回去，就當成我送你的一份大禮。」

我慢吞吞地撫平襯衫皺紋。「不要。」

魔法的能量在空氣中盤旋，我舉手制止她下一步的動作。「不能算禮物，我願意收回來，但是有交換條件。」

「你沒有立場跟我討價還價，」她揚起下巴，「再不收回去，我就殺了你。」

「妳要給我一件東西，」我說，「不然妳只能跟巨魔一樣，被困在這個世界，無法自由來去。」

這是一場由我精心計畫的賭局，才讓我有機會冒險跨出城堡那安全的銅牆鐵壁。

第一，她口口聲聲說願意提供協助，其實背後另有陰謀，希望能夠趕在仲夏國王讓我們發揮所長之前，先把我們的族類殺個精光。其二，如果我堅決不肯結盟——她會利用這個當幌子，盡可能地追殺剩餘的巨魔——用我被侵吞的魔法去做這些事情，算是借刀殺人。第三，她想併吞我的魔法，但她肯定不曉得我的魔法能量已經被鐵鏽傷害得千瘡百孔，如同傷痕累累的身體一樣，如此一來，反而害她自己被侷限在這個世界裡。有了血肉之軀，就多了容易被傷害的弱點。

她猶豫不決，我補了一句。「這裡的時間長短跟阿爾卡笛亞不盡相同，妳離開王國多久了？那裡的百姓是否依然對妳效忠？或者已經有人蠢蠢欲動，意圖推翻妳的王權、搶奪寶座？妳是不是輸了那場戰爭？」

她沉默不語。

「你想怎樣？」冬后終於發話。

「只要妳發誓：妳和妳所有的一切再也不會涉足進入這個世界。」

她嗤之以鼻。「真是膽大妄為，你的膽量侵蝕了你的敏銳，巨魔，讓我看看你有多少討價還價的能耐，可以眼睜睜目睹你的女巫流血而亡。」

冬后踹開希賽兒牢房的鐵門，黑暗當中一只沉重的鐵手銬突然飛了出來，狠狠地擊中了冬后的臉頰，割出一道傷口，鮮血立刻順著她的臉頰流下。

希賽兒從裡頭走了出來，臉上肌肉緊繃，專注地運用咒語捆綁隆冬之后的魔法——我的魔法。

「妳這個巫女！」冬后尖聲大叫，還來不及出手攻擊希賽兒，就被我撲倒在地板上，用腳鐐的鍊子捆住身體。

「妳的狼群在哪裡？」我湊近她的耳朵低語。「妖龍跟怪獸又去了哪裡？是不是在妳最需要的時候無聲無息地棄妳而去了？」

這些話的刺激遠遠大於炙痛她脖子的鐵鍊。恐懼在她眼底浮現，想到自己離開王位太久、一心要征服萬物，做至尊女王的欲望，反而讓她變成一無所有。

「只要擁有我的魔法，妳就回不去冬境之國，」我說。「妳被困在這裡了。」

她喉嚨緊縮、用力吞嚥。「只要你把法力收回去，我願意發誓。」

我鬆開她的喉嚨。「說吧。」

「我在此發誓，冬境精靈必然遠離這個世界。」

我露出笑容。「一言為定。」

這次的協議很像第一次談條件的時候，彷彿有雷聲在體內迴盪一樣，只不過隨之而來的還有一股甜蜜的魔法融入體內，千瘡百孔的身體開始癒合，讓我大大地鬆了一口氣，隨即放開捆住她脖子的鐵鍊，順勢跪坐下去。

她的輪廓開始模糊，女子的身形逐漸淡化成半透明的煙霧，魔法隨即轉換，從腳下冒出尖牙利爪，狹長的眼睛奇異而陌生，看起來莫測高深。她齜牙咧嘴、張口咆哮，空間立時出現一條裂縫，她動作神速地竄了進去，一眨眼就失去了蹤跡。

希賽兒站在那裡不住地發抖，一手撐著牆壁維持平衡，另一隻壓住肚子，我舉手挪去塞住她嘴巴的魔法。

「妳還好吧？」

「不好。」她眨眨眼睛，裡面都是血絲，膝蓋發軟，身體開始搖晃，我及時抓住，將她拉進懷裡。即便心裡明白我們沒有時間逗留，緊緊的擁抱立刻驅走自己對那些種子殘餘的渴求，忘記自己當初為何覺得冷漠無感很有吸引力。有她相知相惜，無論她的人是否在我懷裡，或是天各一方、分處世界盡頭，我都不會孤單。現在，這件事的意義更是變得無比重大。

「幸好妳腦筋動得快，想到用咒語對付她，」我必須趕在自己情緒崩潰之前打破沉默。「妳是怎麼掙脫枷鎖的？」

她鬆開緊握的拳頭，舉起鑲著珠花的髮夾，我一眼就認了出來。濃濃的傷痛重新刺入心頭。「她還幫我梳理頭髮，卻在不久之後就被……」希賽兒用力吞嚥了一下。「你拿去吧。」

感覺像是嚴厲的處罰，但我依舊接過希賽兒掌心裡、那個屬於母親的髮夾，收進口袋。這是她們留給我的最後一份禮物，沒有它，隆冬之后很可能在我們交手的過程中搶得先機。

「阿姨還有一些話要我轉告。」希賽兒捏了捏我的手。「以後再說，現在必須趕緊離開厝勒斯，免得被人發現我已經收回法力。」截至目前為止，竟然沒有人下來，光是這一點就讓人不安。放隆冬之后離開之前，馬克應該已經談妥條件，確保巨魔和人類一概安全無虞才對，然而如果是她找到其他方法自行脫困呢？萬一厝勒斯全城毀滅、沒有人存活呢？

我攙扶希賽兒站起來，將她舉向空中。最近這些日子，她疲於奔命，一再被推向死亡邊緣，我還需要她的幫助，這也表示我必須先幫忙保留她的體力。

「我不能冒險在厝勒斯裡遇上羅南，被迫跟他決戰。」我用魔法造出幻象，遮掩我們的身形，讓光芒變暗。「那樣一來，厝勒斯會面臨毀滅，連帶害死所有的居民，我們必須在外面決戰，但我不知道要怎樣才能夠引誘他出去。」

「只要逮到那個在幕後操縱他的人，就可以引誘他出去。」

我冒險低頭瞥了妻子一眼，她臉色蒼白到了極點，本來光滑的肌膚處處是瘀青和傷痕。在她到處奔波的這幾天，究竟遭遇了什麼？尤其是這段時間，我甚至不在乎她是死是活。現在有一事非常肯定——必須立刻送她去求援。

「這個計畫很好，只可惜不知道安哥雷米的藏身處。」

她的嘴角露出淡淡的微笑。「我已經查出來了，他躲在你祖先那裡。」

希賽兒話才剛說完，就不支地昏倒在我懷裡。

38 希賽兒

醒來的時候，我嗅到木頭燃燒的煙味和烤肉的芳香，感覺渾身痠疼，只是沒有那麼痛。

「醒過來了，先給你們一點獨處的時間。」是奶奶的聲音，我用力眨了眨眼睛，崔斯坦俯身盯著我看。

「感覺怎樣？」他溫柔輕聲詢問。

「好多了，」我轉頭打量著四周。「不記得是怎麼回來的。」

「那是因為妳一直昏睡。」他答道，左右轉動脖子，伸展背部肌肉。「妳看起來很嬌小，體重卻很沉。」

我朝他做鬼臉，讓他扶我起身。「我想問的是，你是怎麼找到營地的？」

「我有自己的方法，」他低頭吻我。「妳或許不太希望我找到這裡來，因為大家都很氣憤，說妳不該逞強冒險。」他繼續輾壓我的唇，吻得更加用力，牙齒輕咬我的下唇。「妳在想什麼？」

「你自己逞強冒險的時候，當時又在想什麼？」

他發出嗯啊的聲音，有點惱羞成怒、又不得反駁，最終坐在床邊。他健壯結實的手臂穩穩地扶著我的背脊，看著他亂糟糟的頭髮、被扯破的上衣、被煤煙燻黑一塊的臉龐，嘴唇抿成薄薄的一條線，讓我忍不住納悶已經有多久沒看過他的笑容，會不會從此以後他都是滿面愁容、不苟言笑。對於自己家人的事情，他究竟知道多少？如果他一無所知，現在告訴他會有幫助嗎？

「還好嗎？」我問道。

他輕輕吸了一口氣，顯然想要迴避我的問題，但還是改變主意，迅速但僵硬地搖搖頭。不好。

「你阿姨，」我開口，「說了好些關於你父親的事情——」

「別說，現在我做不到，」他打岔。「以後吧，我只是……不願意去想那些事，避免去想他跟她們。」

我很心疼，跟他一起感同身受，深刻了解那種失去親人的痛苦。即便母親已經過世很多年，我卻一無所知，直到安諾許卡揭露真相，我才恍然大悟，那時候的傷痛就已經叫人難以承受，好像重新被挖開的傷口。假若父親跟著走了，或者奶奶也撒手人寰，那種悲傷和痛苦肯定是可怕得難以想像。

「對不起。」我低語，伸手環抱他的脖子將他拉近，感覺他溫暖的呼吸溫熱地吹拂在鎖骨上，我小心翼翼地為他解開蓬亂打結的頭髮，耐心等待他是否想要說話，心裡明白這種時候最好不要催促，避免給他壓力。只要他知道我能體會他的傷痛，或許這樣就夠了。

他的手溜進我的襯衫下擺，炙熱的掌心貼著下背，另一隻手纏住我的頭髮，與我緊緊依偎著，彷彿我才是堅強勇敢的那一人。

或許我的確比較剛強。

「我要他死，」他的聲音含糊不清。「還為此做過計畫。」

以前他的確有過這樣的想法，那似乎像是一百年前的陳年往事。我們站在厝勒斯的馬廄裡面，我用石樹的藍圖當威脅，要他老實告訴我真正的計畫，而今回顧起來，當時的他是如此年輕稚嫩，深信自己在情感上能夠堅忍不拔，只因為從來沒有面臨考驗，至少不是真正的磨練。現在，他已經不復原來的天真，這陣子所面臨的傷痛、恐懼、失親與罪惡感，把當初那些天真想法消磨殆盡，他不再是年少男孩，而是男人，而且不管喜歡與否，他現在更是背負著國王的身分。

說到這一點，不管我喜不喜歡，我也成了皇后之尊。

「這不是你計畫的，」我說，「是安哥雷米的陰謀，我們必須讓他為自己的所作所為付出代價，」我微微往後仰，和崔斯坦四目相對。「現在厝勒斯在羅南的掌控底下，公爵必定認為我們會落荒而逃，他肯定會窮追不捨，但他想得太美好了。」

我可以感覺到崔斯坦的怒火驅散了悲傷，他把我舉起來放回小床上。「我去叫其他人過來。」

奶奶放了一杯熱騰騰的茶水，我端了起來啜了一口，不久後，崔斯坦帶著雙胞胎走進來，傑若米和父親跟在後面。

「終於活過來了？」父親問道，看我點點頭，他補了一句。「很好，我可不希望還沒找機會打妳屁股、罵妳這個笨孩子之前，妳就給我死掉。」

「路易，這個機會應該讓給我，」維多莉亞插嘴說道，雙手抱在胸前。「由我來修理她會比較痛。」

「我——」

「閉——嘴，希賽兒。」維多莉亞打岔，「我沒興趣聽妳那些藉口，妳竟然利用我們對妳的信任溜之大吉，甚至連留張字條交代去處都沒有，害我們以為妳被隆冬之后抓走了，或是落在安哥雷米手裡；等我們發現馬蹄的蹤跡，一路追到迷宮，正好看到它崩塌，妳知道那種感覺嗎？我們一直看著天空，等著馬克宣布崔斯坦已經死掉、或者瀕臨死亡的信號，因為妳如果被壓死，他肯定也活不了。」

我舔了舔乾燥的嘴唇，瞥了崔斯坦一眼，他用眼神告訴我這件事情必須自行解決。

「我知道，對不起。」

「對不起？」維多莉亞兩道眉毛拱得很高。「妳以為只要說聲對不起就可以彌補一切過錯、彌補妳丟下我們看著奶奶不停地痛哭、為妳的安危擔心害怕的痛苦？休想這麼簡單，希賽兒，妳必須有所表現才能得到我們的原諒。」

「我了解。」我知道最好不要問要怎麼做，也知道別為自己的行為找尋正當理由，因為搜尋情報所冒的風險已經值回票價，但這不表示我就可以不必承擔後果、免於受罰。

克里斯在這時候衝了進來，因為跑得太急，彎著腰猛喘氣。「一聽到希賽兒在這裡，我就趕緊跑回來，」他的目光落在崔斯坦身上，立刻咧著嘴巴笑嘻嘻地說。「哦，這位不就是號稱島上最帥氣的王子，真高興看到你終於加入我們的行列。」

「這是必然的，」崔斯坦答道。「想必你也看見了，打從我那個訓練不足的男僕為了更遠大的目標棄我而去之後，我的衣著就嚴重缺乏照顧。」

克里斯的臉漲成紫紅色，隨即捧腹大笑，伸手搭住崔斯坦的肩膀，一副哥倆好的模樣。「殿下，你真幸運啊，有這張帥臉就算披著破布看起來都很不錯。」

「你要尊稱我國王陛下，即便羅南可能有異議。」崔斯坦的語氣相當輕鬆，但是克里斯知道現在不是道賀的好時機。

「你的大頭症真該治一治，」克里斯抓起皮囊仰頭灌了一口，遞給崔斯坦。「單是現在，你的自大已經讓你找不到合適的帽子戴了。」

然後他們一齊滿懷期待地轉向我。

「你們有什麼計畫？」我問。「大家何時要離開？」

「等妳告訴大家要去的地點，我們就出發。」崔斯坦回答。

不安的感覺浮上心頭。「馬丁沒有告訴你……」我沒說下去。

「馬丁不在這裡。」崔斯坦轉向文森和維多莉亞，兩人一起搖頭。

「我們得知你出事的時候，他正好跟我在一起，」我把杯子放在桌上。「他應該要來這裡告訴你安哥雷米的藏身地——就在你家族的墓園裡，」我看著崔斯坦補了一句。「我把要如何找到雙胞胎的方向和信號的使用方法都告訴了他。」

「我不認識這個馬丁，」克里斯說道，「但他從來不曾踏出厝勒斯的領域，很可能在樹林裡迷了路。」

「或者他跑去找不該找的人，密報我們的位置，」文森搔了搔手臂。「我們可能要轉移陣地。」

他們開始爭論馬丁人在何處和他究竟做了什麼事情，我幾乎充耳不聞，只聽見怪異的嗡嗡聲。

崔斯坦輕觸我的手臂。「希賽兒？」

嘴巴好乾。「他喜歡艾莉。」

崔斯坦咬著牙，聲音嘶啞，其他人陷入沉默。

「我答應要幫他為艾莉報仇，」我說。「還承諾他，會讓安哥雷米為艾莉的死償命。」

「可能他發現我失去魔法後，認為若要報仇，只能靠自己去想辦法。」崔斯坦罵了一串的髒話。「我們要趕快出發，現在就走，希賽兒，妳確定公爵就藏在那裡嗎？」

我概略解釋自己和馬丁如何根據萊莎的話得出目前的結論。

維多莉亞揉著下巴，專注打量克里斯攤在桌上的地圖。「有道理，墳墓區位在深山裡，地勢險要，易守難攻。」

「按照我的記憶，要抵達那裡並不容易。」崔斯坦戴著手套的手指壓住地圖。「想要靠近那個地方，若沒有魔法，就要有卓越的攀爬技巧，不是一般人類隨隨便便就走得到。克里斯，你能帶路嗎？」

克里斯點點頭。「我會準備必要的補給品。有誰要去？」

「我們三個和你。」崔斯坦迅速回答，接著咬住下唇。

我正想開口發表對於自己被排除在外的看法，他及時補了一句。「還有希賽兒。」

奶奶出聲反對，父親跟著表達立場。「她已經累得只剩半條命，連走路都有困難，你想害死她嗎，孩子？」

「這次若失敗，大家都會沒命。」崔斯坦說道，冷靜的語氣裡絲毫沒有洩露出因為父親的指控而產生的罪惡感。「殺死公爵是之後的事，我們必須先活捉，利用他把羅南引出厝勒斯，到我可以跟他對決的地方，這樣才不用擔心引起其他無辜民眾的死傷，這次成功的關鍵或許要倚賴希賽兒的能量。」

「那我也一起去，」奶奶說道，「我也可以派上用場。」

崔斯坦心不在焉地點點頭，腦海中隱然有計畫成形，我看得到也感覺得到。知道他胸有成竹讓我安心很多，畢竟我早就應該料到馬丁不可能沉得住氣、肯定會貿然行動——急於報仇的他應該會想要親自去追殺公爵，但我一心放在崔斯坦身上，過度擔憂他的安危，除了自身的困境，根本無心關注周遭的一切。現在只能祈禱在抵達墳墓區前就先遇到馬丁，或是他改變了主意，回頭來找我們，雖然這麼做讓我於心不忍，我也祈求假如他真的追上公爵，千萬不要達成他的目標，因為如果安哥雷米死掉，羅南就得到自由，更可以隨心所欲、為所欲為。

那時，全世界必然跟著遭殃。

39 崔斯坦

「你們這些巨魔在山上搞什麼鬼？」克里斯嘟噥著，不住地搓揉雙手取暖。

「我們喜歡宏偉壯觀的東西。」我的手肘靠著突出的岩石。黎明將近，晨曦乍起，陽光現身在地平線上，照亮兩位雄踞在寶座上、一王一后的巨大石像的臉龐。雖然岩石歷經歲月和時光的摧殘，國王眉尖上的皇冠看起來依舊熟悉得很，我曾經無數次看它戴在父親的頭頂上。

克里斯咬牙吹了一聲口哨。「這是你的親人？」

我點點頭。「這是第一代，他是仲夏國王的兄弟，擁有長生不老的壽命，直到鐵器將他們困在這個世界上，即便如此，他們離開人世之前，依舊統治了好幾百年。」

「通往墳墓的隘口要從他們中間穿過去？」

「對，」我說。「再給陽光一點時間就會看見了。」

晨曦的金色光芒順著雕像慢慢往下移動，漸次照在皇后奢華的珠寶裝飾品上，國王織錦的外套，以及斜躺在膝蓋上的權杖。她的腿上則有一把劍，接著陽光又照亮了別的東西。

「那是什麼？」克里斯傾身向前，好奇詢問。

一個布包懸掛在兩座雕像中間的隘口上方，鬆脫的一端隨風飄蕩，劈啪作響，不論裡面裹了什麼東西，尺寸都不小，我身上開始冒出雞皮疙瘩。

「某種東西，」我低聲回答。「這是故意要讓我們看到，大家靠緊一點，不要分散。」

一行人逐漸接近寬闊的空地，我以魔法做屏障，一方面遮蔽行蹤、一方面防範任何形式的攻擊。太陽需要再升高一點，才能照亮黑暗的地面，路上只有一組腳印，但是克里斯依然堅持要用拐杖撥弄前方的地面。「我可不想被人愚弄。」他咕噥地說。

我沒有反對。即使天氣嚴寒，汗水依然順著他的眉毛而下，節奏急促、紊亂的心跳聲讓人很難忽視，如果多做一點事情能夠緩和他緊繃的神經，那樣最好。

那包東西在強風底下搖晃擺動，不明液體從浸溼的布料往下滴落。太陽爬升到背後的山巔，晨曦揮灑在小徑上面，我的目光隨著水滴的方向，發現那包東西底下有個紅色大圓圈，因著風向改變，金屬的血腥味鑽入鼻孔。

「天啊。」克里斯嚷嚷，我心裡開始掙扎，很想叫他掉頭返回營地，免得受到傷害，然而除了安哥雷米以外，萊莎跟羅南都活得好好的，世界上還有哪裡是安全的所在？克里斯明明知道眼前有危險，依舊答應同來，現在要他回去，他肯定不會感謝我的貼心。

「不管那人是誰，死亡的時間都不會太久，」克里斯說道，停在鮮血的圓圈之外，「碰到這麼冷的鬼天氣，屍體應該很快就會結凍的。」

我已經猜出那人的身份，同時瞥見那件包裹在微微地顫抖，知道他還有一口氣。「這個若不是警告、就是陷阱，或是兩者都有。」我提醒。「小心一點。」

我直接劃破吊住包裹的魔法，把溼透了的「身體」放在雪地裡，這才鬆開托住的力道，布料散開，被截斷的肢體跟著滾了出來。

克里斯腳步踉蹌、表情倉皇地退開，對著雪堆反胃乾嘔。我也很想吐，卻只能嚥下苦澀的膽汁，勉強走向垂死的巨魔。「馬丁？」

他沒有應聲，睜大的眼睛微微地抽搐，眼神渙散、視而不見，已然陷入昏迷。對他而言這樣反而是恩典，因為用在他身上的折磨無異是在測試法力薄弱的巨魔能夠忍耐到什麼程度，然而他已經沒救了，這麼嚴重的傷勢根本無法挽回。

我跪在他身邊，抽出刀子。如果一刀命中心臟，當下就可以結束他的痛苦，算是我對他的回報。當我舉起刀子，他的眼神突然清明過來。「不！」

我放下手臂。「馬丁，你不會想要再撐下去！」

從眼神看起來，他很清楚自己所遭受的折磨，但他依然頑強地說道。「還不能死，我要撐下去，在安哥雷米沒付出代價之前，我不會瞑目的。」他遲鈍地蠕動身體，在雪地上拱起背脊，脖子轉來扭去，徒勞無功地試著要移動軀體。「他必須為自己對艾莉所做的事付出代價。」

「會的，」我說。「我保證讓他為此償命。」誓言的力量攪動周遭的空氣，他安心地躺回去，直勾勾地盯著我看。「讓我幫助你。」我說。

「不必了，」馬丁低語，「我要親眼看見他死掉，否則死不瞑目。」

我輕輕吐口氣，知道自己無法拒絕這樣的要求，隨即轉向克里斯，他依然跪趴在那裡。「你帶他回去找希賽兒的奶奶，他應該不會很重，畢竟少了——」看到克里斯慘白的臉色，我立刻住嘴，接著他點點頭。

「幫我把傷口燒灼，」馬丁細語。「我不想在等待的過程因為失血而死。」

我應允了他，但這是有生以來第一次，魔法不聽使喚。我猶豫不決地再次嘗試提高溫度，但又一次失敗，讓我緊張地直嚥口水。

「希賽兒比你勇敢多了，」馬丁咬緊牙關。「她不會因此畏懼或退縮。」

「我知道，」火焰終於在掌心燃起，血肉燒焦的腥氣瀰漫在空氣裡，馬丁大叫一聲，隨即昏了過去。結束之後，我忍不住對著雪地狂吐。

「去吧。」我告訴克里斯，沒有回頭確認他是否遵從，逕自跟著馬丁滴下的鮮血痕跡走進峽谷裡。

⚜

兩邊的岩壁如高牆豎立，遠在巨魔跨進這個世界之前，這裡就因河水的沖刷變得陡峭無比。起初石頭上沒有任何雕刻或修飾，直至繞過第一個轉彎處，才開始出現巨型雕刻物。無數的王子和公主的頭像、公爵與公爵夫人聳立其中，他們的表情非常嚴肅，和我長得異常相似。許多臉孔我都十分熟悉，然而當我越走越近，細看才發現因天候和氣象的衝擊，已經磨去所有的細節，只能隱約看出臉孔而已。磨損與否其實無所謂，這些都是我的家人，沒有一位例外，安哥雷米沒有權利跨足此地。

峽谷蜿蜒地穿梭在兩山中間，前面突然變得開闊起來，第三座山峰就在圓形空地的最遠端，中央有一座湖，湖水已然結冰，環繞在湖畔周遭的雕像都是大崩塌以前的諸王和皇后，一度燃燒著巨魔之火的眼睛嵌入玻璃，感覺就像每一對眼睛都盯著我，默默地評斷和檢驗。這個地方充滿魔法，從地面到上空，無處不在，濃烈得讓人差點喘不過氣來。

獨獨沒有生命跡象。

或許他已經離開了，細微的聲音在腦海中呢喃，你遲了一步。

我不認為是這樣，墳墓區是島上最易守難攻的地方，安哥雷米可以好整以暇地躲在山裡拖延時間，直到萊莎和羅南抵達此地。只是他不知道我們的打算是趕在他們抵達之前就先離開，當我挺身和弟弟決戰的時候，地點必須由我來選。

按我的條件。

走到湖邊眺望著湖面，兩道瀑布分別從山巔的臉孔處沖刷而下，中間有一扇門，大約是我身高的兩倍，用巖石雕刻而成，門扉緊閉。

足跡和血跡一路環繞湖的右半邊，然後在潔白的雪堆那裡轉向左邊，我使出細微如絲的魔法，探索雕像周遭，查看是否有任何人藏身在巨大的石雕後面，同時利用敏銳的感官系統，偵測附近是否有巨魔的法力存在，然而空氣中充斥著太多鈍化的魔法，實在很難分辨出來。

或許他們就是要用障眼法來矇混。

即便舉起魔法盾牌護住全身，我並沒有因此鬆懈下來，依舊戰戰兢兢、如履薄冰。安哥雷米太狡猾，低估他的結果很可能讓自己枉送性命。

輕輕吁口氣，我慢慢踏上結冰的湖面，朝那扇門走去，大約到半途，突然有強勁的能量在湧動，目的非常明顯，我拔腿狂奔，可惜遲了一步。

湖面爆開，液體的火焰團團圍繞，腳下的世界忽然陷落。

護住身體的魔法把我拖往湖底深處，滾燙的湖水形成密集的氣泡，視線一片模糊，急速下墜的結果讓我距離湖面越來越遠。

奸詐的渾球。

我釋放出一部分的魔法屏障，寧願冒著被熱水燙熟的危險，也要藉著水的浮力升起，雖然重新浮出水面的瞬間，就是最脆弱的時候，隨時都可能面臨安哥雷米的突襲。

我預作防範，魔法像繩索一樣揮了出去，盲然地攻擊某一座雕像，但是繩尾撞上湖面，那裡有一片隱形盾牌把我的魔法力道反彈回來，後座力迫使我沉向湖底。我再一次出手，這回更加用力，然而沒有槓桿作用，反而讓護身的球體連翻帶滾，我被轉得天旋地轉、頓失方向感，最後碰地撞上湖底。我發揮全部的力道攻向盾牌，把它炸開，巨大的力道撼動大地。

魔法的繩索再次破水而出，竄向空中，搜尋可以著力的定點，卻被安哥雷米的法力彈開，使我的繩索無法觸及任何可以支撐的地方，我盲目地隨機攻擊，每一次的魔法互撞，都以強勁的震盪和爆炸收場。

聲音越來越響。

繩索在空中飛來飛去，我的注意力轉向腳底的石頭，將熱氣灌入地底，直到它變紅發燙。湖水變得滾燙，在強勁的爆炸當中瞬間蒸發成水蒸氣。藉由白茫茫的霧氣掩蔽，我從湖底疾射而出，穩穩地降落在瞬間乾涸的湖邊。

魔法的利刃呼嘯而過，一刀又一刀直接砍在盾牌上，魔力來自四面八方。我抽出佩劍，用魔法罩住，仔細側耳聆聽，用力一揮，一面抵擋、一面摧毀所有隱而未見的武器，銀色火星激射而出。

我轉向門口。

「出來，出來。」我好言相勸，將魔法一束一束地送進門縫裡，再擴增音量，直至震耳欲聾的程度。我用魔法手指模仿利爪抓門的聲響，可怕得讓人難以忍受。我微微一笑，一再重複這個動作，接著握起拳頭用力一捶，花崗石立刻龜裂，出現巨大的縫隙，我再次出拳，一大片石塊剝落下來，摔在地上砸個粉碎。

我實在不想再拖延時間，他知道我在玩把戲。

「不要逼我摧毀厝勒斯以外的歷史遺跡，」我舉步上前，距離入口不到兩三步。「你不如正大光明地走出來，別再躲躲藏藏、丟人現眼。」

「我不會上當的，王子殿下。」安哥雷米的聲音透過魔法隱隱傳遞出來，就算他害怕大難臨頭，語氣裡根本聽不出心底的恐懼。「我在這裡舒服得很，順便問一下，你有收到我的禮物嗎？你派那種軟腳蝦來送死，理由讓人費解——況且他還知道那麼多東西。」

不曉得馬丁在殘暴的刑求之下會跟他說什麼？但是玩遊戲總要有對手，不然很無趣。

「我已經好幾個月沒見過他，當然不會派他來辦事，他來這裡另有理由，就是找你算帳，你應該知道自己不受歡迎，安哥雷米。」

寂靜無聲。

「想知道我怎麼會找到這裡？讓我告訴你，」我不等答案就自動說下去。「是萊莎親口透露的，」我整理衣袖，撫平皺紋。「我這個姊姊是雙面人，兩邊討好、謊話連篇，公爵大人，你卻放心地把傀儡王子交給她照應。以你多疑的天性而言，這實在不像你的作風，但是話又說回來，或許你只把信任的特權留給那些幫你暖床的女人。」

四周只有風聲在呼嘯，汗珠滑下我的背脊。

他會不會對我們的計畫起了疑心？現在的周旋該不會就是陷阱？

這時他突然開口。「你對自己過於自信，以為你的口才可以打動每個人，崔斯坦。」

「人不可能完美，大家都有缺點，」我收起笑臉。「她顯然愚弄你好一段時間，不是嗎？讓你誤以為她是安蕾絲，我相信你為此氣得牙癢癢，但她肯定也說服你繼續假戲真做的優點，而她所揭露的詭計遠遠超乎你的想像。」

望著龜裂的花崗岩，我終於卸下之前築起的圍牆，沉心面對每次提起好友名字時的心痛和感傷。

「殺死安蕾絲的凶手是萊莎，不是我父親。他沒有下令殺了安蕾絲，但我相信萊莎另有一番說法，你還相信她嗎？」我停頓了一下，給他時間消化。「只有傻瓜才信她，那個女人奸詐又狡猾，比你、我都要不計代價，一心追求她想要的目標。」

「她在我家住了一輩子，你這個滿嘴廢話的笨蛋，」安哥雷米咆哮道。「難道我會猜不透她的想法？哪種胡蘿蔔能吸引她上鉤？要怎樣利用她當工具？這些我胸有成竹。」

安哥雷米唯有喪失掌控權的時候才會亂發脾氣。「誠如你說的，公爵閣下，你擁有她大半的人生，不只把她當傭人，更是你的娼妓，一旦她變成皇后，她還會再忍耐你嗎？好好想想吧。」

「她不是傻瓜，她知道唯有我可以掌控羅南。」

我凝聚法力，送進花崗岩的縫隙裡，讓他皮膚發熱、刺痛。「對了，要感謝我親愛的姊姊，我們才知道要來這裡找你。」

希賽兒他們應該進去裡面了，我感覺到她正四處移動，繃緊神經、滿懷期待，但她已經準備就緒了嗎？如果再拖延下去，安哥雷米會開始懷疑我另有圖謀，到時計畫很可能功虧一簣。

我嘆了一口氣，擦亮大衣上面最後一顆鈕釦。「夠了，公爵閣下，你知道羅南不可能及時趕來這裡救援，別再拖延時間了。」

呵呵的笑聲在山間迴盪。「是呀，他應該不會很快趕來這裡，但我相信以你的聰明才智，必定能夠理解一旦殺死我、讓那孩子無人管轄、胡作非為的後果，我想你不致莽撞行事，何況我也採取了防範措施——只要你破門而入，裡面所有的人、包括我自己，都會一起陪葬。」

包含希賽兒和我最好的朋友。

「除非你插翅飛出去，」他繼續說道。「不然當你回到海邊的時候，只會看到滿目瘡痍、橫屍遍野的空城。」

仔細思索他的話，不安的感覺沿著脊椎蔓延而上。「你跟羅南都不希望看到厝勒斯毀於一旦。」

「那是當然，」安哥雷米回應的語氣充滿嘲弄。「不過話說回來，羅南又不在那裡，」他哈哈大笑，從他拄著拐杖喀喀敲在石頭地面的聲音判斷，似乎正慢慢走回墓穴深處。「聽我建議吧，王子殿下，趕快離開。」

40 希賽兒

雙胞胎在礦坑練就的技巧剛好派上用場，藉由崔斯坦在外攻擊的掩飾，我們輕而易舉地鑽出一條隧道通往墓穴後方。

「他們把屍體埋在哪裡？」我好奇地問，伸手描畫著祭壇上佈滿灰塵的雕像，它們以大理石和玻璃雕刻而成，指尖帶走塵土後，底下都是閃閃發亮的黃金。身體湊近細看雕像的臉龐，從巨魔微微鼓起的嘴唇，到那鑲著鑽石的眼睛和眼角處細微的皺紋，皆栩栩如生，讓人嘆為觀止。

「那個就是屍體，」維多莉亞應聲說道，她看我嚇得退避三舍、將冒犯屍體的手指插回口袋後，才嘻皮笑臉地說下去。「他們死後的遺體用浸泡黃金液的方式保存下來。」

「至今還是這樣？」想到屍體被封存在黃金裡直到永恆，我只覺得毛骨悚然。

「或許這就是苔伯特晚年大吃大喝的原因，」文森說道。他剛離開去評估那塊封閉的房間，現在走了回來，「他可能希望用體重的噸位來確保最後安息之地的價值是其中最高的。」

維多莉亞哈哈大笑，我默不作聲。苔伯特生前或許不討人喜歡，但他依舊值得尊敬。

「不要對死人不敬。」我說，這時講話的聲音被一連串震耳欲聾的噪音淹沒。

文森隨即利用噪音的掩護，移動遮住入口的石頭，戰戰兢兢地溜出去查看，再跨進來對我們點點頭。

我被夾在文森和維多莉亞之間，一起跨進走廊，盡可能抓住機會打量周遭的環境。本以為是漆黑、密閉的空間，然而就像剛才離開的房間一樣金光閃閃——高聳的天花板上漆著巨魔、精靈等色彩鮮艷的圖案，地板滿佈灰塵，但是平滑程度不輸磨光的地磚；金色藤蔓嵌入欄杆，往走廊兩側蜿蜒。

即便崔斯坦挖空心思，探索似乎永無止境的知識典藏，能夠告訴我們的依舊有限。我們只知道墳墓就是一座大迷宮，上下好幾層，有很多房間和通道；巧妙運用小縫隙和鏡子的擺設，就能讓天然光線照進去。金色欄杆上擺了很多鏡子，明明這裡跟厝勒斯一樣四周都是石頭，走廊卻有亮晃晃的陽光。

即便墳墓灰塵滿佈、殘舊不堪，卻依然美麗如昔。想到這些美麗的建物竟然浪費在已死的人身上，令人忍不住惋惜。

「走這邊。」文森咕噥著，盯著手裡的羅盤。公爵剛剛在入口處跟崔斯坦大戰，我們必須立刻趕去那個地方。我們用魔法來掩蔽走路的聲響，盡可能加快速度，連走帶跑，經過一個個立在墳墓前方的巨大石板。那上面刻著古老的姓氏、註明是哪位貴族埋在裡頭。

「出來，出來。」轟隆的聲音從走廊那邊傳過來，隨後是可怕的刮擦聲。

我立刻驚慌起來，轉身就跑，跟維多莉亞撞在一起。

「是崔斯坦，」維多利亞皺眉說道，「他應該是故意要遮掩我們的聲音，只不過在激怒公爵的同時，可能連我們三個也會被震到耳聾。」

我們放慢速度往前爬行，側耳聆聽崔斯坦的談話。崔斯坦使出全力向安哥雷米挑釁，牽引他的注意力。

至於公爵有什麼反應，則完全聽不清楚。最後才聽到他說：「除非你插翅飛出去，不然當你回到海邊的時候，只會看到滿目瘡痍、橫屍遍野的空城。」

文森舉起手來，我掏出咒語專用、裝了鮮血的小瓶子遞過去。我傾身向前，躲在文森背後往下看，我們位於蜿蜒的樓梯頂端，三個轉彎底下就是拱形的門廳，有十幾顆巨魔的火球當照明，安哥雷米站在雙扇門前方，一邊的門半掩。他獨自站在那裡，腳下有一攤血，看起來不太對勁，身旁一個追隨者都沒有，他們去哪裡了？

「你跟羅南都不希望看到厝勒斯毀於一旦。」崔斯坦說道。

「那是當然，」安哥雷米回應，「不過話說回來，羅南可不在厝勒斯裡面。」他哈哈大笑，拐杖喀喀地碰觸地板。我敢發誓，我依稀聽見同樣的聲音從別處傳來。「聽我的建議，王子殿下，趕快跑吧。」

我仍在東張西望、尋找另一個敲擊聲的源頭，這時文森已經迅速走下樓梯，尋求更好的角度以便丟出瓶子。才走出三步，腳下的台階就炸開了。

維多莉亞猛力將我往後拉，魔法籠罩下來，擋住如雨而下的尖銳石頭，但她驚恐的尖叫聲依舊刺入我的耳朵。「文森！文森！」

我們同時匍匐爬向震碎的樓梯邊緣，低頭往下看，灰塵漫天，文森躺在瓦礫堆上面。安哥雷米不見蹤影。

41 希賽兒

「不，文森！求求你，不要。」維多莉亞滿臉塵土、涕淚縱橫地跑過去想要跳到凸出的岩架上。

我使出全力拉住她的手臂，氣喘如牛地說：「小心！可能還有陷阱，如果我們自投羅網跟著掉入陷阱，那也救不了他！」

短短一瞬間，還以為她會把我推開、不顧一切地縱身而下，但她舉起戴著手套的手抹了一下臉龐、點頭同意，然後投出魔法捲住一根石柱，舉手一揮，一道閃閃發光的梯子鋪在半空中，懸在她弟弟上方。她以出奇敏捷的速度順著梯子而下，明明心急如焚，仍然努力穩住心神。她在碎石堆上猶豫了一會兒，先用魔法試探是否還有任何隱匿的陷阱，才敢踩在地上。

我立刻跟了過去，勉強在裂得東倒西歪的樓梯上找到平衡，一看她臉上的表情，心臟猛然往下沉。文森眼神渙散，後腦杓下方的石頭上有一大灘血跡，一部分的我拒絕相信他會發生不幸，雙胞胎向來天不怕地不怕，是堅不可摧、所向無敵的。文森知道他在做什麼，他有豎起盾牌防範、全神戒備，可是……

驚慌失措地抽氣聲傳入耳朵，過了一會兒才領悟那個聲音出於自己。鎮定，控制情緒。我無聲地尖叫著，雙手緊緊握成拳頭，指甲掐進肉裡。

「希賽兒？」維多莉亞哀求的語氣像錐子一樣刺入心底。我知道如果文森死了，他的姊姊也撐不了多久，他們姊弟宛如唇齒相依，不是魔法的束縛，而是出於自然的連結，那種連結深入他們的生命裡。

我用力吞嚥一下後說。「我試試看。」明知不立刻起身追蹤公爵只會造成更多難以想像的後果，也知道為了拯救一人的生命，有更多凡人的性命危在旦夕，但我不會改變心意。

我把瓶子塞進口袋，脫下手套，掌心貼著地板的鮮血，另一隻手摀住朋友的臉頰。我閉上眼，呼喚陌生的魔法，感覺它隱約盤旋地流入指尖，遲疑了一下便開始褪去，即便我一再呼喚，但希望渺茫，他已逐漸遠離。

「該死！」我一把揪住維多莉亞的手臂，掏出刀子，劃破她的衣袖，刀刃直接切進肉裡，溫熱的血液流入我的指尖，其中夾帶的法力與剛才碰觸到的相似得詭異。

不，不是相似，是一樣的。

維多莉亞神情萎靡地靠在我身上，勉強自制的我也跟著搖搖欲墜，忍不住開始啜泣。

「我去找崔斯坦，」我知道他就在門外。「他一定幫得上忙。」

「不，」維多莉亞把我拉回去。「這個地方都是安哥雷米佈下的機關，只要開門，大廳就會崩塌，妳趕緊去追他——絕對不要讓他跑掉。」

「希賽兒？」崔斯坦的聲音充斥在屋裡，我跌跌撞撞地站起來。

「他能聽見我的聲音嗎？」我問維多莉亞，她虛弱地點點頭，我靠近門邊，小心翼翼地避免碰觸門板，以防觸動魔法。

「崔斯坦，雙胞胎受傷了，安哥雷米逃走了。」我轉身打量剩下的兩座樓梯。有一座大型的樓梯往下，我們看到站在門廳的公爵其實是幻象，類似某種投影，但我的確聽見拐杖輕扣的回音，他應該就在附近，他往哪裡跑掉了？

「狀況有多糟？」崔斯坦詢問。

我回頭望著雙胞胎，文森動也不動，姊姊頹然倒在一邊。「他們奄奄一息快要不行了。」

他的震撼與傷痛重新勾起一波淚水，湧入我的眼眶。「退到一邊，希賽兒，我要破門進去。」

「不！」我大叫，聲音在洞穴般的大廳迴盪。「維多莉亞說這裡設了機關，隨時會垮掉。」

「那妳留在原地，」他大叫。「我走後門。」

我走回朋友身邊，掏出口袋裝血的小玻璃瓶，左右搖晃，看著液體緩緩地流動，轉身跪在他們旁邊，等待救援。

「去追安哥雷米，希賽兒，」維多莉亞抬頭說道，「如果還有時間把妳那充滿危險的計謀付諸實現的話，就是現在了。只要讓他逃出墓園，崔斯坦就很難再找到他的蹤影，公爵太狡猾，比我們預估的狡詐太多，大大出乎意料。」她的目光轉向我手中的玻璃瓶，「妳已經擁有可以阻止他的武器，動作要快，才有成功的機會。」

「好。」我握緊拳頭，玻璃碎裂，崔斯坦的魔法應我召喚而來。我空手貼住文森的臉頰，將魔法推入，但願它會知道該怎麼辦，但願還有足夠的能量，來得及救他。

魔法宛如花苞在眼前綻放，在我密切的注視底下，一開始似乎沒有任何變化，直到我眨了眨眼睛，才發現傷口稍微縮小了一點，開始有癒合的跡象，後腦杓那黏膩的裂口逐漸合攏，只剩下黏住頭髮的血跡顯示那裡曾受過重創。文森的呼吸逐漸平穩下來。我把手收回，在褲子上抹了抹。「等你有力氣時再跟上來。」

維多莉亞用力捏捏文森的手，站起身來。「我跟妳一起去。」

「這樣做剛好如安哥雷米的預期，」我說。「我們要反其道而行，妳留下來陪伴文森，我自有安排。」我往走道與門廳中間丟了一顆石頭，仔細聆聽在牆壁間彈跳的回音，接著移向左邊，再丟一顆出去，又一顆。靠著聽力，我辨認出安哥雷米離開的方向。

⚜

舉凡地位比較卑下的莫庭倪家族成員都埋在下層：包括王子、公主，各階級的貴族和貴族夫人。我經過時完全無視於他們的存在，逕自跟隨塵土的蹤跡前進，確信這一切都在公爵的計畫當中，他已然設下了陷阱。

相信我會自投羅網。

但他不會殺我，而是要活捉我作為人質，好躲過崔斯坦與雙胞胎的圍捕，這樣也好，我的計劃若要成功，就得靠近他才能動手。

我抓緊刀子，另一手摀住嘴巴，模糊虛假的哭聲，一面以小碎步向前，每繞過一個轉角就左顧右盼，然後再小心翼翼地前進。這一層的光線更加陰暗，除了前人巧妙運用自然光照到的角落以外，其他都是漫長的黑暗。隨著前進的腳步，我越來越深入山中，心臟跳得又快又紊亂，萬一我對他所在的方向判斷錯誤？萬一他又繞了回去，趁著雙胞胎虛弱得不堪一擊的時候動手了結他們的生命的話該怎麼辦？

正當繞過一塊擋住墓穴入口的石板時，魔法的力量突然纏住腰間，把我拖向堅硬的地面，我嚇得大叫一聲，覺得這次自己會狠摔，沒想到我卻穿過虛幻的影像，跌在兩座祭壇中間的地板。灼熱的繩索捆住手腳，整個人躺在地上動彈不得，猛力撞擊的力道榨出了我肺部所有的空氣。正當我大口喘氣的時候，無意中留意到的第一個線索就是沒有洗澡的體臭味，接著安哥雷米便出現在面前，眼神狂亂、披頭散髮。

「真是愚蠢愛哭的人類傻瓜！」他嘶聲說道，嘴巴臭得令人受不了。我轉頭啜泣。「你害死我的朋友！你殺了他們。」好些食物七零八落地堆在墓穴的角落，有的已經腐敗，垃圾臭氣沖天。他一直住在這裡面，躲避眾人的追蹤。單獨一個人。

「他們活該，」他抽走我拳頭中的刀子，丟進走道裡面。「那些深愛混血種的蠢蛋，簡直跟妳沒兩樣，等我割斷妳喉嚨的時候，妳的下場也會跟他們一樣。現在把東西給我，在哪裡？在哪裡？快交出來！」

他動作粗暴地搜我的身，粗魯地扯破衣服，使我渾身瘀青，幾乎沒有一處完好的肌膚。我假裝畏縮地哀哭。「什麼在哪裡？」

「鮮血！」噁心的唾沫濺上我的臉龐，「我知道妳帶在身上，骯髒的賤人。」

「摔破了，」我嗚咽地流著鼻涕，「濺了出來，看我的手。」

他猛然倒退三步，看我的眼神彷彿遇上天下最凶猛的毒蛇一樣，隨即抓起一個酒囊倒了一些酒在我手上，以洗去崔斯坦魔法的痕跡，直到這時候他繃緊的神經才放鬆下來，一屁股坐在後腳跟上，銀色眼眸盯著我看。「他在哪裡？」

「外面。」鼻涕從我的鼻孔冒出泡泡，他嫌惡地扭動嘴角，好像自己很乾淨似的。從氣味判斷，自從他離開厝勒斯以後就沒有洗過澡，眼前的德性讓人看了膽戰心驚。拋棄所有虛偽的禮貌，安哥雷米只剩下一種令人恐懼的狂傲。

「他不會放過你，」我低聲說道。「他會把你殺了。」

他抽搐了一下。「噢，我很懷疑，希賽兒，我若死了，會產生嚴重後果，現在他的寶貝女人落在我手裡，更不會採取行動。妳，妳，妳！」他跪在地上盯著我看。「奇妙的東西，因為妳，他多了一項弱點，變得愚蠢無比，他的死是妳造成的。」

我搖搖頭，別開目光。「不。」

「對，現在，起來！站起來！該走了。」安哥雷米粗暴地把我拖起來，另一隻手堅定地握住拐杖。我感到不解，他其實沒必要——他既不是體弱多病，那也不是武器；即便過去他在厝勒斯步履從容，但手裡總是抓著拐杖。我仔細觀察了一下，他穿著高領的衣服，戴著厚厚的皮手套，除了露出臉龐，全身包得很緊密。

「其他人在哪裡？」我徒勞無功地抵禦他的魔法。

「這裡只有我跟妳，沒有別人，」他開懷大笑。「我可不像崔斯坦，弱者都是靠不住的，我不會信任他們。」

他的弱點終於露餡。終此一生善於欺騙，又疑神疑鬼、對人無法信任的個性，終於讓他淪落到獨自一個人躲在死者的墓穴裡面。

「但除了萊莎以外，」我說。「是她告訴我你在這裡。」

他的臉孔再次抽搐。「謊話連篇。」他動作俐落地把我扛上肩頭。「我們現在要走了。」

我用力咬破臉頰內的肉，再咬破舌尖，直到嘴裡都是金屬的血腥味。

「妳很幸運，才沒有跟妳的傀儡一樣踩到我設下的陷阱，」他說。「我可是花了大輩子的時間才研究出最有效的傷人方法。」

我一言不發，繼續閉緊嘴巴，慢慢在口腔累積血量。

「這裡到處都是機關，妳的朋友馬丁已經以身涉險過了。」

他用愉悅的語氣說出這件事，讓我怒火中燒。他傷害別人——傷害我的朋友——不只是為了達成自身的目的，更是他的興趣。這個人病態扭曲，不能再縱容下去，必須阻止他。

沸騰的怒火在血管內湧流，我扭轉身體，狠狠地咬住他的頸脖，用力撕下一塊肉。蓄積在口腔的血液趁機流入他的傷口，只見他哀號一聲，用力把我甩飛出去。我連翻帶滾被拋飛，落地時還彈了一下，痛得大叫，但我依舊搶在他發動攻擊之前尖聲叫叫。「你敢殺我，就會流血至死，安哥雷米。」

他渾身一僵，伸手按住脖子上的傷口，鮮血從指縫中滲透出來。我的目標奇準無比，這是致命的一擊。

「你就跟潘妮洛普一樣，」顧不得劇痛的身體，我掙扎地跪了起來。「也有相同的困擾，即便是最細微的傷口都不容易癒合，何況那個傷口一點都不小；再來我把自己骯髒、充滿鐵的凡人血液輸進了你的體內。」我笑嘻嘻地說明，感覺紅色血滴流過下頦。「你、需、要、我。」

他嘶啞地咆哮，伸手抓了過來，我急忙一縮，整個人往後栽倒，手肘一撞，在某種炙熱的物體炸開之前，聽見他大叫的聲音。火焰瞬間充斥四周，魔法裹住我的肌膚，但只有短短一秒鐘，我就什麼都看不到了。

無法呼吸。

幾乎沒有空氣，我的胸膛上下起伏，想要大口吸氣，卻怎麼樣就是吸不到空氣。一雙大手把我拎了起來，但我完全不在乎。

我無法呼吸。

無法呼吸。

無法……

42 希賽兒

我睜開眼睛，眨掉睫毛上點點冰霜，霜雪化成冰冷的水滴，從臉頰滑落。頭頂上是一大片夜空，空曠而無止境，我皺眉思索，一個奇怪的影像深深困擾著我。「怎麼看不到星星？」

「我們看待其他世界的眼光不太相同。」

這個聲音把我嚇了一跳，我滾了一圈趴在地上，深深陷入鬆軟的雪堆裡面，寒氣吸走掌心的熱度，我仰起頭。「這是哪裡？」

崔斯坦的曾曾曾曾叔公仲夏國王站在眼前對我微微一笑，丰采依舊，獨獨少掉上次碰面時那種容光煥發、神采飛揚的感覺。「妳知道的。」

我的確猜到了。冷風刺骨，夾帶著一股前所未有的冰凍感。「隆冬。」

他點點頭，往外揮了揮手，放眼望去沒有任何照明和光源，周遭的一切卻微微地發亮，珍珠貝一般的光輝不似凡間。我們所在之地是一大片荒涼光禿的平原，尖峰環繞在四周，各個都像戴著雪白的冰冠，雪花不是冉冉飄下，而是往上飛起，在虛無的天空舞動跳躍。當我轉過頭去，胃立即揪在一起。

我整個人頭暈目眩，遠處的皇宮看起來跟隆冬之后在崔亞諾建造的冰宮一模一樣，唯有規模和大小不同。冰河穿梭在其中，緩緩前進，巨大的堡壘不時相互擠壓碰撞，這是周遭唯一的動靜，也是僅有的生命跡象。

「我為什麼在這裡？」我問道。

「因為我曾經給妳一個名字。」

我心驚膽戰地瑟縮了一下，擔心他會提出怎樣的要求。「為什麼選擇現在？」

「因為時機剛好。」

沒有答案。我用舌頭舔舔嘴唇，感覺光滑沒有龜裂，頭髮分成長辮子垂在兩邊肩膀，我伸手拉拉髮尾。

「現在的模樣是妳自己的想像。」我還沒提出疑問，他已經給了答案。

「這是夢境，」我微一思索。「還是我真的在這裡？」

「僅僅兩次心跳之間就可能發生很多事情，」他扣住手臂，把我拉起身來，掌心多了一個球體，遞過來給我。「仔細看。」

我接了過來，球體的觸感溫暖溼潤，上面的眼皮突然張開——是一隻眼睛！這把我嚇了好大一跳。它眨了眨，仲夏國王對我嫌惡的表情視而不見，逕自引導我靠近。「注意看。」

看著狹長的瞳孔，突然覺得身體騰空，離開地面，在天空翱翔、俯衝。下方是一處戰場，激戰的景況前所未見，一波金光和綠光撞向一道冰凍黝黑的高牆，現場一片混亂，牽涉的物種之多，難以用言語形容；不只人與獸，更有介於兩者中間的生物，在視力所及的範圍內對抗、激戰。從黎明到黃昏，潮來潮往、季節變換，當我在上空環繞俯瞰的時候，不難看到戰線開始移動，黎明這一邊似乎寡不敵眾，被攻得節節敗退。

「妳的世界帶走了我的人民，」他湊近我的耳朵說道。「不只被鐵綑綁，還有女巫把他們關入地底，整條血脈的後代迷失在人類世界裡。我要他們回來。」

我將手放下，在視力恢復之前，腳步有些搖晃，「這是不可能的任務，巨魔有了血肉之軀後，便無法穿越不同的空間，如果真有辦法改變，他們早就發現了。」

球體消失無蹤，取而代之的是一本看起來非常熟悉的書。安諾許卡的魔法書。

「這本書被我弄丟了，」我說，一邊看著書頁自行翻開。「已經沉落湖底。」

「還有需要嗎？」

其實用不上，東西在我手中的時間夠長，讓我足以將所有的咒語牢記在心底，也因此我確信書上沒有相關的咒語能夠幫助他完成心願。

「你必須另找高明，我的知識和力量不足以承擔這樣的任務。」我哀聲懇求，心裡非常明白，面對不可能實現的要求代表什麼意義，「我不過是個平凡的女巫。」

「那是妳自我設限，」他說。「有時候人要超越想像。」

我搖搖頭。「你要求太多了。」

「清償債務的時間到了，希賽兒．莫庭倪，」他喊名字的聲音就像清脆的鐘聲傳入耳朵。「我要全部的子民回歸阿爾卡笛亞，這是妳必須完成的任務。」

還來不及追問要怎麼達成如此艱巨的任務，整個身體就被捲入黑暗裡。

❦

「呼吸啊，妳這個該死、脆弱的人類！」

陽光刺痛視網膜，我猛然吸入一大口空氣，空氣順利灌進肺裡。我伸手撥開安哥雷米壓住我胸口的手，勉強翻身趴在地上、對著泥地大吐特吐，彷彿連內臟都要吐出來似的。撇開所有和仲夏王國相關的念頭，我用手肘撐起身體。積水浸溼了衣袖，溫暖的水氣氤氳上騰，變成鬼魅一般的薄霧，其中一部分遮蔽了環繞在泥濘湖底周遭的破碎雕像。公爵蹲在旁邊，鮮血從脖子的圓形傷口處汩汩而流。

「趕快幫我治療，」他恐嚇地說。「不然就算只剩最後一口氣，我也會命令羅南摧毀這個世界和妳所愛的一切。」

「你可以好言好語地拜託我。」我低聲說道。顧不得喉嚨的刺痛，在他回答之前，我一手拍向傷口，借用他的魔法，由我發號施令。那股力量異常可怕，遠遠超過我曾經運用的，僅次於安蕾絲和崔斯坦。一開始它非常掙扎、時有時無、不甚規則，但是慢慢地，傷口終究在我手掌底下癒合了。

他頹然倒地，特意慎重、緩慢地吸了好幾口空氣，才在泥濘裡摸索尋找掉落的拐杖。這種傷口對於像他這樣力量強大的巨魔而言本該不算什麼，竟然把他榨乾到幾乎筋疲力竭的程度，現在的他顯然是靠著意志力苦撐。他緩緩站起身來，隨即彎腰拉了我一把。「該離開了。」

「我不同意。」

安哥雷米猛然轉過身去，崔斯坦的拳頭不偏不倚正中他的臉龐，讓他直接倒在水窪，昏了過去。

崔斯坦垂下臂膀，急促喘氣，彷彿跑了百米。他緊緊閉著眼睛，等他睜開的時候，瞳孔閃爍著盈盈的光芒。我腳步蹣跚地走過去，撲向他的懷抱，兩人一言不發、沉默地站在那裡，薄霧在臉上化成細小的水滴。我們同心協力完成了終極的目標，順利逮到安哥雷米，一時無言以對……

「羅南若不在崔亞諾就在柯維爾，但我很難確定究竟在哪裡。」崔斯坦轉頭望向大海的方向，但相隔這麼遠，不可能真的看到什麼。兩座城市位於截然不同的方向，如果選擇錯誤，想要及時趕到另一處解救，機會十分渺茫。我心想。就算選擇正確，還要及時趕到現場支援，成功的希望已經微乎其微，根本不可能兼顧兩邊。

公爵緩緩甦醒過來開始騷動，我轉過頭去，先前的成就感不翼而飛。就算躺在泥濘裡面，被崔斯坦的魔法捆綁、無法使壞，但他手中依舊握有王牌。在他睜開銀色的眼眸、和我對看的時候，顯然心裡清楚得很。

「你知道嗎？」安哥雷米開口。「在我告訴羅南、唯有你死他才能夠順利當上國王時，他竟然在哭；聽到我說他必須殺死你父親，他也是一樣的反應，因此，我只好派他去追殺美妮妲。畢竟只要他一猶豫，就會喪失難得的機會，苔伯特肯定會狠下心把他殺了。」公爵臉上露出殘酷的笑容。「他知道我無法說謊，一直拒絕相信你會傷害他，只能說他還是一個不諳世事的小孩。」

這些話實在太惡毒了，崔斯坦的魔法灌入他的齒縫之間，讓他下顎鼓起，封上他的臭嘴，然後將他整個人塞進黑色箱子裡，一方面是保護，另一方面也算是隔離。接著崔斯坦扭身走到一尊破碎的雕像前面，連續做了幾次深呼吸，然後一拳揮向大岩石，硬生生劈裂一塊掉下了來，他詛咒著彎下腰去。

我靜靜旁觀，一言不發，深深地了解他的感受。他寧願承受肉體的疼痛，也不想要面對那種永無止境又無法逃避的情感折磨。

「這就是原因，希賽兒。」他突然對我大吼大叫。「所以我才不希望破除詛咒，因為從此以後我的人生就要注定在這個該死的島上奔波，努力阻止我的百姓傷害你們。羅南只是我第一個要了斷的對象，但不會是最後一位，未來或許還有更多像他這樣的小孩死在我手裡。我能支撐多久才不會陷入瘋狂？更可悲的是我會不會變成殺人機器，最後甚至樂此不疲？」

他雙手抱頭，怒吼哀號，聲音裡的挫折和心情上的煎熬讓我倒退一步。「告訴我答案，希賽兒，給我一個解決辦法，免得一大半的同胞都要死在我手上。」

我舔了舔乾燥、龜裂的嘴唇，祈求這不是夢，祈求自己可以找到解決之道，祈求這不是鏡花水月，而是真的能夠實現的希望。當我禱告完畢，看著崔斯坦近乎絕望的目光，開口說道：「他們應該歸屬的地方是阿爾卡笛亞，把他們送回去。」

43 崔斯坦

「要怎麼做？」我率直地問。希賽兒大膽狂妄的建議讓我暫時冷靜下來。「難道妳沒想過嗎？如果真有這樣的可能性，在我們被困居地底的幾千年中，早就應該有人研究出方法了。」

希賽兒聳聳肩膀。「你們耗費五百年的光陰，上天下海搜尋安諾許卡的蹤影，最後也是我找到的。」

「真正說起來，是她找上了妳，」我指出關鍵點。「請妳告訴我，是什麼原因激發妳如此特殊的念頭？」

希賽兒臉色發白，突如其來的憂慮讓我頭皮發麻。她還來不及說詳細之前，雙胞胎從墓園入口處的破門走了出來，兩人拉長了臉，文森的頭髮黏著血跡，維多莉亞的長褲也不遑多讓。

「你們沒事吧？」我關切地問。早先在山裡埋頭狂奔的時候，曾經感覺體內的魔法受到牽引，忍不住懷疑希賽兒做了什麼。

「我們還活著。」維多莉亞應道，「那是安哥雷米？」

我點點頭，朋友有所保留的態度遠比囚犯的現況讓我更感興趣，正要開口追問，她卻微微一搖頭暗示。稍後再說。

「我們的交談他聽不見吧？」希賽兒又開始咬起大拇指，隨即想起剛剛沾到的東西，噁心地做個鬼臉，吐了口水。

「嗯。」但他清醒時很難確定暗地裡會指揮我弟弟做些什麼，除非再把他打昏，否則沒有其他阻止的辦法。當然我真的很想再用拳頭好好餵飽他。

「仲夏國王向我催討債務。」

一時之間，所有跟羅南及公爵有關的念頭都飛到九霄雲外，我呆呆瞪著希賽兒。「妳說什麼？」

「我去了中介空間的阿爾卡笛亞，」她說，「國王告訴我隆冬之后一直緩緩地擴張領土和地界，他歸納原因，就是因為有很多仲夏的百姓被困在這個世界，無法離開。他稱這些是流失的後裔。」希賽兒說完聳了聳一邊肩膀。

在我聽來，這個推測非常合理，的確有許多法力強大的精靈跟我的先人一起困居在這裡，過了這麼多個世紀，流失的後裔成倍數增長，這一點也解答了隆冬之后的行動：為什麼她會認為我們深具威脅性，甚至不惜採取一切手段，執意要毀滅我的同類。顯然她非常了解叔公心底的盤算。

「他的要求就是子民回歸故土，而我必須完成他所交代的任務。」希賽兒又開始咬指甲。就我所知，在我父親用魔法強迫她順從的時候，希賽兒就養成了這種習慣。

「他有提到做法嗎？」我謹慎提問，不敢逼她。

「沒有，他還來不及說下去，我就回來了。」她說，手指被咬破的地方冒出新的血滴，我握住她的雙手，不讓她再咬下去。

「如果沒有成功的可能性，他就不會要求我去做，對嗎？」她睜大眼睛，藍色眼眸明亮晶瑩。我可以感覺到一股恐懼浮現在彼此心底，她沒有忘記被魔法強制時的那種感受，更在艾登身上親眼目睹了失敗時的悲慘下場。

如果叔公真是那麼不顧一切地要召回子民，犧牲一個凡人女孩的生命對他來說根本不算什麼。

「他不會輕易放棄討債的權利，必定是有成功的可能性才會找上妳。」聽了我這真假參半的說詞，希賽兒緊繃的肩膀明顯放鬆，她的反應立刻消除我心底對於善意謊言的罪惡感，只是忍不住詢問。「妳有想過要怎麼進行嗎？或者這要花費多久的時間？」

她搖搖頭，直視我的眼睛。「我不確定自己能否及時想出答案拯救羅南。」

即便希賽兒有如洩露天機，帶來這麼一個驚天動地的消息，我卻依然天真地希望可以拯救羅南，因為現況並沒有改變，無論剩下的時間多麼短暫，我和弟弟都必須決一死戰。就算他是舉世不容的怪物，仍然是個小男孩，因缺乏家庭保護而受害，如果他當年留在王宮裡面，或者我曾經更加頻繁地多去探望他，訓練他克制自己暴戾的傾向，如今的發展會不會有所不同？或許不會，但也可能改變些什麼。

我伸手抓抓頭髮，凝神思索。我們打算俘虜安哥雷米、利用他將羅南引到我們精選的地點，這個計畫的前提是假設羅南在厝勒斯城裡，因為我很篤定他們兩個都不希望毀滅厝勒斯；然而如果我們逼得太緊，將公爵逼到絕境，羅南又剛好在人類的城市裡，安哥雷米很可能出於洩憤而命令男孩把人類的城市夷為平地。

仔細想。

趕快想。

我想要找一個兩全其美的策略，一方面可以阻止羅南，同時又能將傷亡減到最低，但再怎麼絞盡腦汁，思緒卻一直打結──想著制伏他就好，如果能夠拘束羅南不要亂跑、壓制他的魔法一段時間，讓希賽兒想辦法送他返回阿爾卡笛亞……

你甚至不了解是不是真有這樣的方法。

究竟還要拿多少人的生命去冒險，才不會讓你良心不安？

我氣得大聲詛咒，實在很想撤除綑綁公爵的魔法，把他打得鼻青臉腫，才能排解心頭的怒火和緊繃的情緒。「如果羅南出手攻擊崔亞諾或柯維爾，馬克一定會發出求助的信號。」

「你認為安哥雷米只是虛張聲勢、嚇唬我們而已？」希賽兒提問。

我搖頭。「不，羅南一定就駐紮在某一個城市裡，只是安哥雷米暫時不會下令要他發動攻擊。」

希賽兒雙眉深鎖，隨即點頭以對。「他把王牌藏在袖子裡，保存實力；若我們傷害他，他就會命令羅南殺光人民。」

「極有可能，」我同意。「再者，一旦他放縱羅南在某個城市裡耀武揚威，只會把我逼出去和他對決，如此一來，他的魁儡國王也有生命危險，所以我認為他會繼續遵循原先的計畫。」

「建立軍隊，」希賽兒說道，「增加籌碼和王牌，靜待採取行動的時機來到，確保最後的勝利。」

「我們靜觀其變，讓他繼續折騰下去，」我的回應讓希賽兒驚訝得睜大眼睛。「這樣是幫我們爭取時間。」我的注意力轉向雙胞胎，兩人心不在焉，似乎都沒在聽我們的交談。文森眼神呆滯地凝視遠方，維多莉亞則專注地看著弟弟，她下頦僵硬，牙關咬緊，簡直像要把牙齒給咬斷。

「怎麼了？哪裡不對勁？」我質問。「維多莉亞？」

她的肩膀猛然一震。「沒——」謊言卡在喉嚨裡。

希賽兒繞過來，張開手臂。「文森？」

「不要碰他！」維多莉亞拍開希賽兒的手臂，她倒抽一口氣，吃驚的程度多過疼痛。

「他好多了。」希賽兒低語。「我用了崔斯坦的法力，傷口已經癒合。」

「文森？」我可以感覺到維多莉亞的魔法發燙，跟她焦慮的情緒攪和在一起，我把希賽兒推到背後。「文森，回答我。」

他沒有應聲，好像沒聽見一樣。我撥開維多莉亞擋在身前的手臂，站在如同親兄弟的好友面前。他一直在我背後守護著，支持我所有的計畫，即便在最低潮的時刻，還是努力帶給我歡笑。

「看著我。」我說，看他沒有反應，我強行轉動他的下巴，讓他直視我的眼睛。

眼神呆滯，毫無反應。

他已經不是文森。

44 希賽兒

這是我一生當中莫大的挫敗。

跟被綑成一團的敵人一起坐在雪撬裡，我恨不得再次撕裂那個被我倉促癒合的傷口，看著他慢慢出血，最終失血過多而死，讓他為自己所做的惡事做出補償。以命抵命，賠償我無法修補的失敗。

崔斯坦寂靜無聲地走到背後，站在雙胞胎面前。當文森跟隨姊姊引導的手勢前進，引爆了安哥雷米設在樓梯的陷阱時，傷害的不只是一個生命，而是毀了一對姊弟。少了弟弟的維多莉亞，如同失去生命的原動力，讓我忍不住納悶如果坐視他們死去，對他們來說會不會比較好。

「克里斯帶著馬丁返回營地。」崔斯坦出聲嚇了我一跳，打從離開墓穴以來這是他說的第一件事情。

「你說他的遺體嗎？」

他搖搖頭。「他們離開的時候，馬丁還活著，希賽兒，只是……」我從座位上轉身，剛好看到他吞嚥，彷彿有口難言，幾乎要吐出來。「安哥雷米支解了他的四肢。」

聽到這裡，我全身的血液彷彿被榨乾了一樣。馬丁……可憐的馬丁，他人生最大的樂趣無非是埋頭在書堆裡面，直到招來厄運的那一天。當時是我走進圖書館，請他幫忙尋找破除咒語的方案。

「不要自責，」崔斯坦說道，「不是妳的錯，他做了選擇，只能接受後果，就跟我們一樣。」

「肢體可以長回去嗎？」我低語。想到他的慘況，我的胃就扭曲在一起，但是巨魔的復原能力很強，或許……

「不行。」

就算復原能力再強，截肢和頭顱的重傷都無法挽回。

鐵的傷害亦然。

我心不在焉地啃著拇指，再次想起仲夏國王交付的任務。想當然耳，鐵是一個問題，黃金的影響就比較輕微，畢竟他們對黃金非常著迷。傳說每當有精靈凝神思索的時候，總是習慣性地從口袋裡掏出一枚金幣把玩，就是這樣，古老的精靈才會逗留在這個世界上太久，最後被鐵腐蝕，滲透到身體裡，因而被奪走長生不老的能力。

腐蝕。

我皺著眉頭，試著把這種感染當成可以治癒的疾病，仔細一想，又覺得不對勁，血的金屬腥味充斥在口中，原來拇指又被我咬破了。

「天哪。」我咕噥著，把唾沫吐進雪堆，乾脆一屁股坐在雙手上，好抑制這個壞習慣。

「營地就在前方，」崔斯坦說道，「維多莉亞，妳在這裡盯著雪橇，然後……」他眉頭一皺，看了我一眼，似乎在說我不在這裡的時候，千萬不要發生任何事。好像維多莉亞如果突然決定要報復，我可以攔住她一樣。

崔斯坦快步走向營地，魔法散開，足以看到營火旁邊有一個身影，從精幹結實的體型，我認出是克里斯。他正摸向旁邊的手槍，看到崔斯坦的光芒按著早先約定的信號閃爍明滅的時候，整個人鬆了一口氣。他們倆湊在一起，看見他們髮色一淺一深的背影，讓我猛然領悟，他們已經變成好朋友。

維多莉亞走了過來，雪地發出吱嘎的聲音，我渾身一緊。

「別緊張，冷靜下來，」她在雪撬旁邊的雪堆上坐下來。「我還沒有足夠的時間想到什麼新點子好好折磨他，目前他很安全。」

氣憤的叫嚷聲從營地那邊傳了過來，是馬丁和崔斯坦爭執的聲音。

「看起來隊伍很長，妳得排在後面。」我的下巴靠在膝蓋上，眼皮沉重下垂，知道接下來這幾天很難有休息的時間。

望向安哥雷米，崔斯坦的魔法黑盒子已經被腳鐐和手銬取代，隔絕了光線和聲音，他動了動身體，測試束縛的程度，讓我頭皮發麻，心神不寧。我花了很多時間跟他對抗，看他傷害我所關心的人、佔據我心思一大塊空間，但現在看著眼前這個矮小的巨魔無助地躺在我的腳邊，原本質料精緻的衣裳變得破爛不堪、汙穢骯髒，腳上的靴子快要掉落，一時之間很難把他和腦中的宿敵連在一起。然而他的力量在於精明且詭計多端的頭腦，當他轉過頭來，鼻孔微微噴氣的時候，我幾乎壓抑不住那種想要遠遠躲開的衝動。

他不是無助的可憐蟲，而是狡猾的蛇蠍，正等待最好的時機發動攻擊。

「我甚至想不起來參與這場戰爭的原因。」

維多莉亞的目光離開公爵、轉到弟弟身上，看他文風不動站在雪地上，我一言不發，伸過去握著她的手，用力捏了一下。

「一開始純粹是好玩，」她說，「不管是祕密集會、暗語傳遞，或是推翻暴君的計畫等等，都是為了沖淡厝勒斯枯燥無聊的生活，後來我更是愛上改變我們的世界，希望讓它變得更好，雖然知道這麼做很危險，但是……跟著崔斯坦的腳步前進，給人一種意氣風發、所向無敵的感受，即便在我們幫助妳突破厝勒斯的疆界、知道混血種瀕臨死亡的時候，都沒有仔細想過這場戰爭的代價可能會是什麼。」

我點點頭，很能理解她的心情。

「後來國王把我們姊弟分開，生活頓時悲慘起來。那時我依然相信別離只是暫時，崔斯坦終究會想出最佳方案，我們將是勝利的一方。」她吸吸鼻子，用袖子擦掉鼻涕。「然後他告訴我們安蕾絲走了——萊莎頂替她的身分——讓我突然領悟，不管我們跟崔斯坦做什麼，都無法讓她起死回生，死亡才是最終的結束，再也回不了頭。自那以後，無論我們多麼努力、無論有什麼新的進展，我們所關心的人依舊殞落，就算有奇蹟出現，讓我們最終打贏這場戰爭，我還是輸了。」

我想勸她不要放棄希望，或許還有辦法把文森救回來。現在放棄，就意味著安哥雷米得勝，對於那些倚賴、看重她的人而言，繼續奮戰的精神對他們具有莫大的鼓舞作用，但是這些話連自己聽起來都覺得很空泛、很酸楚——無異是虛假的保證、空虛的安慰——想也知道她根本不想聽。

「妳想怎麼做？」我問。

「我想自我了斷。」斗大的淚珠從臉頰滾落，她粗魯地伸手擦去。「妳應該讓我們死掉。」

「不，我做不到。」我爬出雪橇，拽住前面的繩索。「如妳所說，死亡是最終的結束，唯有活著才有希望。」我使勁地拉，拖曳著造成我們愁苦和困境的源頭走進營地。

剛走進溫暖的火光底下，奶奶已經準備了一杯熱茶，我感激涕零地接了過來，把雪撬的繩索交給崔斯坦。「馬丁在哪裡？」

「帳篷裡面，」崔斯坦按著一邊的太陽穴，「暫時別去打擾他，聽到安哥雷米還活著，他氣得發飆。」

「我們都很氣。」馬丁知識淵博是既定的事實，也是我現在所需要的能力。我示意奶奶跟上來，我們低頭走進帳篷裡。

「謝謝你。」我逕自坐在粗羊毛毯上。

「謝什麼？」馬丁閉著眼睛，下顎的肌肉上下移動，彷彿想把牙齒咬碎一般。我心存感謝，因為一看到他的傷勢，自己已經臉色發白——他的兩隻胳臂被齊肩斬斷，從遮住下半身的毛毯平貼地面的情況判斷，雙腿從膝蓋那裡就不見了。

「幫我殺了安哥雷米。」馬丁睜開眼睛，銀色眼眸怒火熊熊，周遭空氣的溫度急遽上升。崔斯坦靠近了幾步，預作防範，以防狀況脫離控制時，他可以及時出手。「妳違背諾言沒有殺他已經夠糟了，」他說。「現在還來嘲弄我？」

「這不是嘲弄，」我說。「你說自己曾經看過他像他女兒一樣血流不止，一開始，我以為你指的是安蕾絲，後來在墓穴裡驀然領悟你說的是潘妮洛普，顯然安哥雷米跟他大女兒有相同的困擾。」我迅速解釋事情的經過。

「妳咬了他？」馬丁搖搖頭，喝了一口奶奶舀給他的茶水。「妳知道我可以自己動手的。」他告訴奶奶，杯子脫離了她的手，漂浮在半空中。

「這讓我有事可做，」她抓住杯子把手拽了過來。「少了目標，人生有什麼意義可言？」

「的確，」他瞪著毛毯，那裡原本應該有他的雙腳。「我沒有看過安哥雷米罹病的證據，」他說。「但在好幾年以前，圖書館裡面本來有好幾冊研究那方面疾病的藏書，某天卻突然不翼而飛，同行之間傳出謠言，據說是某位貴族付錢雇人銷毀那些書籍和研究資料，後來潘妮洛普小姐生病以後，大大激起我的好奇心。我暗自調查一番，證實我的猜測沒錯，女孩的母親既然能夠生育兩胎，意味著她頂多是個帶原者，根據我研究另一方的狀況，確信公爵本身才是疾病的受害人。」

「我還以為你從來沒有懷疑過。」同時讓我領悟到自己竟然把主要的籌碼賭在一樁未經證實的推測上面。

「這個假設經過多方研究，」這回他欣然接受另一口茶水。「後來更由妳證明了這推論是正確的。」

「是的，」真希望自己杯子裡有更強勁的飲料。「現在我需要你提供其他的協助。」我大致解釋了一下自己曾經和仲夏國王碰面，他深信有某種方法可以讓巨魔回歸故土，重建家園。

「真有趣的想法。」馬丁低聲說道，背部靠著雜物袋，低頭陷入沉思。「館裡有一些非常古老的手稿，專門記錄失去長生不老能力的精靈數目和他們過往的經歷，很多都提及他們越來越難以穿越不同世界之間的縫隙，硬擠過去常常導致身體莫大的痛楚。有些精靈把這一點視為警訊，就此離開這個世界，從此不再回來；而另外有一些精靈則是情不自禁地留了下來。後來的變化來得很快，幾乎同時發生在每個人身上，只有極少數的精靈得以逃回阿爾卡笛亞，餘留的精靈則完全喪失開啟路徑的能力，彷彿跟家鄉的連結就此斬斷。」

「他們怎麼辦？」我問。

「當然很驚慌，」馬丁回應，「明知道是鐵把他們拘留在這裡，卻不曉得要如何排除，很多人嘗試餓肚子、不喝水；也有人試著放血，以為這樣可以排除感染的鐵，後來造成死傷。然而當他們領悟到自己開始老化，魔法也發生變化，不再擁有長壽不死的生命時，依舊不死心地繼續嘗試各種方法，畢竟這些古老精靈的壽命遠遠超過一般的標準——至少活了數百年——但是在世代交替之下，他們的壽命越來越短，再過一兩百年，或許我們的壽命就是幾十年而已。」馬丁輕聲嘆息。「曾經有人提出一項理論，因為我們不屬於這個世界，所以這個世界用它特殊的方法趕走了我們，我個人認為這是無稽之談。」

「鐵對你們是毒素，」奶奶深思地說，食指輕觸牙齒。「世代累積之後更加惡化，除了縮短壽命，還有其他困擾嗎？」

毒素。

「新生兒畸形、瘋癲，還有類似公爵症狀的血友病，」馬丁回答。「但是有某些病症或許是因為近親繁衍，特別是在貴族階層。」

奶奶皺皺鼻子。「邪惡的習俗，那些所謂的混血種，例如人類和巨魔？也有類似的苦惱嗎？」

馬丁搖搖頭。「根據記載，沒有任何混血種罹患類似的疾病，幾千年來，我們的族類混居在一起，唯獨混血種的平均壽命大致不變，即使受到鐵製武器的傷害，也很快痊癒，比起其他金屬，復原的速率大同小異，若不是因為魔法能量顯著地遞減，把人類血統注入我們的血緣裡面不失為是一個有效的方法，可以幫助我們快速適應這個世界。」

他說的每一句話我都聽進耳裡，但是*毒素*兩個字一直在腦海盤旋不去。

「奶奶，」我說。「人類中毒時，妳會怎麼治療？哪一種咒語有效？」

「不一定，要看狀況，」她說。「有些毒素進展很快，魔法可以治癒身體的傷害；另外一些是毒素殘留在體內，不斷累積，要用魔法把它剝離，這方面的應用有時是弊大於利，過程非常痛苦，常常要運用更多的魔法修補破損和傷害。」

「沒錯，就是後者，」我的思緒轉得飛快。「妳知道要用什麼咒語嗎？」

她點點頭。「最好用上半邊蓮，偏偏這東西在冬天找不到，只能採取替代方案，不管怎樣，最困難的階段在於事後，不過，」她瞄了馬丁一眼。「你曾經不厭其煩地告訴我，大地魔法對純種巨魔毫無效果。」

「是的。」然而馬丁剛剛還說大地用鐵來擺脫本來不屬於這個世界的物種，這句話觸動了我的靈感。「女巫的魔法對他們無效，就是因為他們來自另一個世界，」我說。「鐵卻不同，或許可以藉由咒語把鐵汲取到體外？」

「這個方法應該有人試過了吧？」奶奶詢問馬丁，後者搖頭以對。「不曾聽過，就算有試過，肯定是沒有效果。」

一股莫名的興奮湧入體內，驅走寒意和疲憊。「試試看，反正無害。」

奶奶咬牙吸氣。「但這過程痛苦無比，因為不管好壞，鐵已經是他們的一部分，溶入四肢百骸，甚至跟法力連在一起，必須撕開他們才能夠抽取出來。」

「再用他們自己的能量拼湊回去，」我接下去，這個念頭非常合乎邏輯。「我要試試看。」

「那妳需要實驗對象，」馬丁自告奮勇。「我很樂意擔任。」

我開始遲疑。他經歷過那麼多的煎熬和痛苦，一想到還要讓他再吃苦，我就於心不忍。

「你確定？」

他苦笑的表情更像鬼臉，卻很肯定地點點頭。「少了人生目標，活著就沒有意義了；為了讓我們的社會變成更美好的所在，我願意為她堅持下去——這一直都是艾莉奮戰的目標，是她來不及完成的心願。」

45 崔斯坦

「你費了那麼多力氣阻止他掌控島上的村民，現在卻又放手讓給他？」克里斯把木棍丟進火堆，挑起一串火星飄向空中。「真是白費力氣。」

「沒有白費，」微風將煙霧吹向眼睛，刺得我掉眼淚，我不住地皺眉。克里斯向來認為要公平競爭，如果他堅持每個人都要吃上一點煙霧，我也只好忍耐。「拯救柯維爾的機率本來就不高，因此現況並沒有改變，誓言對他們的拘束力只在他活著的時候，而他反正活不了多久。」

「除非你被他殺了，」克里斯說道。「那時啥都甭談，一切都玩完。」

「感謝你投給我信任票。」

「反正你自信得很，不差這一丁點，」他答道。「我自認有責任讓你不會過度驕傲。」

「了解。」我跟著拿起棍子撥動火堆，希望煙霧能夠換個方向，結果又來一團煙霧吹在臉上。

克里斯哈哈大笑，丟了一根木柴進去。「你確定他在柯維爾？」

「這是合理的推測。馬克和混血種在崔亞諾四周嚴密防守，羅南當然可以強行進攻，但他們心知肚明，馬克會發信號通知我，」我看著綁在雪橇上的安哥雷米。「他知道只要羅南被人類圍繞，我就不會動手攻擊。」

「我們可以把安哥雷米叉在火上烤，看他能夠撐多久才召喚寵物王子來救駕。」

「好誘人的主意，」我嘟噥。「但他離開之後，柯維爾的村民能毫髮無傷的機率有多少？應該還有更好的方法可以把羅南引出來。」

「我還以為你是詭計多端的萬事通呢。」

我哼了一聲。「安哥雷米也不遑多讓。」

雪地傳來吱嘎的腳步聲，希賽兒走近營火，瞄了一眼泥濘的地面，直接坐在我的膝蓋上，接過我手中的木棍，輕輕撥了撥燃燒的木頭。濃煙轉了方向，這回換克里斯皺著眉頭。我笑著把希賽兒摟緊。

「我們想出來了，應該有眉目。」她說，我立刻坐直身體，差點把她推倒。「真的嗎？」

她點點頭。「馬丁自告奮勇要擔任實驗對象，我也認為他是最好的人選，因為……原因很明顯，不過我也知道支持我們的巨魔不多，你很可能不願意少掉他這個幫手。」

希賽兒猜對了，我下巴抵在她肩膀上，盯著營火思索。撇開感情因素，失去文森已經是很重的打擊，況且維多莉亞還因此變得情緒不穩，我又不敢調動馬克離開崔亞諾，換言之目前可用的人手就是一群拿鋤頭當武器的農夫和肢體破碎不全的馬丁，他的魔法能量一般，不算太強，如果希賽兒的方法成功了，馬丁的魔法幾乎肯定有變化：我會少一件武器，卻多了一個擁有新法力、用法卻很生疏的精靈。值得冒險嗎？

「或許到崔亞諾找一個混血種實驗看看會比較好。」我說，希賽兒表情不變，但我看到一絲不滿。

「我們討論過，」她推開我的手臂站起身來。「如果在人類身上實驗，幾乎就像拿刀刺心臟一樣，必死無疑，用在混血種身上應該也是同樣的狀況，就算不是全部，也是大部分的混血種，」她雙手抱胸，迅速說明咒語應用的前提。「幾乎是置之死地而後生。」

「事實是妳可能殺了他，」我說。「害我們白白損失一名幫手，沒有任何收穫。」

「那你原本想在山頂上殺了他又有什麼收穫可言？」

克里斯吹了一聲口哨。「我先離開，你們慢慢聊。」他起身，迅速離開溫暖的營火旁邊，我一直等他消失蹤影之後才開口。「那是因為憐憫，希賽兒，當時妳不在場，沒有親眼目睹他躺在地上血流不止，四肢被丟在旁邊好像砍斷的木頭一樣。」

她尖銳地倒抽一口氣，眨了眨眼。「他要的不是同情，崔斯坦，而是勝利。他救不了艾莉、無法阻止安哥雷米，現在怎麼辦？難道我們要把他綑在馬背上、讓他到戰場參戰？該死，真那麼做會有任何差別嗎？但這個實驗可能成就非凡，也可能是我們尋求的解答。」

「什麼解答？」我質問。「難道這能夠解決我們骨肉相殘的道德難題？」

「不，」她嚷嚷。「是彌補我們的過錯！」

我渾身一僵，不敢相信自己耳朵所聽到的。

「我錯了，」她說。「你是對的，我不應該破除咒語，然而你又傻得被我說服改變立場，即便我們得到勝利，以鐵腕的手段統治這個島嶼又能怎樣？永遠都有更多像安哥雷米這般野心勃勃的人興起，也可能還有更多的羅南，屆時如果我們也不在了，人類要怎麼辦？他們許多人可能因我們所做的選擇喪失生命。這次或許就是撥亂反正的機會，拯救你，以及我的同胞。」

希賽兒伸手摸臉，留下一線血跡和汙濁的灰塵。「你的同胞不屬於這裡，現在以神為證，我要把巨魔統統送回去，無一例外，如果你也這樣，就跟他們一起回去。」說完，她腳跟一轉，掉頭走進漆黑的森林。

我目送她離去的背影，感覺腳被釘在地上無法移動。我對她的反應有諸多的預期，唯獨這一項不是其中之一。與希賽兒認識以來，她向來樂觀以對、滿懷希望，現在親耳聽見她要放棄我們的夢想，還說我們的奮戰毫無指望……

你的同胞不屬於這裡。

如果她是對的，如果咒語生效，那麼她給了我一個超乎所求的解決方案，不只可以同時解救雙方的同胞，不再有人流血、死亡，同時對我而言，更是一個讓巨魔興盛繁衍的機會。他們可以再一次長生不死，不再被鐵器捆綁、感染惡疾，或是憂懼該死的金屬會危害他們的後代。

你的同胞。

這樣的自由遠遠超過跨出厝勒斯的疆域而已，巨魔可以再次在仲夏王國無邊無際的土地上奔跑嬉戲，擁有永無止境的歲月，還可以自由自在地探索數不清的異族世界，這是我能夠帶給他們最偉大的禮物——回家。

你們。你們不屬於這裡。

寒氣刺透衣物，滲入骨頭，刮過樹林的狂風不住地呼號。我抬起麻木的雙腳，慢慢跟著希賽兒的足跡往樹林走。她坐在冷杉底下突出的樹根處，臉龐埋在膝蓋中間，肩膀不住地發抖。「如果馬丁真的願意為此一試，那就做吧。」我用力嚥下口水緩和緊繃的喉嚨，開口說道。「假如真的成功了，我會竭盡全力、負責命令所有純種巨魔一起回去屬於我們的國度。」

「每一個都回去？」她柔聲問道。

「有這樣的機會，大多數都會為此鼓掌叫好。」

想到她剛才尖銳的措辭、內疚和責備，還有我的所作所為、來不及完成的事項，和手中沾染的鮮血，那些被我們所傷害的所有人……我知道她會原諒我的失敗，因為她就是這麼寬容大度，然而她肯原諒自己嗎？如果我留在這裡，是不是等於在在提醒她曾經為了我，背棄自己的同胞？我若離開，對她會不會比較好？至少幫助她遺忘這些不愉快。

「這些全是推測，」我說。「誰也不知道妳的咒語是否有效。」

周遭陷入凝重可怕的寂靜。我太懦弱，不敢鼓起勇氣詢問她現在是不是只希望我和我的同胞一起滾蛋，我怕她的沉默不語是為我保留顏面，不願意講得那麼直白。

「今晚咒語需要的東西妳都預備好了嗎？」為了打破寂靜的氣氛，我故意提問。「不管怎樣，我必須在黎明第一道晨曦時離去。」

「奶奶在收集需要的物品，」她站起身，用袖子擦掉臉上的痕跡。「應該都弄好了。」

希賽兒舉步走向營地，我知道不能再忍住不開口。

「那你呢？」

「希賽兒——」

她停住腳步。

「若有選擇的機會，我願選擇和妳攜手共度一輩子。」我深吸一口氣。「如果妳還要我的話。」

她沒有回頭，繼續背對著我一言不發，然而這就是我們之間聯結的價值——心意相通、根本不需言說。

她慢慢地往後伸出手臂，攤開手掌。我緊緊握住。

46 希賽兒

「你聞到了嗎？」接近營地時我問道。

崔斯坦專心嗅了嗅。「聞起來像草原。」

「夏天的氣息。」我加快腳步，然後又突然停住。

剛剛離開營地時還有滿地的積雪和泥濘，現在卻變成一片綠油油的草地。青草高度及膝，如同鋪了地毯，灌木叢綠葉茂密，放眼望去，空地上滿是五彩繽紛的野花點綴。

我們走向奶奶和克里斯，他們身旁就是一簇淺紫色的野花。

「就知道喜歡漂亮的東西，克里斯多福，」崔斯坦說道。「你打算摘一些放在我的枕頭上？」

「我想放在你枕頭的東西絕對不會這麼香。」

奶奶對他們的鬥嘴充耳不聞，逕自抓著我的手。「你們兩個倉促離開、爭執不休的時候，整片空地瞬間開滿鮮花，」她對著野花挺了挺下巴。「半邊蓮。」

「應該是巧合。」我順手摘了一朵。「走吧。」

✾

「你真確定要這麼做？」我問馬丁，為他拉了拉毛毯。「這不會是愉快的體驗。」

「不可能比他做的更糟。」我們將馬丁抬出帳篷，放在草地上，他的目光緊緊盯在公爵身上。

「站遠一點，」我對崔斯坦跟克里斯說道。「我們不希望你們被牽連進來。」

而維多莉亞站得更遠一些，文森坐在她腳邊的草地上，低頭摘著青草，直到她也點頭之後，我才轉向馬丁和奶奶。

奶奶低聲叮嚀要用哪些材料，看著我親手預備。我們費了一番工夫才找到解決方法，但等到終於要實行這一刻，我卻忽然希望時間還能再拖延一點。如果失敗，不只是我被迫回到起點，天曉得那時馬丁會變成怎樣？

我把那鍋液體從他額頭慢慢往下倒，淋過身體，最後來到殘存的腿。靈藥連成一條閃閃發亮的曲線，跟著他每一次緊張地換氣而上下顫抖。我再次舉起鑄鐵鍋，指尖輕觸他額頭兩端的液體，喃喃地背誦咒語。兩側的靈藥分別裂開，宛如有兩道瀑布傾瀉而下，一開始似乎沒有發生任何異狀，然而一眨眼，地心引力的強度倍增，瞬間把我往下拉。

馬丁開始尖叫。

靈藥突然變成粉紅，再轉成大紅色，咒語劃開他的皮膚、眼睛、內臟、拉扯撕裂，奪回屬於大地的東西。

淚水潸然而下，我想喊停，不忍心再繼續下去，但是太遲了，靈藥變得越來越濃稠，如同金屬融化的漿液，慢慢擴散到地面。

一切到此結束。

瀑布不再湧流，我轉移焦點，開始抓住馬丁的魔法，要它聽我指令，以發揮療癒的作用，讓血腥可怕的場景褪去，但他胸膛依舊靜止不動。

「快點，馬丁，」我尖聲叫嚷，用力捶他胸口。「呼吸！」拳頭捶了一遍又一遍，第四次出拳搥打的時候，接觸到的不是血肉之軀，而是跟著他的衣服一起陷進土裡。

「天哪！」我嚇得抽手，用力過猛，整個人屁股著地，看著他如薄霧般氤氳的身影輕飄飄地升起、盤旋繚繞，最終拼湊形成我所敬愛的那位圖書管理員。

他對著我眨了眨眼睛。

「馬丁？」我靠過去。「聽得到我的聲音嗎？你沒事吧？感覺怎樣？」

他張開嘴巴，眼珠轉了轉。「實在無法用筆墨或言語來形容，希賽兒。」

這時我才發覺他再次恢復成完整的形體。

「如同你自己所想像的模樣。」我輕輕吐了一口氣，幫助朋友復原的喜悅好得難以想像，只是過了半晌才察覺實現諾言並沒有讓自己鬆了一口氣。馬丁雖然脫離了鐵的傷害和綑綁，變回最初的精靈，然而還有某些事情必須完成，我似乎有所遺漏。

「崔斯坦，」我轉身過去。「我想到……」這些話卡在舌尖上，因為面對著我的不是崔斯坦，而是維多莉亞。

毋庸開口，我知道她想要說的話。

47 崔斯坦

「妳來施咒，」維多莉亞對希賽兒說道，語氣奇特地帶著喘息的氣音，彷彿抓到最後一根浮木。「讓他恢復。」

我知道她要什麼，從希賽兒的表情判斷，顯然也心知肚明。

「不，維多莉亞。」我握住她的手臂往後拉。

她氣急敗壞，猛一轉身朝我揮來一記拳頭。她對我揮拳。我摸摸嘴唇，看到指尖的血跡，試著理解我們怎麼會走到這一步。眼前還沒有解開安哥雷米的捆索，專心對付這個宿敵，反而和最親密的朋友反目。

「決定權不在你，崔斯坦，這次不可以。」

「可不可以理性討論。」我提議，看著希賽兒手腳並用地悄悄爬開，然而還沒走幾步，魔法就捆住她的腳，把她拽了回去。希賽兒的奶奶抓住她的手，卻被她推到一邊。

「快走，」她說。「妳不要插手。」見奶奶不肯聽話，她轉向馬丁。「帶她走。」

馬丁眉頭深鎖，氤氳的身體輪廓凝結成實體，一把抱起虛弱的婦人竄向樹林裡；克里斯留在原地，伏低身體，緊緊握著手槍，顯然跟我一樣，不願意丟下希賽兒獨自面對危險。

「讓她離開。」我繞著圈、慢慢移動腳步，試著靠近希賽兒，但是維多莉亞擋在中間。

我不願意去想她會傷害希賽兒，維多莉亞只是傷心欲絕，瘋狂的情緒波動讓人難以預測她接下來的反應。

「你不只欠我，」她說。「也虧欠文森，所以必須讓希賽兒救他。」

「她不能，還不行。」

「為什麼？」

我不由自主地瞥了希賽兒一眼，再移回目光。「該死，妳很清楚為什麼不行。」

維多莉亞哈哈大笑，聲音顯得很陌生，我忍不住皺眉。安哥雷米奪走的不只文森而已，還有維多莉亞，他瞬間毀了她的熱情、幽默，和堅強，留下一個滿懷怨恨、氣憤不平的女孩。

「因為我們對你而言還有利用價值？你不願意放棄任何可用的工具？」

「不要胡說！」我咆哮道，突然想起當我以為萊莎是安蕾絲的時候，她也這樣侮辱我。「妳該死地心知肚明，文森對我而言是多麼重要，失去他，我跟妳一樣痛苦。」

「他沒死！」維多莉亞尖叫，希賽兒畏縮了一下，伸手去抓捆住腳踝的魔法，同時直視我的眼睛，暗暗搖頭。我沒事。現在是這樣沒錯，但萬一維多莉亞的怒火堆疊到臨界點，說不定會無意間把她的腳切成兩截。

「妳怎能說這種話？」我掩不住怒火。「我仔細觀察過他的眼神，維多莉亞，他已經不在了！」

「你不能肯定。」

「萬一我說對了？」我質問。「如果希賽兒剝離鐵和軀體，結果什麼都沒留下呢？想想那時候妳會怎樣。」

失去他們其中一個已經夠難受，不能再失去她。

「你先想想這個給我的感受！」

「至少妳活著，」我把心裡的想法訴諸言語。「為此就應該感謝。」

這句話等於火上加油，四周的青草瞬間燃燒、爆出火焰，維多莉亞掌控希賽兒的魔法，把她的身體抛向空中，就像是丟一個布娃娃。

「妳不可以傷害她！」我大吼，使出魔法切斷扣住希賽兒的繩索，一面對抗維多莉亞的攻擊，兩道能量碰撞發出雷鳴的巨響，撼動大地。樹梢的積雪紛紛灑落，影響所及綿延了好幾英哩，而我根本沒想到會用力過猛，維多莉亞凌空飛起，重重摔在空地的最遠處。

希賽兒跟著掉在地上，如茵的碧草不足以提供我期待中的緩衝，但她已經不顧一切地翻身爬起，對著我大叫放過維多莉亞。

維多利亞奮力對抗我的魔法，怒沖沖地罵了一大串抨擊的字眼和詛咒的話。

「夠了！」我對她大吼，心裡氣她逼我這麼做。「如果妳還有一點忠誠度，就應該退下。」

突如其來的怒號把我的聲音淹沒，有東西直接撲過來，撞得我飛了起來。我們抱在一起滾進樹林，對方連連出拳攻擊我的臉龐，我沒有反擊——因為對方是文森。

維多莉亞倉皇地爬起身來，迅速拉住弟弟的手臂，怒吼聲平息，寬闊的肩膀隨著急促的呼吸上下聳動。他的眼睛看起來依舊茫然沒有神采，但是這一回我看見了希望。

「有反應了，」我告訴維多莉亞。「妳說得對，他的精神還在。」

「對不起，」她低語。「原諒我的不忠。」

我搖頭。「這輩子妳從來沒有違抗過，我知道文森佔據妳生命中的第一位，一如妳在他心目中的地位，如果妳真的希望在他身上施咒，我不會再阻撓。」我以目光追尋希賽兒的方向，她咬住下唇，不吭一聲。

「咒語不夠完整，」希賽兒終於開口。「應該還需要些什麼，但我不確定。」

「她是對的。」馬丁走回來，輪廓時隱時現、不斷地變化，有時透明、有時暗沉，讓人看得眼花撩亂。「我曾經博覽群書，足以知道自己現在應該能感受到阿爾卡笛亞的存在，結果不然，現在變成這樣，不敢確定還能夠恢復。」

「至少你有完整的身體，」我說。「單單這樣就是一大勝利。」我轉向維多莉亞，她仍然緊緊抓住弟弟的手臂。「妳想怎麼做？」

「先完成任務，」她挺直肩膀，「咒語以後再說。」

這就是真正的忠誠。如果沒有這些朋友，我能去哪裡？人生又會多寂寞？不只是雙胞胎和馬克，還有希賽兒、克里斯和莎賓，即便天性讓我不敢隨便信任別人，唯獨他們例外。他們並不是我的弱點。

我們把安哥雷米丟在爐火旁，他一動不動地躺到現在。想到他在墳墓區，獨自一人處於半瘋狂狀態，我猜背後的原因不在孤獨，而是無法掌控別人，以及缺少對人的信任。不管是他的母親、追隨者或羅南，他統統不信任。唯一的例外或許是萊莎，她負責執行他的計畫，但我不認為如果沒有掌控的方法，他會全然信任我那表裡不一的姊姊。

「她肯定被迫做了某種承諾，」我咕噥地說。若沒有受脅迫，她不會讓誓言拘束自己。故此，公爵更是不可能信任她，因為他明白萊莎會使出渾身解數、千方百計要脫離他的掌握。

我確信吐露萊莎隱瞞了安蕾絲的死因，已經撼動了公爵對她的信任。假若我們繼續侵蝕他對萊莎的信任呢？說不定會讓他開始懷疑萊莎是雙面人，暗地裡出賣了他，或者讓他認為萊莎擅自更改了計畫，那時他會作何反應？

「很高興聽見妳的決定，」我飛快地思索，轉向維多莉亞說道。「我要妳用魔法困住安哥雷米，而且不能做得太好。」

維多莉亞不解地揚揚眉毛。「為什麼？」

「你們兩位要跟我共同演出一場騙局。」

48 希賽兒

「我不喜歡這個策略。」我雙手環住崔斯坦的脖子，緩和緊繃的神經。雖然很習慣站上舞台，但從來沒有任何人的生死會因為我的演出而受到影響，何況這次要愚弄一個騙術高手。「我不相信萊莎——她效忠的對象只有她自己。她已經食言而肥，本來應該留在厝勒斯，卻離開了。」

「我也是，」崔斯坦回應。「但我們都了解她喜歡腳踏兩條船，直到確定哪個陣營佔上風才會選邊站，只有傻瓜才會相信她甘於受操縱。萊莎不是羅南。」

「對，他們迥然不同，」我說。「羅南至少還會在乎你，只是他的方式很奇怪；而萊莎只會把你視為達成目的的工具，等到羅南痊癒了，她會試圖殺死你，也不會饒過我，舊事將再次重演。」

「很可能，」他說得輕鬆坦然。「但我們其實沒有選擇的餘地，只要羅南置身在人群裡，用武力對付他只會造成人類的死傷。再者坦白說，我也沒有把握可以制伏他、又不傷害他的性命。妳用咒語分離馬丁體內的金屬毒素，加以修補，我也希望羅南能得到重生的機會，如果能夠治療他神智上的瘋狂，我們就不必再瞻前顧後，能夠乾脆地殺了安哥雷米。」

聽了崔斯坦的說法，即便只是初步的策略推算，我的胃依然揪在一起——因為他想拯救羅南，並不表示這要列入計畫的一部分。

「萬一是陷阱呢？」我問。「如果她沒有把靈藥給羅南？萬一到了那裡，我試用治療的咒語，卻沒有任何效果，我們就會陷入柯維爾的戰火裡。」

「有可能，」崔斯坦承認。「不過她自己嘴裡也承認不希望羅南當上國王。」

計畫的癥結點就在這裡。我們要在安哥雷米心裡種下懷疑萊莎的種子，又不致讓他確信萊莎已經背叛，否則他極有可能命令羅南殺了她。

「有得必有失，你得放棄某些東西，」我說。「條件沒談妥之前，她不會讓我們靠近羅南。靈藥進入他體內之後，我們的時間非常有限，如果沒把握到，不可能再有第二次的機會。」

「這個計畫會成功的。」他的嗓音帶著憤怒和火氣。

「不要因為我提出的擔憂而發脾氣，」我厲聲回應。「你原先自信滿滿、極有把握可以在墳墓裡抓到安哥雷米，不會有任何問題。結果呢？文森變成一具空殼，維多莉亞傷心得幾乎發狂。」

一片沉寂。

「這招很卑鄙，希賽兒，」他憤怒的語氣讓我皮膚發燙，明知道是演戲，我仍然倒退一步。「妳應該知道我這麼做都是為了拯救妳的同胞，為了確保他們得以存活，而受苦的都是我的朋友和百姓。」

我瑟縮了一下，話雖無情卻是無法否認的真相。

「我要去整理行李，收拾好了就離開。」他說。「從這裡去柯維爾的路途非常遙遠。」

一直等他走到空地最遠處，我才猛然轉身，氣沖沖地繞過營火，踢了安哥雷米的肋骨一腳。「我恨你，」我嘶吼地說。「都是你的錯！」

有人從背後跑過來，踩過雪地發出吱吱嘎嘎的響聲，克里斯從背後把我拉開。「希賽兒，不要這樣！」

「為什麼不行？」我質問。「他對文森和維多莉亞做出那樣的事情，報復一千倍都是應該的！」

「因為他現在被綑住、無法反抗，這就是原因。」克里斯的語氣聽起來就像排演時念台詞一樣，但願公爵沒有發現異狀。

「他哪裡會無助，」我一屁股坐在營火旁邊的樹幹上，距離公爵近在咫尺。知道維多莉亞的魔法正慢慢消散，安哥雷米可以聽見我的聲音，更是讓我渾身緊繃、難以放鬆。「如果他真的無助，你以為崔斯坦會這般小心翼翼地應付嗎？還會跟那個卑鄙、專在背後捅人一刀的娼妓談條件？」

「放輕鬆，」克里斯提醒，逕自坐在對面。「崔斯坦知道自己在做什麼，等他談妥條件，幾天之後，羅南就會被詛咒，公爵一死，戰爭就結束了。」

「不問代價？」我拿手帕擤鼻涕，「你知道上回萊莎開出什麼條件嗎？要求崔斯坦甩掉我，改和她結婚，想要假裝他是娶安蕾絲為妻，利用結盟作條件，讓她登上未來的后位。」

「太噁心了，」克里斯嫌惡的語氣顯然不是作假。「等等，妳不會真的相信他會……」我凝視著火光很久，過了半晌才開口。「不，萊莎殺了安蕾絲，還助紂為虐害死崔斯坦的父母，這些都不可能得到他的寬恕，然而為了要擊潰安哥雷米，他願意和萊莎虛與委蛇。」煙霧嗆得我淚流滿面。「維多莉亞去哪裡？她應該在這裡看守公爵。」

「我猜是暫時離開，她很努力要讓文森開口說話。」克里斯說道。「天哪，真為她難過。」

「我也深感同情，」我說。「但她需要專注眼前的事務，相信安哥雷米還有其他的詭計。」

「希賽兒，」崔斯坦從背後走來。「我該離開了。」

我陪崔斯坦依序跟朋友道別之後，便離開營地。才走出聽力範圍，崔斯坦立刻停下腳步。

「他知道維多莉亞因為擔心文森而心不在焉，不會懷疑我們是故意讓他脫逃的。」

我點點頭，只希望能夠更加肯定，而沒有這麼多難以掌控的變數。

「即便公爵不完全相信萊莎會背叛他，還是會把羅南調出柯維爾，脫離她的勢力範圍，直到他敢確定萊莎的忠誠為止，因此我只要悄悄跟蹤，然後就……」

「把你弟弟殺了。」

崔斯坦嘆了一口氣，別開目光。「是的。」

我踮起腳尖，用力吻他一下，努力壓抑心底的恐懼。「千萬小心。」

「我愛妳。」他話一說完便消失在夜色裡。

我盡量放輕腳步、悄悄回到帳篷裡，奶奶和馬丁默默坐在那裡旁觀。我坐在旁邊，熄去油燈，一起等待。

營火逐漸黯淡，克里斯不時拿棍子撥弄，挑起點點火星飄向空中。風聲呼號，營地那邊清清楚楚傳來維多莉亞講話的聲音。「拜託，文森，說話啊，求求你，說什麼都好。」她邊求邊哄，不斷勸說，柔聲說起他們以前的故事，至於文森，則是一點聲音都沒有。

蓋住安哥雷米雪橇的毛毯徐徐滑動，動靜微乎其微，若不是因為我一直在關注著他，很可能就會錯過這細微的變化。毛毯的邊緣慢慢掀起一角，我幾乎想像得到安哥雷米銀色的眼珠藏在陰影底下偷看。奶奶就像一般熟睡的人那樣輕輕咳了一聲，幾分鐘後，克里斯低頭靠著交疊的雙手，肩膀垮下，彷彿筋疲力竭、再也支撐不住。

我咬緊牙關，看到毛毯再次滑動，心底的恐懼忽然強烈到幾乎無法承受。

勇敢，勇敢，要勇敢。我無聲地激勵自己，即便我們的囚犯已經從他認定是疏於看守的魔法牢籠裡抽身出來，空氣中似乎出現某種扭曲的影像，接著毛毯又放回原處，中間隆起，好像底下有人，但我心知肚明那是公爵故意製造的假象。

我不敢移動，任由汗水刺痛皮膚，等待公爵採取下一步行動。以現在的距離，就算他當場殺死克里斯，維多莉亞也來不及制止；此外崔斯坦已經離開營地，先行走到海邊，我們只能賭安哥雷米的懦弱讓他不敢貿然行動。

急促跳動的脈搏傳入耳朵，發出咚咚的巨響，我死命抓住奶奶的手，緊緊握住。

然後那個扭曲的影像開始移動，飛快地竄向樹林。馬丁輕觸我的肩膀，身體的輪廓變成氤氳的薄霧，無聲地走入夜色裡，回來的時候帶著滿臉笑容。

安哥雷米上鉤了。

49 崔斯坦

計謀成功，我們將足夠的疑慮注入安哥雷米心底，讓他對萊莎起疑，甚至願意冒險來到野外，以免萊莎危害他的傀儡王子。在剛下過雪的雪地上追蹤公爵的足跡輕而易舉，一看便知他一路往柯維爾而去，恰恰落入我們設下的陷阱裡。只要他把羅南調離人口聚集的城鎮，藏到別的地方，希賽兒的靈藥就有發揮的空間。我暗暗祈求這招有效，如果失敗，我真的不知道下一步要怎麼辦。

我們從夜晚跑到黎明，他的足跡終於脫離大洋路轉向海邊，我大大鬆了一口氣，躡手躡腳地靠過去，努力隱匿行跡，不再倚靠魔法鋪陳的幻影，免得被他們察覺我的法力。

前方是一處空地，我一看到安哥雷米便停住腳步，然而朝他走來的不是羅南，而是萊莎，我的胃立刻揪結，計畫不是這樣。

「你在這裡做什麼？」她質問。

「這麼意外啊，」安哥雷米說道。「妳以為我被抓了，還是已經死掉？」

她睜大眼睛。「我為什麼會這麼以為？」

「因為妳背叛我，還提點崔斯坦去那裡找我。」

他果然上當了。

「我沒有背叛你，」她反駁。「而是忠心地遵從你每一步的計畫，所以我們才會在這裡——預備去攻擊崔亞諾，是你告訴羅南，現在正是攻堅的時機。」

聽到這些消息，心裡更加糾結，但現在不是另作考量的時機。她說「我們」，表示羅南也在這裡，就在附近，一定是這樣。這意味著眼前就是取他性命、又不必害怕傷及無辜人類的機會。

「我讓妳保留我女兒臉龐的條件之一就是妳永遠不能對我說謊，」他咆哮。「妳答應了，還是人類的血緣讓妳得以違背諾言？那些承諾都是連篇謊話？」

「我沒有說謊，」她大叫大嚷。「到底還要怎麼做你才願意信任我？」

我蹲在樹林裡，掙扎在是否要繼續留在這裡監視他們、等待羅南抵達，或者自己去找人。頂多再過幾分鐘，安哥雷米就會發現自己中計了，接著第一件事就是警告羅南。

我凝目掃視這一帶的地形，搜尋可能的動靜，再運用細微如絲的魔法探索周遭的環境，測試是否有任何類似羅南那麼強勁的能量存在。

背後突然寒毛直豎。

我慢慢轉過頭去，抬眼望向山坡地，目光落在羅南身上。

他微微一笑。「哈囉，崔斯坦。」

攻擊，攻擊。

理智尖叫地下令，我卻杵在原地，彷彿身體凍僵一樣。看著羅南順著山坡快步而下，我做足心理準備，等他出擊，他卻只問我：「你在這裡做什麼？」

我用力吞嚥。「我來找你。」

他偏頭問道。「你來殺我？」

對。「我不想傷害你，」我說。「你是我弟弟。」

他沒有回應，反而盤腿坐在旁邊地上。「我恨他。」

我冒險轉頭撇了一眼下方爭執的兩位。「你說公爵？」

羅南點點頭，突然熱淚盈眶，眼睛晶瑩透亮。「他奪走我所有的一切，逼我做那些我不想做的事情。」

「例如什麼？」我的思緒動得飛快。我來這裡的目的是要殺死他，這一刻動手解決他的性命易如反掌，但他乖乖地坐在地上，盯著公爵看，全然信任我不會加害於他。然而正是這樣的弱點讓我不忍心動手。

「他奪走母親。」他迅速瞄了一眼，彷彿承認愧咎感之前想要先評估一下我究竟了解多少實情。

「那也是我的母親，」我說。

羅南撿了一片樹葉放進嘴巴咬。「他說我想要當國王就要把你殺了，這是唯一的方法。」他抬頭看我。「但我不想。」

「你想要什麼？」什麼時候我曾經跟他單獨交談過？我有嘗試過——認真嘗試——跟他對話或談心嗎？

「你去告訴公爵你不想當國王，願意由我來統治，這樣或許可以……」他嘆了一口氣，伸手按住太陽穴的動作異常熟悉。公爵把他束縛得很緊，或許是用真名、用諾言當工具，讓羅南幾乎沒有獨立思考的餘地。因為安哥雷米的操控，他的癲狂和暴力傾向究竟加重了多少？假若被釋放，他是否可以恢復正常、就像普通男孩一樣？

我猶豫不已，明知自己走在危險的懸崖邊，只要說錯一句話就會觸動開關，但是希望的種子已經在心底萌芽，值得為此冒險一下。

「如果你是國王，可以隨心所欲做你想要的事情。你想做什麼，羅南？」

他的下巴靠在小小的拳頭上，表情充滿渴望。「我要畫畫，讓世界變成紅色。」

好單純的夢想。

我雙手搭在他肩膀上，瘦骨嶙峋，我在他這樣的年紀也是這般瘦小，頭髮凌亂，垂在外套衣領上。細小的脖子，只要迅速一扭，戰爭就此結束，他甚至不會感覺到痛苦。我的手指微微抽搐，他似乎沒有察覺異樣，繼續沉醉在自己的白日夢裡。

快點動手，你這個懦夫！

我伸手去抓他的頭，暗暗痛恨自己，知道如果真的這麼做，以後我永遠都不會原諒自己。

「他們在那裡！」他突然坐直身體，伸手指著前方，剛好撞開我的手。「你看，崔斯坦，看那些人類！」

恐懼冰冷地灌入五臟六腑，我的目光從斜坡的樹林轉向下方的海灘，再望向遼闊的水面。

「對，崔斯坦，看看那些人，」安哥雷米的嗓音飄了上來，冷酷無情。「羅南，殺了他。」

弟弟的身體突然變得僵硬，在暴戾之氣急遽升高、能量彰顯之前，他低聲對我說道。

「快跑。」

50 希賽兒

「看起來就像一塊布或一張紙從中間撕成兩半。」我朝火堆添了一根木頭，對馬丁鼓勵地點點頭。

「妳一再重複的比喻其實沒有多大幫助。」他皺著眉頭答道，伸手在空中又拉又扯。「我真沒用，簡直一無是處，明明應該可以感覺到阿爾卡笛亞跟這個世界緊貼在一起，卻一直摸不著。」

我對仲夏國王的承諾使我產生莫大的壓力，至今鬆懈不下來。即便已經從馬丁身上除去鐵的危害、讓他再次成為精靈，依舊不算有什麼進展，他無法返回阿爾卡笛亞。唯有精靈回歸，才算符合仲夏國王最終的要求。拼圖還缺了一片，明知道有所遺漏，但究竟少了什麼？

「你不是沒用，」我伸手烤火取暖。「沒有你勇敢的嘗試，我們不會知道可以從巨魔身上移除鐵的危害，只是在邁向最終目標的過程裡面，還有一步沒搞清楚。放心，我們終會找到關鍵點。」

但願很快就有進展。除了履行諾言，我們的陣營裡面如果多了擁有精靈魔法的幫手，就可以增加勝算。事實上，當我們圍坐在營火前面，我不由自主地開始盤算計畫，總不能呆坐在這裡等待崔斯坦獨自拯救世界，他也可能功虧一簣、因而送命。

克里斯終於失去耐心，跑出去打獵；維多莉亞勉強說服文森去砍柴。森林除了受到砍伐的危害，還遭受巨魔之火的摧殘，讓奶奶忙著拯救並收集倖存下來的植物；而我唯一能夠想到不去擔憂崔斯坦的方式就是幫忙馬丁，偏偏一切的努力都成了挫折感。

「如果真有什麼問題的話，妳一定知道。」馬丁好心地安慰，專注地讓自己的輪廓實體化，才能拍拍我的手臂。

我站起來來回踱步，緊繃感從頭到腳無處不在。一切都有問題，崔斯坦置身險境、持續炮擊的轟隆聲讓我極不舒服，早餐吃下肚的東西統統吐了，現在頭昏腦脹、渾身乏力。

一股沉重的無力感充斥心底深處，嘴巴突然發苦、溢出酸水，拿了一片奶奶給我的薄荷葉塞進嘴裡、認真咀嚼。

無端而強烈的恐慌籠罩下來，讓我腳步踉蹌，維多莉亞及時抓住我的手臂。

「出事了，」我說。「感覺很不對勁。」

放眼望去，遠處的天際乍然變亮，爆炸引發耀眼的火光，維多莉亞大聲詛咒。「那是馬克的信號，崔亞諾遭到攻擊了。」

地面開始搖晃，這時克里斯突然衝進營地。「地震！」他大聲叫嚷，雖然自己被震倒在地上，但我知道這不是地震。隨著震動的強度增加，樹幹跟著搖晃，霹靂作響，震得我的耳朵不斷嗡嗡地耳鳴。

正想爬起身來，剛好看到克里斯手指前方，大聲說道。「老天爺，那是什麼東西？」白色煙霧像海浪一樣席捲而來，經過頭頂的時候，強烈的熱氣吹上臉龐，樹枝上殘存的積雪立刻化成水滴。

「羅南在進攻崔亞諾嗎？」奶奶臉色發白的問。

「方向不對，」克里斯扶我站起來，地面又開始搖晃，我們跟著東倒西歪，「煙霧是從特里歐庫那邊吹過來的。」他和我四目相對，我點點頭，試著壓抑內心的恐懼和焦慮。「崔斯坦跟羅南打起來了。」

我緊緊抓住馬丁的肩膀。「趕快用你的精靈魔法，讓我們查看那裡的狀況。」

「我辦不到！不知道要怎麼做！」馬丁急得掉眼淚，但我不在乎他的情緒，因為崔斯坦正遭遇極大的困難，我不知道要怎樣才能夠幫上忙。

「努力一點。」我尖叫地命令。

他順手一推，我跌進克里斯懷裡。「我沒辦法！」馬丁大聲嚷嚷。「妳或許治癒了我的傷口，卻沒有解決根本的問題，因為我回不去，我感覺不到空間的交界，找不到聯結。」

沒有感覺……找不到聯結……

我立刻掙脫克里斯的扶持。「月神的靈丹，」我質問道。「你放在哪裡？」

馬丁不解地眨眨眼睛，隨即低頭翻弄身上的長袍。「不見了。」他說。「東西不在身上。」

心跳急促，崔斯坦的驚慌跟我的交錯在一起。「被安哥雷米搶走了嗎？仔細想！」

「不知道，我真的不知道。」他著急地拉扯長袍口袋，我忍不住詛咒，因為那是衣服的幻影——魔法顯現出來的輪廓，真正的長袍丟在帳篷裡——但願瓶子還在口袋裡。

我飛也似地衝過營地時，地面再次顫抖，我跌跌撞撞地摔進帳篷，四肢著地，馬丁那血跡斑斑的長袍還丟在角落，我撲過去摸索尋找。

「拜託，一定要在這裡，拜託。」我咕噥地說，手指突然摸到某種冰冷的物體，立刻掏出來一看。找到了！

我急忙衝出帳篷，幾乎跟馬丁撞成一團。「喝了它，快一點，就是現在。」

「為什麼？」

我一直發抖，強烈的恐懼讓我幾乎控制不住。「它有聯結的功效，等同魔法的效力，不只針對心靈和情感，還可以連結不同的時空，現在就喝，快一點。」

他把瓶子搶過去，直接扳開瓶蓋，全部倒進喉嚨裡，我一邊等待、一邊觀察他的反應，隆隆的砲聲和戰火逐漸退去變成背景。「有效嗎？」

他沒有回應，逕自伸手劈開空氣，空間如布料一般露出一個孔洞。

我鬆了一口氣，但是時間短暫。

因為裂縫另一端的景象是崔亞諾，大家一看都無比地震驚，甚至忘記崔斯坦跟他弟弟的殊死戰。

「老天爺！」克里斯低聲嘆道。

崔亞諾的城牆雖然依舊屹立不搖，但看得到混血種統統站在上面，不過這不是我們大驚失色的原因。城市四周至少被三十呎那麼寬的人牆團團圍住——大部分的人擠在城堡入口——各個爭先恐後想要衝進去，有些爬到其他人頭上，試圖從肩膀跨過去；有些撲倒在地，手腳並用想鑽洞；一眼看過去還有好些人躺在地上，有的靜止不動，有的痛苦掙扎，但是不論男女老少，沒有任何人停下來伸出援手。

「他們究竟在害怕什麼，以致失去理性、做出如此瘋狂的行徑？」馬丁提問。

「這些都是島上的居民，被迫發誓要效忠羅南。」我說，冷汗徐徐沿著脊椎往下流。

「他命令這些人進攻崔亞諾，推倒城牆。」

克里斯撿起一顆石頭，對著樹幹丟過去，大地再次顫動，他也跟著失去平衡。「他們的計畫不該是這樣，」他大吼。「我們應該還有充裕的時間，羅南應該要帶隊、領兵進攻，早知道是這樣，如果我知道——」他沒有接續，而是跪在地上，雙手摀住臉龐。

「他們前仆後繼，人馬越來越多，」維多莉亞說道，把我推到一邊以免擋住視線，希望看得更清楚。「這些人是從哪裡跑來的？」

「這有差別嗎？」我問。

「當然，」她揮揮手，指尖穿透馬丁虛無縹緲的輪廓。「精靈，你要善盡本分，快去偵查敵情。」

馬丁穿過微小的洞口，就此失去蹤影。

「維多莉亞。」聽見我異樣的語氣，她敏銳地轉頭瞥了一眼。我幾乎是用上所有的自制力才沒有當場崩潰，讓其他人察覺我們的處境有多麼危急。我對著她的銀色眼眸，用眼睛說話。*他贏不了。*

她下巴繃緊，輕輕點頭，馬丁在這時候重新出現。「有一條魔法捷徑從柯維爾一路延伸，通到崔亞諾郊外的海灘，」他說道，邊從小洞擠進來。「水面上滿滿都是輕舟小艇，船上擠滿人類——成千上百個人！」

「成千上百的人類？」克里斯問道。

馬丁搖頭，眼神慌亂狂野。「是千百艘船隻。」

這表示海面上至少有好幾千名人類，是生是死全都聽憑羅南指揮，我們再一次低估了安哥雷米的智力和謀略：他沒有掉進我們的陷阱，竟是反過來暗算我們。

51 崔斯坦

我以前所未有的速度拔腿狂奔，羅南的魔法衝撞盾牌，打得我跪倒在地，連帶剷平了樹林，留下冒出濃煙的廢墟和冉冉升起的水蒸氣。

我不能殺他，滿城無辜的居民生死一線，完全看他的心情。但我也不敢逃離此地，免得他火大起來，把一大半的居民淹死在海裡，威脅要我回來。眼前別無選擇，只能硬著頭皮應戰。我留在海岸線這裡，另外用魔法深入水面底下探測羅南搭起的橋梁是否穩定，幸好還算堅固，因此才會有人看到他站在海邊：他不是因為對海著迷，而是在利用魔法搭建橋梁、預備這一刻的到來。要撐起上千人過海對他來說不難，但萬一摔了下去，他可以坐視不管，我卻得費盡全力去救人。

我壓低身體伏在沙上，冒險眺望海面，確認那裡的景況：好幾艘小船往前移動，顯然動力的來源在那十幾個巨魔身上，也是他們強逼那些人類上船。我必須繼續纏著羅南不放，直到那些人橫越海面為止，即便需要耗費數小時也在所不惜。

我停在原處，轉身等待羅南現身在山坡頂上再發動攻勢。

他人小腿短爬得很費力，等他終於出現時，臉龐涕淚縱橫、五官扭曲，交織著憤怒和絕望的情緒。終此一生，我不曾像現在這般痛恨安哥雷米，誰會這樣對待一個小孩？把一個八歲男孩當成鬥爭的工具去屠殺敵人，尤其他所謂的仇敵還是男孩自己的家人？

不管心理是否充滿衝突，羅南攻擊起來既不含糊、也沒有一點遲疑。魔法相互撞擊、發出巨大的轟隆聲響，地面震動不已，爆炸的高熱融化了四周幾英哩內的積雪。

羅南的作戰策略跟我母親一樣，不太用大腦思考，但也因為他完全不管自身的安危和會造成什麼毀滅，反而會把更多的法力灌輸到對手身上。

但他不在乎：八歲的他還是個孩子，至少還要十幾年他才會了解自己的潛力。

羅南再次攻擊，我的魔法劇烈震盪，腳步再一次滑動，無法站穩；又來一次，這次我必須後退一步，不然就會摔下去。

羅南臉上露出邪惡的笑容，恐懼像毒蛇一樣沿著我的後背往上攀爬，令我冷汗直流。雖然坊間傳聞說我是法力最強大的巨魔，事實卻正好相反。

沒想到我和弟弟的實力懸殊這麼大。

52 希賽兒

我們直接落入安哥雷米的陷阱，束手無策，這場戰爭再過不久即將結束。我們相隔好幾個小時的路程，崔斯坦只能獨力奮戰；馬克、莎賓，和所有在崔亞諾的朋友只能自力救濟，我完全幫不上忙。

「現在還有什麼可行的辦法？」我瞪著自己的腳尖發問。融化的雪水流過腳底下，寒氣滲入腳趾頭，卻無法移動。

「如果輕裝行進，我或許可以及時趕到那裡幫忙。」維多莉亞說道。

我了解輕裝行進的含意——就是不能帶我去。

「去吧，」我說，「帶文森一起，快去。」

「希賽兒……」

「這不是請託，」我咄道。「是命令，快去，現在就走。」

他們瞬間便消失蹤影，留下我、克里斯和奶奶。

「我們早就知道最後會發展成巨魔之間的戰爭，」克里斯拉著我的手。「我們已經盡力了，現在只能靜觀其變，等待最終結果。」

他沒再多說，下頦肌肉僵硬緊繃，顯然被動地坐在這裡等候，對他、對我而言都是煎熬。

奶奶更是無法忍受。「夠了，不准喪氣，」她喝道，「圍攻崔亞諾的都是人類，還有好些人受傷，正是用得上我們的地方。收拾行囊，希賽兒。克里斯，去把馬上鞍，動作要快。」

我們兩個目瞪口呆，但是一見奶奶拿起棍子、帶著警告的意味，我們立刻分頭跑開，執行她所吩咐的任務。

「馬丁在哪裡？」我一面問道，一面把東西塞進包包。

「你們倆在發牢騷的時候他就走掉了，」奶奶答道，小心翼翼地整理收集而來的半邊蓮，「說要趕去幫忙。」

不知道馬丁以為自己能夠做什麼，但我不發一語。如果他繼續留在這裡，或許我會從撕開的空間孔洞中，眼睜睜地看著崔斯坦慘死在弟弟手下，那時我必然情緒崩潰，那對任何人都沒有好處。

我杵在那裡，奶奶走過來，揪住我的衣襟把我拉近。「無論那孩子發生什麼事，妳別想躺著等死，聽到了嗎？」

過去我曾經歷過的感覺佔據我心頭：就在死妖的毒素將他帶走的那一刻，我所有求生的意志瞬間瓦解，冷冰冰的斷頭台反而像求之不得的救贖。

「聽到了嗎？」以奶奶脆弱的身軀而言，她揪住我的力氣讓人吃驚。「妳的生命不再只屬於自己。」

奶奶說得對，就算崔斯坦在決戰中落敗慘死，我也不能以此為藉口停止奮戰。我要扛起重責大任、堅持不懈，支撐我意念的不是來自於咒語或靈藥，而必須憑藉意志力。

「聽見了，」我抬起下巴，「上馬出發吧。」

我們正要轉身上馬，頭頂上空突然傳來尖銳的叫聲，聲音有點像老鷹，只是相隔更遠、更大聲。馬匹嚇得發狂，掙脫了木樁的韁繩，逃進樹林裡。我抬頭一看，也想跟著馬兒躲進去避難，因為橫越天際而來的是巨龍。

「崔斯坦不是說牠們不能再回來？」我們跑向樹林，克里斯大聲詢問。

「他是這麼說沒錯。」奶奶腳步踉蹌，我立刻過去攙扶。冒險回頭看了一眼，妖龍已經降落在空地上，金黃的鱗片在陽光下閃閃發亮，我認得牠。

「冬境，」我低聲呢喃。「冬境精靈不能回來。」

我鬆開奶奶的手臂，慢慢走向空地。

「妳瘋了嗎？」克里斯把我拖回去。

「放開我。」我說，他鬆開手臂。

我逐漸接近那隻龍，脈搏狂跳到連自己都聽得到。我驚惶地打量牠的爪子，單單牙齒就跟我的手掌等長。牠大聲噴氣，一束白煙竄向空中。

「妳是梅露希娜巨龍？」我問，牠垂下龐大的頭顱，距離我的胸口只有兩三吋，嚇得我忍不住畏縮。牠翠綠的眼珠晶瑩閃爍，鼻孔再一次噴氣，充滿硫磺和火焰的氣味。

「希賽兒！」克里斯躲在樹幹後面咬牙呼喚，彷彿瘦小的樹幹能夠保護他躲避巨龍的攻擊。

「牠的雕像……唐勒斯有牠的雕像，」我說。「牠是仲夏王國的生物。」我伸出手去——或許這麼做有欠考慮——手心貼著龍的身軀。雖然鱗片硬如鋼鐵，在那底下卻散發出類似巨魔那種不可思議的熱氣。「你是來幫助我們的嗎？」

梅露希娜巨龍瞄了我一眼，龐大的頭顱點了點。

「你可以載我們去崔亞諾嗎？」我問道。想到有這個可能性我不禁又驚又懼。

牠的翅膀霹啪一聲伸展而出，又猛然收回身體兩側，沉重的身體靠近地面。

「我們需要繩索。」我說。

⚜

大半的飛行旅途中我都緊閉雙眼，臉貼在奶奶肩胛骨間，直到克里斯戳了戳我的側腰，我才敢冒險往下俯瞰。數百個島民團團圍住城牆四周的景況，即使隔了這麼遠的距離，看起來仍舊怵目驚心。奶奶似乎堅信我們能夠幫上忙，然而親眼目睹這麼多人爭先恐後，甚至彼此踩踏，只為了要攻破城牆，讓我感到絕望，想不出能幫得上什麼忙。

另一邊，柯維爾市民的存活機率也讓人不敢懷抱希望。他們被迫擠上小船，橫渡海灣，面臨風浪的考驗。小船宛如漂浮在空中，海浪不斷湧向魔法邊緣，浪花與泡沫浸溼了那些人的衣服。

梅露希娜繞著城市飛翔，我們三個一起俯瞰海岸線。過了厝勒斯，就是崔斯坦跟羅南決戰的地方，左右兩側綿延幾英哩內都被夷為平地，濃煙密布，黑霧繚繞在空氣中，偶爾才會看見一道火光或白色水蒸氣突圍而出。

「送我們到城堡塔樓那裡。」我大聲指揮巨龍，在牠俯衝而下的時候，我的胃幾乎吊在喉嚨口。城堡裡頭密密麻麻都是士兵，驚惶失措地跑向負責的崗位，不時對著天空比手畫腳。在我們降落的時候，一位披著斗篷的身影跨到塔樓外面，隱藏在陰影下的臉龐一逕追蹤我們的行動，那人應該是馬克。

興奮之情來得快去得更快，梅露希娜尖鳴一聲往上爬升，空氣瞬間震盪起來，我們統統滑到另一邊，勉強抓住才沒摔得粉身碎骨。

「馬克，」我大聲呼喚。「馬克，是我們！」

巨龍再次發出尖鳴聲，俯衝而下，讓我感覺這回必死無疑，馬克把牠往底下一拉，但牠展開翅膀，再度往上爬升，在塔樓頂端盤旋。劇烈的震盪差點害我骨折，牠的身軀雖然龐大笨重，動作卻像小鳥般輕巧，小心翼翼地攀住突出的城垛，然後收回兩側的翅膀。

「希賽兒？」馬克探問。

「快把我們弄下去！」我驚魂未定地尖聲回應。

我在塔樓冰冷的石地上休憩半晌，直到回復平衡和冷靜，這才搖搖晃晃地走到邊緣眺望遠處的海面。魔法的捷徑顫抖擺盪，落海的人數多得數不清，有的賣力游泳，有的則溺水下沉。

「他們需要救援。」剛說完這一句，地面就搖晃起來。

全部的船都衝進了海裡。

53 崔斯坦

本來計畫苦撐一小時，讓羅南持續攻擊防護罩來拖延時間，但我卻連十分鐘都撐不下去，只能臨時應變、更改策略。

我急急擋住羅南的下一波攻擊，掉頭衝進樹林裡，就地一滾、躲在大石頭後面，突然咻咻一聲，肉眼看不見的利刃乾淨俐落地切斷一排樹幹，因為速度太快，樹身依舊挺立，直到一陣風吹起，才像骨牌似地連鎖倒塌。一束紅光把我旁邊的大石頭劈成兩半，粉碎的石礫從橫切面如同細雨般灑落，距離我的頭頂上方不過幾吋。

我把熱流推了出去，樹林跟著起火。我在上方設立屏障，阻止煙霧擴散，藉由嗆鼻的濃煙掩護，盲然、毫無方向地拔腿狂奔，一面躲避羅南瘋狂的攻擊，還得時時留意腳下，以免被石頭和廢棄物絆倒。為了保留體力，只在必要時反擊，再這樣下去，我可能撐不了多久。安哥雷米遲會早發現我是故意在拖延時間，以爭取機會讓柯維爾的居民安然越過海面，屆時他必定會使出更卑劣的手段，不惜溺斃無辜的百姓，只為了引誘我露面。

羅南的實力或許更強，但我有多年實戰訓練，依然可能取他性命，怕的是萬一他在垂死的當下，扯斷用魔法支撐的橋梁，就算我能接住那些人，還得分神對抗萊莎和安哥雷米的偷襲。另一個選項就是先把安哥雷米殺了，祈禱羅南在恢復自由的瞬間不會變得更加狂暴。

這些計畫都有變數，實在靠不住。

一棵大樹被連根拔起、從我頭頂飛過，撞上其他樹；隨即又來一棵，正中魔法屏障，炸成碎木片四處飛濺。我扭頭一看，發現羅南放棄追逐，直接爬上廢棄建築物頂端，舉凡觸手可及的物品都被他抓起來丟向我，這正是我要的機會。透過魔法和濃煙掩護，我送出我的幻影往另一個方向逃逸，自己轉身回到早先看見安哥雷米和萊莎的所在地點。然而只要羅南丟出的物品擊中幻影，就會馬上識破我的把戲，因此我必須抓緊時間，一秒都不能浪費。

抵達空地時，他們已經不在現場，這不奇怪，我繼續隱藏自己，尋找他們的蹤影，然而戰火延燒到這裡，地面一片狼藉。

「你在哪裡？」我咆哮地環顧四周，他不可能走遠，肯定需要一處可以監看各項進展、又不致被戰火波及的地點，應該就在附近。

但我毫無收穫，起伏的地形之中似乎沒有一處山坡夠高足以作為制高點、觀測四面八方。我轉了一圈，遙望羅南的橋梁，這才留意到遠處的礁石那裡有一座古老的燈塔，距離岸邊大約一百碼，即使屋頂塌陷，就高度來說仍然具有公爵需要的優勢。

果然，有個人影經過狹長的窗戶前面。真狡猾，但是不夠聰明。

我微笑地走下沙灘邊緣，跟著築起一道隱形的橋梁通到那個小孤島上。中午的艷陽大大增加隱藏身影的困難度，但除非有人仔細察看，才可能發現我經過水面上方時、幻影在空氣中造成扭曲的影像；再者，羅南為了找我正大吵大鬧，也足以讓人分散注意力。

我迅速越過橋梁，爬到岩塊上方。燈塔底下破爛的木門半開半掩，只要輕輕一碰……小島和窗外的一切就會在高溫底下消失無蹤。燃燒的火柱往上延展，宛如直達天空。

我退後一步，躲進陰暗的森林，就地躺下，等他們出來確認我是否死亡。

不久之後，一個蓋頭罩臉的身影跨出樹林的遮掩，雙手抱胸，身上的斗篷長及腳跟。一部分的我很想看看公爵的臉，讓他知道是我結束他的生命，但是眼前的危機還沒有解除，仍有太多風險，少了戲劇化的效果，不會影響到復仇的甜美。

銳利如刀的魔法從我手中飛射而出，順利地一刀切斷對方的脖子。公爵身首異處、鮮血四濺，身體歪倒在地，頭顱滾了好幾圈，最後臉向上、停在我的腳邊。

不是安哥雷米。

這表示他依然制住我弟弟，還用很簡單的方法測試我是否還有一口氣。

我氣得破口大罵，對著海面使出所有的法力，祈求還來得及。

54 希賽兒

塔樓上所有的人都發出驚叫聲，隨即看見小船沒有翻覆，而是懸宕在海面上方，魔法化成眾多手指緊緊抓住木頭、穩穩地托住它們。

馬克連聲詛咒。「一定是崔斯坦及時出手，但是這樣撐不了多久。」他的含意非常清楚，本來穩穩橫跨海面的橋梁現在變成上下浮動的甲板，海浪不斷地衝擊魔法和小船，讓它們左搖右晃，來回震盪。

克里斯轉向梅露希娜巨龍，牠依然棲息在塔樓邊緣。「妳可以載我靠近一點嗎？」牠撥了撥翅膀，垂下一邊肩膀方便他爬到背上，但還沒等他把腳勾住繩索、就迫不及待地朝著天空翱翔而去。

門被撞開，堤普撐著拐杖喀喀走了進來。「你們有看到嗎？」他問道，發現我也在場，驚訝得睜大眼睛。

「城牆交給你們防守可以嗎？」馬克詢問。

堤普點點頭。「目前只能這樣，或許不用抵擋很久——人們在外面彼此殘殺，死傷慘重。」

「我再試著想想其他辦法，」我說。「他們陣營裡有巨魔在嗎？」

「不，暫時沒有，」他說。「我猜遲早都會有——如果這些村民全死光，人肉盾牌也就派不上用場。」

「我來想辦法。」嘴巴再次重複這句話，但心裡其實毫無頭緒，不知道還能怎樣幫忙。

「祈求妳的神，別讓海上這些人發誓效忠羅南，」馬克說道，在石頭上站穩腳跟。「因為我要帶他們上岸。」

我們安靜地佇立在原地，看著馬克把一艘又一艘的小船從斷橋處拉起來，平放在沙灘上，仍然置身在海面上的村民卻迫不及待地爬出小船，努力跑向岸邊。魔法的表面溼滑難行，他們連跑帶爬、不時滑倒，加上橋面震盪起伏，他們更加難以保持平衡，紛紛落海。

「笨蛋。」馬克大叫，語氣充滿無奈和絕望，卻沒有怒火。他只好拋下橋上的船，轉而解救不幸落海的人類。

他們不可能狠心不顧，尤其心裡清楚崔斯坦的法力開始衰竭了，他恐慌的情緒已經傳達到我心裡，此外更有恐懼的感受。海上的船隻依舊多得數不清，即便有更多人落海，也沒有足夠的時間一一救起來。

「動作加快，馬克，」我哀求，明知他已經盡力，「他快撐不下去了。」

「希賽兒？」

我轉過身去，看著莎賓朝我跑過來，小老鼠亦步亦趨地跟在後面、狂吠不已，我抓住莎賓，兩個人抱成一團坐在地上。

「謝天謝地，妳回來了。」她涕淚滂沱，沾溼我的臉頰。「我們簡直束手無策，牆外的群眾陷入瘋狂，他們明明心裡害怕得很，卻又失去自主能力，爭先恐後地攻城，好多人喪命，有的還受重傷，但若真的放他們進來，又不知道他們會做出什麼事來。」

奶奶靠在馬克旁邊的牆壁上。「我覺得可以讓他們睡上一覺，或者暫時失神也好，就像妳在勒維尼的做法，但我們手頭上沒有這麼多材料調配足夠的魔法藥劑，就算做得到，也不曉得要怎樣讓他們喝下去。」

「強迫作用？」馬克問道，聲音緊繃。「羅南強逼發誓的控制效力比較薄弱——妳的方法或許可以暫時壓過他。」

好主意，我曾經利用咒語同時掌控一群人，但在每個人身上都要消耗相當的專注力，既勞心又勞力，不可能支持太久。「我無法確定。」然後進一步跟大家解釋原因。

大家絞盡腦汁，依然束手無策，凝重的氣氛瀰漫在塔樓裡面，這些人活命與否，完全在於崔斯坦是否能夠支撐下去。

「唱歌可以嗎？」莎賓突然開口，我不解地揚揚眉毛，她補充說道。「我看過妳母親，我說的是安諾許卡，她曾經在宴會上這麼做，崔斯坦也做過；就在她開口唱歌的時候，現場每一位都像著了魔，如癡如醉，陷入恍神狀態，無人移動——連呼吸都顯得若有似無。」

但那是安諾許卡，這個女巫有五百年的歲月磨練她的法術和功力，她的能耐和我能夠做的完全是兩碼事，然而這個提議的確引起我的共鳴。越是斟酌，越覺得這方法可行性很高。全神貫注在歌聲裡面，就像在施行咒語，不是強制或掌控，而是……一種催眠？

「試了才知道，又沒有妨礙。」莎賓捏緊我的手。

我徐徐點頭。「馬克，你可以一面繼續手上的工作，一面用魔法放大我的音量讓每一個人都聽到嗎？」我可不希望馬克丟下在海裡載浮載沉的那些人、用他們的性命換取城外這些人存活。

「可以。」他戴著手套的指頭輕觸下巴。「至於那些我們不希望他們受歌聲影響的人類，必須塞住他們的耳朵，混血種亦然。」

「瑪麗夫人或許還有山梨樹枝，正好派上用場，我去找她。」莎賓說道，扶我站起來之後才離開。

我望著寬闊的海域。「我無法堅持太久，馬克，我們希望達成的目標是什麼？」

「我可以出去救治傷患，」奶奶搶先發言。「我去看看莎賓否可以提供必要的材料。」

「去找瑪麗夫人，」馬克說道，「找她更快，就說是我派妳去的，順便去找喬絲媞——她可以協助妳。」

塔樓裡面剩下我、馬克和小狗。「馬克？」我再次追問。

他做了一個很罕見的動作，拉下兜帽，露出扭曲變形的臉孔。我突然想到假若剝離體內的鐵，馬克的面貌是否將會修復，不再如此駭人？但前提是他想要改變的話。不過我相當肯定，即便有復原的機會，他也寧願維持現在的模樣。

「我們在幫崔斯坦爭取時間，」他說。「只是這樣。」

「如果他戰敗呢？」明知很痛苦，然而一想到他若真的失敗，我還得支撐下去，更覺得煎熬。

馬克靜默不語，我依稀聽得到城牆外面尖銳的吶喊和哀號聲。「我們可以逃走，」他說。「帶著我們關心的親友，逃得越遠越好，再重新招兵買馬，假以時日捲土重來，當然也可以就此罷手。」

他凝視我的眼睛，沒有逃避和畏縮，我不確定他是否曾經這麼坦蕩過，究竟是什麼改變了他？

「或者繼續奮戰，」他說。「堅持到最後一刻，試著結合厝勒斯的人馬，共同對抗羅南和安哥雷米。羅南不到所向無敵的程度，安哥雷米也不是萬夫莫敵，除了魔法強弱的對壘，還有很多種方式可以了結他們。」

「你擅長統御管理，是個絕佳的領導人才。」這些想法存在已久，只是沒有說出口。

「或許在承平時期還可以，」他說。「若要有所改變、鼓吹人們捨棄一切起來冒險，那就需要一位比我更積極、更有個人魅力的領袖，不管怎樣，希望不會面臨那種狀況。」他耐心等待，因為我還沒有回答他的問題。

「那就繼續奮戰，」我說。「堅持到最後一刻。」

莎賓回到塔樓裡。「堤普說他們都預備好了，」她說。「混血種用魔法遮住耳朵，佛雷德的手下依然戴著宴會那一晚留下來的山梨樹枝。」她走到馬克身旁，明眼人一看就發現她站得很近，兩人的手肘幾乎碰在一起。我忍不住納悶馬克是否預備好要忘卻他和潘妮洛普的過往，或是莎賓戀慕的只是一個空有軀殼的年輕人。無論是哪一樣，我都不方便介入，再者，我們或許都逐步走向人生的終點，何必在乎那麼多？

莎賓遞給我溫熱的檸檬水，我咕嚕嚕地喝了好些，做了一系列的發聲練習，讓這陣子以來備受忽視的嗓子溫暖起來。看她正想用羊毛塞住耳朵，馬克轉過身來，輕輕撥開她的手。

「妳最好不要冒險。」

莎賓輕觸馬克側面的臉頰，顯然是感受到他溫暖的魔法保護她不受咒語的影響。

我半轉過身，避免被他們看到我眼眶裡含著淚水。

先深深吸一口氣，然後開始歌唱。

我這次選了一首搖籃曲，是小時候母親——我真正的母親——唱給我聽的。我全神貫注，把所有的能量灌入歌詞和曲調裡。*放輕鬆。*

嘹亮的歌聲從塔樓往外滲透，順著馬克千絲萬縷的魔法，不斷地往外延展，傳遍城市每一個角落，越過城牆，傳到原野和山坡上。

一切都靜止不動。

大地的能量冉冉升起，穿透城堡的石頭，進入我的腳底，風從海面颳起，夾帶霧氣，嘗起來有鹹鹹的滋味。這股能量給人的感覺純淨無比，抹去我先前用過的血魔法的汙穢、擦掉被我偷來的巨魔法力，帶來清新和潔淨。這是天賜的禮物。

城牆外面的村民不再亂哄哄地叫嚷，他們脫離了絕望的暴力，停止推擠，不再你爭我奪、互相攻擊，手臂虛弱乏力地垂在兩側，專心地傾聽著。

「看起來有效，」馬克說道。「不要停。」

我繼續唱下去，像誦經一樣不斷重複地傳唱搖籃曲。看著百姓安安靜靜地坐在雪堆或泥地上，雖然相距遙遠、看不到他們臉上的表情，但我知道他們已被歌聲催眠，完全不在意有人在他們之間走動。佛雷德手下的士兵和我的奶奶開始動作，盡可能幫助需要幫助的人。但我無法一直支撐下去，疲憊感侵入四肢百骸、肺部有如火燒、嗓子開始沙啞起來。

快一點，崔斯坦。我默默懇求著。

橋梁突然不見了。

我不由自主地放聲尖叫。因為有上百個無辜的村民瞬間落水、即將溺斃。他們什麼都沒做卻要遭逢這樣的厄運；那些幼小的孩童，還沒長大就要死去。

然後小船從水中升起，移向岸邊，魔法化成手指，一一把多得數不清的溺水者從波濤中救起，送往安全之地。

梅露希娜在頭頂上方盤旋。「是厝勒斯，那些魔法來自厝勒斯城，」克里斯大聲嚷嚷。

「有好幾百個巨魔站在沙灘上用魔法把他們救上來。」

馬丁。我心想，顯然是圖書管理員跑回去求救。有這麼多巨魔願意站出來伸出援手，意味著解除咒語這件事，我終究沒有做錯，他們應該得到自由，現在的表現就是證明。

「看得到崔斯坦嗎？」馬克大叫，克里斯搖搖頭。「他們在沙灘上，但牠不肯靠近，我再試試看。」

然後事情就發生了。

空氣猛然震動，震耳欲聾的爆炸聲響撼動周遭的一切。群眾騷動不安，我維持專注，不敢分神，空氣再度震盪，這回不是轟隆聲，比較像是一千面鏡子同時爆裂的聲音。

我的身體搖搖欲墜。

崔斯坦倒地不起。

馬克伸出雙手，及時拉住我的身體，但這沒有差別。

「不，」我心碎地低語，魔法仍然纏繞在聲音裡面，如漣漪一般擴散到崔亞諾。「不，求求你。」

55
崔斯坦

我的魔法掠過水面，在羅南的橋梁下方延展成長條狀，並在他魔法的消失之前觸及兩端，脆弱的替代品只堪接住擾攘尖叫的人群和小船。他們草率建造橋梁的結果，就是沒有時間深入海底搜尋支撐點。這些人和船的負重壓得我跪倒在地上，把我拖著向前移動好幾步，連帶造成戴米爾夫人——安哥雷米公爵遺孀——的頭顱骨碌碌地滾進灌木叢裡面。

我四肢著地、整個人被拖向海面。我極力抵禦拉扯的衝擊力，即便手腕因使勁而顫抖，依然努力尋找著力點，避免讓上千名百姓一齊沉入海底。冰冷的浪濤湧向臉龐，但我勉強轉過頭去，腳跟抵住岸邊，一面緩緩後退，一面用魔法探入海底，打下好幾根柱樁支撐橋梁。

這樣的力道還是不夠。

浪濤來回沖刷，水的力道將橋梁帶得來回搖晃。最前方的浪花推擠小船，強迫我用魔法的手指抓住它們固定在原處，但是不管我再怎麼努力，仍然有小船翻覆落水，用不著多久就會有屍體被沖向海岸。

羅南來了。

站起來，我命令自己。我踉踉蹌蹌地爬起來，身體搖搖擺擺。沒多久，感覺崔亞諾那頭的重量逐漸減輕——馬克令人熟悉的魔法一拂而過——抬起橋面的小船，但他移動得還不夠快，法力相差太遠。

只要羅南堵在我和橋梁中間，我就無路可逃。切斷支撐的長橋對他來說就像小孩玩遊戲那麼簡單，這是我必須堅持的地點。

不久之後，羅南鑽出樹林，安哥雷米亦步亦趨跟在旁邊；羅南眼神呆滯，公爵卻是怒火滔天，蹲在母親的遺體旁，輕輕撫摸她的臉頰。我曾以為是他想要借刀殺人，但看見他的動作，讓我的想法消失無蹤。

「你死之後，如果希賽兒還能夠活下來，我會追她到天涯海角，讓她後悔為什麼不跟著你一起去死。」他咬牙說道，站起身，用力推了推羅南的肩胛骨。「殺了他，再也沒有人會跟你爭奪王位，厝勒斯的國王寶座兼光之島的統治者就非你莫屬。」

一聽到這些話，羅南露出開心的笑容，隨即發動攻擊。

第一拳撼動我防護的盾牌，第二拳的衝擊力擴及全身。身體的疼痛讓我被迫分神，我不可能既要撐住海上搖搖欲墜的人類，還要抵禦弟弟的攻擊。

再撐一下，我告訴自己。*再一下，你已經盡力了*。

魔法的撞擊讓我失去平衡、搖搖晃晃，我再也支撐不住，整個倒了下去，耳際依稀聽見洶湧的浪潮裡夾雜著溺水者尖叫呼救的聲音。

羅南哈哈大笑，魔法像颶風一樣迎面而來。我站穩腳跟，盡全力反擊，這股力量曾經撐住魔山，壓制我的宿敵，也讓我得以歷經水火、毫髮無傷全身而退。

現在卻不足以抵擋我的弟弟。

56 希賽兒

莎賓跟馬克雙雙伸手攙扶我，但我推開他們，靠向牆壁，指甲掐進石縫裡。我深吸一口氣，試著繼續歌唱，本來圓潤的嗓音變得沙啞刺耳。我一把抓起裝水的皮袋，喝了一大口。躁動不安的群眾紛紛站起身來，更有一些傷患清醒後，掙扎地試圖推開過去救援的人。

我無視眼前的景象，再次唱著催眠曲，可是魔法出了差錯，已經不夠純淨，無法讓島上的居民渾然忘我的陶醉在其中，反而開始心神不寧地騷動。

「他死了嗎？」馬克質問地抓住我的手臂，力道足以造成瘀青。

我搖搖頭，心急如焚的眼淚隨著搖晃的動作滑落。

「受傷還是昏迷？」

我點頭，這些字眼無法貼切描述我所有的感受。昏迷，受傷、體力耗損、油盡燈枯……

「該死！」才一眨眼、他已經衝到塔樓門口。「召集所有的人退進城牆。」他對堤普留下來的混血種使者發下號令。「現在就去，快一點！」隨即啟動一排燈光，牆壁乍然亮了起來。

克里斯從頭頂上方俯衝而下。「我看到羅南了！」他大叫。「他一個人坐在田野那邊，但我找不到崔斯坦。」

苦澀的膽汁湧上喉頭，再怎麼努力嘗試、都無法連繫崔斯坦。

「現在還有其他的麻煩，」梅露希娜繼續盤旋，克里斯大叫。「至少有十幾個安哥雷米的追隨者往這個方向狂奔而來，速度很快！」

「你怎麼知道是他的人？」馬克反問。「也可能是厝勒斯來的幫手。」

「因為我認得帶頭的人，」克里斯回應。「是巴朵莉女伯爵，他們最多半小時內就會到。」

羅南沒有殺了她。

巨龍在塔樓頂端降落，克里斯爬了下來。「繼續找，」馬克說道。「現在就去，快一點。」

「不知道要怎麼找，」克里斯含淚回答。「海面都是屍體。」

即使噁心反胃，我的歌聲不敢停歇。

「維多莉亞跟文森也會一起去，可以請教他們。」馬克說道。

「我再試試看。」重新爬上巨龍背脊之前，克里斯突然不明所以地抓起小老鼠塞進外套裡。

牆上火光忽明忽滅，彷彿有規則可循。「大家都進去。」馬克按住我的肩膀。「不用唱了。」

我渾身一僵，冒險移轉注意力瞥他一眼。

「最好讓他們認為崔斯坦已死，」他說。「真是這樣，妳就無法專注在魔法上。」

此刻罷手就像遺棄外面的百姓，任他們自生自滅，但我知道馬克是對的，我們已經竭盡所能，現在必須準備正面迎擊。我讓歌聲尾音繚繞，轉身面向塔樓，不想目睹他們重新陷入狂暴，勉強深吸一口氣鎮定自己。「先到城牆那裡，再看要怎麼防守。」

❦

馬克率先去警告佛雷德跟他手下的士兵預作防範，莎賓和我騎在馬背上，她緊緊抱住我的腰，快馬馳騁在空曠的街道。兩側的住宅門窗緊閉、用木條封死，緊張的氣氛瀰漫全城。不時看得到恐懼的眼神躲在木板的縫隙中往外偷覷，顯然知曉風暴逐漸逼近。

城牆上的氣氛極其凝重，混血種按照一定的間隔配備人手，各自舉起拼湊而成的屏障，表情疲憊，雙手放在石頭上維持平衡，少數幾位甚至跪在地上，彷佛連站直的力氣都不夠；士兵的反應更糟，有些面無表情地瞪著前方，有的直接哭了出來；更多人低頭喃喃地祈禱，懇求上蒼保佑，禱告詞幾乎被下方暴民的吼叫聲淹沒。

我從箭孔往下眺望，隨即懊悔自己過於衝動。

「讓我們進去，讓我們進去！」有些人看到我的臉，立刻尖聲叫嚷，又一波群眾激動地往前推擠衝撞，抓咬撕扯——似乎每個人身上多多少少都有受傷。城牆邊的地上血跡斑斑，屍體堆積如山，讓我忍不住懷疑剛剛那一個小時的安息對他們是否有益？或者已然變成一種殘忍，只是延長了他們受苦的時間？

我轉過身去，匆匆走向馬克佇立的地方。佛雷德跟喬絲媞跪在他的腳邊，哥哥懷裡抱了一個白髮蒼蒼的身影，一動也不動。

「不，」我尖聲嚷嚷，快步衝了過去。「奶奶！」

我跪在地上，才看一眼，就曉得她已經回天乏術。

「我們在外面救助小孩，」我聽見聲音，一抬頭發現是瑪麗夫人站在馬克旁邊。簡單的家居服打扮、頭髮綁成緊實的辮子，讓我一時沒有認出來。「她細心治療有需要的傷患，我負責給安眠藥水，防止他們在妳挪去咒語的時候，又變得狂暴，然後……」她聲音沙啞。「剛治療完一個小女孩，她就突然倒地，我根本無能為力。」

我忍不住啜泣，跌跌撞撞地走向箭孔往外眺望，果然就在那堆群眾後面，躺了一排小身影，表情安詳，睡得很深很沉。「帶他們進來，」我哽咽地說，不忍心讓他們在敵方進攻的時候被暴民踐踏受傷，更不願意讓奶奶最後的努力付諸流水。

沒有人動作。

「帶他們進來！」我尖叫命令。

馬克點點頭，將魔法打造的軟繩裹在孩子們身上，再冉冉上升，使孩子們脫離他們陷入瘋狂的父母和親人，輕輕放在雖然岌岌可危、但暫時安全的城牆裡。接著他轉向莎賓，但是莎賓沒有等他開口，就開始行動。

「我把他們送去安全的地方。」她說。

「我的藥水還剩一些，」瑪麗輕觸我的肩膀，「如果妳允許把更多小孩帶進來，我可以餵他們喝了，並且照料他們的傷勢。」

我這才領悟她在請求我的許可，彷彿我才是統治者。「去吧。」

她點頭，轉身過去叫喚。「柔依！」

曾經是我貼身女僕的混血種女孩走了出來，兩個人匆匆繞過城牆的轉角，靠在一起交頭接耳、討論應變方案。

我輕輕吻了吻奶奶的額頭，拉起斗篷遮住她的臉，這才說道：「你想他們會怎麼做？」

「他們知道我在裡面，」馬克回應，眺望遠處的丘陵和田野，宛如可以看到敵人的攻勢一般。「還有上百名混血種，其中大部分擁有相當程度的魔法，都守在這裡。」他收緊下巴。「安哥雷米建立這樣的軍隊必定有理由——應該是為了掩護行蹤，好混在人群裡，以突破城牆的弱點，然後繼續混在人潮裡面溜進城，接著……」他搖搖頭。

「但你可以在人群當中找出他們的蹤影，不是嗎？」佛雷德提問，「可以感覺到他們的法力，或者你有其他分辨的方法？」

「是，」馬克說道。「只不過人類在四面八方環繞，若要攻擊，還要避免傷害無辜，那幾乎是不可能的任務。就算願意犧牲某些人類，也沒有足夠的能力對抗他們全部的人馬。」

「可以跟厝勒斯求救嗎？」我問，希望有辦法聯繫馬丁。「那裡的巨魔既然願意幫助落海的村民，或許也願意援救這裡的百姓。」

「我們可以派遣混血種去送信，」馬克回應。「就算他們願意，也不敢確定能夠及時趕到。」

佛雷德凝視城牆下方尖叫推擠的島民，似乎對我們的交談充耳不聞，我伸手戳他肋骨。「你的建議？」

他徐徐點頭，說話的語氣跟我平常的口吻相似得緊。「我有一個主意。」

57 希賽兒

城牆上瀰漫著死寂的氣氛，每一個混血種的表情都很凝重，運用各自的魔法強化石塊，提升防護；下方的佛雷德幾乎出動所有的士兵，全副武裝待命，預備在破城的瞬間投入戰鬥。

幾乎是所有的士兵。

我沿著狹窄的走道來回踱步，不時停下腳步、戰戰兢兢地透過箭孔往下眺望，在人潮裡尋找熟悉的臉孔。

在馬克監督之下，堤普調派手下悄悄打開一個隧道入口，那是他們早先抵達崔亞諾的時候，暗中挖掘的。佛雷德挑出一百名精銳士兵，神不知鬼不覺地帶著他們從地道中出去，以斗篷罩住武器，假扮平民混入大門推擠的人潮當中，並蓄意模仿他們的哀號和舉動，慢慢地朝牆邊推進，耐心等候信號。

「請妳回去城堡，希賽兒，」馬克規勸。「莎賓、瑪麗跟喬絲媞那邊需要妳，妳在這裡插不上手。」

婦女推著一車一車沉睡的孩子們回到城堡，的確有很多傷患需要女巫的治療，但我就是不放心離開這裡。

「哥哥還在外面。」我低聲呢喃。我好害怕會失去他。

「我抽不出人手保護妳。」

「用不著，」我說。「我知道危險所在，自己會防範，」我拉開外套，露出防身的手槍和刺刀。「再者，他們要找我，一定會先去城堡。」

他無奈地搖頭，沒有再反對下去。

「讓我們進去，讓我們進去！」底下的群眾大聲嘶吼。

我試著充耳不聞，即便寒氣逼人，汗水依舊溼透襯衫。

馬克突然咬牙切齒地說。「巴朵莉。」

「在哪裡？」

「紅色斗篷的女子，無論何時何地，我都認得她那種趾高氣揚的態度。」馬克摸著腰間的刀柄，彷彿他就要進攻。「那邊還有一位，又有一位。」他謹慎地躲在旁邊，一一指出逐漸接近城堡的巨魔。那些人以斗篷遮臉，除了巴朵莉，各個都很用心在模仿人肉盾牌的動作，盡量混在群眾裡面，慢條斯理地推進，最終四周都被喧囂的島民包圍。

「標記那些人。」他的命令輕輕傳揚在混血種的隊伍裡。這些人以巧手著名，能夠在神不知鬼不覺的情況下點燃巨魔後腦勺上近乎淡而不見的火星，若不是我持續關注動靜，根本不會留意。我在心中暗暗祈禱暗淡的火星足以引導佛雷德的士兵找到各自的目標。

果然有好幾位士兵悄悄靠近他們，極其謹慎地行進，偽裝成好像被周圍的人群推擠到那個方向。

「快，」馬克嘶聲說道。「趕快就定位。」

這時我也發現佛雷德的位置，距離巴朵莉只有一兩呎左右。

「不，」我哀聲呻吟，雙手冷得像冰。「不要選她。」

但哥哥就在她的正後方，逐漸逼近，這麼多人相互推擠撞來撞去，巨魔並沒有留意。

「準備。」馬克說道。一瞬間號角響起，現場立刻大亂，槍聲大作。士兵手握鋼刀衝向他們的目標，至少有十幾位巨魔浴血倒下，偏偏巴朵莉不是其中之一。她伸手按住被子彈射穿、鮮血四濺的胸口，尖叫地轉過身，及時擋住佛雷德砍過去的刺刀，空手奪了過去，再反手一揮，速度遠遠超乎人類。刺刀正中他的手臂，佛雷德不支倒地，隨即被群眾淹沒，我大聲狂喊他的名字。

「巴朵莉！」馬克大吼一聲，縱身飛過城牆，降落在群眾當中。即便陷入恍神，那些人似乎也知道要躲開，空氣中充滿強烈的電流，魔法撞擊，女伯爵凌空飛起，摔得好遠，馬克拔腿追上去，舉起長劍，狠狠地切過去，她的頭殼和身體立刻斷成兩截。

但重點不在這裡，我顧不得危險，半掛在城牆外，在兵荒馬亂中搜尋哥哥的身影。

「佛雷德！」我再次大叫。「馬克，快找他！」

銀色的眼眸再銳利也無法看穿人群，馬克還來不及再進一步，一聲轟然巨響傳來，彷彿天崩地裂，部分的城牆陷落。馬克朝我搖搖頭，疾步奔向被攻陷的裂口。

我束手無策。假若從這種高度一躍而下，就算沒有摔斷雙腿，也會被暴民踩死或壓扁，畢竟好多人的體格都比我高大，可是哥哥在底下。他是我哥哥。

眼前只有一個方法，即便因此洩露我和崔斯坦仍然活著的消息，我也在所不惜。

我開口歌唱。

島民安靜下來，紛紛坐在泥巴地上，神態平和地豎起耳朵聆聽，我在他們之間東張西望，搜尋哥哥的身影。皇天不負苦心人，終於發現他掙扎地從某個人身體底下爬出來，拖著腳步，蹣跚地遠離人群的壓擠。我鬆了一口氣，雖然手臂流著血，但他還活著，至少現在還活著。

席地而坐的人類之間，還有好幾位披著斗篷的人佇立在原地，絲毫不受我魔法的影響。安哥雷米的追隨者還沒有死光，數量還差很遠。

他們整齊劃一、齊力攻擊，衝撞混血種設下的屏障。屏障撐沒多久就被毀壞，底下的石塊跟著陷落，越來越多城牆倒塌，尖叫聲四起，讓人無可迴避，一片又一片的石塊砸向下方的島民，即便被壓扁、重殘、甚或死去，他們依舊表情平和、沒有一絲恐懼；在我背後的士兵勇敢作戰，奮力抵擋攻進來的巨魔，他們踩在撲倒的人類身上，彷彿那是馬路上的碎石一樣。我冒險回頭瞥了一眼，看到馬克繼續奮戰，可惜單拳難以對抗十幾雙手掌。

「撇下城牆，出去奮戰！」堤普大吼一聲，混血種三五成群，衝下樓梯，翻過走道加入戰火。有些混血種奮不顧身地撲向巨魔，完全不顧自己的安危；有些保護人類的士兵撤退，讓他們重新組隊。終於有些巨魔倒地不起，卻是付出慘痛的人命代價換來的。我們不可能贏的。

唯有我的歌聲能夠阻止島民加入戰火，但我依然有很大的無力感，好像什麼都做不了。我掏出手槍，瞄準一位揮舞雙槌的巨魔。他的武器形成魔法圈，只要撞上的人都立即粉身碎骨，既然他這麼勇猛，肯定沒有設立魔法屏障，我唱完一整句，舉起手槍瞄準，子彈直接穿透他的肩膀。他怒吼一聲，猛地轉身張望，尋找背後放他冷槍的凶手，目光最後停駐在我身上。

我再補開一槍，但他撥開子彈，一臉凶惡，舉手就砍。混血種和人類士兵飛撲而上，但是太遲了，魔法在空氣中湧動，我轉向城牆，撲向裂口，從邊緣翻了過去。

我咬緊牙關預備面對衝擊力，打算不管跌斷多少骨頭都要繼續唱下去，因為不唱的話，重新甦醒的暴民會把我踐踏致死。

但預想的強烈撞擊竟然沒有發生。

一雙手臂接住我的身體，熟悉的臉龐出現在眼界裡。

「我到處在找妳。」馬丁說道，逕自穿梭在騷動的島民當中，正要開口說下去，響亮的號角淹沒他的聲音。這不是安哥雷米的追隨者吹角進攻的信號，而是厝勒斯的大號角。號角聲再次響起，這時我突然發現樹林那邊有動靜，至少上百名巨魔穿過林木，走向空地。

「我搬了救兵，」馬丁說道。「現在該讓路給他們。」

厝勒斯的居民們來到崔亞諾，有些停下腳步把那些被誓言驅策的島民拉開，推到後方，讓他們無法推擠，其他的從倒塌的城牆裂口一躍而過，追擊安哥雷米的追隨者，出手毫不留情，將他們撕得四分五裂。當人類士兵和混血種察覺這些都是盟友、不是敵人的時候，立刻發出振奮的吶喊聲。不久之後，吶喊變成勝利的歡呼。

戰役結束，我們克服一切不利的因素，贏了這場戰爭。

卻也付出極大的代價。

58 希賽兒

屍體一排一排地整齊排列、似乎沒有盡頭。

汗水滴進眼睛，我舉起髒汗的手抹一抹額頭，毫不在意或許因此留下血跡、塵土或其他更糟的東西。面前的士兵呼吸平穩下來，胸口傷痕累累，但至少不再流血，然而因為我的抉擇和行動，造成了數以百計的死傷，現在單單救回這一人又如何？

傾身坐在後腳跟上，看著另一車沉睡的島民緩緩朝著監獄的方向被推了過去，這是目前能夠安置這些人最安全的處所。除了兒童以外——瑪麗夫人堅持小孩要送進城堡，為此還徵選了兩三位剛抵達城堡的巨魔負責看守，以防有人突然醒來。

這是權宜之計，唯有睡著才能夠不吃不喝，畢竟我們沒有足夠的資源照顧每一個人，如同照料艾登一樣。年輕的爵士依然被我的咒語約束著——他還有柔依的守護，這麼做是順應他母親的要求，維持現狀直到得勝的時刻來到。如果我們戰敗，呃……真是那樣，苔伯特國王的魔法也會殘害他的大腦，使他陷入瘋狂，是死是活都沒有差別。

「崔斯坦還是昏迷不醒？」馬克蹲在旁邊，遞給我一杯溫熱的茶水。

我點點頭，試著壓抑心底的恐懼，又瞬間想起文森那面無表情的臉龐。即使是同樣的臉，少了靈魂，就再也不是原來的他了。我忍不住納悶相同的結局是否會臨到崔斯坦身上。

不管他孤伶伶地躺在何處，頭部想必受到重創，連他自身強大的魔法都無法治癒。

「維多莉亞和克里斯分頭去找他了，」馬克說道，「一定會找到的。」

「應該讓我去才對，」眼睛痠疼刺痛，我已經累到極點，整個人氣力枯竭到連淚水都流不出來。「我可以找得到。」

「如果妳希望這樣。」馬克安慰道。

他的語氣小心翼翼，我了解他的風格就是這樣。「說出你心裡真實的想法吧，馬克。」我咕噥，明知道不該對他用這麼尖銳的口氣說話。崔斯坦沒有搞得焦頭爛額，都要歸功於他和提普的協助，傷患才能受到照顧、死者得以安葬、城牆重新建造。崔亞諾雖然歷經浩劫、在地獄走了一遭，終究還有復原的希望。

巨魔和人類努力收拾善後的聲音遠去，馬克拉下兜帽掩住嘴唇，避開我刺探的眼神。「暫時沒有人知道羅南打敗了崔斯坦，」他說。「目前還是隱匿消息比較好，厝勒斯的居民最終選擇成為他的後盾，但萬一他們發現真相……」

「可能會陣前倒戈。」我接替他把話說完。

他點點頭。「安哥雷米可能有看到厝勒斯的巨魔出來幫忙救援小船上的村民，肯定明白背後的含意，因此他會急於回去散佈關於崔斯坦戰死的消息。」

「那你認為安哥雷米接下來會怎麼做？」

馬克望著遠處，深思地說。「崔斯坦戰死的消息必定讓厝勒斯和崔亞諾陷入混亂。人類失去保護者，而巨魔則面對另一個難題，是要接納羅南的統治，或者轉而支持新的候選人當國王或皇后，後者必然引發內戰，未來更加動盪不安，直到最終有人登上王位為止。安哥雷米應該會選擇現在繼續攻擊，不願意往後冒險面對新的聯合陣線。」

「如果我們找到崔斯坦，他們不會為他而戰嗎？」

馬克咬牙吐了一口氣，用眼神毫不迴避地回答了我的疑問。苦澀湧上喉嚨，厝勒斯是否繼續保持忠誠要看崔斯坦的情況而定，就目前這樣，羅南跟安哥雷米的大軍抵達這裡開始攻城的時候，他復原的機會很渺茫。

「想當然耳，公爵的追隨者肯定有些會倖存下來，跑去跟他報告妳不只活著，還活得好好的，能夠施展咒語，這會讓他懷疑或許崔斯坦沒有戰死，或許還有一口氣。」

「他會因此停止進軍？」

馬克搖搖頭。「我猜他反而會加速推進，搶在崔斯坦復原以前進攻。」

「我們應該擋得住，」我說。「這裡有上百名巨魔，加上所有的混血種和人類士兵，應該沒問題。」

「不計代價嗎？」馬克反問，「安哥雷米會在城門外面招降，告訴每個人崔斯坦已被羅南打敗，他願意給大家重新選擇的機會，投降、或是面對羅南的攻擊，妳想他們會選什麼？」

「那又怎樣？」我咄咄逼問。「你建議怎麼做？就我來說，唯一的希望就是找到崔斯坦，看看是否能夠幫助他復原。如果他在這裡，如果巨魔看到他站在城牆上，或許……」依舊是另一場大戰，仍會有數以百計、甚至數以千計的人命損傷，勝敗與否是個未知數，投降會不會是更好的選項？結局已經無可避免？

「我們還有一項優勢，」馬克說道。「這一兩個小時，安哥雷米應該深信你們已經死亡，必定會放鬆警戒。」

我挫敗地攤開雙手。「那又怎樣？崔斯坦又不能給他們迎面痛擊。」

「我說的不是崔斯坦，」馬克不慌不忙。「是妳。」

59 希賽兒

黎明微光中，我們埋伏在灌木叢後面。一小時前、梅露希娜巨龍將馬克、莎賓和我送到這個地點，現在只等雙胞胎抵達、便會採取行動，雖然極不願意把他們從搜尋崔斯坦的任務裡抽離出來，但是馬克一個人無法同時對付安哥雷米和萊莎。

他還活著，我提醒自己，*克里斯還在搜尋——他會找到的*。

「時間不多了，」馬克咕噥，坐在腳跟上，露出馬丁開啟的裂縫入口，我們正在等候羅南獨處的時機，偏偏到目前為止，他都不肯配合，再過不了多久，在崔亞諾吃了敗仗的倖存者就會抵達這裡，帶回我還活著的消息。

「我們可以去攔截。」維多莉亞心不在焉地把一頭黑髮綁成辮子，一面盯著羅南。「死人不會多話。」

「太冒險了，」馬克否決，「不曉得哪些人存活，妳很難知道要對抗的是誰。」他下巴繃緊。「看起來似乎別無選擇，去吧，我們行動的時候會派馬丁去找妳。」

如果行動的話。我嘆了一口氣，把帽子往前拉，保護吹風受凍的耳朵。

「他看起來好悲傷。」莎賓傾身向前，目送雙胞胎消失在黑暗中，文森亦步亦趨跟在姊姊後方。

我瞥了她一眼。「妳說羅南？」

她點了點頭，讓我差點壓抑不住心底的衝動，說起崔斯坦的弟弟那些千奇百怪、傷害別人的方法，畢竟自己有過第一手經歷。然而撇開過去，現在看起來，她說的對，羅南坐在劈啪燃燒的營火旁邊，面對安哥雷米和萊莎，下巴抵著膝蓋，獨自凝視火光。他的同伴沒有交談的意願，營地四周的士兵和僕人聰明地和他保持距離，不敢靠近。

「他被迫做了很多不是自己想做的事情，」我說。「才會如此沮喪，妳可不要以為他是良心發現，為自己造成的傷害感到不安。」

「一個行為異常的孩子，」莎賓說道。「再怎麼說，仍是孩子。」

我們將這個念頭埋在心底，默默坐在那裡觀看他們三個人的進展。

「天哪，羅南。」馬克嘟噥，「至少也去小便一下，或者做點什麼。」

「這樣不行，」我說。「必須另外想辦法把他引開，脫離他們監控的範圍。」

「何不送訊息給他，」莎賓說道。「乾脆寫一張紙條。」

「怎麼送？」馬克問道。「我們又不能閒晃過去，直接遞紙條給他。」

「為什麼不行？」莎賓反問。

我一發現他們討論的方向，立刻搖頭反對。「不行，風險太高，莎賓，他是危險人物，反覆無常、難以預料。」我轉向馬克尋求支持，他一臉深思的表情。

「妳有什麼想法？」他問。

莎賓聳聳肩膀。「我聞到食物的香氣，發育中的孩子總要吃東西。」

「應該我去才對。」我低聲嘟噥，並肩走向在爐火旁邊忙碌不堪的僕眾。

「不，妳不能去，」莎賓答道。「就我所聽到的，安哥雷米足智多謀，好幾次識破我們的把戲，再者他也不是那種輕而易舉、全然放下防衛的傻瓜，萬一被他們察覺妳用了偽裝的魔法，妳就完了，崔斯坦跟著沒救，少了妳，我可沒有勇氣繼續奮戰下去。」

我無法跟她爭辯這樣的邏輯。

兩個廚娘抬頭看著我們走過去，我面帶笑容。「今晚由她負責為國王陛下送餐，」微風吹向營地，我把大地的能量灌入話語裡。「妳們兩位跟她相識很多年，而且妳們不曾看見我。」

踩著沉著鎮定的步伐，避免引起不必要的注意力，慢慢退回樹林裡，馬克與馬丁等在那裡，靜靜地盯著裂縫入口。

「來了。」馬丁耳語，我們專注地關注莎賓的進展，我手心冒汗，萬一出了狀況，就算想救她也無能為力。

她跟另外兩名婦女小心翼翼地托著熱騰騰的食物餐盤、走向三位巨魔，莎賓率先屈膝行禮，另外兩位亦步亦趨地跟著行禮，盤子碰撞喀喀作響。

「白痴哪會知道要怎樣伺候皇室貴族。」萊莎不屑地咕噥。

「或許應該由妳來指導，小姐，」羅南說道，「畢竟這種工作妳比較擅長。」他的語氣帶著一絲狡詐，讓人聯想起他的哥哥，但我立即甩開那些念頭。

「他曉得她不是安蕾絲。」馬克低語，我點點頭，羅南不只知道、還不高興被人欺騙。

「仔細檢查，」安哥雷米語氣乖戾地提醒，嗯，對於一位心裡認定即將在這場策畫了一輩子之久的戰爭裡贏得勝利的人來說，他似乎心情不佳。

羅南草草撇了莎賓一眼，轉頭面對火光。「沒什麼，就是一般人，沒有法力。」

「確定？」

羅南徐徐抬起下巴直視公爵的眼睛，恨意之強烈是我前所未見，那種憤怒的程度超乎人性。「隨便你，公爵閣下，請你自己檢查吧。或者指派那位小姐檢查也可以，畢竟她是偽裝的專家，至少她認為自己很專業。」他的視線轉向同父異母的姊姊，上下打量一遍，似乎在納悶她脫了那層皮底下的模樣是什麼。

萊莎不安地舔了舔嘴唇，慢慢挪開好幾吋，安哥雷米似乎不為所動。「不要挑戰我的底線，孩子。」他喝斥，猛然從眼前那位女子手中奪過餐盤，用力摔在地上。

莎賓明顯怕得發抖，依舊鼓起勇氣接近羅南，我握住馬克的手，用力捏緊、藉此壓抑高漲的恐懼。

「陛下。」莎賓低聲說道，再次屈膝行禮，這才小心翼翼地把盤子放在他面前，用身體擋住安哥雷米和萊莎的視線，徐徐揚起臉龐直視羅南的眼睛，我屏住呼吸。拜託不要傷害她。

羅南微微偏著頭，一臉深思的表情，隨即垂下目光瞄了一眼莎賓戰戰兢兢放進盤內的小紙條。

求求你，千萬不要。

「謝謝。」這一笑露出太多牙齒，毫無安撫人心的感覺，但他隨即用魔法捲起紙條看了一眼，火焰乍現，燒了紙張，沒有冒出任何白煙。「聞起來真香。」

莎賓第三次屈膝施禮，隨著其他婦人退回遠處的爐火旁邊，羅南目送她離去，開始享用起晚餐，不動聲色的表情似乎無意進一步探索紙條的來源和內容。吃完之後，他起身說道。「抱歉。」

「你要去哪裡？」安哥雷米質問。

羅南停住腳步，即便從我們觀看的距離看過去，都可以感覺地面的顫抖。「你已經表達得相當清楚，公爵閣下，我只負責當你的殺手、解決掉你想解決的人，沒想到你竟然還會想要關心我。」

馬克哼一聲笑了。「撇開瘋狂的行徑，他有確實遺傳到莫庭倪伶牙利齒的天分。」

安哥雷米皺眉頭，「不要拖太久。」

「那種事很難說。」羅南回應，大步走進樹林裡頭。

「你逼得太緊了。」羅南一離開聽力範圍，萊莎嘶聲提醒。「他恨透了你，再者你也聽見了——他知道我是誰。」

「那又怎樣？」公爵把麵包剝成小小一塊，卻一片都沒有吃。「他在我控制之下，對妳、對我都不具威脅性。」

「是嗎？」萊莎把餐盤推開，食物原封不動。「只要他夠努力動腦筋，總會想出陰奉陽違的辦法迴避你的命令，或者脫離諾言的拘束性，凡事都有可能，總是會有辦法的。」

「這是經驗談？」

萊莎畏縮了一下，傾身向前，抓住公爵的衣袖。「家人遺棄了我，」她低聲呢喃。「是你的接納與庇護，給了我並教導我一切，請不要讓崔斯坦跟希賽兒的謊言欺騙，懷疑我對你的忠誠，而且他們都死了。」她說完便伸手撫摸公爵的臉頰，被他用力撥開。

「不要戴著她的臉碰我。」

萊莎收回手臂，左右張望了一下，摘下安蕾絲的臉，恢復本來面目。「安蕾絲效忠的對象是崔斯坦，不是你，」她說。「因為背叛，我才殺了她。」

「妳殺她是出於個人利益，」安哥雷米咆哮，「安蕾絲是我的女兒，被妳殺了，妳還用謊言掩飾，」他傾身靠近，「就像該死的凡人一樣謊話連篇。」

萊莎獨自蜷縮在那裡，我猜她終於領悟殺死安蕾絲是個錯誤，因為安哥雷米關心女兒的程度遠超過表面所表現的。現在的他只因為不願意破壞自己多年的計劃，才沒有報復，但不保證未來會如何。

「我會再幫你生兒育女，」她說，「等孩子夠大、足以登上王位時，就可以取代羅南。」

安哥雷米怒火消散，指尖輕觸她的臉頰。「妳的野心讓人驚嘆，親愛的，一心追求后冠的榮耀，不惜看著全家人一一送命。」他傾身向前湊近萊莎的耳朵呢喃，她臉色驟變、僵硬不動，他坐回原處。「妳發誓要永遠愛我，不要忘記自己的諾言。」

「我愛你，」萊莎呢喃。「永遠不變。」

「他的殘酷真是無與倫比。」馬克低語，我起身離開時空裂口，不想再繼續旁觀這些變態的手段，雖然從來不曾想過會有任何需要同情萊莎的理由，但為了這些目的要被迫去愛那個怪物？只能嘆息以對。

馬丁開口說道。「羅南的位置跟營地有一段距離，他在等待。」

「預備好了嗎，希賽兒？」馬克問道。

脈搏狂跳，聲音震耳欲聾，雙手冰涼，冷汗涔涔，但我還是鼓起勇氣對著馬丁點頭，看他開啟世界的裂口，我要協商結盟的怪物就在那裡。

看見空間被撕開，羅南驚訝地嘶聲吐氣，往後一跳，對著裂縫舉手一揮，魔法直接穿透過去，彷彿沒有它的存在。

「這是精靈的魔法，」我說。「你無法攻擊。」

暴戾之氣倏地消失，但他不死心地再試了一次，還伸手拉扯邊緣，然後才轉身看我一眼。「妳為什麼沒死？」

「因為你的主人不夠努力。」我雙手抱在胸前。

「我是國王，」羅南說道，表情扭曲。「我沒有……」喉嚨縮緊，讓他無法吐出謊言，我可以感覺他的怒火和氣憤。「妳想怎樣，凡人？」

「復仇，」我猶豫半晌，很怕說錯話以致啟動公爵置入男孩心底的機關。「安哥雷米奪走我的一切，就像你所失去的一樣。」

「他給了我皇冠，這是當初他答應的條件。」

「是嗎？」我大膽反問，搶在他開口之前說下去。「看在你哥哥份上，願意聽我說幾句話嗎？」

「崔斯坦不會在意我做了什麼，」羅南的眼睛盯著鞋子看。「他已經死了。」

這不是答案，但我知道他上鉤了——他有在聽。

「我明白是公爵強逼你殺死你的父母和阿姨，」我說。「還逼迫你……攻擊兄弟，」我咬住下唇，「他用真名來掌控你的所作所為。」

他點頭的動作極其輕微，幾乎難以分辨。

「如果一直受制於別人，怎麼算是真正的國王？」我反問。「他只想利用你的魔法和力量，羅南，消滅所有敢和他對抗的人。」

寂靜。

「你知道那個安蕾絲是萊莎假冒的嗎？安哥雷米讓你跟他的情人訂婚，對方還是你同父異母的姊姊，如果這樣還不夠卑鄙的話，他還打算讓你戴綠帽，佯稱孩子是你的骨肉，等到孩子長大、強壯得足以登上王位的時候，再把你和你姊姊殺了，將莫庭倪家族斬草除根，到時候，再也沒有任何人比他更強大。」

「妳要我做什麼？」羅南尖酸地提問。「如妳所說，掌控全局的人是他。」

我仰起下巴，強迫自己直視他的眼睛，彷彿望進毒蛇的眼底。「因此你要一輩子活在他的掌控底下，當個聽命的傀儡，直到他決定你的死期？」

羅南下巴繃緊。

「如果還有其他方法呢？」我怕他脾氣發作，趕緊說道。「如果我可以讓他再也無法把你當成武器利用？」

「要怎麼做？」

我迅速說明咒語的功效。「你將會長生不老，」我說。「從此擁有跟你最偉大的先人仲夏國王一樣的魔法，還可以在無數的世界裡穿梭自如。」

即便精神異常，羅南可不是蠢蛋，我不敢言明假若他配合我們的計劃，安哥雷米在活人之地就撐不了多久：馬克確信公爵一定會啟動孩子腦中的機制，攻擊任何威脅他主子的人，其實用不著多說，羅南跟大家一樣清楚安哥雷米有太多宿敵、急著抓住他的弱點攻擊。

「如果這麼做，即使當了國王也是一無所有。」他終於開口。

等待他的回應時，我的手不住地顫抖，最後手指交叉，坦率地說。「你已經是一無所有的國王，真正掌權的人一直都是安哥雷米，但你可以讓他的詭計落空，如果你願意的話。」

「我怎麼知道這不是陷阱？」他問。「又怎麼知道妳沒有在說謊？這會不會是你們故佈疑陣只為了要把我殺了？」

我朝馬丁點點頭，他跨出裂口。「她說的都是實話，國王陛下，」馬丁說道，「希賽兒剝離我體內的鐵，讓我得到自由、得以返回阿爾卡笛亞，如果你願意，她也可以幫助你。」

「為什麼？」羅南質問。「我曾經傷害妳，屠殺妳的同類，我還……」他喉嚨收緊。「殺死哥哥。」

「我的確恨你，」我說。「然而你是崔斯坦的弟弟，即便有很多缺點，他依然愛你，為了他，我願意幫你。」

羅南瞪著我看了很久，最終點點頭。「晚一點妳來這裡跟我碰面，立刻幫我施行咒語，現在如果我離開太久，他會察覺不對勁，妳必須單獨過來，希賽兒……」

「嗯？」我很害怕，恐懼感強烈得不得了。

「小心說話，只要說錯一句，後果十分不利。」羅南是在警告我，深藏在他腦袋中的地雷的存在。

⚜

跟著馬丁指示的方向，悄然無聲地走在幽暗的樹林裡面，黑暗中任何窸窸窣窣的聲響都會嚇得我抽搐發抖；馬克一直在監看，但不敢靠近，以免被羅南察覺他的存在——他最主要的目標就是阻止安哥雷米或萊莎在我施行咒語時突然闖進來。馬丁去找雙胞胎，通知他們最新進展，如果可以就撤退，等到安哥雷米的追隨者抵達營地的時候，再發動奇襲。

「吸氣，」我提醒自己。「專注呼吸就好。」

魔法突然揪住我的頭髮，我被拖行在樹叢中間，好幾次被枝條鞭笞抽打身體，痛得我想要大叫，下巴卻被鎖住張不開，隱形的繩索綑住我的手腕和腳踝，最後重重地摔在雪堆上，一雙小手在我身上摸索，翻口袋、扯衣服，然後把我推到一邊，仔細檢查我的手提袋。

羅南隨後出現在視線範圍內，笑嘻嘻地開口。「凡事小心為上——我知道妳的咒語很厲害。」

挾制下巴的魔法終於鬆開，我呻吟地縮成一團。

「會不會痛？」他的呼吸熱熱地吹在我耳朵上。

「當然。」我咬牙切齒地回道。

他輕聲一笑，盤腿坐在旁邊。「很好，趕快爬起來，現在就開始執行，萬一他突然跑來，我可無法阻止他殺妳。他逼我承諾過，如果發現妳還活著，一定要把妳留給他處理。」

我手腳並用地撐起身體，拿出事先調配好的藥劑瓶子，他的眼睛緊盯我的一舉一動。

「如果沒效果的話，我會非常不開心。」他警告。

「真的有效。」我用力吞嚥。「請你脫掉外套和襯衫躺在地上，國王陛下。」

他聽從地躺下去，周遭的積雪一接觸到他體溫過高的皮膚，立刻融化成一灘水。

「這會很痛。」我事先提醒。

「我不覺得痛，」他看著我。「什麼感覺都沒有。」

「那就開始吧，」我倒出靈藥，汲取世界的能量，念誦咒語。

60 崔斯坦

我在意識的門檻外面徘徊，知覺時有時無。

這裡好冷，我渾身冰冷、四肢麻木。

四周的身軀頂來撞去，死去的肢體攀附糾纏，滿臉的控訴和指責，拖著我一直往下沉，越沉越深，直到我無法呼吸。上千具屍體的重量，一千位受害者，壓在我胸膛之上。

滾開！我對他們大吼。我試過了，竭盡一切所能。

死者聽不進去，他們聽不見。

我伸手去抓魔法化成的火焰，不顧一切、死命地抓，火星沒有越燒越亮，而是搖曳不定，忽明忽暗，最終是黑暗把我拉出意識之外，越拉越遠，直至那小小的火星變成遙遠的光點，唯有某個東西一直不肯放開。尖銳的聲音周而復始、不斷重複，聽起來很熟悉。

「崔斯坦！」非常熟悉的嗓音。「你敢死掉的話，我不會放過你，你這個愚蠢的小白臉巨魔！」

壓在胸口的重量被推開，一具具的屍體被推到旁邊，溫暖而且帶著生命熱度的一雙手把我從冰冷的黑暗中拉了出來。

我睜開雙眼。

61 希賽兒

羅南睜開眼睛坐起身體，呆呆瞪著霧氣氤氳的手指，彷彿無法相信那是自己的手一般。

「羅南，」我說。「你還好吧？」

他的輪廓逐漸具象化，我往後縮，打算必要的話、拔腿就跑，雖然他再也無法用魔法傷害我、並不表示他沒有辦法掐斷我的脖子。

「羅南？」我重複一聲。

他抬起頭，四目相對的那一瞬間，我立刻察覺他不再精神異常，鐵從體內剝離的同時，扭曲心性的毒素也跟著消褪。「很抱歉讓你如此痛苦。」我輕輕碰觸他的手。

他微微退縮了一下，讓我忍不住納悶究竟有多久時間不曾有人安慰過他，有人試過嗎？他是否也渴望別人的關懷？溫暖的小小手指頭緊緊抓住我的手，羅南下巴顫抖，我很清楚咒語引起的疼痛跟他現在的感受比起來，無異是小巫見大巫，算不得什麼，他稚嫩的生命曾經引起多少人驚慌失措？又有多少人死在他的手中？包括父親、母親、阿姨，在他心裡，哥哥也被他殺了。

更悲慘的是，他在安哥雷米那裡受過多少情感的傷害與忽略，以致人格扭曲？毒素引起的精神異常驅策他產生無數的暴力行徑，現在讓他生病的因素不見了，他必須想辦法接納自己的所做所為，才能好好活下去。

羅南低聲啜泣，肩膀不住地顫動，突然一個動作、快得讓人看不清楚，身體縮成一團，依舊緊緊握住我的手，抓得我好痛，同一時間，我也感覺到崔斯坦恢復了意識，心頭的重擔頓時卸了下來。

「羅南，崔斯坦還活著，」我說。「他沒事了。」

他渾身一僵，滿懷希望地盯著我看，隨即轉而望向我肩膀後方，便猛然撞了過來，速度快得讓人眼花撩亂，這一撞讓我躺平在地上，奮力掙扎要推開，確信自己判斷錯誤，他的暴戾依舊存在，沒想到突然有一股熱流掃過頭頂上。

「妳這個賤人，」安哥雷米大聲咆哮。「妳做了什麼事？」

「治療他。」我大叫，任由羅南拉我起身，並且進一步擋在我跟公爵之間，他應該不知道自己的魔法已經產生變化。「你好好使用吧，祝你好運，虐待人的變態。」

「治療？」公爵氣得雙手握拳，惡狠狠地朝我們走來。「治療？妳毀了他，讓他變成廢物，他再也沒有利用價值！」

羅南畏縮了一下，仍然堅立在原地。

「這麼勇敢喔，你這個可悲的小鬼！」安哥雷米舉起一隻手，五官扭曲、怒氣衝天。「讓我看一下你的勇氣能維持多久。」

火焰燃起，沒有直接燒向我們，而是被魔法盾牌阻擋在外，馬克跨進空地。「結束了，安哥雷米，」他說。「投降吧。」

公爵呸的一聲將口水吐向馬克腳前。「我們以前就交手過，你這個身體殘缺的傻瓜，你無法勝過我！」

「或許應該來考驗看看。」

安哥雷米哈哈大笑。「殺了她，孩子。」

羅南渾身一僵，徐徐轉過身來，我發現他淚流滿面。

「對不起，希賽兒，」他說。「我必須服從命令，」隨即撲了過來。

馬克跟安哥雷米纏鬥在一起，空氣中充滿爆炸聲響，白光乍現，魔法把羅南扯開，摔向矮樹叢，但才一眨眼他又衝回來，闖過馬克防線的瞬間，身體化成氤氳的霧氣，攻擊之前又變回具體，我就地滾開躲避攻擊，他的拳頭不偏不倚打在我的頭剛剛的地方。

才過瞬間他又撲上來，尖銳如鉤的手指頭把我的腿掐得又青又紫，攀住身體，就往脖子而去，馬丁陡然現身，雙手抱住羅南的腰，從我身上拉開，接著扳開男孩的嘴，將藍色發亮的液體倒了進去，隨即放手，羅南目瞪口呆地站在那裡盯著他看，一眨眼間，時空的裂縫開啟，馬丁跨了進去，緊接著巨魔王子也被拖進去。

但我並沒有脫離險境。

安哥雷米繼續與馬克纏鬥不休，魔法撞擊發出耀眼的火光和轟隆巨響，樹海被鏟為平地，燒成冒煙的廢墟，往遠處眺望也是烽煙四處，雙胞胎已經攻入營地，牽制安哥雷米的手下，阻止他們過來支援。我硬是忍住身體的疼痛，躲到岩石後方觀望。

即便公爵誇下海口聲稱自己多麼強悍，真正打起來卻和馬克勢均力敵，渾身大汗淋漓，然而就像潘妮洛普一樣，安哥雷米一輩子都很保護自己，避免受傷，久坐不動的結果自然產生了後遺症——戰鬥急遽消耗體力，呼吸越來越喘，腳步開始蹣跚，這回低頭閃避馬克的攻擊時搖搖晃晃、站不太穩。

「快啊，」我低聲呢喃。「快啊。」

他果然摔倒了，正好跌在羅南剛才留下的血跡上面，急急蠕動身體往後退開，勉強偏頭避開馬克的下一波攻擊。

「很多人排隊要搶這一份榮耀，」馬克抽出長劍，「但願他們不要埋怨我不肯讓賢，沒把機會留給他們。」

「不！」淒厲的尖叫聲如同玻璃碎裂那般刺耳，馬克猛然轉身，及時擋住萊莎的襲擊，她已經恢復原來的面目，滿臉鮮血，頭髮亂七八糟，衣服被扯破好幾處，瘋狂地發動攻擊，完全不給馬克些許喘息的時機。

因此馬克沒有察覺安哥雷米的動作，沒有及時發現他舉刀。

但我看到了，見他臉上沾到羅南的血，血裡融合了我從男孩體內剝離出來的鐵毒，我召集能量，使喚魔法，大喊一聲。

「捆住光。」

安哥雷米渾身一僵，銀色眼眸順著濃煙跟黑暗、落在我躲藏的岩石上面，扭頭瞥了一眼、確定萊莎依舊絆住馬克的魔法，無暇分神，才顫巍巍地起身朝我而來，一手拿刀。

「看來這是妳最後一招了，賤人。」

我匆忙後退，冒煙的地面灼傷我的手掌心。

「我要慢慢享受折磨妳的樂趣，」他微笑地說。「妳以為羅南那些虐待人的把戲是誰教的？」

我嗚咽呻吟，忍不住憎恨自己膽小如鼠，明明應該要勇敢，不管代價是什麼，還是要達成目標，然而打從認識的那一刻起，他就讓我心生恐懼，至今沒有改變。

陡然一聲怒吼破空而來，比太陽更加耀眼的火光出現在天際，長著翅膀的龐然大物從頭頂上方飛過，我蜷成一團、閉上雙眼、抵擋熱氣，感覺到砰的一聲有東西落在身旁——竟是崔斯坦！！

他撲滅了正在吞噬我衣服的火焰，表情陰鬱、衣服破爛、上頭還沾了好些海鹽，但他活著，並及時趕來這裡。

「妳還好吧？」他詢問。

一點都不好，但我只能點點頭。「安哥雷米呢？他在哪裡？」

崔斯坦左右張望，搜尋四面八方，最終搖搖頭。「沒看見。」

「他的魔法被我綑住，」我說。「趕快去找他，把他殺了。」

「但是羅南——」

「已經痊癒，」我說，「現在快去，免得安哥雷米找到水把血跡洗掉。」

他眼睛一亮，我已經很久沒有看到他的雙眼如此炯炯發光的模樣，然後吻了我一下。

「注意安全。」話說完他就匆匆離去。

除了木頭燃燒發出劈劈啪啪的聲響，這個夜晚靜得離奇，我用襯衫掩住口鼻，試著阻擋濃煙的侵襲，開始搜尋朋友的下落，首先找到莎賓，接著是克里斯，小老鼠塞在他外套口袋，至於馬克和雙胞胎，三個人至今蹤跡杳然。

「你是怎麼找到崔斯坦的？」我提問，任由莎賓用積雪幫我冰敷燙出水泡的手掌。

「不是我，」克里斯說道，「是他的小狗朋友發現的，當時他半死不活，被壓在翻覆的船底，周圍都是溺斃的屍體，但這該死的小傢伙鼻子像獵犬一樣靈敏。」他抓住我的肩膀。「崔斯坦體力耗盡，希賽兒，就算面對生死關頭，要他弄出一團火球，他也做不來。」

而我竟然要求他去追安哥雷米。

「你們去找馬克或雙胞胎，我自己去找崔斯坦。」我說，趕緊往他離開的方向追去，同時自言自語。「萬一公爵掙脫咒語的束縛，崔斯坦一定抵擋不住。」

「那就太可惜了。」萊莎突然出現在前方。

62

崔斯坦

我以百米衝刺的速度穿過樹林的時候，突然想到自己實在太莽撞，此刻沒有足夠的魔法保護腳底不受燃燒的地面灼傷，根本不該往前衝，應該撤退、休養生息，讓體內的能量有回復的機會，之後再想個聰明的辦法追殺安哥雷米。

但我已經受夠了所謂的謀而後動。

不想再倚賴詭詐和欺騙，虛張聲勢或製造假象來擄獲敵人、打贏這場戰爭，我要正面對決，就算赤手空拳也無所謂。

為了製造對打的機會，必須趕在安哥雷米洗去羅南的鮮血、擺脫希賽兒咒語的束縛之前先追上他，既然這是他首要的目標，只要找到我在梅露希娜背上看到的那條河就對了。

空氣中的灰燼讓人呼吸困難，本來就備受殘害的身體更因為我的催逼和壓榨幾乎要尖叫罷工，火星燙傷皮膚，已然破損的衣衫更是燒出好幾個洞，但我依舊無視於身體的疼痛，咬牙往前狂奔，躍過倒塌的樹幹和泥濘的坑洞，終於抵達森林大火的邊緣。

安哥雷米蹲在空地中間，外套和襯衫丟在一邊，雙手掬起積雪，用來洗滌皮膚上的血跡，我無聲地詛咒了好幾句，用暴衝的速度朝他奔去，當安哥雷米聽見聲響抬起頭時，我已經狠狠撞了上去，體重和速度讓我們滾在一起，翻過空地，沿著陡峭的斜坡滾下。

翻滾之中我們撞上樹幹和岩石，還被灌木叢的枝枒刺透、割傷皮膚，最後滾進谷底，在冰凍的河面撞出一條裂縫，冰層裂開，我們跌進河裡，冰凍的河水立即淹沒頭頂，我跌跌撞撞地站起來，把他拖上河岸，摔向旁邊的大樹，樹幹硬生生裂開。

一開始我以為他是溺水嗆得咳嗽，隨即領悟他竟然是在笑，我怒沖沖地走近，他試著站起身，伸手摀住側面的身體。「沒想到自己會枯竭到全身乏力吧，王子殿下？」

「就算沒有魔法，我也殺得了你。」我一邊說著一邊發動攻擊，他低頭閃開，就地一滾，伸腿橫掃而過，再一次激烈地和我纏鬥起來，雙方各自掛彩。就打架而言，我可是略勝一籌——打從孩提時代，就跟馬克、安蕾絲、雙胞胎一起接受訓練——而他則是用鄙視打架來掩飾自己的疾病，但我現在的確渾身乏力，動作遲鈍，身體復原的速度非常緩慢，這點他心知肚明，因此繼續用防衛的方式來消耗我的體力，同時利用短暫的空檔捧起積雪洗去希賽兒咒語的拘束。

我得盡快結束這場仗，不然等他恢復法力，我就死定了。

沒有任何跡象和警告，他猛然轉身衝下斜坡，河口收窄切割河岸，形成狹溝，上方就是緩坡，我氣喘吁吁地試圖追上他的腳步，絕對不能讓他逃走、讓他保留體力到下次的戰鬥，這一局就像是格爾兵棋對戰的局面已經拖了太久，應該今時今日做個了斷。

穿過樹林，再次發現安哥雷米跪在雪地上，皮膚溼淋淋的，都是積雪融化的水珠，我順手拿了一顆石頭，撲了上去，差點從邊緣栽進峽溝裡，但一股魔法陡然攫住我的身體，用力將我拋飛出去。我飛進樹林裡，連帶撞倒一棵樹，他哈哈大笑。

「你又錯了，孩子，」他炯炯有神地看我站起來。「著名的莫廷倪統治時代就此結束。」

我伸手扶住折斷的樹幹。「恐怕錯的是你，公爵閣下。」然後我舉起尖銳的石頭，邊緣都是紅的。

他睜大眼睛，終於查覺異狀，溫熱的鮮血從被切斷的頸動脈湧出，染紅了胸口，再流到腳底，形成一灘血水，即便他的魔法脫離了咒語的拘束，對我發動攻擊，也是虛弱無力，我輕易地閃過，他不死心地再試一遍，殘存的法力不足以支撐，他終於虛弱地跪倒在地。

我站在他面前。「將軍。」我說，光芒從他眼中消逝，一切終歸沉寂，頹然地倒在我的腳邊。

敵人死了，戰勝的感覺沒有讓我洋洋得意，反而木然以對，因為他的死無法喚回我所失去的一切，這個勝利贏得好空虛。

「做得好，小弟，真棒。」

我本來俯視著公爵的屍體，聽見這個聲音時全身猛然一震——萊莎就站在峽谷對岸，揪住希賽兒的頭髮、拉著她擋在身前。

「放開她，萊莎。」我暗暗想辦法要跨到對面，可惜毫無主意、無能為力，魔法復原的程度太過薄弱、不足以支撐自身重量，從這樣的高度跌下去肯定一命嗚呼。

「噢，既然你已經幫我處理掉我的主人，我自會放開她。」她對著峽谷啐了一口，一臉憎恨的表情，愚弄了安哥雷米這麼多年，讓他以為她愛他，而且忠心耿耿。相較於她，我的謊言似乎不算什麼，就像小孩子的把戲。

「我終於爬到頂峰，」她說。「擋在我前面的人不是死了，就是瀕臨死亡，我已經預備要坐上王位。」

「拿去吧，」看她把希賽兒推向懸崖邊，我的心臟差點停住。「王位給妳，只要放了她。」

她哈哈大笑。「你說放棄很容易，畢竟你打算把所有的同胞送回去。」她用力拉扯希賽兒的頭髮，痛得她大叫一聲。「我已經目睹她對羅南做的事情，但是對我無效，對嗎？該死的人類血緣，總是擋住我的路，就算當上王后也是一無所有，該死的女巫。」

「萊莎，拜託。」只要能夠爭取時間讓魔法增強力量，或許就有辦法阻止她的下一步。

「我給過你和我攜手統治的機會，崔斯坦，」她說。「卻被你一口拒絕，我當時就告訴過你，我要讓你後悔、付出慘痛的代價。」

萊莎背後突然有動靜——馬克衝了過去，他的臉被燒得面目全非，幾乎無法辨認。但還是遲了一步。

「跟她說再見吧，弟弟。」萊莎說道，一把將希賽兒推下懸崖。

希賽兒大聲尖叫，我甩出體內僅有的魔法能量，一根細長的繩索纏住她的腰，她的身體晃了晃，感覺就像我全身的骨頭都要被拆散一樣，幸好魔法的強度足夠支撐她嬌小的重量，我從眼尾餘光瞥見萊莎和馬克雙雙跌落峽谷，卻無能為力。

我的眼睛充血、灼熱疼痛，使盡全力把希賽兒拖上來。

「我抓住妳了，」緊緊把她擁入懷裡。「我不會讓妳掉下去。」敵人死了，但我隔著她的肩頭望著谷底那兩具屍體，知道我們並沒有真正勝利。

⚜

我們找到一條羊腸小徑，慢慢走向谷底，翻遍結冰的小溪，溼滑的岩石，終於找到我們的朋友，克里斯定定地俯視萊莎的屍體。「她死了，」他說。「死透了。」

我不在乎她是死是活，真正重要的是她旁邊靜止不動的那位。

莎賓跪在馬克身邊，臉上涕淚縱橫，緊緊握住他的手，他流出的鮮血在她膝蓋處形成一灘血水，但那還不是他身上最慘的傷口。

「他……？」我發現自己說不出口。

莎賓搖搖頭，但我看見他的胸口仍然有起伏，兜帽全然掀開，露出臉龐，我很想再次幫他遮住，不是為了他慣常遮住的理由，而是想要掩蓋他眼中無聲的哀求。一陣心痛充斥心頭，那一瞬間，彷彿跌落谷底的是我，是我無法移動、是我喘不過氣。

「他還有一口氣！謝天謝地，」希賽兒嚷嚷。「我可以做得到，還來得及挽救，只需要……」她狂亂地看著我，這才發現雙胞胎一跛一跛地從小溪那裡走過來。「維多莉亞，趕快，」她大叫。「我需要妳。」

「不。」我抓住她的上手臂，將她拉進懷裡。

「不？你是什麼意思？」她質問，扭過身看著我。

「不要用魔法，不要用咒語。」我說。「讓他自己決定。」

「但他會死掉！」

我不予回答，僅僅抓住她，不讓她靠近我這輩子的摯友兼表哥。維多莉亞跪在旁邊痛哭啜泣，肩膀不住抖動，然而當她抬起頭，從眼神看得出來她能體會我的感受。

希賽兒依然在我懷裡掙扎。「你不可以這麼做，崔斯坦，不要讓他死掉，求求你讓我幫助他。」

希賽兒這麼做不是在幫助馬克，而是為了我的緣故。潘妮洛普離世的時候，我強迫他活著，這回我不會再這麼做了，這是他的抉擇，由他自己決定吧，無論我是否贊同並不重要，決定權不在我手中。

「拜託，」希賽兒呢喃，最終停止掙扎，不肯跟我說話，轉而改變對象。「求求你，馬克，不要拋下我們，我們需要你，我需要你。」

他的目光緩緩轉向希賽兒，不論她究竟看到了什麼，都讓她頹喪地垮著肩膀，不捨地點點頭。希賽兒退開一步，慢慢深吸一口氣，開口歌唱——是她為艾莉唱過的安魂曲——歌聲在峽谷中繚繞，傳唱在漆黑的夜空裡，莎賓和維多莉亞後退一步，我跪在馬克身旁，緊緊握住摯友的手。

他的心跳微弱，呼吸淺促不規則，應該撐不了多久，在這麼一小段時間裡面，我能用什麼來形容這位如我長兄的人？沒有他，我能做什麼？沒有他，今日的我又會如何？這個世界待他何其殘酷，命運不只讓他一無所有，還幾乎奪走他所重視的一切，然而不管歷經多少苦難和煎熬，他都屹立不搖，比我更像個男子漢，如果世界是公平的，而且待人公正，那麼粉身碎骨躺在岩石堆上的應該是我才對。

但它一點都不公平，當然更談不上公正。

說話啊。我咬緊牙關，搜索枯腸地想要說些什麼來傳達他對我的意義和重要性、失去他對我的傷害有多深、我是多麼不忍心放手……然而當他和我四目相對的時候，我知道一切盡在不言中，毋須多說，這份認知反而讓我得以開口。

「希望你找到她重新相聚。」我聲音沙啞，緊緊握住他逐漸冰冷的手。

在那最後一刻，他眼中的光輝乍然一亮，隨即熄滅。

馬克走了。

63 希賽兒

原諒崔斯坦需要一段時間，至於諒解他的選擇則需要更久，雖然我一直難以接受，馬克殞落的傷害是許多人共同的感受——不管什麼時候看到莎賓獨自坐著，總是一臉悲傷的表情——心中的怒火又重新點燃，因為本來還有挽救他性命的機會，讓他可以追求生命、追求愛、追求美好的未來，而今……

我不太清楚馬克和莎賓的關係，他們之間的情愫有多深，是否有過告白，莎賓從來不提，我也不問——不管發生什麼事，她有權利決定要分享亦或深埋心底。我只知道馬克在她靈魂深處留下了深深的印記，需要很長的時間來抹除，甚或永遠不會褪去。

有些人會說他們相識的時間不長，不足以受到深遠的影響，我卻知道不是這樣，這個世界上有極少數的人擁有奇特的魅力，能夠感動周遭人的內心深處，馬克就是其中一位，他是我在厝勒斯的第一個朋友，自他離去之後的每一天，都有一股深刻的憂傷和心痛強得讓人難以喘息，不只因為他，也因為每一位殞落的人。

重建有無數的工作需要專注應對，這可以讓我轉移注意力不去想那些因我而起的戰爭中所痛失的朋友，眼前有數不清的傷患需要女巫照顧和醫療，瑪麗全心追查島上能夠幫上忙的女巫，懇請他們協助，並且親自保證她們的安全。燒死女巫的時代已經結束。

巨魔的時代也到了尾聲，我日復一日將魔法用在純種巨魔身上，送他們返回阿爾卡笛亞，奇妙得很，時空裂縫總是適時出現，每次都讓他們驚訝地睜大眼睛，毫不留戀地舉步跨入。我忙得焦頭爛額，甚至一起徵召其他的女巫協助，一掀起回歸的熱潮，巨魔們各個急著離開，沒有人願意給我一刻的安寧，連睡覺的時間都沒有。

崔斯坦精神飽滿地投入工作，重建被毀的一切，開啟厝勒斯的庫房，運來糧食，穀物和補給品，補充島上被焚毀的物資，他經常和克里斯乘著馬車，四處運送物資給有需要的人，回到我們一度在克林雍飯店長居的套房時，他雖然渾身髒兮兮的，卻興高采烈、神情振奮。夜晚時刻，我們緊緊交纏、躺在彼此懷抱裡，彌補這一段時間的兩地分隔。直到黎明時各自有任務召喚，拖著我們走進陽光裡。

但我偶爾還是會在睡夢中驚醒，冷汗涔涔，擔心安哥雷米死而復生，再一次掀起滔天的戰火，崔斯坦也飽受惡夢攪擾。每當我清醒過來、躺在他旁邊，可以感覺得到悲傷和罪咎感侵蝕他的心靈，但他絕口不提。我猜，我們兩人都還沒辦法相信上天會給機會過我們夢想中幸福的生活、從此廝守、優游自在享受美好人生。但是隨著平安的日子周而復始，我們開始鼓起勇氣、懷抱希望，崔斯坦應該也是這樣。

可惜事與願違。

⚜

「你們確定做好了心理準備？」我問。「過程很痛苦。」

「妳說得是最近這些日子、從工作室傳出來的、不是狂喜的尖叫聲？」維多莉亞嘻皮笑臉、傾身靠著椅背，腳架在我的工作檯上，她腳上那雙鞋不管刷了多少次、依然洗不掉上頭巨魔暗黑的血跡。「真是可怕啊。」

我瞥了文森一眼，他坐在對面，嘴角的笑意若有似無，雖然沒有開口說話，至少眼神開始有反應，不再呆滯木然。每當我、崔斯坦或是維多莉亞跟他講話時，他會專注地聆聽，即便不敢說我的咒語是否有把他救回來，畢竟他的症狀不是因為血液中鐵的毒素造成的，但我們不免懷抱他可以痊癒的希望。

我和崔斯坦曾經提議要讓維多莉亞成為第一位回歸的巨魔，但她不只婉拒，還自告奮勇地扛起責任，說服那些不願意躺上工作檯的巨魔，巨魔們排斥的原因或許是害怕疼痛，或許是因為無法理解這是非常寶貴的機會，但最後這些人通通擺脫了鐵的荼毒，瞬間痊癒，很多肢體殘缺和畸形的巨魔，則是選擇保留原狀，帶著許多年來習慣的形象穿過裂縫、回到阿爾卡笛亞。

而今眼前三位就是人類世界裡僅存的巨魔。

「妳不會怕了吧？」崔斯坦提問，嘻笑地搥了維多莉亞肩膀一拳，隨即低頭避開文森的拳頭。「我從來不認為妳膽小如鼠。」

我一面預備材料，一面傾聽他們戲謔地彼此取笑，試著不要太過多愁善感和情緒化。我已經失去太多摯愛的親朋好友，雖然雙胞胎不是要死了——而是從此長生不老——但是感覺幾乎相同，仲夏國王不願意再度冒險讓他的同胞居留在這個世界，這意味著我所治癒的巨魔永遠無法再回來，此後再也見不到雙胞胎。想到這，淚水忍不住滑下臉頰，我偷偷伸手撥掉，不想被發現。

今天一早崔斯坦跟他們去散步，別離的淚水和告別都已經結束，雖然現在故作輕鬆，實際情緒卻很緊繃，悲傷是免不了的，同時還懷抱著一股急切的盼望及對未知的恐懼，因為我們無法確定咒語對文森的影響。

「驗證的方式只有一種，希賽兒，」維多莉亞顯然看透我的想法，我再一次哽咽，點頭說道，「我準備好了。」

工作檯對他們來說實在太小，沒有足夠的空間——以他們法力相連的本質來看，必須同時進行。崔斯坦把礙事的桌子拉開，雙胞胎走過來，分別拉住我一隻手。「妳是我們最好的朋友，」維多莉亞說道。「也是最瘋狂的同伴，我們一定會想念妳的，知道嗎？」

「我也一樣，」我忍不住拿出手帕擦鼻涕。「沒有你們兩個，世界肯定失色不少，寂寞無聊，更是少了押韻的樂趣。」

文森微微一笑。我知道時候到了，他們並肩躺在地板上，崔斯坦站在角落裡，光線陰暗，臉上的表情沒有洩露心底的焦慮。他朝我點點頭，我開始進行儀式。

血從皮膚底下冉冉升起，他們沒有多看一眼，雙眉糾結深鎖的樣貌顯出他們正在感受劇痛。我的額頭開始冒汗，忍不住懦弱地閉上眼眸，他們開始變化的瞬間，我就察覺到了，雙手摸到的感覺空空蕩蕩、沒有東西，維多莉亞一定沒問題，至於文森？沒有實質的軀體以後，他剩餘的心靈還能不能凝聚、幻化成人形？

沒有人吭聲，我很緊張，心臟跳到喉嚨口，睜開眼睛。

維多莉亞坐在面前，睜大眼睛瞪著文森的形體逐漸淡化，若有似無。「拜託，求求你。」她低語。「不要離開我，兄弟。」

崔斯坦抓著我的手，我斜瞥一眼，看他跟我一起跪在雙胞胎的血泊裡。「來吧，文森，堅持住，」他說。「你一定可以。」

我屏息以對，慢慢看見了變化，不可思議的事情發生了，文森終於凝聚起來，逐漸具體化，轉頭看著姊姊。「維多莉亞？」

維多莉亞高興得哭出聲，手臂緊緊環住弟弟的肩膀，崔斯坦這才鬆開我的手，因發麻的疼痛感，我才察覺他剛剛握得有多緊。文森終於恢復原來的他，這一刻苦樂參半，恢復的同時也是別離的時刻，我們依舊會失去他。

勉強把最後存留的月神靈丹遞給雙胞胎，哀傷地看著他們仰頭一口氣喝下。

時空的裂縫開啟，夏天的氣息瀰漫在工作室裡。

「得走了，」維多莉亞開口。「他在呼喚我們，」他們站起身。「再見，朋友們。」說著轉向我，「謝謝妳。」

我點點頭，緊握崔斯坦的手，雙胞胎消失蹤影。

我們沉默了許久，然後崔斯坦開口說道。「去清理一下，我們騎馬出去，有一些事情需要處理。」

❦

跟克里斯相處的這一段時間讓崔斯坦的馬術精進許多，他悶頭、躁進地馳騁，相信我可以跟得上。我們一直沿著大洋路前進，直到橫跨落石的橋邊才放緩腳步，他滑下馬背耐心等待，直到我也落地之後，我們默默無言牽著兩匹馬繫牢在木樁上，他伸手拉著我往下走到厝勒斯的入口。

打從上次離開之後我就不曾再來到此處，但他回來過，而且次數頻繁，支撐這座山的魔法源頭歸他所有，承造公會的成員全都返回了阿爾卡笛亞，苔伯特生前幫他完成石樹大半的工程，全然隱藏在陰暗的洞穴裡頭。

「想不想看一眼？」他問道，拍了拍袖子上的灰塵。

我聳聳肩膀，轉身打量自己向來很喜歡的噴泉造景，不讓他看見臉上的笑容。「好啊。」

他沉默半晌，突然笑了出來。「感覺妳都知道一樣。」

「幾乎。」坐在噴水池邊緣，仰頭欣賞神奇的樹瞬間大放光明，照亮崔斯坦奉獻許多年的青春和生命、建造而成的龐大結構體。

「好美。」我呢喃地說，轉而一想，巨魔會造出不漂亮的東西嗎？洞穴裡面盡是頎長的石柱和優雅的拱門造形，很難想像如此美麗的結構能夠支撐整座山這麼大的重量。

「想不想看它的效果？」崔斯坦問道。

我臉色發白，還來不及開口，石樹的亮光陡然熄滅，四周充斥著石塊鬆動吱吱嘎嘎地呻吟聲，直到再次恢復穩定，我緊緊抓住崔斯坦的手臂。

「妳好像很懷疑我的能力。」他捏捏我的手，揚手送出上百顆光球飛向天花板，取代石樹的亮光，瀑布的水氣中映出色彩繽紛的小彩虹，慢慢的，我逐漸放鬆下來。「你瘋了。」

他咧開嘴笑。「這是家族遺傳。」

我任由他牽著手走向皇宮，寂靜的城市感覺無比奇特。「這裡一個人都沒有。」

崔斯坦搖搖頭。「混血種沒有人願意留下來，其他的……」他聳了聳肩膀，臉上反映出心底的哀傷。

巨魔全都離開了，即便混血種傳承相同的一部分巨魔血緣，但畢竟還是不一樣。我不只一次納悶他是不是寂寞得很，就算有很多熟人對他關懷備至，但還是無法取代他所失落的一切。

在皇宮漫步，美麗恢弘的建築盡是工匠投注畢生心血的藝術傑作，世人或許再也無緣目睹，也沒有機會認識他們，靴子踩在光亮得不可思議、幾乎如同重新打磨的磁磚上面發出喀喀的聲響，旅途終點一如我所預料的，停在他的臥房——我們的寢室。坐在奢華的床罩上面，看他仔細專注地收拾一些物品塞進包包裡，包括幾本書、畫作卷軸，母親和阿姨的相框、戒指，還有一把斷了的刀。

然後他走向衣櫃、推開木門，裡面掛的是我在這裡的期間所穿過的精美禮服。「換上妳最喜歡的那件。」

我揚起眉毛。「為什麼？」

「為什麼不？」

他緊繃的肩膀肌肉告訴我別在這時候爭論，藉著他的協助，我順利換上翡翠綠的天鵝絨晚禮服，輕輕撫摸熟悉的質料。一輩子被無數金銀財寶環繞的崔斯坦，悠哉自如地從盒子裡挑出相襯的珠寶，撥開長髮幫我戴在脖子上。

「妳想要什麼就統統都拿走吧。」他似乎沒發現我在搖頭。

我們持續漫步，走向皇宮謁見廳，帶著我在牆邊一排排的雕像之間穿梭，魔法點亮它們的眼睛，然後他鬆開我的手，走向宏偉的黃金寶座，坐了下去。

「我要禪讓王位。」他緩緩地說出這句話。

「你說什麼？」這句話讓人太過意外。「要讓給誰？」

「艾登。」

我皺眉以對，不甚同意他的抉擇。在我們返回崔亞諾的時候，將艾登從沉睡中喚醒，發現他大部分的時間都很清醒，經歷過這一切還能維持神智清明是一大奇蹟，歷經苦難唯一留下的痕跡就是當他以為沒有人留意的時候，臉上偶爾會呈現那種心神不寧的表情。

在他備受煎熬的時期，柔依負責照料，甦醒以後，那種依戀關係並沒有中斷。至於艾登犯過的錯事，柔伊似乎比我更願意饒恕。

「這是人類居住的島嶼，」他說。「不該由我來統御，再者，我們可以去旅行，到處走走看看，多多認識這個世界。」

他的語氣彷彿擔心我會捨不得放棄一樣。

「如果，」他說。「他變成可怕的暴君，我還可以收回王位。」他拿起勾在寶座後面的王冠，應該是他父親留在那裡的，把它塞進包包。「還要再去拿一樣東西。」

果然是在玻璃花園裡，他無疑非常清楚那樣東西的確切位置，在閃閃發亮的樹叢迷宮迂迴穿梭，途中還經過他母親跟阿姨慘死的地方——我默不作聲——最終來到噴水池旁邊，月神的靈丹就從時空裂縫那裡往下滴，而今噴泉近乎乾涸，這裡的資源全都被我用來遣送眾多巨魔返回阿爾卡笛亞。「你想再找一位妻子？」看他小心翼翼地裝滿了一小瓶，我忍不住提問。

「單單一位就讓我手忙腳亂，」他舉起小玻璃瓶嗅了一下，才塞住瓶口。「還要去履行一個承諾。」他沒有多做解釋，帶著我離開玻璃花園，走向河邊，徐徐轉了一圈，彷彿想要把整座城市刻畫在心底。

「巨魔的時代結束了，」這一句似乎是說給他自己聽的。「對混血種來說，這個地方等同斷開的牢籠——沒有任何一位會心甘情願地再回來住在這裡，我又不想看它被有心人利用、謀奪這裡的財富、偷挖黃金、藝術品和知識，用來謀取私人利益。」

「你在暗示什麼？」我問，胸口突然有一股難以解釋的疼痛。

「這是一座墳墓，」他說。「封閉的時機到了。」

他抓著我的手，率先走向河邊的門禁點，我可以感覺到魔法彰顯的熱氣逐步升高，等我們幾乎抵達溪水路的時候，落石轟隆的巨響差點震破耳膜，扭頭回顧後方的景象，看著石柱一根根倒塌，魔山的巨石從天而降，砸毀下方的城市，樂土區頃刻間化為烏有，緊接著圖書館也消失了，皇宮灰飛煙滅，歷經多年辛勞創造的玻璃花園瞬間銷毀。一切化為灰燼的景象看得我淚流滿面，而崔斯坦完全沒有回頭。

連看一眼都沒有。

他逕自拉著我鑽進溪水路的隧道，魔法暫時撐住山石，直到我們站在沙灘邊緣，陽光灑在臉上，這時他才轉身凝視滑落的土石，點了點頭，那裡曾經是他生存的意義所在，現在全都埋藏了。

厝勒斯從此消失。

⚜

回到工作室，我開始收拾必要的物品，崔斯坦前去城堡把王國的鑰匙交給艾登，把月神的靈丹送給柔依，隨她心意運用；我一邊收拾行李一邊哼哼唱唱，想著回程的路上我們擬定的未來計劃，想去旅遊的地方，到世界各地去開開眼界。

「每次看妳笑成這樣，都覺得好美麗。」

轉身一看，崔斯坦斜倚在門框上，外套敞開，襯衫的領口鬆開，頭髮比平常長了一些，墨黑的髮絲映著雪白的衣領，銀色眼眸亮得不可思議，看起來英俊無比。認識許久以來，第一次看他這樣無憂無慮，再也沒有重擔的神情。

「怎麼樣？」我問。

「幸福的模樣。」他笑盈盈地說。

「那就期待你會常常看見，」說著走了過去。「因為我的確是這樣。」

雙臂勾住他的頸項，踮起腳尖親吻，享受嘴唇貼在一起的感覺，他的熱度讓我心跳加速，全身發熱。

「我愛妳。」他對著我的耳朵呢喃，炙熱的呼吸勾起了身體的慾望，情不自禁地分開雙唇回應。這時有一股仲夏的香氣拂過臉龐，我在他懷裡轉身一望，恰巧看見裂縫開啟，仲夏國王親自來訪我們的世界。

「國王陛下。」崔斯坦說道，突然退開一步，深深一鞠躬，讓我相當驚奇。

我站在原地，即便室溫舒適宜人，卻感到一股寒氣，雞皮疙瘩浮起。

國王點點頭，注意力轉向我。「妳的債務還沒清償完畢，希賽兒．莫庭倪。」

我揚起下顎。「我已經付清了，你的子民都回去了。」

他歪著頭，我發現自己必須移開目光，兩眼發熱，像是直視著太陽。「不是全部。」

「混血種無法回去，」我揪住衣裳的布料，雙手握緊。「他們屬於這地方甚於你那裡，如果強行汲取他們體內的鐵，那些人活不下去。」

「不是他們，」他說。「那些人的魔法和他們的後裔我可以用真名來約束。」

「那……」我閉上眼睛，無法呼吸。

「不，」崔斯坦開口，硬生生的從喉嚨裡擠出聲音。「我不回去。」

仲夏國王的吩咐迴盪在腦海裡：清償債務的時間到了，希賽兒．莫庭倪，我要全部的子民回歸這地，妳必須達成這個任務。

全部的子民。

全部。

「求求你，」崔斯坦雙膝跪地。「要我做什麼都可以，我願意發誓，你要捆綁魔法或者全部拿回去都可以，我不在乎，只求你不要逼我離開她。」

國王一言不發，他不需要開口，清償債務的重擔就是足夠的壓力。

我只覺得胸口好痛，哀聲啜泣，卻不由自主地移動身體，拿起那袋半邊蓮、再取水盆，動作僵硬、機械化地調配材料。

「希賽兒，不要，」崔斯坦猛然搶走水盆，匡啷一聲丟到旁邊。「請妳不要這麼做。」

「我無法停止動作。」

袋子冒出火焰，花瓣燒成餘灰，我的手毫髮無傷。「妳要抗拒。」他哀聲懇求。

但人要如何阻擋大海的波浪、呼嘯的颶風、或是光陰的流沙，無疑是螳臂擋車、自不量力。鮮花又自動從地上冒出來，半邊蓮的香氣重新瀰漫在空氣裡，崔斯坦又抓又撕，舉凡被他觸及的花瓣瞬間化成灰燼，卻有更多花如雨後春筍般冒出來。

「崔斯坦提斯恩，」國王號令。「遵守。」

崔斯坦內心的怒火讓我痛得大叫，但他無法抗拒自己名字的效力，尤其是來自於賜名給他的尊者。崔斯坦膝蓋著地跪在面前，我張開手臂，緊緊抱住他不肯鬆開。

但這些都是徒勞的掙扎。

我的嘴唇蠕動、自動念出咒語，屬於這個世界的魔法從四面八方凝聚在一起，自他血管剝離鐵的毒素，再強迫他的魔法療癒自己造成的傷害。他的痛苦我完全可以感同身受，就在大功告成的時候，我的懷中什麼都沒有。

崔斯坦化成裊裊青煙，臉上汩汩而下的淚水一離開皮膚就消失無蹤，但是再多的眼淚都無法阻止國王伸手按住他的肩膀，遞出一個瓶子，耐心等候，直到崔斯坦喝了下去，才拉著他往後退向時空的裂口，一步一步後退。

「崔斯坦，我愛你。」我說。

然後他就不見了蹤影。

⚜

他們在錦繡花海中找到了我，我無法自抑地痛哭流涕，此起彼落的聲音，無盡的問題，眾人七手八腳把我抬出花海，強迫灌下藥水，然後我就沒有知覺。

即便藥水效力褪去，我仍舊抓住虛無不肯甦醒。

因為我失去了最寶貴的一切。

⚜

清晨黃昏、日復一日。

實在不公平。

他們帶我回到農場的家，熟悉的床鋪，熟悉的床單。

我們竭盡心力、奮戰不已。

喬絲媞跟莎賓輪流強迫我進食。

我們贏了。

我依然感覺到他的存在，在遙不可及的那個地方，不是這裡。

我們本來很幸福。

日子一天天地過去。

⚜

在某一天早晨，我爬起床，膝蓋軟弱無力，穿上自家縫製的舊衣服，綁起頭髮，廚房裡面空無一人，我經過庭院，進了穀倉，發現妹妹在那裡忙碌地工作，一看到我，她驚訝地睜大眼睛，什麼都沒說，直到我拿起乾草叉，開始清理馬廄的髒污。

她把鏟子放到一邊，漫步走來，溫柔地拿走手中的工具，直視我的眼睛。

「孩子秋天就要臨盆了。」她說。

「對。」淚水潸然而下。

「奶奶知道，她在過世之前就跟我說了。」

我低著頭，無法開口。

「或許他……」她猶豫半晌，我抓住她的雙手、打斷念頭。「給我一點事做，讓我保持忙碌。」

喬絲媞點點頭，沒有把乾草叉還給我，反而開口說。「或許妳應該回去做自己最擅長的事。」

那一瞬間我想要拒絕，想要告訴她，我不想從一度給我無比樂趣的事業裡尋求慰藉，然而崔斯坦不會希望這樣，最終我也發現自己不想放棄。

所以我又開始唱歌。

64 崔斯坦

我在傾聽。

這裡的時間流逝迥然不同，藉著我在兩個世界間扯開的裂縫，我默然無聲坐在原地好幾天，那首歌猶自在耳際迴盪——打從仲夏國王罔顧我的意願、強迫我回到這裡以來，這件事重複發生——假若我有決定權，只想靜靜坐著、傾聽她的天籟歌聲。

藤蔓從泥土中往上蔓延，迂迴纏繞，形成翠綠與棕黃的枝葉網絡，遮蔽我的視線，我皺起眉頭，轉身說道。「希賽兒懷孕了，你必須放我回去。」

「必須？」他的語氣一如往常那樣趣意盎然，彷彿我是某種新奇古怪的小玩意兒，提供他短暫的娛樂。「為什麼要讓你回去？」

「她已經達成你的要求，」我咆哮地扯掉礙眼的藤蔓，偏偏它們又重新繁衍茂盛。「你失去的血脈盡都回歸了阿爾卡笛亞，收回失落的領土，驅逐冬后遠離世界之外，冰封上千年，這一切都要歸功於希賽兒的努力，你沒有感恩，反而懲罰她。」

他歪著頭反問。「有嗎？」

用問題回答問題。精靈向來讓人生氣，眼前這一位更是箇中高手。我俯視雙手，金色的紋路橫跨指關節——它們是真的存在，或者只是我心底期望的反射？

不，我立刻認定，它們真的存在，因為我依然感覺到她在那裡——在內心深處的耳語。

「宇宙有眾多世界等著你去探索，你卻把時間浪費在這裡，旁觀凡人的生活點滴？」他問。「為什麼？」

「因為這是原本屬於我的人生。」我呢喃回應，強迫藤蔓往兩側生長，讓我再一次觀看希賽兒的世界。

⚜

希賽兒留在農場，接受家人和莎賓的照顧，臉頰逐漸恢復紅潤，肚子隆起的弧度顯而易見。農場的訪客來來去去，被艾登任命作為施政顧問的堤普經常來訪，向希賽兒告知島上的政經發展，彷彿她是女王。瑪麗和艾登正認真追求的柔依送來許多匹絲綢和天鵝絨，都是島上製作的精品。聽他們訴說城裡的八卦，加添了希賽兒的生活樂趣；克里斯回去他父親的農場工作，常常來陪她騎馬，直到肚子大得不適合騎騁的時候，他們就乘馬車出去沿著海邊南來北往，小老鼠乖乖地坐在旁邊。希賽兒十八歲生日時眾人聚在一起慶祝，農舍裡面擠滿深愛她的人。

為了他們，她笑容滿面。

為了他們，她笑口常開。

為了他們，她假裝開心。

唯有一個人獨處的時候，在夜深人靜的時刻，她才會釋放傷痛，蜷縮在床上，釋放的淚水浸溼了枕頭，用百衲被摀住哭聲。每一次看到這種景況都讓我心碎、滿腔怒火，忿而起身去找仲夏國王，不住地懇求、哀泣，或是飆起怒火要他送我回去。

答案卻總是一成不變。

❦

生產過程對她來說不太順利，她整整痛了兩天，嚇得莎賓和喬絲媞心驚膽跳，憂心她會難產而去。在她臨盆大出血的時候，我手上的痕跡和紋路變得黝黑隱晦。

我們的兒子出生了。

從這片夏天永無止境的土地上，看著混血的小生命來到人間，即便他永遠沒有認識我的機會，我卻已然愛他勝過一切。我全神貫注地打量他完美細小的五官，甚至在兩個世界中間多了一道門，強烈的能量翻湧，都沒有察覺異狀，直到希賽兒的房內充斥著溫暖的光輝，叔公已然跨進房間，我才發現。

希賽兒瘋狂地爬起身來，從血跡斑斑的床上撲過去擋在他和兒子中間。

「你不能帶走他，」她尖叫。「不可以。」

他彎腰對著她耳語，說了好幾句，對她苦苦的哀求置之不理，虛幻的形體直接穿透過去，俯身靠近啼哭的嬰兒，對他呢喃了名字，一個不容反抗的命令，在他一無所知的時候，就綑綁並限制他使用魔法。

國王隨即失去蹤影，留下希賽兒抱緊孩子貼近胸口，醞釀了好幾個月的怒火、傷痛和恐懼，像山洪爆發似地狂瀉而出。我衝進他的宮廷，怒火化身成憤怒的小獸，數目多到數不清，又抓又咬，在場的人四散奔逃，強烈的破壞力逼得叔公的受造物起身跟小獸們對抗，意念和恐懼化身成為怪物的數目瞬間倍增，站在如惡夢般的戰場中央，在數不盡的世界裡，海浪滔天，狂風怒號。

仲夏國王的脾氣終於忍不住發作。

「你不屬於那裡。」他大肆咆哮，狂風烈火、雷鳴閃電都在強調他的話，尖銳的利爪掐住喉嚨，直接把我摔在地上。

「你可以告訴她我愛她，」我對著泥巴嘟噥。「說我可以看見，也可以聽見她的歌聲。」

形狀尖銳且佈滿鱗片的腳爪踩在我臉頰旁邊的地上。「知道了又能怎樣？」他反問，形體變得模糊，漸漸變成人類的輪廓。「明知你周而復始地站在背後觀望，她要如何好好地活下去？」

「或許她能因此得到安慰。」

「這是為她或是為了你自己？」

的確是充滿睿智的話語，只是我聽不進去。固執是我最好也是最壞的盟友，繼續把我推回裂縫處，觀看我心嚮往、本來應該屬於我的生活。

對比之下，希賽兒活得很精彩。

她帶著莎賓和我們的孩子——他告訴媽媽自己的名字叫亞歷山大——搬回崔亞諾，在那裡她見到銀行家布查德，討論如何管理她從安諾許卡那裡繼承而來的企業，其中最主要的就是崔亞諾歌劇院。希賽兒的管理作風深具個人魅力，手段強悍，無情地開除那些阻礙她實現願景的員工，額外用驚人的高薪聘僱水準一流、名聲如日中天的閃亮明星，她的說法是。「他們的身價值得高薪。」

工人日以繼夜地趕工好幾個月，修復因容納難民而變得殘破不堪的歌劇院，恢復昔日的光彩，每次聽見她嘟囔地說。「整修費用都來自於你那些該死的黃金，崔斯坦。」我就忍不住微笑。

開幕的夜晚，她站上舞台，面對爆滿的觀眾，我開啟的裂縫直通布查德的私人包廂，從他肩膀後面觀看希賽兒嘔心瀝血的演唱。

她沒有卻步或停駐，反而靠著敏銳的生意眼光，抓住投資機會深入產業，完全出乎我的意料，更為莎賓預備一筆資金，開設服飾店，開張不久之後，她就變成崔亞諾最受歡迎的設計師傅，無論貴族或明星，爭相穿起莎賓設計的衣服；此外她跟克里斯辯論很久，終於說服對方接受用黃金做資本，從鄰國進口牲畜，投注心力豢養馬群，從此有那些駿馬和小老鼠日漸增加的後代環繞在他左右。

等到周遭的人事物按照她所希望的安排妥善，希賽兒開始到處巡迴演唱，站上每一座著名的舞台，不只以天籟般的歌聲風靡全世界，更因為她在小島的戰爭事件中扮演的角色，成為舉世聞名的傳奇人物，凡她足跡所到之處，總是有我們兒子的身影陪伴，她不只極盡寵愛，也盡心教導。

這個孩子聰明過人，黑頭髮、身材高挑，常常調皮搗蛋，隨著年紀增長，因為英俊的面貌加上小有名氣，吻遍崔亞諾半數的女孩，直到艾登和柔依的女兒看上他，用了一點小手段，讓他從此再也不看其他女孩第二眼。

時光流逝，希賽兒的人生過得無與倫比，但是凡人的生命終有盡頭。

生老病死是免不了的。

65 崔斯坦

一開始是慢慢的，然後狀況發展的速度，飛快到令人措手不及。希賽兒從表演回程的船上不小心感染風寒，後來咳得厲害，甚至在選角試鏡的時候被迫退場，以免驚擾年輕的表演者。「就是喉嚨癢癢的，沒什麼大不了，至多一杯熱茶就可以醫好。」她還特意安慰擔憂的助理。

但事實不然，不管是一杯、一壺，甚至找遍島上所有的丹劑或藥水都無效，在我察覺之前，咳嗽已經影響到肺部，劇烈咳嗽幾乎榨乾她的精力，她的身體變得虛弱沒有力氣，看見黑線悄悄擴散到手上聯結的印記，我知道時間快到了。

「找個女巫來幫妳，」莎賓勸告，但希賽兒搖頭婉拒。「年齡的老化無法治療，」她說。「我想回家。」

過了這麼多年，希賽兒的父親已經離開人世，佛雷德升任艾登麾下的資深軍官，蒼鷹谷的農舍隸屬她妹妹所有。喬絲媞婚後跟丈夫生了一大群孩子，有一兩個孩子已經結婚，連孫子都有了，因此農舍必須擴建才能容納這麼多人口，不過他們依舊為希賽兒保留了一個房間。當她躺上那張床的時候，虛弱得幾乎無法開口。

「派人去通知亞歷山大，」莎賓告訴趕來探望的克里斯。「她撐不了多久。」

明知道會有這麼一天，這句話仍然像是迎頭痛擊一樣。

許多年來，我經常納悶這一刻會如何，而今有了恆久的生命，她的死是否連帶成為我的結束，無論我想或不想，思索的過程裡面，驀然出現一個意念，時間洪流的拼圖歸位，早先的念頭逐漸開花結果，生出異想天開的盼望。

我封閉裂縫，舉步穿過樹籬迷宮，這些樹往上伸展，高得看不到頂點，迷宮的路線隨時按著他的心情起伏而改變，唯有他想見的人才能走到中心點。觸目所及是一片空地，中央是一座火湖，烈焰隨機起伏遷動，上方的空氣散發出熱度，那裡是太陽。

「她快死了，」我說，火湖平靜下來，平滑的表面映出我的倒影。「可以讓我去引導她度過嗎？」

前方出現巨大的裂縫，我帶著複雜的心情和苦樂參半的渴望，跨回出生地的世界。

❦

時空裂縫的出口就在卓伊斯農場的田野，我文風不動地站在那裡，品嘗春風拂面帶來的松樹清香，冬天的寒意還沒有完全過去，穀倉的屋簷底下仍然掛著一根根冰柱，融化的雪水滴進桶子裡、滴滴答答的聲音好像音樂，溫暖的陽光照著背脊。我在大門口停下腳步，一隻狗坐在院子裡，我拍拍牠的頭，拉了拉袖口，這才舉手叩門。

門被拉開，克里斯站在玄關，因年紀漸長，身體有些發福，臉上多了魚尾紋，依舊一頭金髮，沒有斑白的現象，他瞪著我看了許久才開口。「你這個小白臉的渾蛋巨魔，過了這麼多年，竟還保持當年的青春模樣，不像我們逃不過歲月摧殘、滿面風霜。」

這麼多年以來，我第一次牽動嘴角露出笑臉。「你的讚美真讓人懷念，再也沒有人能夠如你這般伶牙俐嘴、逗我開心。」

「我好像聽到你喊……」莎賓推開擋在門口的克里斯，隨即伸手摀住嘴巴。「我的天哪，」她呢喃。「真的是你？」還沒聽見我的回答就張開手臂抱住我的脖子。「噢，崔斯坦，希賽兒，她……」

「我知道，這也是我在這裡的原因。」聽我這麼說，她凝視我的眼睛，隨即領悟、緩緩點頭。

他們讓開容我進門，喬絲媞站在以前那張刻痕斑斑的木頭桌子旁邊，一言不發地拉起我的手，看見我手上泛黑的紋路，淚水潸然而下。「還以為你或許可以……」她伸手抹過臉頰，擦掉淚水，「很高興你來了，對她而言，這有莫大的意義。」

莎賓抓住我的手肘。「她一直藏在心底，什麼都不說，但我們心知肚明，自從失去你以後，她就不曾走出悲傷，」她說。「她一直愛你直到如今，沒有停息。」

胸口揪緊，一瞬間痛得難以呼吸。「她從來沒有失去我。」

樓梯那裡傳來腳步聲，兒子跨進廚房裡。「喬絲媞阿姨——」他剛開口就愣在原地，就算他不能使用魔法，絲毫沒有影響我對他的感覺。

「亞歷山大，這位是——」

「我知道他是誰，」亞歷山大說道。「我看過他的肖像，就算沒有……呃，我也照過鏡子。」

「驕傲自負，果然有其父必有其子。」克里斯說道，但我置之不理，非常清楚兒子的機智背後在隱藏什麼。

「既然你在這裡，那麼……」亞歷山大別開目光，下顎繃緊，極力壓抑自己的情緒，揉揉眼睛，眼珠不像灰色而是偏藍居多。好像他的母親。

我點點頭，印證他所恐懼的。當我被允許跨入這個世界，短短時間內又能說些什麼？我看著他出生、看著他在母親諄諄教誨底下從小男孩變成大男人。我很了解他。只不過對亞歷山大來說，即便聽了很多關於我的故事，依舊顯得陌生，我離開時的年紀比他現在更年輕——包含現在的面貌——他的身材略矮，成年的體格加上舅舅鍛練的結果，讓他結實很多，即便他完全符合我對孩子的期待，在親情方面卻是尷尬而陌生。

然而總不能什麼話都不說就離開，我不要效法我的父親。

「你玩撲克牌的時候，」我提醒。「或許可以考慮偶爾輸個一、兩次，尤其對手是你舅舅的時候，他最討厭打牌作弊，已經開始懷疑你了。」

亞歷山大錯愕得睜大眼睛，隨即手臂交叉、抱在胸前。「我沒作弊。」

我哈哈大笑。「巨魔打牌都作弊，無一例外——這是天性。至於說謊，那是你母親的遺傳。」我拍拍他的肩膀，舉步上樓，既然現在知道我可以看見他們的生活點滴，說再見似乎是多此一舉。

還沒有走進房間，我已經聽見她費力的喘息聲，我握著門把，在門外站了許久，必須凝聚勇氣才敢跨進去。

「我知道你在外面，」她的聲音雖然虛弱，但無比熟悉。「不要躲了，進來吧。」

我微笑地推門進去。

三十年的光陰轉眼消逝，她雖然遭受病魔的折磨，身體虛弱無力，卻是一如往昔的美麗，就像十七歲的時候——紅色頭髮留回原有的長度，綁成辮子垂在一邊肩膀，臉頰的疤痕已然褪色、變成細長的白線，反而更加美麗，眼角細微的皺紋意味著獨特的個性、而不是年紀的刻痕。然而外表並不重要，她的眼神透露出病痛的煎熬，心跳微弱，來日不多。

「我一直在等你，」當我坐在床邊、握住她的手，她呢喃低語。「還以為你不會來了，不想……」

兩行清淚滑下她的臉頰，我把虛弱的她擁入懷抱。「我說過，我會愛妳直到生命只剩下最後一口氣，至今依然，但是妳怎麼知道——」

「他說過，」希賽兒的氣息微弱的拂過我的喉嚨。「就在亞歷山大出生的時候，他說當我臨終的時候就會見到你。」

有多少時候我的沮喪無處發洩，曾經一再指責叔公殘酷無情、冷血拆散我們？

她突然劇咳起來，我緊緊抱住她衰弱的身體，恐懼堵住心頭，希賽兒的心跳斷斷續續，只剩一口氣。她快要走了。

「好痛。」

淚水刺痛了我的眼睛。「很快就結束了。」

希賽兒吸了最後一口氣，然後心臟停止跳動。

生離死別的痛苦難以想像，好像被開膛剖肚，心臟撕裂成兩半，聯結的絲線綳到極致，隨時會斷開，但我緊抓不放，拒絕鬆手。

拜託，求求你。這是心底唯一的念頭，我劈開通往阿爾卡笛亞的裂縫，一腳跨了進去。

66 希賽兒

溫暖溼潤的空氣夾帶著夏季暴雨的氣息，徘徊不去；陌生的花香透著甜蜜的味道漫入鼻孔，臉頰貼著亞麻床單的觸感，底下的肌膚擴散出超乎尋常的熱度，耳朵旁邊平穩規律的心跳聲音極為熟悉。

「這是夢吧。」我自言自語，已經數不清楚這些年來有多少次夢見自己陶醉在他的懷裡，醒來卻發現床上是空的。

「不是夢。」崔斯坦說道，我抬起頭，一眼就看見那對銀色的眼眸，他英俊的五官沒有絲毫歲月的痕跡。

「那麼我是……？」

他點點頭，掌心貼住我的後腰，暖意透入寶藍色的絲綢。這時我才發現我的身體變回幾十年前的模樣。現在的你跟想像中一模一樣。

「怎麼會這樣？」我轉頭張望，環顧綠意盎然的阿爾卡笛亞，周遭的景色千變萬化，充滿奇特的生命力。「我是凡人。」再者我很清楚有多少鐵盤據在體內。

「人類的軀殼無法穿透時空、來去自如，」他說。「唯有靈魂不受侷限和障礙，這也是叔公以前能夠帶妳過來的原因，雖然逗留的時間十分短暫。」

「兩次心跳的間隔非常短暫，很多事都可能發生。」我把仲夏國王說過的話原封不動搬出來。

「或是心跳停止的時候，」崔斯坦說道，「我們的聯結拴住妳的靈魂……不得自由飄往他處，然而——」他清清喉嚨，凝視我的頭頂後方。「如果妳希望的話，也可以切斷。」

我踮起腳尖吻他，驅除他這個愚蠢的念頭，同時細細品嘗他的滋味，這個吻就算持續一輩子都不夠久，但我終究克制下來，站穩腳跟。「馬克……」

他搖搖頭，已經是陳年往事的傷口，心痛卻歷久彌新。「不過還有雙胞胎、馬丁和羅南——他們都過得很好，以後再帶妳去找他們。」

我咬住下唇，害怕提出下一個問題，但又必須知道答案。「我可以留多久？」

笑意擴散到他的嘴角。「直到永遠。」

我難以置信地搖搖頭，只覺得眼眶發熱，讓那股甜蜜的滋味慢慢沉澱到心頭。「為什麼不早一點帶我來這裡？」

他幫我把散落的髮絡塞到耳後，溫柔地捧住我的臉頰，「妳願意錯過那些嗎？」

出於直覺，我立刻明白他的含意：我所走過的地方、看過的事物、認識的朋友、最愛的親人，其中還有許許多多的成就，有的屬於我，有的屬於我的家人和朋友；看著兒子從小嬰兒慢慢長大，變成讓我引以為傲的大男人，我歷經的人生，本來應該是我們攜手共度的生命。「不，我連一分鐘都不想錯過，最遺憾的是你無法參與其中。」

「也不盡然，」他低頭吻我。「至少我沒有錯過全部，能夠親眼目睹還是有好處的。」

想像他旁觀那麼多年的孤單，我忍不住心疼，他以深刻的愛與忠誠對待我和兒子、還有我們的朋友，分離並沒有讓他遺忘或背棄。「多麼希望能夠讓他們知道，我的死……對亞歷山大的打擊很大。」雖然他已經成年，我依舊不忍心拋下他離開。

「莎賓心裡有數，」崔斯坦說道。「她會知道該怎麼告訴我們的兒子和其他的人。」

聽他這麼說，所有的重擔在瞬間消逝。我深深吸了一口氣，知道自己已經為我所愛的人盡了全力，即便現在離開了也沒有遺憾，他們的人生要靠他們自己去把握，如同我過去一樣。

「崔斯坦──」

「是的？」崔斯坦明明焦慮不安，臉上卻不動聲色，完全看不出來。

「你真的都看見了？」我揚起一邊眉毛，察覺他變得有些尷尬，忍不住笑了。「就我所知，有些事還是……」我故意賣關子，對他嬌笑。「面對面比較好。」

「我完全同意。」他微笑回答，尷尬不見了，感覺變得更美妙，他摟住我的腰，嘴唇貼了上來，那種滋味、感受，遠比記憶中的更甜蜜。

我把他拉向柔軟如天鵝絨一般的青青草地，陶醉在他的懷抱裡，一輩子的深情愛意，此生不渝，雖然我擔心這份愛總是苦樂參半，帶著失落的惆悵，就像一曲終了的裊裊回音。但是現在，完全出乎意料之外，這份愛經過洗滌和淬鍊，變得煥然一新，如同起初我們墜入愛河的時刻。

屬於凡人的生命雖然結束，我們永恆的人生正要起步。

（千年之咒3：永生（完結篇）全文完）

致謝

在我每本小說的寫作階段，都會遇上獨特的挑戰，唯一不變的是每天都得撥出爬格子的時段，然而這六個月裡面，要從一個極度缺乏睡眠的新手媽媽腦袋裡挖出《千年之咒3：永生》的進展，無疑是最艱難的。我敢十分肯定地說，若沒有家人的支持，這本書很可能淪為一團混亂的半成品。因此，最感恩不盡的就是我的父母Carol和Steve，支援無數的時間充當新生兒的保姆；還有我的婆婆Pat，在我連站著都會睡著的時候及時遞補；尤其要感謝我的另一半Spencer，每天清晨五點起床好讓我可以再多睡一點時間，並且確保我的三餐不會總是吃披薩和雜糧棒。

一如以往，衷心感謝神奇卓越的經紀人Tamar Rydzinski盡心盡力、超乎職責以外的付出；感謝實習生Rachael的摘要技巧；Laura Dail更是我的好幫手。還有Angry Robot的編輯小組成員Phil、Marc、Mike、Penny、跟Caroline，謝謝你們盡心竭力地投注，讓我的書得以走上成功的坦途。

謝謝Donna逼我換下睡衣，走出家門口；Carleen和Gena隨時的簡訊提醒，讓我記得在寫作的山頂洞窟之外另有一個花花世界；還有我親愛的哥哥Nick——你是最棒的超級業務員，真是幫了我大忙。

最後要向諸多的部落客和書評人至上誠摯的謝意，你們給予我莫大的鼓舞和支持，尤其要感謝Melissa (@stolenSongbird)，當我還在為這本小說苦苦掙扎的時候，是你精心經營我的社群媒體平台。

當然最重要的就是感謝一路支持我走到終點的讀者們，希望對你們來說，閱讀《千年之咒》系列小說期間的分分秒秒都是愉悅的享受。

中英名詞對照表

A

Albert　亞伯特

Alexandre　亞歷山大

Anaïs (Anaïstromeria)
安蕾絲（安蕾絲托米亞）

Angouleme　安哥雷米

Anna　安娜

Anushka　安諾許卡

Arcadia　阿爾卡笛亞

Artisan' s Row　阿媞森藝品

Artisans' Guild　藝匠公會

B

Bakers' Guild　烘培公會

Baroness de Louvois
路易斯女子爵

Builders' Guild　承造公會

C

Cecile Troyes　希賽兒・卓伊斯

Christophe (Chris)　克里斯
（克里斯多夫・吉瑞德）

Colombey　柯隆貝

Comtesse Bathory　巴朵莉女伯爵

Courville　柯維爾

D

Dregs　糟粕區

Duchesse de Feltre
費爾翠女公爵

E

Elise　艾莉

Elysium quarter　樂土區

Esmeralda Montoya
艾莫娜妲・蒙托亞

Estelle Perrot　艾絲黛兒・佩洛特

F

fey　精靈或妖精

Finn　芬恩

Fleur　花兒（馬名）

Forsaken Mountain　魔山

Francois Bouchard
法蘭克・布查德

Frederic de Troyes
佛雷德克・卓伊斯

G

Genevieve (Genny)　吉妮薇

Goshawk's Hollow　蒼鷹谷

Guerre　格爾兵棋

Guillaume　吉路米

H

Hotel de Crillon　克林雍飯店

I

Ila Laval　依拉・賴娃

Indre River　安德爾河

Isle of Light　光之島

J

Jerome Girard　傑若米・吉瑞德

Josette　喬絲媞

Julian　朱利安

Justine　潔絲汀

K

King Alexis　亞力士國王

King of Summer
仲夏國王（叔公）

L

La Voisin（Catherine）
法辛夫人（凱瑟琳）

Lady Damia, Dowager Duchess d'Angouleme　戴米爾夫人（安哥雷米公爵遺孀）

Lady Marie du Chastelier
瑪麗・雀斯勒夫人

Lamia　菈美爾

Le Chat　黑貓

Lessa　萊莎

Lily　莉莉

Liquid Shackle（Elixir de la Lune）
液態枷鎖（月神的靈丹）

Lise Tautin　莉絲・陶丁

Lord Aiden du Chastelier
艾登・雀斯勒爵士

Lord Lachance　勒虔斯大人

Louie Troyes　路易・卓伊斯

Luc　路克

M

Marc de Biron, Comte de Courville　馬克・畢倫（柯維爾伯爵）

Martin　馬丁

Matilde　美妮妲

Melusina　梅露希娜巨龍

Miners' Guild　礦產公會

Monsieur Johnson　詹森先生

Montigny　莫庭倪

Montmartre cemetery　蒙馬特墓園

Moraine Lake　夢蓮湖

N

Nomeny　諾默尼

O

Ocean Road　大洋路

P

Parrot　鸚鵡

Penelope　潘妮洛普

Pierre　皮耶

Pigalle　彼加爾

Q

Queen of Winter　隆冬之后

R

Reagan　芮根

Regent　攝政王

Renard farm　雷納德農場

Revigny　勒維尼

River Road　溪水路

Roland Montigny　羅南・莫庭倪

S

Sabine　莎賓

Souris　小老鼠（狗名）

Sylvie Gaudin　希薇・高登

T

the Bastille　巴士底監獄

The Fall　大崩塌

The Queen of Virtue　善德女王

Thibault　苔伯特

Tips　堤普

Trianon　崔亞諾

Triaucourt　泰奧柯特

Triaucourt　特里歐庫

Tristan (Tristanthysium)
崔斯坦（崔斯坦提斯恩）

Trolls　巨魔

Trollus　厝勒斯

V

Victoria de Gand (Vic)
維多莉亞・甘德

Vincent　文森

Vivienne　薇薇安

W

winter fey　冬境精靈

Z

Zoe　柔依

千年之咒3：永生（完結篇）

原著書名／Warrior Witch (The Malediction Trilogy)
作　　者／丹妮爾．詹森（Danielle L. Jensen）
譯　　者／高瓊宇
企劃選書人／王雪莉
責任編輯／張婉玲、何寧

行銷企劃／周丹蘋
業務主任／范光杰
行銷業務經理／李振東
副總編輯／王雪莉
發 行 人／何飛鵬
法律顧問／元禾法律事務所　王子文律師
出版／奇幻基地出版
城邦文化事業股份有限公司
台北市 104 民生東路二段 141 號 8 樓
電話：(02)25007008　傳真：(02)25027676
網址：www.ffoundation.com.tw
e-mail：ffoundation@cite.com.tw
發行／英屬蓋曼群島商家庭傳媒股份有限公司城邦分公司
台北市 104 民生東路二段 141 號 11 樓
書虫客服服務專線：(02)25007718．(02)25007719
24 小時傳真服務：(02)25170999．(02)25001991
服務時間：週一至週五09:30-12:00．13:30-17:00
郵撥帳號：19863813　戶名：書虫股份有限公司
讀者服務信箱 E-mail：service@readingclub.com.tw
歡迎光臨城邦讀書花園　網址：www.cite.com.tw
香港發行所／城邦（香港）出版集團有限公司
香港灣仔駱克道193號東超商業中心1樓
電話：(852)25086231　傳真：(852)25789337
e-mail : hkcite@biznetvigator.com
馬新發行所／城邦（馬新）出版集團
【Cite(M)Sdn. Bhd】
41, Jalan Radin Anum, Bandar Baru Sri Petaling,
57000 Kuala Lumpur, Malaysia.
Tel: (603) 90578822　Fax:(603) 90576622
email:cite@cite.com.my
封面設計／黃聖文
排　　版／極翔企業有限公司
印　　刷／高典印刷有限公司
■2017年（民106）10 月 31 日初版

售價／ 380 元

國家圖書館出版品預行編目資料

千年之咒. 3：永生, 完結篇 / 丹妮爾．詹森（Danielle L. Jensen）著；高瓊宇譯. -- 初版. --臺北市：奇幻基地, 城邦文化出版：家庭傳媒城邦分公司發行, 民106.10
面；　公分
譯自：Warrior witch
ISBN 978-986-95634-0-6（平裝）

874.57　　106019173

ISBN　978-986-95634-0-6

書號：**1HI112**　　書名：千年之咒3：永生（完結篇）

15
annual

奇幻基地15周年龍來瘋慶典

集點好禮獎不完！還可抽未來6個月新書免費看！

活動期間，購買奇幻基地作品，剪下回函卡右下角點數，集滿點數，寄回本公司即可兌換獎品＆參加抽獎！

集點兌換辦法

2016年6月起至2017年12月20日前（郵戳為憑），奇幻基地出版之新書，剪下回函卡右下角點數，集滿點數貼至右邊集點處，寄回奇幻基地，即可兌換贈品（兌換完為止），並可參加抽獎。

集點兌換獎品說明

5點：「奇幻龍」書擋一個（寬8x高15cm，壓克力材質）

10點：王者之路T恤一件（可指定尺寸S、M、L）

回函卡抽獎說明

1.寄回集滿5點或10點的回函卡，皆可參加抽獎活動！回函卡可累計，每張尚未被抽中的回函卡皆可參加抽獎。寄越多，中獎機率越高！

2.開獎日：2016年12月31日（限額5人）、2017年5月31日（限額10人）、2017年12月31日（限額10人），共抽三次。

回函卡抽獎贈書說明

中獎後，未來6個月每月免費提供奇幻基地當月新書一本！

(每月1冊，共6冊。不可指定品項。)

特別說明：

1.請以正楷書寫回函卡資料，若字跡潦草無法辨識，視同棄權。

2.本活動限台澎金馬。

【集點處】

1	6
2	7
3	8
4	9
5	10

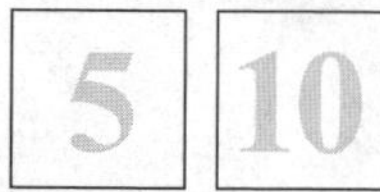

（點數與回函卡皆影印無效）

為提供訂購、行銷、客戶管理或其他合於營業登記項目或章程所定業務之目的，英屬蓋曼群島商家庭傳媒(股)公司城邦分公司，於本集團之營運期間及地區內，將以電郵、傳真、電話、簡訊、郵寄或其他公告方式利用您提供之資料（資料類別：C001、C002、C003、C011等）。利用對象除本集團外，亦可能包括相關服務的協力機構。如您有依個資法第三條或其他需服務之處，得致電本公司客服中心電話(02)25007718請求協助。相關資料如為非必要項目，不提供亦不影響您的權益。

個人資料：

姓名：＿＿＿＿＿＿＿＿＿＿＿＿＿＿＿ 性別：□男 □女

地址：＿＿＿＿＿＿＿＿＿＿＿＿＿＿＿＿＿＿＿＿＿＿＿＿

電話：＿＿＿＿＿＿＿＿＿＿ email：＿＿＿＿＿＿＿＿＿＿

想對奇幻基地說的話：＿＿＿＿＿＿＿＿＿＿＿＿＿＿＿＿＿

請剪下右側點數，貼於集點處，集滿5點以上，即可寄回兌換抽獎

1p
2017